CAROLINE BERNARD

DIE WAGE-MUTIGE

rütten & loening

CAROLINE BERNARD

DIE WAGE-MUTIGE

ROMAN

rütten & loening

ISBN 978-3-352-00982-2

Rütten & Loening ist eine Marke
der Aufbau Verlage GmbH & Co. KG

1. Auflage 2022
© Aufbau Verlage GmbH & Co. KG, Berlin 2022
Satz Greiner & Reichel, Köln
Druck und Binden CPI books GmbH, Leck, Germany
Printed in Germany

www.aufbau-verlage.de

PROLOG
Berlin,
2. April 1933

Schon seit einer halben Stunde wartete Lisa in der nächtlichen Kälte. Als sie bei ihrer letzten Zusammenkunft überlegt hatten, wer zu der Übergabe gehen sollte, hatte sie sich gemeldet. »Du? Aber das ist gefährlich«, hatte Willi gesagt. Auch jetzt noch spürte Lisa Ärger in sich aufsteigen. Wie jedes Mal, wenn sie das Gefühl hatte, dass man ihr etwas nicht zutraute, nur, weil sie eine Frau war. »Ich finde, es reicht, wenn die Nazis glauben, dass Frauen zu schwach sind, um sich ihnen zu widersetzen. Ihr solltet mir mehr zutrauen. Gib mir das Material.« Sie hatte den Arm nach dem Umschlag ausgestreckt, und damit war die Sache entschieden.

Bei der Erinnerung lächelte sie grimmig und zog den viel zu dünnen Mantel enger um sich. In den Nylonstrümpfen und den geliehenen hochhackigen Schuhen fror sie entsetzlich. Warum hatte sie sich keine andere Tarnung ausgesucht als die einer Frau auf dem Heimweg vom Theater? Sie rieb ihre kalten Hände aneinander und strich das geblümte Seidentuch, das ebenfalls nicht ihr gehörte, an den Schläfen glatt.

Wo blieb ihr Kontaktmann denn nur? Unauffällig schielte sie auf ihre Armbanduhr. Fast Mitternacht. Noch fünf Minuten, dann würde sie die Aktion abbrechen. Zu ihrem eigenen Schutz. Das war die Regel. Wenn jemand sich mehr als zehn Minuten verspätete, war meistens etwas schiefgegangen, und man sah zu, dass man wegkam.

Lisa trat einen Schritt zurück in den Hauseingang, um sich

vor dem unangenehmen Wind zu schützen. Ihr Blick fiel auf die zerbrochenen Fensterscheiben eines Geschäfts für Schirme und Spazierstöcke auf der gegenüberliegenden Straßenseite. Trotz der Dunkelheit konnte sie den Aufruf, den jemand in dicken weißen Lettern auf die Tür geschrieben hatte, gut lesen: *Deutsche, kauft nicht bei Juden.* Gestern hatten die Nazis einen Boykott jüdischer Läden und Unternehmen ausgerufen.

Wieder sah Lisa die SA-Männer vor sich, die breitbeinig vor den Geschäften standen und feixten, während ihre Kameraden Scheiben einwarfen und Türen und Wände beschmierten. Direkt vor ihr war ein Mann auf die Straße gezerrt und verprügelt worden, während man seinen Milchladen verwüstete. Unter dem Gejohle der Schaulustigen färbte sich die Straße weiß, als ein Uniformierter Milchkanne um Milchkanne auf den Fußweg leerte. Allein bei der Erinnerung flammten Wut und Ekel in ihr auf. So viele hatten einfach nur dabeigestanden und Beifall geklatscht. Anderen war anzusehen, dass sie genauso fassungslos wie sie waren und sich schämten. Eine junge Frau machte Anstalten, dem Mann aufzuhelfen, aber die drohenden Gebärden der SA-Männer ließ sie zurückweichen. Lisa sah Tränen in ihren Augen. Dann hatte ihre eigene Wut überhandgenommen. Sie konnte das nicht einfach so geschehen lassen. Ohne weiter nachzudenken, zwängte sie sich durch die Gruppe der SA-Männer, die sich vor dem benachbarten kleinen Schuhladen postiert hatten, um Kunden am Eintreten zu hindern. Sie waren zu verblüfft, um sie aufzuhalten. Da sieht man mal wieder, wie dumm diese Leute sind, dachte sie voller Abscheu. Sobald man nicht das tut, was sie erwarten, sind sie machtlos. Ihr Blick fiel auf das Schaufenster, auf dem *jüdisches Geschäft* stand, dann betrat sie den Verkaufsraum.

»Das sollten Sie nicht tun, meine Dame«, sagte der Besitzer zu ihr, der hinter seinem Tresen stand und ängstlich das Treiben auf der Straße verfolgte, wo die SA-Männer inzwischen lärmend weiterzogen.

»Die da draußen sollten das nicht tun«, entgegnete Lisa und betrachtete demonstrativ die Auslage, bis auch der letzte Uniformierte abgezogen war.

»Ich danke Ihnen«, sagte der Mann mit zitternder Stimme. »Wenn Sie nicht hier gewesen wären, hätten sie auch mein Geschäft verwüstet, und wer weiß ...« Er schenkte ihr ein dünnes Lächeln.

Als Lisa wieder auf der Straße stand, atmete sie tief durch. Ein Gefühl des Triumphs überkam sie, das jedoch schnell dem Schrecken über die Gefahr, der sie sich gerade ausgesetzt hatte, wich. Was wäre gewesen, wenn die Nazis sie nach ihren Papieren gefragt hätten? Sie war selbst Jüdin und zudem eine Illegale. Im Februar hatte sie ihre Arbeit bei einer Bank verloren, weil man dort ihre linke Gesinnung kannte. Ein befreundeter Polizist hatte sie gewarnt. Sie solle sofort untertauchen, die Gestapo hatte ihren Namen und wusste, wo sie wohnte. Nachdem sie ein paar sehr ungemütliche Nächte auf Friedhöfen zugebracht hatte, hatte sie Unterschlupf bei zwei Schwestern gefunden, die ihr nachts das Hinterzimmer ihres Bonbongeschäfts zur Verfügung stellten. Tagsüber irrte sie durch Kaufhäuser, Cafés und U-Bahnstationen, nachts tippte sie auf ihrer Schreibmaschine Flugblätter und versuchte Schlaf zu finden.

Sie trat von einem Fuß auf den anderen und spähte die Straße hinunter. Wo blieb ihr Kontaktmann nur? Unwillkürlich tastete sie nach dem Umschlag mit den Berichten und den Fotos, der unter ihrem Mantel im Bund ihres Rockes klemmte. Eine Ecke drückte unangenehm in ihre Rippen. Berichte von Genossen, die es lebend aus den Folterkellern der Nazis geschafft hatten. Lisa wurde übel, wenn sie an die Methoden dachte, mit denen sie gequält worden waren: Schläge auf die nackten Fußsohlen, brutale Prügel mit Stöcken, Schlafentzug … In den Aufzeichnungen standen auch die Namen von Männern und Frauen, die den Aufenthalt in den Gestapokellern nicht überlebt hatten. Siebenundzwanzig Namen. Lisa hatte sie auswendig gelernt und flüsterte sie vor sich hin. »Hermann Müller, Elfriede Temming, Rudi Wolterstein …« Diese mutigen Menschen durften niemals vergessen werden. Indem sie ihre Namen aufsagte, fühlte sie sich ihnen zugehörig. Und es gab ihr die nötige Kraft, ihre Angst zu besiegen.

Sie machte einen Schritt nach vorn und trat aus dem Windschatten des Hauseingangs. In diesem Augenblick fuhr ein Auto vorüber. Wasser spritzte an ihre Beine. Die Nässe drang durch die Strümpfe bis auf ihre Haut. Sie spürte ihre Zehen kaum noch. Nervös sah sie auf die Uhr. Ihr Kontaktmann war jetzt sieben Minuten zu spät. Irgendetwas musste passiert sein.

Dann sah sie aus den Augenwinkeln, wie sich ein großer schlaksiger Mann in einem Wollmantel, um den Lisa ihn glühend beneidete, auf der anderen Straßenseite in ihre Richtung bewegte. Er hielt einen Schirm über dem Kopf. Als er eine Straßenlaterne passierte, konnte sie die runde Hornbrille sehen, die sein Gesicht dominierte. Er blieb kurz stehen und blickte sich um. Dabei zog er die Hand aus der Manteltasche und schob die Brille mit dem Zeigefinger die Nase hinauf.

Das könnte er sein, dachte Lisa und zog die Zigarettenschachtel aus der Handtasche.

Der Mann kam weiter auf sie zu und fing an zu lächeln. Jetzt erkannte Lisa den kleinen Stars-and-Stripes-Anstecker an seinem Mantelkragen. Er war so viel schöner als die verdammten Hakenkreuze, die jetzt alle stolz vor sich hertrugen. Aber sie musste vorsichtig sein. Auch ein SA-Mann konnte sich so einen Anstecker besorgen, es konnte auch ein Hinterhalt sein.

Sie trat einen Schritt auf den Fremden zu. »Haben Sie Feuer?«

»Oh, aber sicher.« Er sprach Deutsch, aber der amerikanische Akzent war herauszuhören.

Lisa ließ sich Feuer geben, nahm einen tiefen Zug und sah ihn auffordernd an.

Ihr Gegenüber entspannte sich sichtlich. »Mein Name ist Valerian«, sagte er und zündete sich ebenfalls eine Zigarette an.

Lisa atmete erleichtert aus. Das war der Codename. Er war es. Sie nahm ihr Seidentuch ab, von dem die Tropfen ihr in die Stirn rannen. Auch das war Teil der Verabredung.

»Sie sind spät. Fast wäre ich gegangen.«

Sofort verhärtete sich sein Gesicht. »Es hat einen Zwischenfall gegeben. In dem Café, in dem ich war. Zwei SA-Männer und ein Jude.« Mehr musste er nicht sagen.

»Deshalb machen wir das hier«, sagte Lisa, »damit die Welt erfährt, was in Deutschland passiert.«

Der Mann, der sich Valerian nannte und dessen richtigen Namen sie wohl niemals erfahren würde, nahm sie am Arm, und sie gingen rasch die Straße hinunter. Ein Paar, das auf dem Heimweg war und sich beeilte, dem scheußlichen Wetter zu entkommen.

Während sie gingen, knöpfte Lisa ihren Mantel auf und zog den Umschlag hervor. Sie reichte ihn dicht vor ihrem Körper weiter, Valerian nahm ihn und ließ ihn geschickt in seiner großen Manteltasche verschwinden. Die Bewegungen waren beiläufig und unauffällig, niemand, der zufällig hinter ihnen ging, hätte sie bemerkt.

»Passen Sie auf sich auf«, sagte er, bevor sie sich an der nächsten Straßenecke trennten. Lisa nickte, dann ging sie in die entgegengesetzte Richtung davon. Sie griff nach der Wollmütze in ihrer Tasche und setzte sie auf. Da vorn war die Haltestelle für den Bus. Sie freute sich schon, ins Warme zu kommen, als sie hinter sich plötzlich eilige Schritte hörte, die immer näher kamen. Ihr Herz fing an zu wummern. Für einen Moment war sie unaufmerksam gewesen. Seit wann waren diese Schritte da?

»Hallo, bleiben Sie stehen«, hörte sie eine männliche Stimme rufen.

Kalter Schweiß brach ihr aus. Sie wagte nicht sich umzusehen. Die Schritte hinter ihr wurden schneller. Sie könnte versuchen wegzulaufen, aber in diesen Schuhen wäre sie niemals schnell genug. Sie saß in der Falle. Ihr Herz schlug ihr bis zum Hals.

»Gnädige Frau, jetzt warten Sie doch. Ihr Tuch!«

Langsam drehte sie sich um. Ein Mann kam auf sie zu und trug ihr Seidentuch am langen Arm vor sich her. »Ich glaube, das haben Sie verloren.«

Lisa hatte sich sofort wieder unter Kontrolle. »Ach, das ist aber nett. Ich hänge sehr an diesem Tuch, wissen Sie? Es ist ein Geschenk meines Mannes zum Hochzeitstag.«

»Dann sollten Sie besser darauf achtgeben.« Der Mann reichte es ihr und tippte sich zum Abschied an den Hut, bevor er weiterging.

Lisa schloss kurz die Augen, dann hielt sie sich die Hand vor den Mund und atmete heftig ein und aus. Doch gerade, als sie sich einigermaßen wieder beruhig hatte, hörte sie einen Tumult, Männer brüllten durcheinander, ein Schrei gellte durch die Nacht. Hektisch blickte sie sich um. Am Ende der Straße glaubte sie Uniformen zu erkennen. Den Umriss einer Person, die am Boden lag. War das etwa der Amerikaner? Ihr Herzschlag setzte aus. Er würde als Ausländer vielleicht davonkommen, wenn die Polizei aber die Dokumente in seiner Tasche fand … Sie konnte nichts für ihn tun. Sie stopfte das Tuch in die Manteltasche und eilte weiter.

KAPITEL 1
Camp de Gurs,
PYRENÄEN, ENDE MAI 1940

Lisa erwachte mit einem Lächeln. Sie und Hans hatten nach einem Picknick im sonnenwarmen Gras gelegen. Als sie die Augen aufschlug, spürte sie noch seinen Kuss auf ihren Lippen und wusste nicht gleich, wo sie sich befand. Verwirrt sah sie sich um. Lag sie in dem schmalen Klappbett, das in der Küche in Prag eingezwängt zwischen Herd und Fenster stand? Oder war sie in dem billigen Hotelzimmer mit der geblümten Tapete und dem zweiflammigen Gasherd in Paris, zusammen mit Hans und in Sicherheit? Staub kitzelte in ihrer Nase, sie musste niesen.

»Willkommen im Grand Hotel«, hörte sie Paulettes Stimme.

Schlagartig wusste Lisa, wo sie sich befand. Auf ihrem Strohsack in einer Baracke des riesigen Internierungslagers für Frauen am Rand der französischen Pyrenäen. Nachdem Hitlers Armee in Frankreich einmarschiert war, hatte man hier Deutsche, die vor Hitler geflohen waren, als sogenannte »feindliche Ausländer« eingesperrt.

»Haben Madame wohl geruht?«, frage Paulette, und Lisa musste unwillkürlich lachen.

Paulettes richtiger Name war Paula, aber das klang zu deutsch. Paulas Vater hatte für die Kommunisten im Reichstag gesessen und gegen die U-Boot-Kredite gestimmt. Als Hitler an die Macht kam, mussten er und seine Tochter sofort aus Deutschland verschwinden. Das war das Erste, was ihr Paulette erzählte, als sie sich in Paris auf der Polizeipräfektur getroffen und stundenlang für die Verlängerung ihrer Aufenthaltserlaubnisse angestanden hatten. Vor zwei Wochen waren sie sich im Pariser Sportstadion *Vélodrome d'Hiver* wieder über den Weg gelaufen. Nach dem deutschen Einmarsch mussten sich alle Frauen, die einen deutschen Pass besaßen, hier einfinden. Zusammen mit Tausenden anderen campierten sie unter primitivsten Bedingungen auf den Tribünen. Paulettes direkte Art hatte Lisa von Anfang an gefallen. Sie hatte Humor und sie war ein Dickkopf. Mit ihrem flammend roten Haar fiel sie überall auf. Sie war das Gegenteil von konspirativ, aber bisher war sie damit überall durchgekommen. Für Lisa war es ein Segen, Paulette an ihrer Seite zu haben. In diesen Tagen fiel es schwer, jemanden zu finden, dem man nicht nur vertrauen, sondern mit dem man auch lachen konnte. Seit verkündet worden war, dass man sie alle in den Süden transportieren werde, hatten sie beschlossen, um jeden Preis zusammenzubleiben. Jetzt war es wichtiger denn je, zusammenzuhalten.

Heute war ihr dritter Morgen im Lager. Davor waren sie tagelang in einem völlig überfüllten Zugabteil eingesperrt gewesen, dessen Fenster geschwärzt waren, so dass sie weder wussten, ob es draußen hell oder dunkel war, noch wo sie sich befanden. Zweimal am Tag wurde die Tür geöffnet, sie bekamen etwas zu essen und zu trinken und durften auf die Toilette. Ihre flehentlichen Fragen, wohin man sie brachte, wurden nicht beantwortet. Wenn sie in einem Bahnhof hielten, versuchten sie die Namen der Orte zu lesen, manchmal flogen Steine gegen die Fenster. Die Franzosen hielten sie für Spione, für die fünfte Kolonne, für Nazis. Nach einer gefühlten Ewigkeit hielt der Zug, und sie wurden aus den Waggons gescheucht. Auf einem Schild an der schneeweißen Bahnhofsmauer stand in azurblauer Schrift: *Oloron-Sainte-Marie*. Lisa stockte der Atem. Sie kannte den Namen nur zu gut. Im letzten Jahr hatte sie Pakete hierhergeschickt, an Freunde, die in Spanien in den Internationalen Brigaden gekämpft hatten und dann in einem Lager ganz in der

Nähe interniert worden waren. »Die Hölle von Gurs«, so nannten sie es in ihren Briefen.

»Das sieht doch nett aus hier … so schlimm wird es nicht werden«, hörte sie die Frauen aus ihrem Abteil sagen.

Paulette warf Lisa einen alarmierten Blick zu, doch sie ließen die anderen in ihrem Glauben. Sie würden früh genug erfahren, was ihnen bevorstand. Lisa kritzelte in aller Hast eine kurze Nachricht über ihren Aufenthaltsort an ihre Eltern, die noch in Paris waren. Sie würde die Postkarte gleich irgendjemandem zustecken, der sie hoffentlich beförderte. Mehr als *Bin in Gurs. Mir geht es gut.* konnte sie nicht schreiben, dann wurde sie in einem Strudel von Frauen mitgerissen. Schnell fasste sie nach Paulettes Hand. Am Bahnhof waren noch weitere Züge angekommen, aus denen ebenfalls Frauen stiegen. Es mussten Hunderte, vielleicht Tausende sein. Bewaffnete Männer trieben sie Richtung Vorplatz, dann die Hauptstraße hinunter, die Fachwerkbauten mit bunt bemalten Holzbalkonen säumten. Auf den Trottoirs standen einheimische Frauen, die sie lauthals beschimpften. Einige spuckten in ihre Richtung.

»Was rufen sie?«, hörte Lisa eine Frau ängstlich hinter sich fragen.

»Sie glauben, wir sind Nazis. Oder Kommunisten. Beide mögen sie nicht. Sie haben Angst vor uns.«

Aus den Augenwinkeln nahm Lisa wahr, wie eine Frau eine Tomate in ihre Richtung warf. Reflexhaft fing sie sie auf und biss hinein. Der warme Saft lief ihr über das Kinn, sie schmeckte herrlich süß. Dankbar lächelte sie der Frau zu, die ihr Lächeln erwiderte. Eine kleine Geste der Menschlichkeit, wie gut das tat, dachte Lisa und schloss zu den anderen auf.

Auf einem Platz warteten mehrere Busse auf sie, in die sie hineingeschoben wurden. Nachdem sie das Städtchen hinter sich gelassen und einen Fluss überquert hatten, fuhren sie durch eine hügelige Landschaft, am Horizont erhoben sich die Gipfel der Pyrenäen. Lisa hörte das Bimmeln von Kuhglocken.

»Vielleicht wird es hier gar nicht so schlimm«, wagte eine Frau neben ihr zu hoffen.

»Bei der letzten Internierung im September haben sie uns auch nach ein paar Tagen wieder nach Hause geschickt«, sagte eine andere.

»Und du glaubst tatsächlich, sie kutschieren uns durch halb Frankreich, nur um uns dann den ganzen Weg wieder nach Hause zu schicken?«

»Wir müssen ihnen schon wichtig sein, wenn sie für uns Züge und Busse besorgen, obwohl sämtliche Straßen mit Flüchtlingen verstopft sind.«

»Wir sind doch auch Flüchtlinge!«

»Wir haben doch nichts getan. Wir sind gegen Hitler, genau wie sie!«

Die Stimmen der Frauen gingen durcheinander, jede hatte eine andere Erklärung für das Vorgehen der Franzosen, aber die meisten glaubten, dass sie bald wieder zu Hause wären.

Lisa schwieg. Sie hatte schon davon gehört, dass Inhaftierte aus Gurs entlassen worden waren. Aber das war gewesen, bevor die Deutschen in Frankreich einmarschiert waren.

»Da kommt ein Ortsschild. Da steht Gurs drauf«, rief eine der Frauen, die am Fenster saß. »Kennt das jemand?«

Lisas Magen zog sich zusammen. Sie waren tatsächlich in dem berüchtigten Lager angekommen. Für einen Moment verließ sie aller Mut, doch dann setzte sie sich energisch auf und schaute aus dem Fenster. Als die Busse auf einem großen Platz vor einem Schlagbaum hielten, wo rechts Häuser aus Stein standen, hatte sie sich schon wieder gefasst. Sie wollte sich alles möglichst genau einprägen. Es war immer wichtig zu wissen, wo man sich befand. Das da vorne mussten die Verwaltungsgebäude sein. Ein untersetzter Mann in Uniform trat gerade aus der Tür, vor der eine Trikolore schlaff am Mast hing, und sah den Ankommenden entgegen. Lisa machte Paulette auf ihn aufmerksam. »Bestimmt der Kommandant«, wisperte sie.

Als sie aus dem Bus stiegen, schlug ihnen eine feuchte Hitze entgegen. Mücken stürzten sich in Schwärmen auf ihre bloßen Arme und Nacken. Doch das alles nahmen sie nicht richtig wahr, weil der Anblick, der sich ihnen bot, noch viel schlimmer war. Obwohl Lisa vorbereitet gewesen war, hielt sie entsetzt den Atem an. Einige Frauen schluchzten auf. Jede, die bisher noch gehofft hatte, irgendwie glimpflich davonzukommen, merkte spätestens jetzt, dass sie sich bitter getäuscht hatte.

Während sie langsam einen Fuß vor den anderen setzte, versuchte sie sich damit zu beruhigen, zu erkennen, was diesen Ort so entsetzlich wirken ließ. Dann wusste sie es. Hier gab es kein Vogelgezwitscher, keinen Baum, keinen Strauch, absolut nichts Tröstliches. Hinter dem Schlagbaum reihten sich nur in einer schrecklichen Eintönigkeit graue Holzbaracken auf nackter Erde. Und dazwischen überall Stacheldraht.

Immer zu zweit nebeneinander liefen sie auf die Baracken zu, während eine Aufseherin sie antrieb: »*Un – deux, un – deux.* Los! Schneller!« Eine lange Straße teilte das Lager in zwei Hälften. Die Aufseherinnen zählten die Frauen ab und wiesen sie in die Hütten ein, barsch und willkürlich, ohne Rücksicht auf Familien oder Gruppen. Ein Tumult brach aus, einige Frauen schrien und wehrten sich, flehten und weinten. Vor ihnen stolperte eine ältere Dame und fiel auf den harten Boden. Sie schrie auf. Bevor die Aufseherin ihr einen Schlag versetzen konnte, packten Lisa und Paulette sie an den Ellenbogen und halfen ihr wieder auf die Füße.

Lisa und Paulette wurden bis fast ans Ende der Lagerstraße getrieben. Ein großer Wasserturm kam in ihren Blick, dann bogen sie rechts ab und passierten einen Stacheldraht, der mehrere Baracken umzäunte.

»Ihr zwei, hier«, bellte die Aufseherin und scheuchte Lisa und Paulette in eins der Gebäude. Lisa konnte nur mit Mühe ihre Augen an das dunkle Innere gewöhnen, im Zwielicht machte sie exakt ausgerichtete Reihen von Strohsäcken aus, die sich an den Längswänden des Gebäudes befanden. Sie waren mit einem groben weißen Stoff bezogen, und der Gedanke an lange Reihen von Leichensäcken drängte sich ihr auf. Dicht an dicht lagen sie, es gab kaum einen Fußbreit Raum zwischen ihnen.

Lisa steuerte einen Strohsack in der Ecke neben der Tür am anderen Ende der Baracke an, eine Ecke war immer gut, um wenigstens ein bisschen Privatsphäre zu haben, doch wie aus dem Nichts stürzte sich eine Frau auf sie: »Weg da! Das ist mein Bett!«

»Lisa, komm hierher!« Paulette wies auf zwei nebeneinanderliegende Säcke unter einer der wenigen Dachluken. Vielleicht würden sie hier wenigstens ein bisschen frische Luft abbekommen. Lisa sah sich nach bekannten Gesichtern um, aber niemand aus ihrem Zugabteil schien hier zu sein. Rasch füllte sich die Baracke, bis alle Strohsäcke belegt waren. Einige Frauen weinten und schimpften, andere waren wie betäubt, hockten auf ihren Plätzen und starrten ins Leere. Eine Frau stand auf und fing an, mit dem Kopf gegen einen der Balken zu schlagen, die das Dach stützten. Lisa sprang auf und gemeinsam mit Paulette hielt sie sie fest und es gelang ihnen, sie zu beruhigen.

Am Abend bekamen sie eine Suppe, dann wurden die Türen geschlossen, eine tiefe Dunkelheit überkam sie, die das Stöhnen, Schimpfen, Weinen und Tuscheln der Frauen nur noch verstärkte. Nachts schrien einige im Schlaf und weckten die anderen auf. Lisa döste immer nur kurz ein. An richtigen Schlaf war nicht zu denken, dafür war diese Baracke zu unwirtlich und sie selbst zu aufgewühlt.

Aus den Blicken der Frauen sprachen Verlorenheit und Angst. Auf der Pritsche gegenüber lag ein junges Mädchen und rieb sich die tränenverschmierten Augen. Sie tat Lisa unendlich leid, und gleichzeitig fühlte sie, wie Wut in ihr aufstieg. Was hatte dieses halbe Kind den Franzosen getan? Oder die alte Frau, die den Strohsack neben ihr hatte? Sie kam ja kaum vom Boden hoch, wie sollte sie eine Gefahr für die französische Sicherheit sein?

Mit einem Ruck setzte sich Lisa auf. Sie wollte nicht zulassen, dass die Verzweiflung sie übermannte. Sie mussten versuchen, den Tagen hier einen Sinn zu geben und ihre Lage einigermaßen erträglich machen. Sie brauchten etwas, das ihnen durch den Tag half, etwas zu essen und das Gefühl von Solidarität. Wer aufgab, der hatte schon verloren.

Eine der Frauen hatte die Baracke verlassen, kam aber gleich darauf weinend wieder.

»Hier ist überall nur Stacheldraht. Und es gibt keine Möglichkeit, sich zu waschen. Da können wir uns ja gleich umbringen.«

Lisa sah die Hoffnungslosigkeit in dem grauen Gesicht und erschrak.

»Niemand wird sich hier umbringen!« Mühsam, weil sie so müde war und ihr die Knochen wehtaten, erhob sie sich. Dann klatschte sie in die Hände. »Alle mal herhören. Wie es aussieht, wird das unser Zuhause für die nächste Zeit sein. Ich will, dass es uns in unserer Baracke gut geht. So gut wie möglich. Wir werden zusammenhalten.«

Die Frauen verstummten. Einige winkten wütend ab, aber die meisten sahen sie erwartungsvoll an. Lisa räusperte sich. Sie würde diese Verantwortung auf sich nehmen. Eine musste es tun.

»Also gut. Wer von euch ist Krankenschwester, Köchin, Lehrerin oder sonst etwas, das uns helfen kann? Kann jemand

Schuhe flicken? Einige von uns haben nur noch Fetzen an den Füßen. Wer hat etwas bei sich, das wir alle dringend nötig haben und das wir gemeinsam benutzen können? Seht in eure Taschen. Alles kann hilfreich sein.«

»Ich war Boxlehrerin in Hamburg. Ich mache mit euch Gymnastik«, sagte eine Frau mit kurzem Haar und einer Brille. Dabei machte sie ein paar tänzelnde Schritte und ließ ihre Rechte schwingen.

Einige der Frauen lachten auf. Na also, dachte Lisa.

»Vielleicht hat eine von uns eine Idee, was wir gegen die Läuse tun können?«, rief Paulette. Sie war ebenfalls aufgestanden und stellte sich dicht neben Lisa.

»Ich brauche Binden, ich bekomme meine Tage«, sagte eine andere.

Das junge Mädchen meldete sich schüchtern. »Ich bin Schneiderlehrling. Wenn ich Stoffreste habe, kann ich Binden nähen.«

»Wie heißt du?«, fragte Lisa sie.

»Alina.«

Lisa lächelte sie aufmunternd an. Dann sagte sie: »Das ist doch schon mal ein Anfang. Wir müssen uns selbst helfen, wenn wir hier überleben wollen.« Sie ging den engen Gang zwischen den Strohsäcken hinunter, um das Innere der Baracke zu inspizieren. Dabei fing sie die Blicke einiger Frauen auf, die ihr zaghaft zulächelten. Die ältere Dame, die den Schlafsack auf der anderen Seite neben ihr hatte, hielt ihr eine Bluse hin. »Die ist zerrissen, aber für Binden taugt sie noch.«

Das *Vélodrome* in Paris war schon schlimm gewesen, aber dort waren wenigstens ihre Familien und die Hilfsorganisationen in der Nähe, die sich für die internierten Frauen einsetzten und Pakete schicken konnten. Hier dagegen schienen sie vollkommen von der Außenwelt abgeschnitten. Niemand wusste, wo sie war. Lisa konnte nur hoffen, dass ihre Postkarte ihre Eltern erreichte.

Am schlimmsten war die Unsicherheit. Was würde aus ihnen werden? Würden man sie irgendwann wieder laufen lassen? Oder würde man sie ausweisen und den Deutschen übergeben?

★ ★ ★

Lisa war jetzt richtig wach. Sie sah zu Erna Goldmann hinüber, die ihr am ersten Tag die Bluse gegeben hatte. Lisa mochte sie sehr. Erna war um die sechzig und kam aus Frankfurt. Sie kam aus einem großbürgerlichen Haushalt mit Dienstboten und Chauffeur. Ihr Mann war Anwalt, und sie waren erst kurz vor Kriegsbeginn nach Paris gezogen, da ihr Sohn mit einer Französin verheiratet war. Voller Zuversicht hatte sie Lisa erzählt, dass ihr Mann sie bestimmt aus dem Lager holen würde. Aber nach ein paar Tagen hatte sie kaum mehr ein Wort gesagt und viel geweint. Lisa begann sich Sorgen um sie zu machen. Das Lager musste für Erna ein noch viel größerer Schock sein als für viele andere.

»Ihr Mann wird kommen und Sie hier rausholen. Das braucht nur Zeit. Sie kennen doch die französische Bürokratie«, versuchte Lisa sie aufzumuntern. »Sie müssen durchhalten und dürfen sich nicht aufgeben. Ihre Familie braucht Sie doch. Und wir hier brauchen Sie auch.«

Obwohl sie das Gefühl hatte, mit ihren Worten zu Erna durchgedrungen zu sein, und Erna sich alle Mühe gab, tapfer zu wirken, schien es sie jeden Morgen große Überwindung zu kosten, sich aus dem Schlaf zu reißen und den Tag zu beginnen.

»Guten Morgen, Erna«, sagte Lisa jetzt zu ihr. »Zeit zum Aufstehen.«

Erna setzte sich schwerfällig auf und schlug ihre Decke zurück.

»Los, ihr Faulpelze. Steht auf. Bevor die Schlange zu lang ist«, rief Paulette und ging zur Tür der Baracke.

Mit einem Seufzer stand Lisa auf und folgte ihr nach draußen.
»Ich komme gleich«, sagte Erna.

Vor den Latrinen warteten bereits um die fünfzig Frauen. Lisa und Paulette stellten sich an, wobei sie darauf achteten, auf dem schmalen festgetretenen Weg zu bleiben, denn rechts und links versank man im Matsch. Die Schlange rückte elend langsam vor und wurde immer länger. Während sie wartete, achtete Lisa darauf, was die Frauen um sie herum erzählten. Gab es Neuigkeiten aus den Nachbarbaracken? Gerüchte? Über dem Lager hing eine nicht verstummende Geräuschkulisse, die sich aus den Gesprächen und Geräuschen Hunderter Frauen zusammensetzte, die hier lebten oder leben mussten, und die nie verstummte. Selbst in der Nacht stöhnten, redeten, summten die Frauen vor sich hin. Bei ihrer Ankunft war ihr eine merkwürdige Stille aufgefallen, die über dem Lager lag. Erst später hatte sie diese vermeintliche Stille als stetes Grundrauschen von Frauenstimmen entziffert. Lisa versuchte sich wieder in ihren Traum zu versetzen. Wie schön war das gewesen: die hohen Bäume, in denen die Vögel zwitscherten, das Blau des Sees, sie und Hans waren allein gewesen und er hatte zärtlich ihren Oberschenkel gestreichelt.

Plötzlich fasste sie jemand grob am Ellenbogen, eine Frau war im Matsch ausgerutscht und suchte Halt. Und die Illusion war vorüber. Hier gab es kein Grün und vor allem war man hier niemals allein. Lisa ließ ihren Blick über die Frauen um sich herum wandern, die schon erschöpft waren, obwohl der Tag noch nicht einmal richtig begonnen hatte. Es gab zu wenig zu essen, alles war schmutzig und über allem lagen Hoffnungslosigkeit und Stumpfsinn.

Gleich am Tag ihrer Ankunft hatte Lisa begonnen, gegen die größten Missstände im Lager anzugehen. Als sie gesehen hatte, dass die Wachleute die Kinder, die durch die Zäune geklettert waren und auf der Lagerstraße Fangen spielten, grob zurückgeschickt hatten, war sie wütend geworden, denn nun spielten die Kinder in der Nähe der Latrinengruben. Das war gesundheitsschädlich und sehr gefährlich, vor allem für die Kleinsten. Lisa versammelte einige Frauen um sich und sie erzwangen sich den Zugang zum Kommandanten und schilderten ihm die Situation in sachlichen, aber deutlichen Worten. »Wollen Sie verantwortlich sein, wenn eins der Kinder hineinfällt und ertrinkt?«, rief Lisa. Am nächsten Tag erlaubte der Kommandant, dass Kinder unter zehn jenseits des Stacheldrahts spielen durften, sogar außerhalb des Lagers. Dort gab es ein Feld mit Sonnenblumen, und die Kinder pflückten die großen Blüten und schmuggelten sie unter ihren Jacken ins Lager. Außerdem organisierten sie eine Art Leihbücherei. Lisa sammelte die wenigen Bücher ein, die die Frauen bei sich hatten, und bat eine junge Polin, die ganz allein war und den ganzen Tag weinte, darum, sie auszugeben und wieder einzusammeln. Viele schätzten sie für ihr Engagement, aber es gab auch Frauen, die ihr vorwarfen, sich aufzuspielen. Lisa war das egal.

»Warum machst du das? Warum reibst du dich auf? Du kannst hier ja doch nichts ausrichten«, bekam sie immer wieder zu hören. Und auch Paulette mahnte sie manchmal, es ruhiger angehen zu lassen und ihre Kräfte zu sparen. Aber Lisa schüttelte energisch den Kopf. »Natürlich macht es etwas aus. Wenn ich anderen helfen kann, dann wird das Leben für uns alle erträglicher. Und außerdem tue ich es auch für mich selbst. Ich werde verrückt, wenn ich den ganzen Tag auf diesem Strohsack sitze. Alles ist besser als aufzugeben oder sich gehen zu lassen. Da habe ich lieber eine Beschäftigung.« Und zu Paulette sagte sie etwas leiser: »Sonst muss ich die ganze Zeit an Hans denken.«

Lisa war aufgerückt und stand inzwischen oben auf dem Podest, vor ihr waren noch vier Frauen an der Reihe. Von hier aus hatte sie einen guten Überblick über das Lager, wieder versuchte sie, sich alles möglichst genau einzuprägen. Vor ihr erstreckte sich die Lagerstraße, die ungefähr zwei Kilometer schnurgerade verlief. Sie war die einzige asphaltierte Straße im ganzen Komplex. Rechts und links davon befanden sich in sechs Reihen hintereinander die flachen hölzernen Baracken, in denen jeweils fünfundzwanzig Frauen wohnten. Das Gelände vor ihr war beinahe farblos. Überall war nur das schmutzige Grau des Sands und die hölzernen Baracken zu sehen. Einzige Farbtupfer waren um die Mittagszeit die bunten Kleider der Frauen, wenn sie über dem Stacheldraht in der Sonne trockneten. Lisa vermisste am meisten das Grün. Wenn es doch nur einen einzigen Baum in Gurs geben würde, oder ein Stückchen dürren Rasen! Jenseits des Lagers am Horizont konnte sie die Hügel der Pyrenäen ausmachen. Scharf umrissen und dunkel erhoben sie sich vor dem Himmel. Auf den höchsten Gipfeln lag Schnee. An manchen Tagen, wenn die Sonne schien, glänzten sie wie Gold, aber heute hatten sie eher eine graubraune Farbe. Und hinter den Bergen lag Spanien. Lisa seufzte. Spanien war das Paradies für deutsche Flüchtlinge, die Angst vor der vorrückenden Wehrmacht hatten. Hinter Spanien lag Portugal, und von dort fuhren Schiffe nach Amerika, in die Freiheit. Nur leider brauchte man ein Visum, um nach Amerika zu kommen. Ein Visum … fast jede hier wollte unbedingt weg aus Frankreich, wo die Deutschen ihnen auf den Fersen waren. Aber es gab kaum noch Länder, die die Flüchtlinge aufnehmen wollten. Mit einem Seufzen wandte Lisa sich ab. Jetzt sah sie in westliche Richtung, dort lag, keine hundert Kilometer entfernt, das Meer. Sie atmete tief ein und fragte Paulette, ob sie auch das Meer riechen könnte. Paulette lachte sie aus. »Was du riechst, ist die Latrine. Jetzt mach schon, du bist dran.« Paulette stupste sie an und grinste. Dann wurde sie ernst. »Träum nicht so viel, das tut nicht gut.«

Obwohl es noch kühl war, gingen sie anschließend zu den zwei Waschgelegenheiten, die sich am Rand des Lagers befanden. Schmale lange Rinnen, in die das muffig riechende Wasser floss. Mochte es hier auch viel und ausgiebig regnen, für die Wäsche, den Abwasch und die Körperreinigung von Tausenden von Frauen konnte der Wasserturm am Ende des Lagers nie genug Wasser speichern. Seife hatten nur die wenigsten.

Zwei Wärter kamen auf ihrer Runde vorüber. Feixend wiesen sie auf die halb nackten Frauen und starrten sie unverhohlen an.

»Die Spanner sind wieder da!«, zischte Lisa wütend und schlang die Arme um ihren Oberkörper, um sich vor den gierigen Blicken der Männer zu schützen. Wie auf Kommando stellten sich die hinter ihr wartenden Frauen in einer Reihe, Schulter an Schulter, vor die Waschtröge. Mit erhobenen Köpfen und in eisiges Schweigen gehüllt, sahen sie die Männer an, in ihren Blicken die allergrößte Verachtung.

»Jeden Morgen dasselbe«, brummte Lisa, während sie ihre Bluse wieder anzog und sich vor die anderen Frauen stellte, die sich nach ihr wuschen. Sie hüpfte leicht auf und ab, weil ihr kalt war. Sie wollte schnell wieder in die Baracke, das Frühstück müsste inzwischen gekommen sein, und sie hatte Hunger. Sie wohnte in Baracke Nummer 21 von *Ilôt* I, *Ilôt* bedeutete kleine Insel, und als Paulette den Ausdruck zum ersten Mal gehört hatte, wollte sie es nicht glauben. »Diese mit Stacheldraht umzäunte Ansammlung von elenden Hütten nennen die Franzosen Inseln? Inseln des Glücks oder was?«

Als sie zurück in die Baracke kamen, schlug Lisa muffige Wärme entgegen, die ihr nach der frischen Luft draußen noch unangenehmer erschien. Sofort war die dumpfige Müdigkeit wieder da, die sie nicht mehr losließ, seit sie hier war. Ein Strahl Helligkeit fiel in den fensterlosen Raum, als sie die Tür aufmachten, dann schlug die Dunkelheit wieder über ihnen zusammen. Die Gebäude hatten keine Fenster, sondern lediglich Luken im Dach, und die waren bei Regen und Kälte von außen mit hölzernen Klappen geschlossen. Möbel gab es auch nicht, auch kein Licht. Während sie in die Ecke ging, wo das Frühstück verteilt wurde, dachte sie sehnsüchtig an Kaffee. An eine Tasse starken Kaffee mit einem Schuss frischer Milch. Damit hatte sie immer ihren Tag gestartet, dafür hatte sie immer Geld aufgespart. Mit einer ordentlichen Tasse Kaffee fing jeder Tag gut an. Aber hier gab es nur Plörre aus Zichorien oder was immer sie hier als Ersatz nahmen. Und wenn es mal Milch gab, dann war sie für die Kinder.

Resigniert hielt Lisa ihren Becher hin, und Auguste Broders, die Barackenchefin, eine stämmige Frau aus Bremen, goss aus einer Kanne eine hellbraune Flüssigkeit hinein. Neben Auguste stand Erna und gab jeder eine Scheibe graues, matschiges Brot. Am Tag zuvor hatte es Streit gegeben, weil die Scheiben mal dicker, mal dünner waren. »Ich schneide das Brot. Ich kann das«, hatte Erna gesagt. Lisa hatte sie verwundert angesehen. Erna, die bis vor Kurzem noch eine Köchin gehabt hatte und eine ganze Schar von Dienstmädchen? Aber Erna hatte das Messer genommen und das Brot in exakt gleich dicke Scheiben geschnitten. Die Frauen waren dicht an sie herangerückt, um zu beobachten, wie sie das machte. Und alle mussten zugeben, dass jede Scheibe wie die andere war. Den Knust teilte sie geschickt in Würfel und gab sie den Frauen, die die kleineren Scheiben zum Ende des Brotes bekamen.

»Woher kannst du das?«, fragte Lisa.

»Ich war nicht immer wohlhabend. Und bei uns zu Hause waren wir acht Geschwister. Da lernt man, gerecht zu teilen«, gab Erna mit einem Lächeln zurück.

Seitdem gab es wenigstens um das Frühstück keinen Grund mehr für Streit, aber sonst gab es oft Zwistigkeiten zwischen den Frauen. Wie sollte es auch anders sein, wenn man zwei Dutzend Frauen, die sich vorher nie gesehen hatten und aus ganz unterschiedlichen Verhältnissen kamen, in einer Baracke zusammenpferchte? Manche weigerten sich immer noch, ihre Internierung zu akzeptieren, und hielten das alles für einen Irrtum. Für sie war es am schwersten, sich zurechtzufinden.

Ich weiß wenigstens, warum ich hier bin, dachte Lisa, während sie an ihrem Ersatzkaffee nippte. Ihre Gedanken wanderten nach Berlin, wie sie in einem Café am Kurfürstendamm gesessen hatte, in ihrer Handtasche die Zeugenaussagen von Inhaftierten aus Plötzensee, die sie einem Kontaktmann übergeben sollte. Während sie den beiden SA-Männern am Nebentisch schöne Augen machte, hatte sie den Umschlag unter dem Tisch in dessen Manteltasche gleiten lassen. Auf dem Bahnhof in Basel hatte sie eine Aktentasche durch ein Geländer auf die deutsche Seite geschoben und eine andere Tasche aus Deutschland wieder mitgenommen. In Holland hatte sie Kuriere über die grüne Grenze nach Deutschland und zurück gebracht. Bei so vielen Gelegenheiten hatte sie sich in Gefahr begeben, aber es war immer gut gegangen. Ihre Unverfrorenheit kam ihr heute naiv vor, seitdem hatten die Nazis so viel gelernt, waren so viel grausamer und effizienter geworden. Aber zu wissen, dass sie von Anfang an gegen Hitler gekämpft hatte, machte die Situation hier in Gurs tatsächlich ein bisschen leichter für sie. Kein Wunder, dass ich hier eingesperrt bin, dachte sie mit einem Anflug von Stolz. Dass sie jüdische Eltern hatte, war nicht der Grund gewesen, sich dem Widerstand anzuschließen. Ihr Herz schlug links, und die aufstrebenden Nazis hatte sie von Anfang an verachtet. Als junge Frau hatte sie ihre prägenden Jahre in Berlin verbracht, sie gehörte zum Sozialistischen Schülerbund, sie ging ins Kabarett und ins Kino, sie hatte die Premiere der Dreigroschenoper gesehen und kannte die Journalisten der linken Zeitungen. Als die Nazis angefangen hatten, gegen all das vorzugehen, was ihr wichtig war, als sie Vorführungen störten und ihre Freunde verprügelten, da konnte sie gar nicht anders, als sich gegen sie zu stellen. Nachdem Hitler im Januar 1933 Reichskanzler geworden war und die Verfolgungen staatlich organisiert wurden, als viele ihrer Freunde und Mitstreiter verhaftet wurden und sie hörte, was sie in den Gefängnissen und Konzentrationslagern erleiden mussten, da hatte sie umso entschlossener weitergemacht. Mit ein paar anderen begann sie, Berichte und Fotos von Folterungen und Morden zu sammeln und sie ins Ausland zu schmuggeln. Dann organisierten sie eine Druckerpresse und tippten Flugblätter, die sie heimlich verteilten. Als ein paar Jungs mit den Flugblättern geschnappt worden waren, hatten sie alles auf Lisa geschoben, weil sie dachten, sie wäre bereits im Ausland. Zum Glück war sie rechtzeitig gewarnt worden und am nächsten Tag nach Prag geflohen, wo ihre Eltern bereits auf sie warteten. Nach Prag war die Schweiz gekommen, dann Holland, dann Paris.

Und nun saß sie hier auf einem harten Strohsack. Sie nahm noch einen Bissen von ihrem Brot. Obwohl sie sehr langsam gekaut hatte, um möglichst lange etwas davon zu haben, war sie noch hungrig. Sollte sie auch den Rest jetzt essen oder ihn lieber aufbewahren bis vor dem Schlafengehen, wenn ihr Hunger immer am größten war?

KAPITEL 2

Lisa zuckte zusammen, als die Tür mit einem Krachen, das die hölzernen Wände erzittern ließ, an die Wand flog. Alina stürzte herein, marschierte zu ihrem Strohsack und ließ sich darauf fallen. Lisa sah, dass ihr Gesicht tränenverschmiert war. Alina war mit ihren fünfzehn Jahren eigentlich zu jung für ein Lager, die Internierungen galten erst für Frauen ab siebzehn, aber weil sie niemanden mehr hatte, war sie mit ihrer älteren Freundin ins *Vélodrome* gegangen, sie hatte einfach nicht gewusst, was sie sonst hätte tun sollen. Doch man hatte sie getrennt und ihre Freundin in ein anderes Lager gebracht.

»Was ist los?«, fragte Lisa.

Alina schluchzte auf und blickte verstohlen in die Ecke, in der drei Frauen an der Wand lehnten und rauchten. Sie hatten sich von Anfang an abgesondert und verfügten über Zigaretten und andere Dinge, die im Lager nur schwer zu bekommen waren und von denen sie nichts abgaben. Lisa hatte sie im Verdacht, für die Lagerleitung zu spionieren und bewusst Unfrieden zu stiften.

Sie schikanierten und beleidigten Alina, wo sie nur konnten.

»Was haben sie dir gestohlen? Los, sag schon. Damit dürfen sie nicht durchkommen, sonst haben wir hier alle keine ruhige Minute mehr.«

»Meine Schere und ein Unterhemd«, stammelte Alina. »Das hat meine Mutter mir geschenkt.«

Lisa ahnte, was das Hemd Alina bedeuten musste. Auch sie

hing an dem Taschentuch, das ihre Mutter ihr in Paris zugesteckt hatte, kurz bevor sie ins *Vélodrome* musste. Doch die Schere war ein unersetzliches Gut im Lager. Aber es ging hier nicht nur um den praktischen Nutzen, es ging um Solidarität. Wenn sie nicht zusammenhielten, dann hätten die anderen gewonnen. Wenn jede nur noch an sich dachte, dann würde ihre Gemeinschaft zerbrechen. Nur gemeinsam konnten sie hier überleben. Nur indem sie teilten, sich Mut zusprachen, sich halfen. Und sich nicht das wenige, was ihnen geblieben war und das oft unter das Kopfkissen oder an einen Nagel an der Wand passte, wegnahmen. Reflexhaft sah Lisa zu ihrer Tasche aus grobem Leinen, in der sich ihr ganzer Besitz befand, das, was nach den Jahren auf der Flucht noch übrig war: ihre Bluse und Unterwäsche zum Wechseln, eine Hose für kühlere Tage, dazu ein paar Briefe von Hans und ihrer Familie, ein Stift, ein Buch. Schränke gab es in Gurs nicht. Ständig wurde etwas gestohlen, aber in ihrer Baracke war so etwas bisher nicht vorgekommen. Und so sollte es auch bleiben. Lisa holte tief Luft, dann stand sie auf und zog Alina an der Hand hinter sich her zu den drei Frauen, die sie herausfordernd ansahen.

»Gebt ihr die Schere wieder. Und das Unterhemd auch«, sagte sie so laut, dass alle es hören konnte. Einige Frauen hatten sich bereits hinter sie gestellt. Auguste Broders kam ebenfalls dazu. »Was ist hier los?«, fragte sie.

»Ach, nichts weiter. Diese Damen haben sich Alinas Schere ausgeliehen und wollten sie gerade zurückgeben«, antwortete Lisa und ließ die drei nicht aus den Augen.

Maxine Wunderlich, die Anführerin der drei, war eine große Frau, die ihr Haar zu einem Zopf geflochten um den Kopf trug. Typische Nazifrisur, dachte Lisa. Jede Nacht verschwand sie mit einem der Wachmänner. Mit gelangweiltem Gesicht zog sie jetzt die Schere aus ihrer Rocktasche.

»Und das Hemd«, sagte Lisa und reichte beides an Alina weiter.

»Jetzt habt euch nicht so. War doch nur Spaß«, sagte Maxine.

»Such dir für deine Späße das nächste Mal jemanden, der dir gewachsen ist«, sagte Lisa, und die anderen nickten dazu. Sie hielt Maxine die Faust vors Gesicht. »Sonst bekommst du vielleicht die hier zu spüren. Ich meine es ernst.«

★ ★ ★

Wie jeden zweiten Tag waren Lisa und Paulette damit beschäftigt, ihre wenigen Kleider zu waschen, was ohne Seife nicht ganz einfach war. Es gab zwar eine Kantine im Lager, wo man Hygieneartikel und auch Lebensmittel kaufen konnte, aber weder Lisa noch Paulette hatte Geld dafür.

Auf dem Rückweg kam ihnen Hannah Arendt entgegen, eine schmale junge Frau, die in einer Nachbarbaracke wohnte. In Paris hatte sie zu einer Gruppe von Philosophen gehört, die in einem Hotel am Montparnasse zusammenwohnten. Lisas Vater war ein paar Mal dort gewesen, weil er wollte, dass sie einen Artikel für die Exilzeitschrift schrieb, bei der er als Redakteur arbeitete. Ab und an hatte Lisa ihn begleitet und hatte zugesehen, wie sie mit Walter Benjamin Schach gespielt hatte. Auch damals hatte sie diesen Häkelpullover angehabt, der am Ausschnitt durch einen Knopf zusammengehalten wurde. Manche Menschen erkennt man zuerst an ihrer Kleidung, die sie über Jahre tragen, dieser Gedanke ging ihr durch den Kopf.

»Ich kann die Pyreneeeeen nicht mehr seeeehen«, sang Hannah mit ihrer tiefen Stimme und machte dabei einen Tanzschritt. Ihr dunkles Haar lag wie ein Helm um ihren Kopf herum.

Paulette lachte. »Lisa hat gesagt, du bist Philosophin und keine Sängerin?«

»Bin ich auch, aber ich brauche Zigaretten zum Denken, und das Singen lenkt mich ab. Habt ihr welche?« Ihr Blick bekam etwas Verletzliches.

Lisa schüttelte den Kopf. »Leider … Aber eine in unserer Baracke hat ein Schachspiel. Das hilft, die Zeit totzuschlagen.«

Hannah nickte. »Gern. Und morgen Abend halte ich einen Vortrag. Kommt ihr? Man muss ja aufpassen, dass man hier nicht verblödet. Um sieben«, sagte Hannah in ihrer gewohnt knappen Art und bog dann mit einem Kopfnicken zu ihrer Baracke ab.

In diesem Augenblick fing es an, wie aus Eimern zu schütten. Das passierte hier ständig. Die Gewitter kamen oft und aus heiterem Himmel. Weil das Lager auf einem morastigen Grund errichtet war, verwandelten sich die Wege in kürzester Zeit in Schlammwüsten. Lisa hatte Mühe, nicht im Matsch zu versinken, und versuchte, auf einem Bein stehend die Balance zu halten.

»Du siehst aus wie ein Storch im Salat!«, rief Paulette und lacht sich halb tot. Lisa sah sie empört an, dann lachte auch sie los. Man musste hier in Gurs jede Gelegenheit zum Lachen nutzen, um nicht durchzudrehen. Dann gab sie alle Vorsicht auf und rannte los, Paulette hinter ihr her. Kurze Zeit später waren sie von oben bis unten mit Schlamm bespritzt und bis auf die Haut nass. Lachend und außer Atem betraten sie ihre Baracke. Lisa zog sich aus und legte sich im Unterhemd auf ihren Strohsack. Was würde ich jetzt für ein heißes Bad geben, dachte sie. Mit Schaum bis unter die Nasenspitze und Duft und hinterher ein schönes weiches Handtuch … Plötzlich sah sie Hans vor sich, wie er sie abtrocknete und schon traten ihr die Tränen in die Augen. Sie vermisste ihn so sehr. Wäre Hans mit ihr hier, er würde alles tun, um ihr durch kleine Gesten das Leben leichter zu machen. Niemand konnte das so gut wie Hans, und er hatte sie schon in den schlimmsten Stunden zum Lachen gebracht.

Bei dem Gedanken, wie er ihr in Paris jeden Abend die enge Stiege hinaufgeholfen hatte, die in das Zimmer unter dem Dach im neunten Stock führte, musste sie lächeln. Wenn sie nicht mehr konnte, hatte er sie von unten geschoben und dabei gemurmelt: »Wieso habe ich mich ausgerechnet in eine störrische Eselin verliebt?«

Wo mochte er jetzt sein? Bestimmt war er in einem anderen Lager irgendwo in Frankreich, Hauptsache weit weg von den vorrückenden Deutschen. Man hörte von Entführungen nach Nazi-Deutschland, und das bedeutete Konzentrationslager oder noch Schlimmeres. Die Nazis hatten ihn in Abwesenheit zum Tode verurteilt. Man hatte ihm den Mord an einem SA-Mann in die Schuhe geschoben. Ausgerechnet Hans, der genau wie sie selbst Gewalt ablehnte. Aber die Nazis würden kurzen Prozess mit ihm machen.

Seit sieben Jahre waren sie nun schon ein Liebespaar und seitdem hatte sie Angst um ihn. Sie wären längst verheiratet, wenn sie die nötigen Papiere zusammengehabt hätten. Wieder huschte ein Lächeln über ihr Gesicht. Sie brauchte keinen Trauschein, um zu wissen, dass sie und Hans zusammengehörten. In Prag hatten sie sich bei einer politischen Versammlung kennengelernt, aber nur ein paar Worte gewechselt. Lisa hatte während des Vortrags seinen Blick bemerkt, der einen Moment zu lange auf ihr geruht hatte. Sie hatte ihn fragend angesehen, aber dann war sie von einem ihrer Freunde abgelenkt worden. Bevor sie ging, suchte sie ihn mit den Augen, aber er war in einem Gespräch mit einem Mann und hob nicht den Blick. Sie fand ihn anziehend, mehr aber nicht. Er dagegen hatte sich sofort in ihre Lebhaftigkeit verliebt, wie er ihr später erzählte. »Deine dunklen Locken sind bei jedem Lachen nur so um dein Gesicht geflogen.« Er hatte Himmel und Hölle in Bewegung gesetzt, um sie wiederzusehen. Sogar den Postboten hatte er bestochen, um dessen Tour zu übernehmen und so an ihre Adresse zu kommen. Die Geschichte rührte sie immer noch. Bei ihrem ersten Rendezvous trug er ein zerlesenes Buch unter dem Arm, das hatte sie angezogen. Er brachte sie zum Lachen, und das war das andere an ihm, das sie so liebte. Ein Mann, der Bücher liebte und der sie mit seiner Fröhlichkeit ansteckte. Wenn es um Politik und Fragen der Gerechtigkeit ging, sprühte Hans nur so vor Lebensfreude und Energie, er riss sie einfach mit. Jeden Abend schleppte er sie ins Kino oder in ein Konzert, in dem Punkt war er genauso unermüdlich wie unerbittlich. Gerade in Zeiten, in denen sie ohne feste Wohnung war und immer in Angst, aufzufliegen, waren diese Ablenkungen ein Segen.

Als sie ihn besser kennenlernte, merkte sie, wie wichtig ihm seine politische Arbeit war. Der Kampf gegen die Nazis kam für ihn an erster Stelle. Anfangs war sie mit Hans einer Meinung gewesen, noch immer wäre es für sie unmöglich, einen Mann zu lieben, der nicht ihre politischen Ansichten und ihr Engagement teilte. Aber es gab immer häufiger Momente, in denen sie sich wünschte, Hans würde auch mal romantisch sein, mehr an sie denken als an die nächste Versammlung, die nächste Aktion. Seufzend tastete sie mit den Fingern nach der silbernen Kette mit dem kleinen Anhänger in Form eines Ls an ihrem Hals. Hans hatte sie ihr zum ersten Jahrestag geschenkt, »L wie Lisa, wie Liebe und wie *liberté*, der schönste Buchstabe, den es im Alphabet gibt«, hatte er gesagt und ihr die Kette umgelegt. Er hatte ihr mit Absicht keinen Ring geschenkt. »Ich will dich nicht an mich fesseln. Ich liebe dich für deine Unabhängigkeit. Sonst wärst du ja auch nicht hier, sondern in Berlin und eine brave Ehefrau. Ich schenke dir diese Kette, damit du weißt, dass ich dich liebe.« Seitdem hatte Lisa die Kette nie wieder abgenommen. Es erfüllte sie mit Stolz, dass sie in ihr ein Zeichen ihrer Freiheit und gleichzeitig einen Liebespfand sehen konnte.

Sie stöhnte und drehte sich auf die andere Seite, um die Gedanken zu vertreiben, aber stattdessen sah sie wieder ihre Mutter vor sich, wie sie mit ihr an der Haltestelle auf den Bus wartete, der sie ins *Vélodrome d'Hiver* bringen sollte, und ihr Herz zog sich schmerzhaft zusammen. Ihre Mutter hatte auf einmal so klein und alt ausgesehen. Wann war das geschehen? Wann hatte sie ihre Jugendlichkeit verloren? Als Lisa in den Bus gestiegen war, konnte sie deutlich in den Augen ihrer Mutter lesen, was sie von ihr erwartete. Aber sie brachte es einfach nicht über sich, die Worte zu sagen: »Bis bald. Ich bin bald wieder da.« Weil sie nicht wusste, ob sie dieses Versprechen würde halten können. Jetzt bedauerte sie, dass sie es nicht trotzdem gesagt hatte, nur um ihrer Mutter einen Moment der Hoffnung zu geben. Sie konnte nur hoffen, dass es ihren Eltern gut ging. Sie waren nicht interniert, weil sie zu alt waren. Ob sie noch in der Wohnung in der Butte Rouge, einer südlichen Vorstadt von Paris, waren? Ob sie die Miete noch zahlen konnten? Wie kamen sie zurecht? Ihr Vater gab Privatstunden, ihre Mutter nähte für die Nachbarschaft, das reichte knapp zum Leben. Lisa hatte im Lager immerhin die Gemeinschaft der anderen, ihre Eltern waren die, die ohne Gasmaske in die Luftschutzräume mussten und die dadurch jeder als Ausländer erkannte.

Lisa spürte, wie ihr die Tränen kamen. Paulette hatte recht, es war gefährlich zu träumen. Man musste sich genau überlegen, wovon man träumte. Ein heißes Bad war in Ordnung, aber an die Menschen zu denken, die man liebte, brachte alles durcheinander und kostete zu viel Kraft. Wenn Hans sich von ihr verabschiedete, dann hatte er die Angewohnheit, im Gehen den Hut aufzusetzen, und ihr dann, ohne sich umzudrehen, mit der Hand über dem Kopf zuzuwinken. Mit diesem Bild im Kopf schlief sie ein.

KAPITEL 3

Am nächsten Abend hielt Hannah Arendt ihren Vortrag über die Dichterin Rahel Varnhagen. Es dämmerte bereits, als Lisa mit Erna und Paulette frierend in die Baracke eilte, in der Hannah wohnte. Sie war den ganzen Tag über niedergeschlagen gewesen. Es hatte wieder geregnet, und sie mussten drinnen bleiben. Die Stunden hatten sich endlos gezogen, weil es nichts zu tun gab. Sie hatte versucht zu lesen, aber draußen war es zu kalt gewesen und in der Baracke zu dunkel und zu laut. Die vielen Stunden des erzwungenen Nichtstuns, die man mit Hoffnungslosigkeit, dumpfem Brüten oder frustriertem Zank füllen konnte, waren mit das Schlimmste in Gurs. Da taten diese Abende, an denen die Frauen Theater spielten, Vorträge hielten oder sangen, so unendlich gut. Es lenkte vom bohrenden Hunger ab und es schuf ein Gefühl der Gemeinschaft und Solidarität. Die Lagerleitung duldete diese Veranstaltungen, aber nur die Frauen aus demselben *Ilôt* durften daran teilnehmen. Gleich als Lisa die halbdunkle Baracke betrat, spürte sie die erwartungsvolle Stimmung der anderen, denen es offensichtlich ähnlich ging. Einige der Frauen kannte sie schon aus Paris, andere hatte sie hier kennengelernt. Mit Lili Andrieux, die in einer Ecke saß und ihnen zuwinkte, hatte sie erst gestern überlegt, dass sie eine Einführung in Kunstgeschichte geben könnte. Und wenn sie tatsächlich genügend Papier und Stifte hätten, wollte sie die Frauen im Malen unterrichten.

»Hierher, ich habe euch einen Platz freigehalten«, rief Lili.

Lisa, Erna und Paulette schoben sich durch die Menge der Frauen, die auf zusammengerückten Strohsäcken saßen oder an der Barackenwand lehnten. Als sie bei ihr ankamen und sich neben sie gesetzt hatten, überreichte Lili Lisa ein winziges Porträt, das sie auf die unbedruckte Fläche einer Zeitungsanzeige für Pomade gezeichnet hatte.

»Hast du das gerade eben gemacht?«, fragte Lisa perplex, während sie sich betrachtete. Lili hatte in wenigen Strichen ihr Gesicht gezeichnet und dabei ihren Mund und den offenen Blick sehr gut getroffen. »In der kurzen Zeit, als ich mich zu dir durchgeschlängelt habe?«

»Gekonnt ist gekonnt«, gab Lili mit einem Achselzucken zurück. »Immerhin habe ich in Berlin und Paris Kunst studiert. Darfst du behalten.«

»Danke«, sagte Lisa aufrichtig erfreut und schob das kleine Bild vorsichtig in ihre Hosentasche. »Das werde ich Hans schenken, wenn wir uns wiedersehen.«

Lili zog ein neues Stück Papier aus dem Schaft ihrer derben Männerstiefel. Sie kniff die Augen zusammen und sah abwechselnd zu Erna und auf das Blatt vor sich. Lisa konnte ihr dabei zusehen, wie eine Skizze von Erna entstand.

»Ist Lou nicht hier?«, fragte Lisa und sah sich suchend um.

Lili und Lou Albert-Lazard steckten immer zusammen und streiften auf der Suche nach Motiven durch das Lager. Dabei war Lou das ganze Gegenteil der bodenständigen Lili. Auch hier, unter den widrigen Bedingungen des Lagers, wirkte sie noch extravagant und mondän. Früher einmal war sie die Geliebte von Rilke gewesen. Lisa hatte sie ein paar Mal in Paris gesehen, wo sie durch rote Fuchspelze und Hutkreationen aus Moos und Hahnenfedern aufgefallen war. Die Pelze hatte sie längst verkaufen müssen, hier in Gurs trug sie wallende weiße Gewänder und einen riesigen Strohhut auf dem Kopf. Jeder hier kannte Lou und Lili, viele hatten schon Modell für sie gestanden, manche sogar nackt an den Waschtrögen.

Nach ihnen kamen immer noch mehr Frauen in die Baracke, und Lisa bemerkte unter ihnen die winzige Frau Krüger, die sich mit vorsichtigen, tastenden Schritten näherte. Alle im *Ilôt* kannten und mochten die alte Frau mit dem schlohweißen Haar und dem zerschlissenen Mantel, die für jede von ihnen ein Lächeln hatte. Heute Abend trug sie über ihrem dunklen Mantel ein buntes Seidentuch zu einer perfekten Schleife gebunden. Das war ihre Art des Kampfes gegen die allgegenwärtige Verwahrlosung. Sie stellte sich zu den anderen, hatte aber offensichtlich Mühe, sich aufrecht zu halten. Wie lange sollte die arme alte Frau noch hier hausen müssen, unter unwürdigen Bedingungen? Würde sie womöglich hier sterben? Der Gedanke trieb Lisa Tränen in die Augen. Sie mussten etwas unternehmen. Sie mussten so schnell wie möglich raus aus diesem Lager. Und bis dahin würde sie dafür sorgen, dass sich die Bedingungen verbesserten und Frau Krüger ein einigermaßen erträgliches Leben hatte.

»Hat hier jemand irgendetwas, das als Hocker dienen könnte?«, fragte sie in die Runde. Eine Hand hob sich, und sie trugen einen Koffer herbei, auf den Frau Krüger sich mit einem dankbaren Lächeln setzte.

Lisa freute sich über diese kleine Geste der Menschlichkeit. Nicht nur ihr, sondern auch den anderen tat sie gut. Die Stimmung wurde angeregter, fast ein wenig fröhlich, als Hannah Arendt anfing zu sprechen.

»Rahel träumte davon dazuzugehören, aber drei Dinge sprachen dagegen«, sagte sie mit ihrer dunklen, klaren Stimme und stieß dabei den Rauch ihrer Zigarette aus. Offensichtlich hatte sie irgendwo welche auftreiben können. »Sie stand vielfach am Rand der Gesellschaft: als Künstlerin, als Frau und als Jüdin …« Frau Krüger seufzte vernehmlich. »Das machte sie überall zu einer Außenseiterin. Sie versuchte dazuzugehören, aber dabei verlor sie sich beinahe. Der Konflikt zwischen den Erwartungen der anderen und ihren eigenen Wünschen hat sie aufgefressen. Sie hat viel von ihrer Kraft dafür verbraucht, einen Platz in der Gesellschaft zu finden und ihn zu behaupten. Sie hat einen Adligen geheiratet, aber selbst das führte nicht automatisch zu einer gesellschaftlichen Anerkennung.«

Hannah machte eine Pause und sah die anderen an.

»Wie viel leichter wäre ihr Leben gewesen, wenn sie eine Rolle angenommen hätte? Stellen wir uns für einen Augenblick vor, sie wäre Hausfrau und treusorgende Ehefrau geworden. Sie hätte aufgehört zu schreiben …«

»Wie gern wäre ich das. Nur Hausfrau und treusorgende Ehefrau, das Schreiben und Malen und Denken können gern andere übernehmen. Aber man lässt mich leider nicht«, rief eine Frau aus dem Publikum dazwischen, und einige andere stimmten ihr zu.

Lisa nahm das nur am Rande wahr, sie war völlig gefesselt von Hannahs Worten. Es schien, als würde die Philosophin über sie selbst reden. Auch sie gehörte nirgendwo dazu. Man grenzte sie aus, als Frau, als Jüdin, als Antifaschistin. Man hatte sie sogar aus Deutschland ausgebürgert, sie war nicht länger Teil dessen, was die Nazis »Volksgemeinschaft« nannten. Aus ihrer Heimat hatte man sie vertrieben. In Frankreich wollte man sie auch nicht und sperrte sie ein. Aber wo sollte sie denn hin? Würde man sie jemals irgendwo wollen? Selbst wenn sie ein Visum für ein anderes Land bekäme, würde sie dort dazugehören, irgendwann? Würde man ihr erlauben, ein Leben zu führen, wie sie es sich erträumte? Oder würde man sie erneut einsperren, weil man sie für gefährlich hielt? Weil man meinte, sie würde anderen den Platz zum Leben und zum Arbeiten wegnehmen?

»… es ist nicht gut, sich nur auf diese Nicht-Zugehörigkeit zu berufen, seinen Platz im Leben nur über eine Negation zu finden.« Hannah Arendt unterbrach sich und nahm einen letzten tiefen Zug aus ihrer Zigarette, die so weit aufgeraucht war, dass sie sich die Finger verbrannte. Sie schnippte die Glut ab und steckte die Kippe in ihre Tasche. Aus den Tabakresten würde sie neue Zigaretten drehen. Alle machten das hier so. »Was ist es garstig, sich immer erst legitimieren zu müssen. Passt auf euch auf.« Mit diesen Worten drehte sich Hannah um und lehnte sich an die Seitenwand der Baracke. Die Frauen klatschten, einige gaben ihr etwas, das sie entbehren konnten. Lisa ging zu ihr hinüber und hielt ihr eine Zigarette hin.

»Danke«, sagte Hannah.

»Ich sage danke.« Lisa lehnte sich neben sie an die Wand. Sie hätte Hannah gern all die Fragen gestellt, die sie sich selbst gerade gestellt hatte. Wo sie hingehörte und was ein geglücktes Leben war. Ob es von Bedeutung war, dass sie gegen Hitler, auf der Seite der Gerechtigkeit gekämpft hatte, auch wenn es gerade so aussah, als hätte sie diesen Kampf verloren. Und woran bemaß sich das, ob man gewann oder verlor? Lag es in einem selbst, in dem Sinne, dass man wusste, dass man richtig handelte, oder entschieden andere darüber, und lag es nur am Ergebnis?

»Weißt du, es ist nicht unsere Schuld, wenn sie uns nicht haben wollen. Sie sind die Verbrecher, die Unmenschen, vergiss das nie.« Hannahs Stimme klang brüsk, so wie es ihre ganze Art war. Sie lebte, wie sie dachte. Genau und präzise, keine Geste, kein Wort zu viel. Sie zündete sich die Zigarette an und wandte sie sich zum Gehen.

Aber vielleicht war es auch besser, diese trüben Gedanken nicht zu vertiefen, dachte Lisa auf dem Weg zurück in ihre Baracke. Sie hatte sich schon am Vorabend in düsteren Ideen verstrickt, das tat ihr nicht gut. Es raubte ihr Kraft und Mut für den täglichen Kampf.

»Findest du auch, dass wir anders sind als andere Frauen?«, fragte Paulette, die neben ihr ging. Offensichtlich machte sie sich ganz ähnliche Gedanken.

»Du bist immerhin ordentlich verheiratet«, gab Lisa lachend zurück.

»Du doch auch. Mit Hans Fittko.«

Lisa schüttelte den Kopf. »Ich habe 1932 Gabo Lewin geheiratet, um die deutsche Staatsbürgerschaft zu bekommen. Es hat mir nichts genützt. 1938 sind wir beide ausgebürgert worden. Hans und ich hatten nie die richtigen Papiere, um zu heiraten.«

Paulette lachte auf. »Da hast du dir wohl zwei Mal den Falschen ausgesucht.«

»Und dann habe ich auch noch den Stempel: Jüdin auf der Stirn. Dabei bin ich nicht mal religiös. Meine Eltern auch nicht.« Sie blieb stehen. »Nicht ich bin falsch, sondern die Nazis. Nicht ich muss mich ändern, sondern sie.«

Sobald sie in ihrer Baracke angekommen waren, legten sie sich auf ihre Strohmatten. Lisa zog die Decke eng um sich und versuchte eine einigermaßen bequeme Position zu finden. Dann schloss sie die Augen. Aber ihr Gehirn arbeitete weiter. Ja, sie war Antifaschistin. Und sie war nicht allein. Sie gehörte zu einer ganzen Armee von Menschen, die der Meinung waren, dass die Nazis Verbrecher waren und dass man sie bekämpfen musste. Sie dachte an die vielen Genossen und Genossinnen, mit denen sie gekämpft, mit denen sie Gefahren überwunden hatte. Sie waren bereit, für ihre Überzeugungen ins KZ oder sogar in den Tod zu gehen. Wer mochte vor ihr auf diesem Schlafsack gelegen haben? Bestimmt ein Spanienkämpfer, der mit der Waffe in der Hand gegen Franco gekämpft hatte. Er glaubte an dieselben Dinge wie sie. Von ihm und all den anderen fühlte sie sich getragen, ihnen gehörte ihre Solidarität und sie standen an ihrer Seite. Stolz erfüllte sie. »Ich stehe auf der richtigen Seite«, flüsterte sie.

KAPITEL 4

Als am folgenden Sonntag die Neue in ihre Baracke kam, staunten sie nicht schlecht. Sie trug einen Seidenpyjama und ihre Füße steckten in feinen bestickten Pantoffeln, die allerdings völlig vom Schlamm verkrustet waren.

Alle starrten sie an. Sie war wunderschön, hatte lange blonde Locken, die zwar ein wenig unordentlich waren, aber glänzten wie Gold. Vor allem aber hatte sie weibliche Rundungen und eine zarte Haut, die der Seidenpyjama nur noch betonte. Alle anderen Frauen waren abgemagert, die wenigen Kleidungsstücke, die sie bei sich hatten, waren schmutzig und zerschlissen.

»Was ist denn mir dir passiert?«, fragte Maxine. »Haben Sie dich bei der Arbeit verhaftet?«

»Halt die Klappe«, rief Auguste.

Die Neue stellte sich als Julia Behnke vor, ursprünglich aus Berlin. Sie war Sängerin und mit einem Franzosen verheiratet, deshalb hatte sie sich nicht gemeldet, als die Franzosen nach dem Überfall der Deutschen am 10. Mai 1940 alle »feindlichen Ausländerinnen« aufforderten, sich ins *Vélodrome* zu begeben.

»Das hätten wir besser auch nicht getan«, schimpfte Erna.

»Und wenn die Miliz dich erwischt hätte, wärst du gleich im Gefängnis gelandet«, entgegnete eine andere Frau.

Julia Behnke nickte. »Mein Mann kämpft als Soldat für Frankreich, und mich haben sie verhaftet. Ich durfte mir nicht mal was anziehen.« Sie sah auf ihren geblümten Schlafanzug hinunter, der zwar verknittert war, der Lisa aber dennoch wie ein Relikt aus einer anderen Welt vorkam.

Am Nachmittag wurde es spürbar wärmer. Ein Segen, fand Lisa. Sie nahm sich ihr Buch und schaute, ob sie irgendwo ein ruhiges Plätzchen in der Sonne fand, um zu lesen. Lesen ließ sie den Hunger vergessen. Paulette begleitete sie, und hinter der letzten Baracke, kurz vor dem Zaun, setzten sie sich Rücken an Rücken auf die Erde, um sich gegenseitig eine Art Lehne zu geben. Lisa hob das Gesicht in die Sonne und ließ sich wärmen. Ihr Magen knurrte vernehmlich, als sie sich in ihren Roman vertiefte. Es dauerte nicht lange, bis eine Frau vorbeikam.

»Hier bist du. Die anderen haben es mir gesagt«, sagte sie zögernd. Lisa legte den Daumen zwischen die Seiten ihres Buchs und machte der Frau ein Zeichen, sich neben sie zu setzen.

»Wo kommst du her?«, fragte sie und bemühte sich, ein kleines Seufzen zu verbergen. Eigentlich hatte sie sich auf einen Moment der Ruhe gefreut.

Die junge Frau fing an zu erzählen. Sie hieß Marlis und war mit ihren Eltern als Fünfzehnjährige aus Deutschland gekommen, in den ersten Jahren der Emigration waren sie ganz gut zurechtgekommen. Aber dann war ihr Vater plötzlich an einem Herzinfarkt gestorben. Ihre Mutter und sie hatten jede Arbeit angenommen, um die Miete bezahlen zu können. Und dann war Marlis interniert worden.

Noch bevor Lisa etwas sagen konnte, stand Paulette auf. »Tut mir leid, das wird mir hier gerade zu viel«, sagte sie und ging, während Marlis unter Schluchzen weitererzählte.

»Ich weiß nicht, wo meine Mutter ist. Sie kommt allein nicht gut zurecht. Sie spricht nur ein paar Brocken Französisch. Die anderen sagen, dass du vielleicht helfen kannst. Ich weiß nicht, was ich tun soll.«

»Du machst dir Sorgen, das ist doch ganz normal«, sagte Lisa und legte ihr die Hand auf den Unterarm. Dabei dachte sie an ihre eigenen Eltern, die ebenfalls allein in Paris festsaßen. Ich darf jetzt nicht an sie denken, dann verliere ich die Fassung, ermahnte sie sich im Stillen. »Die französischen Behörden werden sich um sie kümmern«, sagte sie. Dann kam ihr eine Idee. »Schreib deiner Mutter einen Brief. Sie wird sich ebensolche Sorgen um dich machen wie du um sie. Schreib ihr, dass es dir gut geht. Das wird ihr helfen.«

»Aber wir dürfen doch nicht schreiben.«

»Schreib es dir trotzdem von der Seele. Ich werde versuchen, einen Weg zu finden, wie ich den Brief rausschmuggeln kann.«

»Meinst du?«, fragte Marlis, und Lisa sah einen Funken Hoffnung in ihren Augen.

Lisa nickte und versuchte, möglichst optimistisch zu wirken. Sie hatte keine Ahnung, wie sie ihr Versprechen, den Brief aus dem Lager zu schmuggeln, halten sollte. Aber manchmal war es besser, etwas zu versprechen, um Hoffnung zu geben. Sie hatte schon Dutzende dieser Geschichten gehört. Sie ähnelten sich alle. Irgendwann hatte es sich herumgesprochen, dass Lisa für alle ein offenes Ohr hatte, und seitdem kamen immer häufiger Frauen, erzählten von ihren Sorgen und baten sie um Hilfe. Und Lisa lud sich die Probleme und die Traurigkeit der anderen auf und trug sie mit sich herum. Irgendjemand musste sich doch dieser Schicksale annehmen, musste Interesse zeigen und Anteil nehmen. Wenn niemand ihnen zuhörte, hätten die Nazis gewonnen. Und dann wäre alles umsonst gewesen, alle Entbehrungen, alle Gefahr, in die sie sich und ihre Familie gebracht hatte, vergebens. Und das durfte nicht sein.

Deswegen hörte sie zu. Deswegen würde sie versuchen, all diese Lebensgeschichten im Kopf zu behalten und sie weiterzuerzählen. Damit die Verbrechen der Nazis nicht vergessen wurden. Es war gleichzeitig ihr Versuch, ihren Leidensgenossinnen das Leben erträglicher zu machen und dafür zu sorgen, dass in der Hölle von Gurs ein Rest von Menschlichkeit erhalten blieb. Viele Frauen trugen dazu bei: Hannah Arendt hielt Vorträge, die Künstlerinnen spielten Theater, die Lehrerinnen gaben Unterricht, Paulette half in praktischen Dingen, weil sie handwerklich geschickt war und sich zu helfen wusste.

Marlis hatte sich gerade ein paar Schritte entfernt, als eine Frau in einem wiegenden Gang auf sie zukam. Sie war früher Tänzerin bei einer Revue in Berlin gewesen, und jetzt gehörte sie zur Bühnentruppe von Gurs.

»Ich habe gehört, du liest aus der Hand?«, sagte sie zu Lisa und ließ sich in einer fließenden Bewegung neben ihr nieder. In der Hand hielt sie einen Apfel.

Lisa lief beim Anblick des Apfels das Wasser im Mund zusammen. »Aber nein, du irrst dich. Ich kann das nicht!«, wehrte sie ab.

»Auguste hat es aber gesagt.«

Jetzt wusste Lisa, woher der Wind wehte. Vor ein paar Tagen hatte Lisa Auguste, der Barackenchefin, aus einer Laune heraus die Zukunft vorhergesagt. Sie hatten beide gewusst, dass Lisa keine Ahnung davon hatte, aber sie hatten einen lustigen Moment gehabt, als Lisa ihr Reichtum, Glück und ein Leben in Amerika prophezeit hatte. Offensichtlich hatte Auguste das weitererzählt. Die Frauen waren so gierig nach guten Nachrichten, dass sie bereit waren, jeder zu glauben, die ihnen eine Zukunft voraussagte, in der alles gut werden würde.

»Also gut. Wie du willst«, sagte Lisa. Sie nahm die Hand der Tänzerin und drehte sie herum. Konzentriert betrachtete sie die Handinnenfläche und strich leicht mit der Daumenspitze über das, was sie für die Lebenslinie hielt.

»Ich will wissen, ob ich meinen Mann noch mal wiedersehen werde«, flüsterte die Frau.

Lisa schluckte. Alle wollten das wissen. Ob sie ihre Männer, ihre Kinder, ihre Eltern wiedersehen würden.

Sie schob die Ärmel der Frau hoch, als könnte sie auch aus den Handgelenken etwas lesen, und murmelte etwas von zwei Linien, die parallel zueinander verlaufen würden, und das würde auf eine lange Trennung hindeuten, aber hier kreuzten sich zwei andere Linien auf überraschende Weise. Das könne nur bedeuten, dass sie ihren Mann wiederfinden würde, aber an einem anderen Ort, als sie gedacht hatte.

»Wann?«, fragte die Frau, und ein Flehen kam in ihren Blick.

Lisa sah sie an. »Das kann ich nicht erkennen. Gib nicht auf. Halte Ausschau nach ihm.«

Die Frau sah sich um, als würde sie erwarten, dass ihr Mann in diesem Moment hinter der Baracke auftauchte. Dann schüttelte sie den Kopf.

»Danke«, sagte sie und reichte Lisa den Apfel.

Die wollte ihn nicht nehmen, sie kam sich schäbig vor, aber die Tänzerin bestand darauf.

»Behalte ihn, ich hab noch einen. Und der Moment der Hoffnung war es mir wert.« Sie stand auf und entfernte sich langsam.

Lisa roch an dem Apfel und widerstand der Versuchung, gleich hineinzubeißen. Sie würde ihn mit Paulette teilen.

»Du solltest ein Geschäftsmodell daraus machen«, sagte Paulette, während sie langsam an ihrem Stück Apfel kaute. »Hier, ich hab auch was für dich.« Sie hielt ihr ein kleines Stück Seife hin. Lisa roch daran. Ein schwacher Duft von Lavendel kitzelte ihre Nase. Allein das war etwas ganz Besonderes. Dankbar sah sie Paulette an. Sie mussten beide nichts sagen, um zu wissen, dass dies die Art von Unterstützung war, die Paulette geben konnte. Lisa legte die Seife unter ihr Kopfkissen und ließ sich von dem Duft durch die Nacht tragen.

KAPITEL 5

Lisa war selbst davon überrascht, dass der Kommandant den Beschwerden der Frauen nachgekommen war. Seit einigen Tagen gab es eine Poststelle im Lager, und Lisa hatte vorgeschlagen, dass sich jemand aus ihrer Baracke meldete, als Arbeitskräfte gesucht wurden.

»Wahrscheinlich ist das alles nur ein Beschwichtigungsversuch, und die Briefe werden nie weitergeleitet. Wir müssen auf jeden Fall damit rechnen, dass sie gelesen werden, um uns auszuspionieren. Aber ich finde, wir drehen den Spieß um: Die Poststelle ist im selben Gebäude wie das Büro des Kommandanten, vielleicht kommen wir an Informationen.«

»Ich gehe«, sagte Paulette. »Dann habe ich wenigstens etwas zu tun.«

Julia war zu ihnen getreten. »Du gehst ins Büro des Kommandanten? Ich komme mit. Ich tu so, als wollte ich mich auch bewerben.«

»Was hast du vor?«, fragte Lisa.

»Wirst schon sehen«, gab Julia mit einem verschmitzten Lächeln zurück. Sie strich sich die Bluse glatt und kämmte sich sorgfältig die blonden Locken.

»Hier.« Ulla Böse, eine stille Frau, die den Schlafplatz zu ihrer Linken hatte, reichte einen Lippenstift zu ihr hinüber. »Was immer du vorhast, vielleicht kannst du ihn brauchen.«

Julia nahm ihn lächelnd entgegen und zog sich die Lippen nach. Dann folgte sie Paulette. Eine Stunde später war sie zurück.

»Gebt mir euer Geld, alles, was ihr habt. Oder was anderes zum Tauschen«, forderte sie mit strahlendem Lächeln die Frauen auf.

»Hat das was mit deinem Besuch im Büro des Kommandanten zu tun?«, fragte Lisa.

Julia nickte. »Ich geh einkaufen. Los, her damit.«

»Wieso einkaufen? Wo denn?«, fragten die anderen. »Wir dürfen doch nicht aus dem Lager.«

»Ich schon. Ich habe eine Sondererlaubnis«, sagte Julia.

»Ich kann mir schon vorstellen, was du dafür tun musstest«, höhnte Maxine Wunderlich und machte dazu eine obszöne Bewegung mit den Hüften. Julia reagierte nicht auf die Beleidigung und wandte ihr einfach den Rücken zu. Sie streckte die Hand aus und sammelte bei den Frauen ein, was sie gerade entbehren konnten. Eine Bluse, ein selbst gemaltes Bild, ein paar Münzen. Lisas Hand fuhr automatisch an ihren Hals, zu ihrer Kette. Nein, von der würde sie sich niemals trennen. Sie war ihre Verbindung zu Hans. Das Einzige, was sie sonst noch an Wert besaß, war das Taschentuch, das ihre Mutter bestickt und ihr beim Abschied gegeben hatte. Sie zögerte. Sie hatte Hunger, sie fühlte sich elend und schwach. Aber sie musste bei Kräften bleiben. Sie fuhr mit den Fingerspitzen an der zarten gehäkelten Spitze entlang. Ihre Mutter war eine echte Künstlerin mit Nadel und Faden und hatte in Paris für eine Modeboutique kostbare Abendroben bestickt und damit zu ihrem Lebensunterhalt beigetragen. Und jetzt wirst du mir dabei helfen, nicht zu verhungern, dachte Lisa. Danke, Mama, ich weiß, dass ich in deinem Sinne handele. Sie roch noch einmal an dem Taschentuch, aber der Duft ihrer Mutter haftete schon lange nicht mehr daran. Mit einem Seufzen überreichte sie es Julia.

Am Nachmittag kam Julia mit zwei Körben voller Gemüse und Obst zurück.

»Nächstes Mal gibt's mehr«, sagte sie und ließ sich auf ihren Strohsack fallen. Sie rieb sich die schmerzenden Füße, denn die einzigen Schuhe, die man ihr statt ihrer Pantoffel gegeben hatte, waren zu klein.

»Wo hast du das her?« Lisa konnte nicht glauben, was sie sah, sie roch an einer Karotte und an einem Stängel Petersilie und der intensive Duft ließ Erinnerungen in ihr aufsteigen, bis ihr schwindlig wurde.

»Was hast du dafür tun müssen?«, fragte Erna misstrauisch.

Julia lachte aus vollem Hals. »Nichts. Der Kommandant mag mich. Er hält sich für einen tollen Hecht und ich habe ein bisschen die Sprotte gespielt. Ich habe ihm erklärt, dass es für uns, also auch für ihn, besser ist, wenn wir nicht an Unterernährung und Durchfall sterben …«

»Du hast wahrscheinlich gesagt, dass es auch für ihn von Vorteil wäre, wenn du deine Kurven behältst«, platzte Paulette dazwischen.

Julia tat so, als wäre sie begriffsstutzig und müsste darüber nachdenken, dann sagte sie: »Ach, jetzt verstehe ich, warum er so geglotzt hat. Dabei habe ich nur ein bisschen mit den Hüften gewackelt.« Sie sah unschuldig in die Runde und klimperte mit den Wimpern. »Jedenfalls hat er mir einen Karren besorgt und ich bin ins nächste Dorf gezogen und habe eingekauft.«

»Der Kommandant hat was? Einfach so?«

»Warum bist du denn zurückgekommen?«

»Was sagen die Leute im Dorf?«

»Hast du einen Kaffee getrunken? Richtigen Kaffee?«

Die Fragen schwirrten durcheinander. Julia zog eine Grimasse. »Ab sofort müsst ihr mich Julie nennen. Schließlich bin ich Französin.« Dann berichtete sie, wie sie die Straße hinuntergelaufen war, die vom Lager ins Dorf führte. Auf der rechten

Seite stand eine wunderschöne Villa, die Villa Russe hieß. »Ein gutes Zeichen, dachte ich mir.« Außerdem stand das Tor offen, und das war in Frankreich etwas Besonderes. Normalerweise waren die Zugänge zu den Grundstücken immer fest verschlossen. »Also bin ich einfach reingegangen, ein wunderschöner Garten, sage ich euch, fast ein Park, und als immer noch kein wütender Hund auf mich zugeschossen kam, habe ich an der Tür geklopft. Eine Frau wohnt dort, gar nicht viel älter als wir. Ich habe ihr erzählt, wo ich herkomme, und sie gefragt, ob sie mir Gemüse verkaufen kann. Oder irgendetwas anderes Essbares. *Et voilà!*« Sie wies auf die beiden Körbe.

Auguste und Erna waren die besten Köchinnen unter ihnen, und sie verschwanden mit den Sachen in der Küchenbaracke. Am Abend gab es für jede zwei heiße Kartoffeln und ein paar Karotten. Dazu ein Stängel Petersilie und ein paar Tropfen Öl. Lisa kaute ganz langsam und genoss jeden Bissen. Heute würde sie nicht mit leerem Magen einschlafen müssen. Sie spürte schon jetzt eine wohlige Müdigkeit, die von dem guten Essen kam.

»Jetzt sag mal ehrlich, warum bist du zurückgekommen? Du könntest schon halb in Lyon sein«, fragte sie Julia, während sie mit dem Finger den letzten Tropfen Öl vom Teller wischte.

»Aber dann hätte ich euch ja beklaut. Traust du mir das zu?«, rief Julia aufgebracht. »Wenn wir anfangen, uns gegenseitig zu bestehlen, dann haben wir verloren.«

Lisa lächelte sie an. Sie wusste, warum sie Julia so gern mochte. »Probier mal meine Schuhe an. Wenn sie dir passen, leihe ich sie dir, wenn du das nächste Mal gehst.«

★ ★ ★

Paulette brachte jetzt jeden Abend die Briefe, die sie zuvor in Begleitung eines Postens von den Frauen eingesammelt hatte, ins Büro des Kommandanten. Am nächsten Morgen waren sie nicht mehr da, und die Frauen rätselten, ob sie wirklich verschickt oder einfach nur in den Müll geworfen wurden. Eingehende Post gab es jedenfalls nicht.

An diesem Abend kam Paulette atemlos in die Baracke gelaufen.

»Ich muss mit dir reden«, wisperte sie Lisa zu und zog sie in eine Ecke, nachdem sie sich vergewissert hatte, dass niemand sie belauschte, besonders Maxine nicht. »Sie legen Listen an, Karteikarten für jede von uns, in denen alles über uns drinsteht: Name, Geburtsort, Religionszugehörigkeit, politische Zugehörigkeit, manchmal sogar die *noms de guerre*, die Tarnnamen!«

Lisa starrte sie an. »Die Lagerleitung? Woher wissen sie ...?«

»Die Barackenchefinnen müssen die Angaben liefern. Sie werden auch in unsere Baracke kommen und Auguste befragen. Ich habe vorhin die *fichiers* auf dem Schreibtisch des Kommandanten gesehen. Für jede von uns gibt es so eine Akte. Wenn die den Deutschen in die Hände fallen, Gnade uns Gott.«

Lisa wusste, was das bedeutete. Wenn die Deutschen erfuhren, dass sie hier war, dann wäre ihr Leben keinen Pfifferling mehr wert. In Berlin war sie den Nazis durch die Finger gerutscht, aber seitdem waren sie ihr auf der Spur. Sie kannten ihren Namen, weil einer ihrer Kontaktmänner in Amsterdam sie verraten hatte. In Paris waren sie nicht an sie herangekommen, aber jetzt, wo sie das Land überrollten, konnten sie ihre offenen Rechnungen begleichen. Es war nur eine Frage der Zeit, bis sie alle Internierungslager kontrollierten, und dann würde die Akte sie verraten. Sie und alle anderen. Lisa blieb die Luft weg, unwillkürlich griff sie sich an den Hals. Sie hatte das Gefühl, eine Schlinge würde sich darumlegen und sich langsam zuziehen. Blankes Entsetzen griff nach ihr, eine kalte Hand, die ihre Eingeweide schmerzhaft zusammenpresste. Sie kannte dieses Gefühl. Wie damals in Berlin im Sommer 1933. Sie hatte als

Erste das Treffen mit ihrer Widerstandszelle verlassen und trug die Druckplatte für ein Flugblatt bei sich. Als sie die Treppe hinunterging, stürmten Gestapomänner mit gezückten Revolvern an ihr vorbei. Geistesgegenwärtig lächelte sie sie an. Dann lief sie bis in den Keller hinunter und kauerte sich in einen der staubigen Putzschränke. Von ferne hörte sie, wie die Gestapomänner die Tür zu der Wohnung eintraten, aus der sie Minuten zuvor gekommen war. Dann wurden Walter und Jonas die Treppe hinuntergestoßen.

»Wo ist die Druckplatte?«, hörte sie eine Stimme brüllen. Es folgten Schläge und Schreie, dann wieder seine Stimme. »Die Frau, die uns eben auf der Treppe entgegengekommen ist, das war eine von denen. Los, sie darf nicht entkommen. Ich will sie haben!«

Lisa erstarrte. Warum um alles in der Welt war sie nicht abgehauen? Wenn sie in den Keller kamen, würden sie sie finden. Sie spulte die Verletzungen ab, von denen die Verhafteten erzählten: ausgerissene Fingernägel, Tritte in den Unterleib. Und was taten sie mit Frauen? Würde sie die zwei Tage Folter durchhalten, bevor sie anfing zu reden? Das hatten sie vereinbart. Zwei Tage, damit die anderen rechtzeitig fliehen konnten. Aber wer konnte sich schon vorstellen, wie es in den Folterkellern der Wilhelmstraße war? Auch wenn sie noch so viele Berichte darüber gelesen und verteilt hatte: den Schmerz und die Angst musste jeder selbst erleben, selbst mit sich ausmachen. Sie hörte schwere Schritte die Kellertreppe hinunterkommen. Zitternd drückte sie sich noch tiefer in den Schrank und versucht panisch die Luft anzuhalten.

»Die läuft da drüben auf der anderen Straßenseite«, dröhnte eine Stimme plötzlich von oben. Die Schritte machten kehrt und der Mann polterte die Treppe wieder hinauf. Kurz darauf war alles still. Lisa wartete noch ein paar Minuten, dann verließ sie am ganzen Körper zitternd ihr Versteck. Sie war noch einmal davongekommen.

Jedes Mal, wenn sie an dieses Erlebnis dachte, fühlte sie eine tiefe Schuld gegenüber der anderen Frau. Was war mit ihr geschehen? Hatte sie ihre Unschuld beweisen können oder war sie an ihrer Stelle verhaftet worden?

Im Laufe der Jahre war die Angst, erwischt zu werden, immer ein Teil von ihr geblieben. Man konnte sich an Todesangst gewöhnen, sie akzeptieren. Aber vergessen konnte man sie nicht. Nachdem sie Deutschland verlassen hatte, in Prag, war die Angst für ein paar Wochen weggewesen, aber dann waren die Deutschen ihr gefolgt: Nach Prag, nach Basel, nach Paris. Und jetzt kamen sie nach Gurs.

»Wir müssen von hier verschwinden. So schnell wie möglich«, stieß sie hervor.

Bevor sie den Gedanken weiterspinnen konnte, ging die Tür auf, und Herlinde Böge erschien. Herlinde wurde von allen die Zeitungsfrau genannt. Weil sie früher Professorin für Mathematik gewesen war, gab sie den Kindern im Lager Unterricht. Einige Aufseher schickten ihre Kinder zu ihr, weil sie Nachhilfe im Rechnen brauchten. Dafür brachten sie Herlinde die neusten Zeitungen mit und drückten ein Auge zu, wenn sie in die anderen *Ilôts* ging. Viele hatten Freudinnen oder sogar Verwandte in anderen Teilen des Lagers, und Herlinde überbrachte ihnen persönliche Nachrichten und Briefe. Herlinde wusste immer alles und früher als alle anderen. Jetzt versuchte Lisa in ihrem Gesicht zu lesen. Ob sie auch schon von diesen Listen gehört hatte? War sie deshalb hier? Dann durchzuckte eine wilde Hoffnung sie. Vielleicht hatte sie eine Nachricht von Hans für sie?

Herlinde stellte sich an den Eingang der Baracke, und die Frauen drängten sich um sie. Auch Lisa trat näher.

»Es sind bisher nur Gerüchte, aber ich höre, dass die Franzosen jeden militärischen Widerstand aufgegeben haben. Die Deutschen haben Belgien überrannt und rücken nach Süden vor. Bald werden sie hier sein.«

Lisa sackte das Herz in die Hose. Das, wovor sie sich immer gefürchtet hatte, war eingetreten. Sie sah wieder die Bilder vor sich, wie die Deutschen mit ihren Panzern und Lastwagen über die französischen Landstraßen bretterten und die Menschen, die vor ihnen flohen, in die Straßengraben drängten. Wie sie Städte und Dörfer in Schutt und Asche legten, die französischen Soldaten zu Kriegsgefangenen machten und Saboteure oder wen sie dafür hielten, einfach erschossen oder an der nächsten Laterne aufhängten. Die deutsche Armee hatte den Norden Frankreichs überrollt, würde sie dasselbe mit dem Süden machen? Sie fing einen ängstlichen Blick von Paulette auf. Es passte alles zusammen. Die Gestapo würde mit der deutschen Wehrmacht ins Lager kommen, und anhand der Listen konnten sie genau sehen, wen sie verhaften wollten.

»Es gibt auch gute Nachrichten!«, rief Herlinde über das aufgeregte Gemurmel der Frauen hinweg. »Wer mit einem *Prestataire* verheiratet ist, soll demnächst freikommen.«

Der Lärmpegel schwoll an, alle redeten durcheinander. Lisa horchte auf. Mit *Prestataire* wurden ausländische Arbeitssoldaten bezeichnet, die sich zumeist freiwillig meldeten, um ihre profranzösische und antideutsche Haltung zu zeigen. Oft wurden sie nach Nordafrika geschickt, es gab Gerüchte, dass sie dort unter schwierigsten Bedingungen, geplagt von Malaria, Hitze und Feuchtigkeit, beim Bau der Sahara-Eisenbahn eingesetzt wurden. Aber sie kamen aus den Lagern frei und konnten den Deutschen nicht mehr in die Hände fallen. Und nun also auch ihre Frauen? Hans hatte sich schon einmal gemeldet, im letzten September, als er nach der Kriegserklärung zum ersten Mal interniert gewesen war. Als Lisa davon erfahren hatte, war sie vor Angst wie betäubt gewesen. Als Hans ein paar Tage später bei ihr aufgetaucht war, hatte er ihren Ärger einfach weggelacht: Er habe sich doch nur gemeldet, um vor die Ärztekommission zu kommen, die ihn wegen einer vorgetäuschten Lungenkrankheit für untauglich erklärt und ihn aus dem Lager entlassen hatte. Am Ende war alles gut gegangen, doch Lisa hatte es ihm lange vorgeworfen, dass er seine Entscheidung getroffen hatte, ohne sich mit ihr abzusprechen. Etwas, das bei ihm leider häufig vorkam. Und wenn er sich jetzt wieder gemeldet hatte? Was, wenn er womöglich schon auf einem Schiff nach Afrika war? Ihr Herz begann zu rasen, und sie schnappte nach Luft.

»Das sind doch alles wieder nur Gerüchte. Ich glaube kein Wort.« Trudl, eine junge Grafikerin aus Wien, machte eine wegwerfende Handbewegung.

»Und warum hat man mich dann verhaftet?«, fragte Julia fassungslos. »Mein Mann ist in der Armee!«

»Seid doch mal leise, man hört ja gar nichts!«, rief jemand, und sofort wurde es still.

»Der Kommandant hat sich mit den Kommandanten der anderen Lager ausgetauscht«, sagte Herlinde jetzt. »Man munkelt, er wolle herausfinden, wo unsere Männer sind. Morgen sollen Listen mit ihren Namen ausgehängt werden.«

Hans!, dachte Lisa, und ein Funke der Hoffnung keimte in ihr. Vielleicht hatte morgen die ganze Grübelei ein Ende und sie würde erfahren, wo er war. Sie musste ihm so schnell wie möglich eine Nachricht zukommen lassen, um zu verhindern, dass er sich als *Prestataire* meldete. Denn so wie sie ihn kannte, würde er das tun, nur damit sie freikäme. Aber das war viel zu gefährlich. Lisa wurde ganz übel bei dem Gedanken. Wenn er erst mal in Afrika war, wäre die Verbindung zwischen ihnen abgerissen. Ob ihn aber eine Nachricht von ihr noch rechtzeitig erreichen würde? Wäre es nicht besser, die Flucht aus dem Lager zu wagen, und ihm selbst zu sagen, dass sie seine Hilfe nicht brauchte? Nicht zu diesem Preis?

★ ★ ★

»Ich bete, dass Hans sich nicht zur Armee meldet«, sagte Lisa zu Paulette. Sie hatte den ganzen Abend versucht, sich nichts anmerken zu lassen, aber jetzt konnte sie ihre Gedanken nicht länger für sich behalten.

»Aber wenn er sich meldet, würde er aus dem Lager kommen. Und du auch«, gab Paulette zu bedenken.

Lisa fuhr auf. »Und er stirbt womöglich in Afrika an Malaria.« Sie schüttelte den Kopf. »Nein, wir kämpfen gegen Hitler und nicht für eine französische Eisenbahn. Außerdem hasse ich es, wenn er allein Entscheidungen trifft, die uns beide angehen. Ich komme hier auch ohne ihn raus.«

»Wie denn?«

»Ich werde einen Weg finden.«

Der Gedanke, der sie vorhin nur gestreift hatte, nahm Gestalt an. Plötzlich schien es keine andere Lösung mehr zu geben. Sie konnte es sich nicht leisten, hier untätig herumzusitzen und auf eine mögliche Entlassung zu warten, während die Deutschen immer weiter vorrückten und Hans auf wer weiß was für halsbrecherische Ideen kam. Natürlich war es gefährlich, keiner wusste, was der Kommandant mit ihr machen würde, wenn er sie erwischte. Dann werde ich mich eben nicht erwischen lassen, dachte sie zornig. Sie würde sich schon durchschlagen, sie hatte Erfahrung darin, sich unsichtbar zu machen. Sie sprach Französisch, sie kannte das Land. Lisa stützte sich auf den Ellenbogen und beugte sich näher zu Paulette hinüber. »Bei der ersten Gelegenheit bin ich weg.«

Paulette stieß einen wütenden Schrei aus, dann klatschte sie sich auf den Arm. »Verdammte Flöhe«, rief sie. »Mir reicht's.« Dann senkte sie ihre Stimme. »Ich komm mit. Ich ertrage diese Viecher keinen Tag länger.«

Erna Goldmann hatte wohl doch gehört, worüber sie sprachen. »Aber ihr wisst doch gar nicht, ob die Deutschen tatsächlich kommen. Was werden sie denn von mir alter Frau wollen? Hier habe ich zu essen und ein Dach über dem Kopf.«

Lisa wurde wütend. »Das nennst du Essen? Plörrekaffee und stinkendes Brot. Und diese ewigen Kichererbsen? Wenn sie wenigstens ordentlich gekocht wären. Aber sie sind steinhart! Und wie viele hattest du heute? Fünfzehn oder sogar siebzehn? Davon wird niemand satt. Ich krieg höchstens Bauchweh davon. Ich kann es nicht mehr sehen. Und Dach über dem Kopf?« Sie wies mit dem Arm nach oben, von wo es bei jedem Gewitter durchregnete. »Und was ist mit den Antifaschistinnen, mit denen die Gestapo ein Hühnchen zu rupfen hat. Und mit den Jüdinnen?«

Erna zuckte mit den Schultern. »Ohne ordentliche Entlassungspapiere kommt ihr doch nicht weit. Jeder Polizist, der euch überprüft, schickt euch sofort zurück. Und dann kommt ihr in den Strafbunker oder noch schlimmer.«

»Findest du es etwa besser, hier zu sitzen und darauf zu warten, dass die Deutschen kommen und uns direkt ins KZ schicken oder gleich erschießen?« Lisa hielt inne, bevor sie weitersprach. »Mein Vater hat mir früher einmal gesagt, da war ich ungefähr zehn Jahre alt: ›Man muss wissen, wann es Zeit ist zu wagen.‹ Diesen Spruch habe ich immer in meinem Leben beherzigt. Ich werde es auch weiterhin tun.«

Paulette sah sie neugierig an. »Wann hat er denn das zu dir gesagt?«

»Damals lebten wir noch in Wien, und mein Vater hat mitten im Großen Krieg eine Antikriegszeitschrift herausgegeben, die hieß *Die Waage*. Und nach dem Ende des Krieges hat er ein A weggelassen und ein Ausrufezeichen dazugesetzt: Wage! Er hat mir den Entwurf des neuen Titelblatts gezeigt und mich gefragt, was ich davon halte. ›Ist es denn besser zu wagen als abzuwägen?‹, habe ich ihn damals gefragt.«

Für einen Moment verlor sie sich in die Erinnerungen an ihre Kindheit. Dann räusperte sie sich und sagte diesmal mit lauter Stimme: »Ich war viel zu lange untätig. Seitdem die Nazis an der Macht sind, kämpfe ich gegen ihr Unrechts-Regime. Wir konnten sie zwar nicht aufhalten, aber wir haben ihnen den einen oder anderen Knüppel zwischen die Beine geworfen. Deshalb hassen sie uns so. Sie wollen uns in die Finger kriegen und uns vernichten. Ich werde nicht tatenlos darauf warten. Meine Zeit, etwas zu wagen, ist jetzt.«

KAPITEL 6

Lisa und Paulette saßen vor ihrer Baracke in der Sonne und dösten, als Julia zu ihnen herübergeschlendert kam. Sie trug nicht länger ihren seidenen Kimono, sondern eine Männerhose, die ihr zu weit war, und eine giftgrüne Rüschenbluse. Sie sah auch darin verführerisch aus. Lisa lächelte sie an. Sie war froh, dass Julia in ihre Baracke gekommen war. Nicht nur schaffte sie es immer wieder, Gemüse aufzutreiben, sondern war mit ihrer Schönheit ein Versprechen auf bessere Zeiten und hatte sie alle damit angesteckt. Seit sie in der Baracke war, hatte Lisa sich von Alina die Haare schneiden lassen. Sie fielen ihr jetzt in Wellen in den Nacken und umrahmten ihr Gesicht. Es war viel leichter, sie zu waschen. Julia hatte zum Spaß den Gürtel ihres seidenen Kimonos genommen und damit Lisas Haar zusammengebunden. Eine Frau in der Baracke hatte einen Spiegel, und als Lisa sich darin betrachtete, hatte sie sich richtig hübsch gefunden. Ob Hans das auch finden würde? Sie drehte ihr Gesicht vor dem Spiegel, um die Linie ihres langen Halses zu sehen. Ihre Wangen waren nicht ganz so rosig wie sonst und ein bisschen eingefallen, aber ihre Augen leuchteten. Sie wurde fast ein wenig übermütig. Ihr ging es wesentlich besser, seitdem sie beschlossen hatte, aus Gurs zu fliehen.

»Kommt mal mit. Ich brauche eure Hilfe«, sagte Julia jetzt. »Aber unauffällig.«

Lisa fragte nicht, was sie vorhatte. Sie vertraute Julia. Sie gingen dorthin, wo ihr *Ilôt* mit Stacheldraht vom nächsten getrennt war. Eine Frau stand dort und hängte ihre Wäsche vorsichtig über den Stacheldraht. Sie neigte den Kopf in ihre Richtung, als sie die drei kommen sah, und zupfte an ihren Sachen herum.

»Vorsicht, Spionin!«, warnte Paulette.

Sie stellten sich neben sie und warteten.

»Bist du jetzt langsam fertig?«, fragte Lisa sie schließlich. »Oder sollen wir nachhelfen?«

Mit einem missmutigen Knurren wandte sich die andere ab.

»Die ist ganz dick mit den Nazifrauen in Baracke 13«, sagte Paulette und spuckte auf den Boden. »Aber jetzt sag mal, was machen wir hier?«, fragte sie dann Julia.

Julia wies auf die andere Seite des Stacheldrahts. Dort standen drei Spanier, die so taten, als würden sie den Zaun reparieren, aber sie sahen immer wieder zu ihnen herüber. Gurs war ursprünglich als Lager für spanische Republikaner gebaut worden, die nach dem Sieg von General Franco nach Frankreich geflohen waren. Einige von ihnen waren immer noch hier und übernahmen kleinere Arbeiten.

»*Holá!*«, begrüßte sie Julia und fügte ein paar Sätze auf Spanisch hinzu. Die Männer waren offensichtlich begeistert davon, dass jemand ihre Sprache konnte. Sie lachten und gestikulierten.

Lisa und Paulette sahen sie verwundet an.

»Woher kannst du das?«, fragte Lisa und beschloss sogleich, bei Julia Unterricht zu nehmen. Es war bestimmt hilfreich, ein paar Sätze Spanisch zu sprechen.

Julia zuckte mit den Schultern. »Bei uns am Theater kamen die Künstler von überall her. Da schnappt man das auf.«

Dann trat sie an den Zaun und sah den Spaniern dabei zu, wie sie ein paar Bretter aufhoben und zu ihnen herübertrugen.

»Vorsicht«, zischte Paulette, die Schmiere stand. Alle wandten sich ab und warteten, bis der Wachposten vorüber war. Dann reichten die Männer ihnen hastig ein paar Bretter, einen Hammer und Nägel durch den Zaun.

»Macht schnell, die Wachhunde kommen zurück«, sagte Paulette. Lisa und Julia klemmten sich die Bretter unter die Arme, Paulette griff nach dem Werkzeug. Aber vorher rupfte sie eine staubige Löwenzahnblüte aus und warf sie den Spaniern als Dankeschön über den Zaun. So schnell es ging, brachten sie alles in ihre Baracke.

»Das müsste für einen kleinen Tisch reichen, und aus dem Rest machen wir einen Hocker«, sagte Julia, als sie alles vor sich abgelegt hatten. »Also gut, Paulette. Was sollen wir tun? Ich will heute Abend mein Diner an einem richtigen Tisch zu mir nehmen. Ich wasch mir sogar vorher die Hände.«

Paulette war die Handwerkerin der Baracke. Aus jedem noch so kleinen Stück Holz konnte sie kleine Regale für ihre Zahnbürsten oder andere Dinge bauen. Sie war schon dabei, mit Hilfe ihrer Hände Maß zu nehmen und die Qualität der Bretter zu begutachten. Am Abend hatten sie tatsächlich einen niedrigen Tisch und zwei Hocker fertiggestellt, die auf dem Lehmboden etwas wackelten. Dennoch tat es gut, so zu essen und nicht mit der Blechschüssel auf dem Schoß auf dem Boden zu sitzen und sich ständig mit Suppe zu bekleckern.

Ein Mädchen mit struppigen Haaren kam hereingestürmt. Lisa mochte sie, Susanne war unerschrocken, schlich sich in die anderen *Ilôts* und wusste immer alles viel früher als die anderen.

»Kommt schnell, da wird eine entlassen. Ich habe es selbst gesehen!«, rief sie.

Lisa sprang auf und stürzte mit den anderen zur Tür. Wer wurde entlassen? Wer war die Glückliche? Und wie hatte sie das geschafft? Als sie atemlos an dem Stacheldrahtverhau ankam, der ihr *Ilôt* verschloss, sah sie, dass es Louise Straus-Ernst war, die Journalistin, die es als eine der ganz wenigen geschafft hatte, sich mit Fortsetzungsromanen und Kurzgeschichten, die sie an Emigrantenzeitungen verkaufte, einigermaßen über Wasser zu halten. Louise war mit dem surrealistischen Maler Max Ernst verheiratet gewesen. Ihr Sohn war bereits in Amerika und arbeitete dort im Museum of Modern Art. »Er holt mich hier raus, ihr werdet schon sehen«, hatte sie immer wieder gesagt und offensichtlich recht behalten. Die Wochen in Gurs hatten sichtbar an Louise gezehrt. Sie sah abgerissen aus und hatte etliche Kilos verloren. Jetzt trug sie ihre Habseligkeiten unter dem Arm und lächelte einen Mann in Uniform an, der jenseits des Zauns auf der Lagerstraße stand und auf einen Wachmann einredete. Er zeigte ihm ein Papier, und der Wachmann zuckte mit den Schultern und öffnete das Tor des *Ilôts*. Bevor sie hindurchging, blieb Louise stehen. Sie zog ein dickes Buch aus ihrem Bündel hervor und reichte es der Frau, die ihr am nächsten stand. »Für die Bibliothek«, sagte sie. An dem roten Ledereinband erkannte Lisa, dass es sich um ihre Montaigne-Ausgabe handelte. Louise hatte ihr erzählt, dass sie sie gekauft hatte, als sie die Aufforderung bekam, sich im *Vélodrome* zu melden, weil sie hoffte, dort Ruhe zum Lesen zu finden. Ob es ihr gelungen war? Louise stand inzwischen auf der Lagerstraße, dicht vor dem Mann. Dann warf sie sich in seine Arme und an ihrem bebenden Körper konnten die anderen sehen, dass sie heftig weinte. Die Frauen starrten die Szene an wie ein Wunder. Lisa merkte, wie ihr ein Schluchzen die Kehle zuschnürte. Eine von ihnen hatte es geschafft, ihren Liebsten wiederzusehen! Louise drehte sich noch einmal um und winkte den anderen zu.

»Viel Glück«, rief Lisa ihr nach. Und dann fügte sie leise ein »Bis bald« hinzu.

»Er hat gesagt, er sei ihr Mann und hat mit seiner Uniform und dem Militärpass beim Kommandanten Eindruck gemacht«, erzählte Susanne, als sie wieder Richtung Baracken gingen. »Er ist mit einem Auto gekommen.«

»Louise ist entlassen worden, weil ihr Mann sich zur Armee gemeldet hat«, sagte Paulette, als sie wieder am Tisch saßen. In der Baracke war es laut, die Frauen redeten alle durcheinander. Dass eine von ihnen es geschafft hatte, dem Lager zu entkommen, sorgte noch immer für Aufregung.

»Ich glaube, ich weiß, was du damit sagen willst. Aber ich halte es nach wie vor für falsch, für die Franzosen zu kämpfen. Hast du daran gedacht, was es für ihren Mann bedeutet?«, fragte Lisa. »Wo geht er denn jetzt hin? Er muss doch zurück zu seiner Einheit.«

»Aber Louise ist frei.«

Lisa nickte, ja, Louise war frei, aber zu welchem Preis? Am Abend, beim letzten Licht des vergehenden Tages, saß sie am Tisch und schrieb einen Brief an Hans. Das ging viel besser als auf den Knien. Sie würde diesen Brief zwar nicht abschicken, aber die Entlassung von Louise Straus-Ernst hatte sie aufgewühlt und ihr Hoffnung gegeben, und sie hatte das starke Bedürfnis, sich mit Hans auszutauschen und sich ihm nahe zu fühlen.

Ich komme hier ganz gut zurecht, schrieb sie. *Du würdest Dich wundern, wer alles hier ist. Im Grunde alle, die wir aus Paris kennen. Viele Frauen sind Antifaschistinnen wie ich, wir helfen uns gegenseitig. Aber es gibt auch die Missgünstigen und die Egoistinnen und natürlich die Nazi-Frauen.* Sie ließ den Stift sinken und dachte nach. Niemand würde diese Zeilen lesen, also wagte sie es, folgende Sätze anzufügen: *Ich werde von hier fliehen, sobald es möglich ist. Ich denke nur noch darüber nach, wie ich es am besten anstelle. Ich flehe Dich an, melde Dich nicht zur Armee. Warte auf mich. Bald sehen wir uns wieder. In Liebe, L.*

KAPITEL 7

Diese Untätigkeit machte sie noch wahnsinnig. Die Tage in dieser Einöde wollten einfach nicht vergehen! Das Lager war eine eigene, abgeschlossene Welt. Die Welt draußen schien nicht länger zu existieren. Lisa hatte ihre Wäsche gewaschen und Gymnastik gemacht, sie hatte gelesen, bis ihr schon fast schwindlig wurde. Sie saß wie so oft mit dem Rücken an die Baracke gelehnt in der Sonne. Am Abend würde Hannah Arendt einen weiteren Vortrag halten, das war der Höhepunkt der ganzen Woche. Aber bis dahin musste sie noch stundenlang die Zeit totschlagen. Jetzt war sie schon in der vierten Woche in Gurs, und sie konnte sich an die erzwungene Untätigkeit einfach nicht gewöhnen, vor allem jetzt nicht, wo sie wild entschlossen war, zu fliehen. Sie horchte auf, als ein Auto auf der Straße vorüberfuhr, die hinter den letzten Baracken in den Ort hineinführte. Dann war es wieder still. Wohin diese Leute wohl fuhren? Nach Hause zu ihren Familien, um sich mit ihnen an den Tisch zu setzen und dann in ihrem Bett zu schlafen? Ob sie ein ganz normales Leben führten? Lisas Gedanken wanderten zu Hans und zu ihren Eltern. Sie versuchte nicht allzu oft an sie zu denken, weil die Sorgen ihr die Kraft raubten. Wichtig war es, einen Tag nach dem anderen zu überstehen, genug zu essen zu haben und nicht krank zu werden. Es war sinnlos, Pläne für die Zukunft zu machen, von einem ganz normalen Leben mit einer Familie zu träumen. Immer wieder hatte sie schmerzhaft erfahren müssen, dass die einzige Konstante in ihrem Leben die vollständige Unsicherheit war. Von einem Tag auf den anderen konnte sich alles ändern: die rechtlichen Bestimmungen, die Gültigkeit eines Papiers … An einem Tag war es richtig, in Paris auf das Kommissariat zu gehen und seine Ausweispapiere zu verlängern, am nächsten Tag konnte das zur Verhaftung führen, weil ein anderer Beamter hinter dem Schreibtisch saß oder weil es eine neue Verordnung gab, von der man nichts wusste. »Wir führen eine Existenz wie bei Kafka«, war einer von Hans' Lieblingssätzen. Er hatte recht. Das Überleben hing oft davon ab, nicht zur falschen Zeit am falschen Ort zu sein. Manchmal dachte Lisa, dass das sie auch frei machte. Wenn sie ohnehin dem Zufall oder dem Schicksal ausgesetzt war, war es leichter, das Richtige zu tun.

Hinter ihr in der Baracke herrschte drangvolle Enge. Im Lauf des Junis waren Hunderte Frauen mit ihren Kindern auf offenen Lastwagen in Gurs angekommen. Der Kommandant ließ einfach Strohsäcke in den Dreck vor den Baracken werfen und überließ es den Frauen, sich mit dem immer knapper werdenden Platz zu arrangieren. In Lisas Baracke wurden zehn Neue eingewiesen, und sie würden nicht die letzten sein. Die Neuen brachten immer Unruhe und störten die Routine, die sich gerade erst eingestellt hatte.

»Das müsst ihr euch ansehen!« Susanne rannte an ihr vorbei weiter zur nächsten Baracke, sie wirkte ganz aufgeregt.

Lisa sprang auf ihre Füße und ging an den Stacheldraht. Vor ihr auf der Lagerstraße näherte sich eine Gruppe eleganter Frauen. Sie trugen Schmuck und gute Kleider, einige sogar Mäntel mit Pelzbesatz, und schleppten große Koffer mit sich. Die Aufseherinnen verteilten sie nach und nach auf die *Ilôts*.

»Woher kommt ihr?«, rief Lisa ihnen zu.

»Aus Sanary.«

»Nizza.«

»Von der Riviera.« An den Blicken der Neuen erkannte Lisa, dass sie fürchterlich aussehen musste.

»Das ist doch Marta Feuchtwanger«, rief Paulette plötzlich und wies auf eine dunkelhaarige Frau, die mit erhobenem Kopf auf sie zukam.

Dann verhaften sie jetzt auch schon die berühmten Leute, dachte Lisa bitter. Marta war die Frau des weltbekannten Schriftstellers Lion Feuchtwanger, der viele Romane gegen die Nazis geschrieben hatte. Er und Marta waren bereits 1933 geflohen und hatten in einer prächtigen Villa im südfranzösischen Fischerörtchen Sanary mit Tausenden von Büchern und einem gut gefüllten Weinkeller gelebt. Viele deutsche Literaten waren ihnen dorthin gefolgt. Marta verschwand im benachbarten *Ilôt*. Plötzlich gab es direkt vor ihnen am Zaun einen Tumult. Die Wärterin wies auf eine sehr elegant gekleidete Frau mit einem großen Hut, die ein kleines Mädchen von fünf oder sechs Jahren an der Hand hielt.

»Hier rein!«

Die Frau schluchzte immer wieder, sie sei hier falsch, und versuchte, sich einen Weg zurück zur Straße zu bahnen. Doch die Aufseherin schubste sie grob durch die Öffnung im Stacheldraht. Die Frau geriet ins Stolpern und fiel auf die Knie. Das Mädchen fing an zu weinen.

»Ich hab doch gesagt, hier rein!«

»Ist ja gut. Sie müssen nicht so gemein sein!«, rief Lisa der Aufseherin zu. Dann ging sie zu der Frau und half ihr auf. »Kommen Sie. Wir kümmern uns um Sie und Ihre Tochter.«

Die Neuen brachten schlimme Nachrichten, die sich in den kommenden Tagen im Lager verbreiteten. Der König von Belgien hatte schon am 28. Mai kapituliert, nur eine Woche nach Lisas Ankunft im Lager. Während des deutschen Vormarsches auf Paris waren die Bewohner in heller Panik aus der Stadt geflohen und hatten die Bahnhöfe gestürmt. Auf den völlig verstopften Straßen spielten sich entsetzliche Szenen ab. Menschen gingen verloren, wurden überfahren oder von den Deutschen bombardiert. Autos ohne Benzin verstopften die Straßen, es gab in den Dörfern, durch die die Menschenmassen zogen, nichts mehr zu essen und kein Bett.

Lisa wurde übel bei dem Gedanken, dass die Nazis unter den Platanen auf den Boulevards marschierten und mit ihren Stiefeln auf den Fliesen in Notre-Dame herumtrampelten. Was würde dann mit ihren Eltern passieren? Ob sie auch auf der Flucht vor den vorrückenden Deutschen waren und sich diesen Elendszügen auf den Landstraßen nach Süden angeschlossen hatten? Oder eingekesselt in Paris? Von den Deutschen verhaftet?

Sie spürte förmlich die Bedrohung im Nacken. Bald wären sie auch hier nicht mehr vor den Nazis sicher. Und was dann passieren würde, wagte sie sich nicht auszumalen …

★ ★ ★

Als sie am Abend auf der Pritsche lag, meinte sie das Geräusch von Flugzeugen zu hören. Sie war gerade eingedöst, als eine der Frauen auf dem Weg zur Latrine gegen ihren Strohsack trat und quer über ihre Beine fiel. Es war beinahe stockdunkel hier, und die Wege zwischen den Strohsäcken waren so eng, dass man ständig irgendwo anstieß.

Sie versuchte, eine einigermaßen bequeme Position auf dem steinharten Stroh zu finden, aber der Schlaf wollte nicht kommen. Ihre Gedanken wanderten wieder zu ihren Fluchtplänen, die sie seit Tagen schmiedete. Sie musste von hier verschwinden, bevor es zu spät wäre. Sie war inzwischen davon überzeugt, dass Hans sich nicht als *Prestataire* gemeldet hatte, sonst hätte man sie ja freilassen müssen. Bestimmt war er auch auf dem Weg in den Süden, dort würde sie ihn am ehesten wiederfinden und dort würde er nach ihr suchen. Sie musste sich irgendwie nach Marseille durchschlagen. In der Stadt waren viele Botschaften und Hilfsorganisationen, die sich um die Flüchtlinge kümmerten. Vielleicht könnten sie dort sogar ein Ausreise-Visum ergattern?

Paulette würde mitkommen. Zu zweit hätten sie größere Chancen und wären auf den Landstraßen sicherer. Auch Hannah Arendt wollte lieber heute als morgen weg, ebenso wie Marta Feuchtwanger. Am Morgen hatte Lisa mit ihr ein paar Worte über den Zaun wechseln können, bevor der Wachmann sie wegscheuchte. Martas Mann war in der ehemaligen Ziegelei Les Milles in der Nähe von Aix-en-Provence inhaftiert. Marta machte sich große Sorgen, schon im Alltag kam Lion nicht gut allein zurecht, und sie wagte sich nicht vorzustellen, wie es ihm unter Lager-Bedingungen ging. Sie hatte sogar bereits angefangen, nachts einen Durchschlupf unter dem Stacheldraht zu graben. Aber Lisa hatte sie davon abgehalten. »Warte noch ein paar Tage. Vielleicht finden wir einen anderen Weg«, hatte sie gesagt.

Bevor sie aus dem Lager floh, musste sie unbedingt an ihre Akte im Büro des Kommandanten gelangen. Wenn ihr *fichier* verschwand, dann würden die Deutschen nicht erfahren, dass sie hier gewesen war, und würden sie vielleicht nicht suchen. Aber wie sollte sie das schaffen? Sie müsste dort einbrechen. In Gedanken ging sie die Lagerstraße hinunter zum Büro des Kommandanten. Zum Glück arbeitet Paulette in der Poststelle und kannte die Räumlichkeiten. Vielleicht könnte sie während ihres Dienstes einen Schlüssel mitgehen oder ein Fenster offen stehen lassen, damit sie hineinkamen? Dann bräuchten sie Taschen oder irgendetwas, um die Akten zu transportieren, und dann ... Sie stieß ein unwilliges Stöhnen aus. Sie wurde noch verrückt, wenn sie nicht endlich etwas unternahm. Am schlimmsten war die Aussichtslosigkeit. Jeder Tag war wie der andere, der folgende

Tag würde sein wie der heutige. Es gab keine Hoffnung auf Entlassung, auf Prüfung ihrer Unterlagen, auf Veränderung. Früher, in Prag und in Paris, hatte sie wenigstens etwas getan, sie hatte Dokumente und Menschen über die Grenze geschmuggelt, auch wenn sie sich dabei in Lebensgefahr gebracht hatte. Hier in Gurs war sie zu absoluter Passivität verurteilt, und das zerrte an ihren Nerven. Und je länger sie hierblieb, umso schlimmer wurde es. Gleich morgen würde sie mit Paulette sprechen und sich ganz genau erklären lassen, wie sie an diese verdammten Akten kam. Sie wusste nicht, was mit ihr passieren würde, wenn man sie erwischte. Aber das Risiko musste sie eingehen. Denn danach konnten sie endlich versuchen zu fliehen.

»Schlafe jetzt«, flüsterte Paulette. »Du machst mich wahnsinnig mit deiner Rangelei.«

KAPITEL 8

Am nächsten Morgen fehlten zwei Frauen aus ihrer Baracke, unter ihnen Trudl. Anfangs beneidete Lisa sie aus tiefstem Herzen. Sie waren dieser Hölle entkommen! Aber dann fragte sie sich, wie weit sie es schaffen würden. Sie sprachen kein Französisch und Lisa hielt sie für nicht diszipliniert genug, um in der Illegalität zu überleben. Sie sollte leider recht behalten. Schon am Nachmittag waren sie wieder da und mussten zur Strafe in den Bunker. Sie hatten versucht, einen Lastwagen anzuhalten. Der Fahrer war misstrauisch geworden und hatte sie an der nächsten Polizeistation abgeladen. Herlinde hatte erzählt, dass die Situation in der Bevölkerung von Tag zu Tag angespannter wurde. Viele glaubten, die Flüchtlinge seien alle Nazis oder würden für die Deutschen spionieren. Natürlich gab es noch immer Franzosen, die den Flüchtlingen halfen oder sie zumindest nicht verrieten, aber die Lage spitzte sich mehr und mehr zu.

Sie würden umso vorsichtiger sein müssen. Aber Lisa war an ein Leben auf der Flucht gewöhnt. Außerdem sprach sie fast perfekt Französisch, und wenn jemand wegen ihres Akzents stutzig wurde, behauptete sie, sie käme aus dem Elsass.

Am Mittag des 15. Juni brachte Herlinde die Nachricht, dass die Deutschen am Vortag Paris besetzt hatten und auf den Champs-Élysées marschierten. Marschall Pétain hatte kapituliert und Paris kampflos Hitlers Truppen überlassen. Das alte Frankreich gab es nicht mehr. Jetzt waren sie den Deutschen schutzlos ausgeliefert.

Plötzlich stürzte Paulette in die Baracke. »Ich habe es gerade erfahren, weil der Kommandant am Telefon darüber gesprochen hat: Eine Kommission der französischen Fremdenpolizei kommt in den nächsten Tagen ins Lager und sammelt Angaben über alle Inhaftierten.« Außer Atem ließ sie sich auf ihren Strohsack fallen. »Und wenn die Deutschen kommen, nehmen sie alle mit, die auf ihren Verhaftungslisten stehen.«

Ein Tumult brach los. Einige Frauen fingen an zu schluchzen, andere schienen wie unter Schock.

Lisa lief es eiskalt den Nacken hinunter. Sie hatte geahnt, dass es so kommen würde. Aber nicht dermaßen schnell. Ihnen blieb keine Zeit mehr nachzudenken. Sie mussten sofort handeln. Plötzlich fühlte sie wieder das altvertraute Kribbeln, das Adrenalin, dass durch ihre Adern lief. Wie immer, wenn sie sich auf einer Mission befand. Sie stand auf und räusperte sich.

»Ich habe die ganze Nacht darüber nachgedacht. Wir müssen dafür sorgen, dass unsere *fichiers* verschwinden«, sagte sie mit fester Stimme.

Die Frauen kamen näher und sahen sie voller Erwartung an, und allein das bestärkte Lisa. Es war richtig, was sie vorhatte, und sie würde keine Zeit mehr verschwenden. Sie sah ihre Kameradinnen vor sich, Erna und Alina und Julia und all die anderen, mit denen sie die letzten Wochen in dieser Baracke eingepfercht war. Sie konnte sie doch nicht ihrem Schicksal überlassen.

»Ich werde alles tun, damit diese Informationen nicht in die falschen Hände geraten«, sagte sie, und angesichts der vertrauensvollen Blicke der Frauen spürte sie, wie in ihr die Kraft dazu heranwuchs.

In diesem Augenblick kam die kleine Susanne weinend in die Baracke.

»Frau Jablonsky«, sagte sie nur.

»Was ist mit ihr?«, fragte Lisa erschrocken. Die alte Frau hatte die Inhaftierung besonders schwer verkraftet. Sie hatte die ganze Zeit stumm in einer Ecke gehockt und erst Wochen nachdem sie im Lager angekommen war, das erste Mal gesprochen. Ihre zarte Stimme hatte kratzig geklungen, wie ein Instrument, das lange nicht gespielt worden war.

»Sie ist tot. Sie sagen, sie hat Tabletten genommen. Sie haben sie eben gefunden.«

Lisa barg ihr Gesicht in ihren Händen. Sie wusste nicht einmal, woher die alte Frau kam.

Julia streichelte ihr über den Rücken. »Sie konnte wohl nicht mehr. Und ich frage mich, ob sie es geschafft hätte. Jetzt hat sie es hinter sich.«

Lisa nickte, aber ihre ganze Energie war einer lähmenden Ohnmacht gewichen. Wie oft hatte sie schon miterleben müssen, dass jemand aufgab und sich umbrachte. Wer gab Menschen das Recht, so mit anderen umzugehen, sie derart in Verzweiflung zu treiben? Warum hatte sie ihr nicht helfen können? Vor Wut presste sie ihre Fingernägel in ihre Unterarme, bis es schmerzte.

★ ★ ★

Am Nachmittag machten sich einige Frauen aus ihrer Baracke schön. Sie holten ihre besten Kleider aus den Koffern, legten Lippenstift auf und spazierten am Zaun auf und ab.

»Was haben sie vor?«, fragte Paulette verwundert.

»Sie hoffen, die Aufmerksamkeit des Kommandanten zu erregen. Es besteht immerhin die Möglichkeit, dass er ihnen einen Gefallen tut und ihre Entlassung bewilligt.«

Am Abend kam Alina mit einem Stück Papier in der Hand in die Baracke zurück. »Ich habe einen bekommen. Einen Entlassungsschein …«, sagte sie. Mechanisch ging sie zu ihrem Strohsack und begann, ihre wenigen Sachen in einen kleinen Koffer zu packen. Aber sie sah nicht glücklich aus.

»Wo soll ich denn hin?«, platzte es plötzlich aus ihr heraus. »Ich kenne niemanden in Frankreich.«

Lisa hockte sich neben sie. »Warum entlassen sie dich?«.

»Weil ich zu jung bin und weil von mir keine Gefahr ausgeht.« Alina griff nach einer Bluse und legte sie sorgfältig zusammen. »Am liebsten würde ich hierbleiben.«

»Das wirst du nicht«, sagte Lisa streng. »Jetzt hör mir zu: Du musst hier weg, wir müssen alle so schnell wie möglich hier weg.«

»Aber wohin soll ich denn?«

»Ich habe gehört, dass es in Lourdes viele Flüchtlinge und Hilfsorganisationen gibt. Das ist nicht weit von hier.«

Alina sah sie mit tränenverschmiertem Gesicht an. »In Lourdes ist die Mariengrotte. Ich könnte Gott für meine Freilassung danken.«

»Na siehst du, das ist doch schon mal ein Anfang«, antwortete Lisa lächelnd, obwohl sie schon lange nicht mehr an einen Gott glaubte, aber wenn er Alina Kraft schenkte, sollte es ihr recht sein.

»Und dann?«, fragte Alina.

»Dann gehst du zu einer der Hilfsorganisationen. Am besten zu einer katholischen. Du sagst, dass du ganz allein unterwegs bist und dass du Schneiderin bist und eine Stelle suchst. Die werden dir weiterhelfen.«

»Bist du sicher?«

Lisa nickte. »Ganz sicher.« Alina sah so unschuldig und verletzlich aus, sie würde irgendein Herz erweichen. »Wenn du dort bist, kannst du vielleicht anderen von uns helfen, die nachkommen. Es ist immer gut, jemanden in einer fremden Stadt zu kennen«, versuchte sie sie weiter aufzumuntern.

Alina packte ihre wenigen Sachen zusammen und stand auf. »Danke, Lisa«, sagte sie.

»Darf ich deinen Entlassungsschein mal sehen?«

Alina reichte ihn ihr, und Lisa betrachtete ihn genau. Er war nicht besonders schwer nachzumachen. Ein Vordruck, in den handschriftlich der Name und das Datum der Entlassung eingetragen wurde, mit einem Stempel und der Unterschrift des Kommandanten. Plötzlich hatte Lisa einen Einfall. Womöglich könnte so ein Schein ihnen die Flucht um einiges erleichtern. Womöglich …

»Leihst du mir den mal kurz aus? Du bekommst ihn gleich zurück«, fragte sie.

»Was hast du damit vor?«

»Ich muss ihn jemandem zeigen.«

Eilig ging Lisa in die Nachbarbaracke zu Nelly, von der sie wusste, dass sie sich bis 1936 in Berlin aufgehalten und dort Pässe für Kuriere gefälscht hatte.

»Du musst dir die Unterschrift des Kommandanten einprägen«, flüsterte Lisa.

Nelly wusste sofort Bescheid. »Wie viel Zeit habe ich?«

»Keine.«

Nelly studierte kurz den Entlassungsschein, dann nahm sie ein Blatt Papier unter ihrem Strohsack hervor und legte es darüber. Mit sicherem Strich pauste sie die Unterschrift und den Stempel ab.

»Fertig. Wozu brauchst du das?«

»Erzähle ich dir später.«

»Ich habe kein Papier mehr. Ich kann zwar die Unterschrift nachmachen, aber dafür brauchte ich Vordrucke.«

»Ich glaube, ich kann welche besorgen. Du musst sie dann nur noch ausfüllen.«

Die beiden Frauen nickten einander zu, dann nahm Lisa das

Dokument wieder an sich und gab es Alina zurück. Das alles hatte keine zehn Minuten gedauert, und sie war sich sicher, dass niemand sie beobachtet hatte.

Lisa sah Alina nach, wie sie langsam die Lagerstraße hinunterging. Aber ihre Gedanken waren anderswo.

KAPITEL 9

Lisa und Paulette sprachen ihren Plan ein letztes Mal durch. Paulette hatte den Grundriss der Kommandantur in den Sand gemalt, damit Lisa sich alles besser vorstellen konnte. Am Nachmittag hatten sie vertrauenswürdige Frauen in den anderen *Ilôts* eingeweiht, damit sie ihnen Rückendeckung gaben und sie warnten, wenn sich ein Aufseher näherte. Denn bevor sie überhaupt in das Büro des Kommandanten eindringen konnten, mussten sie erst einmal den Weg zum Verwaltungsgebäude ungesehen hinter sich bringen. Und ihre Baracke lag ziemlich am Ende des Lagers, weit entfernt von der Kommandantur. Sie mussten fast zwei Kilometer auf der Lagerstraße zurücklegen, wo nur die Maschendrahtzäune ihnen ein wenig Sichtschutz boten – und das war Lisas größte Sorge. Die Unterkünfte der Wachmannschaften lagen in der Nachbarschaft, eine war jenseits des Stacheldrahts hinter der letzten Baracke ihres *Ilôts*, die andere auf der anderen Seite der Lagerstraße. Zum Glück waren sie nachts nur spärlich besetzt, die meisten Wachmänner gingen abends nach Hause. Und seit die Deutschen vorrückten, hatte Lisa das Gefühl, dass sie nicht mehr so genau hinsahen. Einige erschienen nicht mehr zum Dienst. Aber man wusste nie, ob man nicht ausgerechnet an einen besonders beflissenen Aufseher geriet.

Sie warteten bis Mitternacht, die meisten Frauen schliefen, als Lisa und Paulette leise die Baracke verließen.

»Ich komme mit«, flüsterte Julia, die plötzlich neben ihnen

stand. »Mich kennen die Wachen. Wenn wir erwischt werden, kann ich sie in ein Gespräch verwickeln und ablenken. Bei mir kommt doch niemand auf die Idee, dass ich abhauen könnte, ich bin doch ohnehin oft draußen. Außerdem ist da noch der Hund, der sich bei den Unterkünften der Wachmänner herumtreibt. Er wird nicht bellen, wenn er mich sieht. Ich habe ihm immer mal wieder einen Happen hingeworfen.«

Die drei Frauen nickten einander zu. Lisa sah in den Himmel, wo nur ein schwacher Neumond zu sehen war, und gerade zogen Wolken auf. Jetzt war es ziemlich dunkel, gut für sie. Schnell schlüpften sie aus der Baracke und zogen die Tür geräuschlos wieder zu. Zuerst schlugen sie den Weg Richtung Latrine ein, dann liefen sie in geduckter Haltung bis zur Straße. Im Schatten einer Baracke blieben sie stehen und warteten, bis sie sicher waren, dass sie niemand bemerkt hatte. Alles blieb still. Also ließen sie sich zu Boden gleiten und robbten unter dem Stacheldraht hindurch, der die einzelnen *Ilôts* umgab. Jetzt standen sie auf der Lagerstraße. Lisa sah zu den anderen beiden und nickte triumphierend. Das war leicht gewesen, leichter, als sie gedacht hatten. Hintereinander rannten sie im Zickzack die Lagerstraße hinunter, wobei sie sich am Rand hielten, um im Schatten der Zäune zu bleiben. Hier war der Weg sehr uneben. Paulette stieß einen unterdrückten Schrei aus. Lisa blieb stehen, aber da war Paulette schon wieder neben ihr. »Bin nur gestolpert«, flüsterte sie, lief aber schon weiter. Das erste *Ilôt* hatten sie schon hinter sich gelassen. An der nächstgelegenen Baracke im *Ilôt* E trat eine Frau an den Zaun.

»Hier ist alles ruhig«, rief Marta leise. Sie hob die Daumen, um ihnen Glück zu wünschen, dann verschwand sie wieder. Auch die anderen Unterkünfte passierten sie ohne Zwischenfall. Lisa konnte es kaum glauben.

Noch ein paar Hundert Meter, dann kamen sie an der Krankenbaracke vorbei. Sie hatten es fast geschafft. Plötzlich blieb Lisa stehen und gab den beiden hinter ihr ein Zeichen. So leise wie möglich ließen sie sich in den Staub gleiten und bemühten sich, ihren keuchenden Atem anzuhalten. Keine dreißig Meter vor ihnen trat eine Krankenschwester aus der Baracke. Ein Wachmann tauchte aus dem Dunkel auf und bot ihr eine Zigarette an. Sie lachten miteinander und dann küssten sie sich. Julia stöhnte auf. »Auch das noch«, flüsterte sie. »Das kann dauern.«

Lisa lag ausgestreckt im Dreck und blickte in den Himmel. Die Wolken bildeten eine Lücke, und obwohl der Mond nur schwach leuchtete, würden geübte Augen sie ausmachen können. Ihr stockte der Atem. Sie waren so weit gekommen ... so viele Frauen setzten alle ihre Hoffnung in sie. Das Mondlicht brachte den Stacheldraht neben ihnen zum Glitzern, und unwillkürlich musste sie lächeln. Wie seltsam das Leben manchmal ist, dachte Lisa. Wie man noch in der größten Gefahr Sinn für Schönheit haben kann. Vor ihnen hörte man leises Gelächter, der Wachmann und die Schwester umarmten sich leidenschaftlich. Jetzt warfen sie ihre Zigaretten weg und gingen gemeinsam in die Krankenbaracke. Paulette atmete hörbar aus.

»Los, weiter, bevor er wieder rauskommt.«

Sie sprangen auf und hasteten die letzten Meter bis zum Gebäude, in dem sich das Büro des Kommandanten befand. Außer Atem blieben sie davor in gebückter Haltung stehen und lauschten. Nichts war zu hören, niemand schien zu wissen, dass sie hier waren. Alle Fenster waren dunkel.

»Dann los«, flüsterte Lisa und nahm den großen Schraubenschlüssel zur Hand, den die Spanier ihnen geliehen hatten. Die Tür aufzubrechen war leicht, sie war kaum gesichert. Das hatte Paulette herausgefunden. Wer sollte hier schon etwas stehlen? Damit, dass sie von den Listen und Akten wusste, hatte wohl niemand gerechnet. Das Schloss gab mit einem metallenen Krachen nach, und sie erstarrten, aber nichts rührte sich. Sie zwängten sich durch den Türspalt und betraten das Gebäude. Sie hielten kurz inne, um sich an die Dunkelheit zu gewöhnen. Die Wolken hatten sich verzogen und im fahlen Mondlicht konnten sie sich orientieren. Auf der rechten Seite des Ganges lag das Büro des Kommandanten.

Commandat Davergne. Chef de Service, stand auf einem Emailleschild an der Tür.

»Die Entlassungsformulare sind irgendwo links in seinem Schreibtisch«, sagte Paulette.

Lisa zog probehalber an dem Griff der obersten Schublade, sie ließ sich problemlos öffnen, enthielt aber nur Bleistifte, Stempelkissen und Radiergummi. Sie pfiff leise durch die Zähne und nahm einen Bleistift an sich. Sie würde ihn Lili Andrieux geben, damit sie weiterhin Porträts von den Frauen zeichnen konnte. Gleich in der zweiten Lade, die ebenfalls unverschlossen war, wurde sie fündig. Da lagen fein säuberlich aufgestapelt Vordrucke für die Entlassungen, aber auch Blanko-Ausweispapiere. Die konnte man zwar in jedem *Tabac* kaufen, aber hier lagen die passenden Stempel gleich daneben. Lisa konnte ihr Glück kaum fassen. Man müsste nur noch ein Foto aufkleben und schon hätte man Papiere, die zumindest einer oberflächlichen Überprüfung standhalten würden.

»Alle kannst du nicht mitnehmen«, gab Julia zu bedenken.

Lisa nickte. So sehr es ihr auch in den Finger juckte, Julia hatte recht. Sollten alle Vordrucke fehlen, würde das Lager durchsucht werden. Aber wenn nur einige fehlten, bestand die Möglichkeit, dass es gar nicht auffiel.

»Lang lebe das französische Laissez-faire«, flüsterte Julia und lachte leise. Sie nahm den Stempel. »Stempelkissen?«, fragte sie, und Lisa schob es ihr hin.

Julia fing an, die Entlassungspapiere zu stempeln.

»Nicht so laut«, sagte Paulette und ging zum Fenster und sah hinaus.

Nach ein paar Minuten, während denen sie ängstlich auf jedes Geräusch von draußen gelauscht hatten, waren gut drei Dutzend Formulare gestempelt. Julia räumte alles wieder ordentlich an seinen Platz zurück. Jetzt fehlten nur noch die *fichiers*.

Lisa sah sich um, und ihr Blick fiel auf einen großen Aktenschrank. Sie zog eine der Schubladen heraus. Wie vermutet lagerten hier die vielen Listen und die bereits ausgefüllten *fichiers*. Es waren einzelne, handschriftlich ausgefüllte Blätter im Postkartenformat, die nach Alphabet in Pappheftern zusammengefasst waren. Sie nahm das oberste heraus und ging damit ans Fenster, um besser lesen zu können. Sie hielt den Atem an. Es war, wie sie befürchtet hatte. Name, Alter, Religion, politische Zugehörigkeit, letzte Adresse, Verwandte, Kinder, Krankheiten, besondere Merkmale. Alles stand dort. Auf einigen waren sogar Fotos der Frauen. Woher hatten sie die?

Lisa legte das Blatt zurück, raffte die Hefter zusammen und drückte Paulette und Julie je einen Stapel in die Arme. Dann öffnete sie die unterste Schublade und atmete erleichtert aus. Hier lagen leere Hefter.

»Wartet mal.« Sie zog einen Stapel heraus und sortierte die Hefter in die obere Schublade. So würde es nicht sofort auffallen, dass die *fichiers* fehlten. Dann schloss sie den Schrank wieder. Ein letzter prüfender Blick: nichts deutete darauf hin, dass sie hier gewesen waren. Unbemerkt verließen sie das Gebäude.

»Der Wachmann!«, zischte Julia in dem Moment, als sie die Tür hinter sich zuzogen.

Lautlos ließen sie sich zu Boden gleiten und machten sich so klein wie möglich, die *fichiers* hielten sie eng an den Körper gepresst. Es war ihr Glück, dass sie noch im Schatten des Gebäudes waren. Wären sie schon auf dem Weg gewesen, hätte der Wachmann sie unweigerlich gesehen. Lisa konnte Paulettes keuchenden Atem hören. Wahrscheinlich atmete sie selbst vor Angst ebenso laut. Aber der Wachmann pfiff eine Melodie und schlenderte nur zwanzig Meter von ihnen entfernt vorbei.

»Mein Dank an die Krankenschwester«, wisperte Julia, als alles wieder ruhig war, und grinste sie an.

Sie machten sich auf den Weg, und als sie an *Ilôt* E vorüberschlichen, trat wieder Marta Feuchtwanger an den Zaun.

»Hat es geklappt?«, flüsterte sie.

Lisa nickte. Dann hielt sie Marta ein Dutzend Hefter hin.

»Kannst du uns welche abnehmen? Wir müssen sie irgendwie loswerden.«

Marta steckte ihre Hände durch den Zaun und nahm einen Stapel entgegen. Lisa fragte sich wieder einmal, wie sie es schaffte, unter diesen Bedingungen ihre muskulösen Arme und das üppige Haar zu behalten, das sie im Nacken zu einem großen Knoten gebunden trug. Die anderen Frauen erzählten, dass sie jeden Morgen vor der Baracke eine Stunde lang Gymnastik machte, egal wie das Wetter war.

»Wir haben eine kleine Kochgelegenheit und Streichhölzer«, erklärte Marta. »Ich denke, ich werde mir einen Tee machen, und morgen früh ist davon nichts mehr zu sehen.«

Lisa und die anderen nickten ihr zu, dann eilten sie weiter. Sie gingen auf die Latrinen und zerrissen einige Papiere in kleine Fitzel, die sie mit in das Loch warfen.

»Mehr nicht, die sieht man. Wir müssen das nach und nach erledigen.«

»Wir verteilen sie morgen an die anderen Baracken.«

Eine Stunde nachdem sie aufgebrochen waren, lagen sie alle

auf ihren Strohsäcken, als wäre nichts geschehen. Zum ersten Mal seit langer Zeit fiel es Lisa nicht schwer einzuschlafen.

★ ★ ★

Am nächsten Morgen war Lisa sehr früh wach. Die erfolgreiche Aktion der letzten Nacht beflügelte sie. Endlich war sie wieder eine Handelnde! Als sie Paulettes strahlendes Lächeln sah, wusste sie, dass es ihr genauso ging. Sie stand auf und trat vor die Baracke. Der Anblick nahm ihr den Atem. Die Wolken hatten sich verzogen und in der Ferne, jenseits des Stacheldrahts, lag in der Sonne die Gebirgskette der Pyrenäen. Auf einmal ging ein Blitzen über die scharf gezackten Gipfel, als würden sie in Flammen stehen. Lisa kniff die Augen gegen die schmerzende Helligkeit zusammen. Sie brauchte einen Moment, um zu verstehen, dass die Sonne dahinter aufging und die Spitzen der Gipfel und Grate zum Leuchten brachte. Wie gebannt blieb sie stehen, um das Naturschauspiel zu bewundern. Innerhalb weniger Minuten leuchteten die Bergspitzen wie Gold. Geblendet hielt sie die Hand über die Augen, um das brennende Licht abzuschirmen. Dann atmete sie ein paar Mal tief ein und aus. Wieder fragte sie sich, wie das sein konnte: so viel Schönheit, so viel imposante Natur um sie herum, und mittendrin die Hölle dieses Lagers? Vor ihren Augen verwandelten sich die Berge von Golden zu Orange und gleißendem Rot. Die Sonnenstrahlen fielen dort oben irgendwo auf eine Wasserfläche, einen See oder einen Flusslauf, vielleicht war es auch ein Schneefeld, und wieder traf sie die Helligkeit. Sie stand eine ganze Weile dort, bis das Schauspiel vorüber war.

»Was stehst du hier herum?«, fragte Erna, die aus der Baracke getreten war.

»Das war gerade so schön«, murmelte Lisa, immer noch ganz erfüllt.

»Hat gestern alles geklappt. Habt ihr die Formulare?«

Ihre Frage holte Lisa wieder in die triste Wirklichkeit zurück. Mochte die Natur noch so schön sein, jetzt kam es darauf an, sich in Sicherheit zu bringen.

»Ja, wir haben alles. Wir müssen die Akten nur noch verschwinden lassen.«

★ ★ ★

Gegen Mittag torkelte Kommandant Davergne über die Lagerstraße. Lisa erschrak, als sie ihn sah. Er war sturzbetrunken und somit unberechenbar. War er wütend, weil er den Einbruch und das Fehlen von Papieren bemerkt hatte? Was bedeutet das nun für sie? Würde er das Lager durchsuchen lassen? Zu härteren Maßnahmen greifen? Fürchtete er Fluchtversuche und würde die Patrouillen verdoppeln? Lisa wurde von einem kalten Schauer erfasst. Hatte ihre nächtliche Aktion sie noch weiter in Bedrängnis gebracht? Womöglich das Leben ihrer Mitinsassen gefährdet?

Voller Unruhe wartete sie auf Paulette, um mehr zu erfahren.

»Er weiß einfach nicht mehr, was er tun soll«, erklärte Paulette mit gespieltem Mitleid, dabei konnte sie sich ein Grinsen kaum verkneifen, als sie von ihrer Arbeit in der Poststelle kam. Trotz der drückenden Hitze hatten sie sich in der Baracke versammelt. Auch die anderen Frauen schienen nicht mehr Aufmerksamkeit als nötig erregen zu wollen. »Er ist mit der Situation total überfordert. Als man ihm vor unserer Ankunft telefonisch die Ankunft von mehreren Tausend Frauen angekündigt hat, ist er in Ohnmacht gefallen. Seit der Kapitulation bekommt er keine Anweisungen mehr von französischer Seite, und die Deutschen fordern diese Listen ein. Als er sie heute Morgen zusammenstellen wollte, musste er feststellen, dass die bereits ausgefüllten *fichiers* verschwunden sind«, fuhr Paulette fort. »Er hat herumgebrüllt und seine Leute zusammengeschrien, dann hat er angefangen zu trinken.«

»Soll er uns doch lieber freilassen«, brummte eine Frau.

»Das traut er sich nicht.«

Julia kam herein, auf dem Arm eine gewaschene Bluse. »Habt ihr gemerkt, dass hier kaum noch Wachleute sind? Die hauen alle ab. Ich bin gerade nur mal so ins Nachbar-*Ilôt* marschiert, und keiner hat mich aufgehalten.«.

Lisa horchte auf. Sollte sie sich umsonst Sorgen gemacht haben? Gaben die Franzosen etwa auf? Sie musste ein Lachen unterdrücken. Sie schienen mit ihrem nächtlichen Diebstahl viel mehr bewirkt zu haben, als sie beabsichtigt hatten.

»Diese Anarchie spielt uns in die Hände«, sagte sie zu Paulette und erhob sich. »Keiner passt mehr auf uns auf.«

So ganz stimmte das nicht, die Ausgänge waren immer noch bewacht. Außerdem könnten jederzeit neue Befehle eintreffen und die Situation ändern. Vielleicht wurde der Kommandant ausgewechselt? Von einem Einmarsch der Deutschen ganz zu schweigen. Aber Lisa konnte den Enthusiasmus ihrer Freundin gut nachvollziehen.

Im Moment hatten sie die Chance, die am meisten gefährdeten Frauen zu informieren und ihnen die Flucht zu ermöglichen. Und die würden sie nutzen. So unauffällig wie möglich gingen Lisa und Paulette von einer Baracke in die nächste und erzählten von ihrem Fluchtplan.

»Wenn ihr dabei seid, sagt uns Bescheid, dann füllt Nelly die Ausweise aus. Aber seid vorsichtig. Nicht, dass die Falschen davon Wind bekommen. Wenn die uns verraten, war alles umsonst.«

Im Grunde wusste Lisa, dass sie sich darüber keine Gedanken machen musste. Den Frauen, die sie einweihten, war klar, was auf dem Spiel stand. Sorgen machte ihr allerdings Anja

Pfemfert, die Frau von Franz Pfemfert, einem Journalisten, für dessen avantgardistische linke Zeitung Hans früher gearbeitet hatte. Anja war am Ende ihrer Kräfte und stand kurz vor einem Nervenzusammenbruch. Jemand musste sich um sie kümmern. In Paris hatte Franz Lisa ab und an kleine Sekretariatsaufträge gegeben und jetzt war es für sie selbstverständlich, dass sie seine Frau nicht zurückließ.

Anja wohnte im Nachbar-*Ilôt*, und Lisa schlich sich unbemerkt zu ihr. Sie hatte sie seit Paris nicht mehr von Nahem gesehen und erschrak über Anjas Aussehen: Aus ihrem Haar war die Farbe herausgewachsen, so dass es auf dem Kopf fast schwarz war und dann in langen blonden Zotteln bis auf die Schultern hing. Sie trug ein Kleid, das einem Mädchen gehört zu haben schien, es hatte ein schreiend buntes Blümchenmuster und war trotz ihrer Magerkeit viel zu eng.

»Wo ist mein Mann?«, frage Anja immer wieder. »Ich will zu Franz.«

Lisa nahm Anjas Hände in ihre, um sie zu beruhigen und sie dazu zu bringen, ihr zuzuhören »Genau darum geht es doch. Du musst mit uns kommen. Wenn du hier im Lager bleibst, nützt du ihm gar nichts. Ich bin sicher, er tut auch alles Mögliche, um freizukommen und dich zu suchen. Wir müssen hier weg, bevor die Deutschen kommen.«

Sie suchte Anjas Blick und es gelang ihr, ihre Aufmerksamkeit für einen Moment zu fesseln. Aber insgeheim bezweifelte Lisa, ob Anja sie wirklich verstanden hatte und ob sie in der Lage wäre, kilometerweit zu marschieren.

»Du darfst nicht darüber reden, hörst du? Ich hole dich morgen früh ab. Bis dahin packst du deine Sachen, aber unauffällig.«

Anja sah sie mit einem merkwürdigen Blick an, dann nickte sie. Mit einem unguten Gefühl ließ Lisa sie zurück.

Ihre nächste Station war Hannah Arendt. Mit ihr war alles unkompliziert.

»Wie wollt ihr vorgehen?«, fragte sie.

Lisa vergewisserte sich, dass niemand zuhörte, bevor sie antwortete: »In unserem *Ilôt* gibt es eine Frau, Nelly. Sie hat in Deutschland Pässe für gefährdete Genossen hergestellt und füllt jetzt unsere Namen in die Vorlagen, die wir aus dem Büro des Kommandanten haben. Sie ist Expertin. Wir können ihr vertrauen. Bist du dabei?«

Hannah nickte. »Aber nur bis nach draußen. Dann schlage ich mich allein durch. Ich tauge nicht so zur Gruppenbildung. Achtung.« Sie wies mit dem Kopf in eine Richtung. Lisa sah eine der Spioninnen auf sich zukommen.

»Verzieh dich!«, zischte sie.

Hannah hielt sie am Arm zurück. »Ich kann Schmiere stehen, damit Nelly nicht erwischt wird.«

»Sehr gut. Dann komm mit.«

Als sie die Baracke betraten, schreckte Nelly auf und ließ rasch Papiere unter ihrem Strohsack verschwinden. Dann erkannte sie sie.

»Meine Güte, habt ihr mich erschreckt.«

»Hannah passt ab jetzt auf und warnt dich, wenn jemand kommt«, sagte Lisa.

»Gut«, sagte Nelly und beugte sich wieder über ihre Arbeit, während Hannah sich an der Barackentür postierte. Auf den Entlassungsscheinen standen falsche Namen und Geburtsorte, vor allem aber erklärte Nelly die Frauen kurzerhand alle zu Belgierinnen. Ein paar Buchstaben, die sie von feindlichen Ausländern zu schutzbedürftigen Flüchtlingen machten. Sobald sie das Lager verlassen hätten, wären sie erst mal außer Gefahr. Falls sie es aus dem Lager schafften und falls die gefälschten Papiere nicht aufflögen. Lisas Nerven waren zum Zerreißen gespannt.

Der Fluchtplan war ihre Idee gewesen, sie fühlte sich verantwortlich für all die Frauen, die ihr vertrauten. Und ihr Leben in ihre Hände legten. Immer wieder ging sie alles durch. Hatte sie jede Eventualität bedacht? Hatte sie jemanden vergessen? Aber sie hatten alle Formulare, die sie besaßen, ausgefüllt. Mehr Frauen konnten sie nicht mitnehmen.

Noch einmal ging sie alles durch, dann ließ sie sich müde auf ihren Strohsack fallen. Sie war zu Tode erschöpft und gleichzeitig voller Energie und Tatendrang. Morgen würde sie diese Hölle verlassen.

»Lisa?«

Sie musste kurz eingenickt sein, als Paulette sie weckte. Hinter ihr stand Anja Pfemfert und hielt ihr anklagend den gefälschten Ausweis entgegen.

»Gib ihn jemand anderem. Ich komme nicht mit. Franz wird herkommen und mich suchen, da muss ich doch hier sein.«

Lisa starrte sie fassungslos an. Sie war kurz davor, die Geduld zu verlieren, aber sie musste ruhig bleiben, um Anja nicht aufzuregen. Wie bei einem Esel, dachte sie. »Hör zu, Anja, du kommst mit mir. Morgen früh verlassen wir das Lager. Du hast Papiere, die beinahe echt aussehen. Ich verspreche dir, dass du Franz wiedersehen wirst. Er wird stolz auf dich sein, weil du so mutig bist.«

Anja hob den Blick und sah Lisa voller Hoffnung an. »Meinst du?«

Lisa nickte. »Aber ja!«

★ ★ ★

In der Nacht konnte sie nicht schlafen. Es war Mitte Juni und drückend heiß in der Baracke. Der Staub, der von den Strohmatratzen aufstieg, kitzelte ihr in der Nase. Wieder und wieder ging Lisa ihren Plan durch. Hatte sie Anja zu viel versprochen? Und wenn sie ihren Mann nicht wiederfand? Wenn er tatsächlich hierher nach Gurs kommen würde, um sie rauszuholen, und sie wäre nicht mehr da? Bei Hans sah sie diese Gefahr nicht. Wenn er wüsste, dass es auch nur den Hauch einer Möglichkeit gab, aus Gurs zu fliehen, würde er wissen, dass Lisa diese Chance ergreifen würde. Sie war nie in ihrem Leben passiv gewesen, sie hatte immer gefragt, was sie tun könnte, nicht, was mit ihr passieren würde. Hätte sie die Flucht schon früher wagen sollen? Hätte ich die alte Frau Jablonsky retten können?, schoss es ihr zum wiederholten Male durch den Kopf. Aber wie jedes Mal gab sie sich selbst die Antwort, dass es zu einem früheren Zeitpunkt zu riskant gewesen wäre. Schließlich plante sie ja nicht nur für sich allein. Sie nahm drei Dutzend Frauen mit, die ihr vertrauten. Und wenn sie morgen alle verhaftet würden und in den Strafbunker kamen? Vielleicht hätten die anderen doch warten sollen, bis sie regulär entlassen wurden? Nein, die Gefahr, dass ihnen die Deutschen zuvorkamen, war einfach zu groß. Schon morgen konnte die Gestapo vor den Toren stehen, und dann wären diese Frauen alle verloren. Sie selbst auch.

Lisa tastete nach ihrem Entlassungspapier in der kleinen Stofftasche, in der sie sämtliche Sachen hatte, die sie besaß. Ihr Becher und ihr Teller waren noch da, aber das Taschentuch ihrer Mutter fehlte. Eingetauscht gegen ein paar Karotten. Sie seufzte. Immer mehr, das ihr lieb war, ging verloren, immer mehr musste sie weggeben. Sie besaß nur noch das, was in ihre kleine Tasche passte. Wie viel hatte sie seit Berlin verloren: ihre Puppe, die Möbel in der elterlichen Wohnung, die Fotos und das Familiensilber, die Bücher und das Gemälde ihrer Tante Malka, das über dem Sofa gehangen hatte …

Unwillkürlich griffen ihre Hände nach der Kette an ihrem Hals. Von dieser Kette würde sie sich niemals trennen. Auf einmal sah sie Hans vor sich, wie er zum Abschied die Hand hob. Sie stöhnte auf, Tränen stiegen ihr in die Augen. Sie vermisste ihn in diesem Augenblick auf eine beinahe unerträgliche Weise. Wenn sie nur wüsste, wo er war. Plante er womöglich auch gerade seinen Ausbruch aus einem anderen Lager? Freute er sich auch so sehr darauf, sie wiederzusehen? Sie drehte sich auf die andere Seite und sah zu Paulette, die ebenfalls wach lag. Sie schickte ihr ein schwaches Lächeln.

»Morgen früh sind wir hier weg«, sagte Paulette und griff nach ihrer Hand.

Lisa nickte. Ja, morgen waren sie endlich in Freiheit.

KAPITEL 10

Am nächsten Morgen, kurz nach Sonnenaufgang, hängte Lisa sich schweigend ihren Beutel um. Ihr Körper schien nur aus Adrenalin zu bestehen, sie hatte das Gefühl zu beben. Um sich ein wenig zu beruhigen, atmete sie tief ein und aus. Dann blickte sie sich um. Einige Frauen schliefen noch, andere waren auf dem Weg nach draußen, zu den Latrinen. Die typische Morgenroutine. Aber heute war kein Tag wie jeder andere. Wenn alles nach Plan lief, wären sie innerhalb der nächsten Stunde frei. Sie konnte es noch immer nicht fassen, diese Hölle hinter sich zu lassen. Doch noch war es zu früh, sich zu freuen, sie durften keinen Fehler machen.

Erna trat mit Tränen in den Augen auf sie zu, sie hatte sich dagegen entschieden, mitzukommen, weil sie hoffte, bald entlassen zu werden. Lisa umarmte sie kurz, dann steckte sie ihr eine Rasierklinge zu. »Für alle Fälle«, sagte sie.

Erna erschrak. Ihr Blick flackerte und Lisa bedauerte, sie dermaßen in Angst versetzt zu haben. Aber dann hatte sie sich wieder im Griff. »Und du?«, fragte sie.

»Ich nehme die von Paulette.«

Die beiden Frauen umarmten sich. Für einen kurzen, seligen Augenblick hatte Lisa das Gefühl, es wäre ihre Mutter, die ihr ihren Segen mitgab. Dafür war sie Erna unendlich dankbar. Im echten Leben hätten sie sich nicht viel zu sagen gehabt, aber hier in dieser erzwungenen Gemeinschaft waren sie sich nahegekommen. »Wir sehen uns nach dem Krieg«, sagte Lisa.

Erna schluckte, dann nickte sie. »Wir sehen uns nach dem Krieg.«

Ohne sich noch einmal umzudrehen, verließ Lisa mit Paulette die Baracke.

Trotz der frühen Stunde hatte die Sonne eine erstaunliche Kraft. Lisa blinzelte, schaute hinauf zu den Bergketten der Pyrenäen, die im hellen Morgenlicht dalagen. Ein atemberaubender Anblick. Dann nickte sie Paulette zu und ging los. Einfach so, als sei es das Natürlichste der Welt, schritten sie die Lagerstraße entlang in Richtung Tor. Aus den Augenwinkeln nahm sie wahr, wie Anja Pfemfert gemeinsam mit einer Frau aus dem Nachbar-*Ilôt* trat. Die beiden hatten sich untergehakt und die Frau flüsterte auf Anja ein. Offensichtlich hatte sie sich etwas beruhigt, dachte Lisa und spürte, wie ein Stück Anspannung von ihr wich. So unauffällig wie möglich versuchte sie sich umzuschauen. Immer mehr Frauen traten auf die Straße und mischten sich unter das morgendliche Treiben. Das Einzige, was sie von den anderen Insassen unterschied, war, dass sie Leinenbeutel oder kleine Koffer bei sich trugen und alle Richtung Tor strebten. Lisa sah Auguste Broders, Herlinde Böge, Hannah Arendt und Marta Feuchtwanger, Nelly und Julia. Viele andere kannte sie nicht, aber sie wusste, dass sie alle einen Grund hatten zu verschwinden. Wie sie es zuvor besprochen hatten, liefen sie in Abstand zueinander, zu zweit, zu dritt, in losen Gruppen, so dass niemand auf die Idee kommen konnte, sie gehörten zusammen.

Es war ein merkwürdiges Gefühl, derart selbstverständlich durch das Lager zu gehen. Aber auch das hatte Lisa ihnen immer wieder eingetrichtert: »Ihr müsst überzeugend sein, ihr müsst so tun, als habe euch der Kommandant persönlich eure Entlassungspapiere übergeben, niemand darf auch nur den Funken eines Verdachts hegen, dass ihr etwas Verbotenes tut. Geht einfach selbstbewusst bis zum Ausgang, meidet nicht den Blick der Aufseher. Das macht euch nur verdächtig«.

Nach all den Wochen der Gefangenschaft merkte selbst Lisa, wie schwer es war, ihre Anweisungen umzusetzen. Die Angst saß ihr im Nacken und immer wieder spähte sie nach rechts und links, weil sie jeden Augenblick damit rechnete, von einem Wachposten aufgehalten und befragt zu werden. Aber niemand ließ sich blicken. Außerdem würde sie sich nicht aufhalten lassen. Es ging hier darum, ihr Leben zu retten. Da müssten die Wachmänner schon auf sie schießen. Kurz spürte sie ein Kribbeln zwischen den Schulterblättern, als würde sie dort eine Kugel treffen.

Einige Frauen wurden auf sie aufmerksam. »Wo wollt ihr denn hin?«, rief eine von ihnen, aber Lisa antwortete nicht.

»Keine Wachposten da. Die trauen sich nicht«, wisperte Paulette.

»Oder sie haben sich schon abgesetzt. Die wollen alle zu ihren Familien, bevor die Deutschen kommen.« Lisas Schritt wurde fester, sie hob das Kinn und ging ein wenig schneller. Die anderen Frauen schienen sich ihr anzupassen. Jetzt hatten sie schon unbehelligt die Krankenbaracke erreicht, und Lisa schickte einen stummen Gruß an die Frauen, die dort waren, zu krank, um die Flucht zu wagen. In ihren Ohren rauschte es. Da vorn war die kleine Baracke für Besucher, und dahinter lag schon das Tor. Ihr Herz begann zu klopfen. Nur noch wenige Meter trennten sie von der Freiheit. Sie spürte, wie ihre Hände feucht wurden.

Dann fiel ihr Blick auf die zwei Wachmänner, die sich auf beiden Seiten des Ausgangs posiert hatten und sich verblüfft den Schlaf aus den Augen rieben, als sie sie kommen sahen. Sie wirkten jung und unerfahren. Je näher sie kamen, desto nervöser schienen sie zu werden.

»Wie geplant, es ist noch die Nachtschicht, den einen, den mit der Hasenscharte, kenne ich«, flüsterte Paulette.

Lisa griff nach Paulettes Hand und drückte sie kurz. Dann sah sie, wie der andere Aufseher sein Gewehr von der Schulter gleiten ließ und unschlüssig in den Händen hielt. Der Mann mit der Hasenscharte starrte ihn entsetzt an. Jetzt mussten sie vorsichtig sein, ein falsches Wort, eine falsche Bewegung, und die Situation konnte eskalieren.

Nebeneinander gingen sie die letzten Schritte auf die Männer zu und blieben in respektvollem Abstand vor der Schranke stehen. Dabei taten sie so, als würden sie die Anspannung der beiden nicht bemerken.

»Bonjour, Monsieur Yves«, sagte Paulette charmant. »Wir werden heute entlassen.«

Lisa hatte überlegt, ob sie es mit einem Lächeln und einem Flirt versuchen sollte, dann ließ sie es bleiben. Das mit dem Flirten übernahm Paulette. Sie suchte gerade in ihrer Rocktasche nach dem Entlassungspapier und stellte dabei ein Bein aus. Der junge Wachmann folgte ihr mit den Blicken, das Gewehr in seinen Händen schien er für eine Sekunden vergessen zu haben. Umso aufmerksamer behielt Lisa es im Blick.

»Da ist er ja«, hörte sie Paulette nach einer gefühlten Ewigkeit seufzen. Dann überreichte sie dem Mann das Papier mit einem hinreißenden Lächeln. Auch Lisa zog ihren Entlassungsschein aus dem Beutel und übergab ihn an den Mann mit der Hasenscharte. Er sagte nichts, studierte nur das Dokument und sah dann auf die Frauen hinter ihnen. »Ihr alle?«, fragte er.

»Ja, wir haben alle Papiere.« Lisa sah ihm direkt in die Augen.

Die anderen Frauen waren inzwischen aufgerückt und standen jetzt in einem Pulk um die Wachmänner herum.

Der junge Mann musterte ihre Papiere erneut, auf seiner Stirn erschienen Falten. Lisa hielt unwillkürlich die Luft an.

Was, wenn die Wachposten die Fälschung erkennen würden? Sie wusste, dass Nelly ein Messer bei sich trug. Sie hatte geschworen, es einzusetzen, wenn es am Tor Probleme geben sollte.

Der Beamte mit der Hasenscharte nahm nun auch Paulettes Entlassungspapiere in die Hand und begann, sie sorgfältig zu studieren. Dann schob er die Kappe in den Nacken und kratzte sich an der Stirn.

»Was meinst du dazu?«, fragte er seinen Kollegen.

Lisa spürte, dass sie fast gewonnen hatten. »Das hat der Kommandant persönlich unterschrieben«, sagte sie barsch. »Worauf warten Sie? Wollen Sie ihn etwa aufwecken, um ihn zu fragen, ob er es sich anders überlegt hat?«

»Oh ja, wecken Sie Ihren Kommandanten. Der schläft bestimmt seinen Rausch aus und wird sich freuen, wenn Sie ihn aus dem Schlaf holen. Ich kenne ihn ziemlich gut, wie Sie wissen.« Das war die leicht mokante Stimme von Julia. Sie war einen Schritt vorgetreten und fixierte die beiden Soldaten freundlich, aber bestimmt.

Der Wachmann hielt die Papiere immer noch in der Hand und sah hilflos zu seinem Kollegen, der zuckte bloß mit den Schultern und winkte Lisa durch. Also gab er ihnen die Formulare zurück und öffnete den Schlagbaum. Nun lag nichts mehr zwischen ihnen und der Freiheit. Lisa hätte am liebsten gejubelt vor Glück, stattdessen trat sie betont gleichgültig auf die Straße, als sei es das Normalste der Welt. Sie strich sich eine Haarsträhne aus dem Gesicht und tat dann so, als würde sie sich den Schnürsenkel binden, dabei schielte sie zu den anderen Frauen jenseits der Absperrung. Würde es bei ihnen auch so glattgehen? Was, wenn ausgerechnet jetzt die Ablösung kam? Hecktisch suchte Lisa die Lagerstraße ab, doch kein Uniformierter war zu sehen.

»Nun mal langsam. Eine nach der anderen«, rief der Aufseher mit der Hasenscharte in dem Versuch, ein wenig von seiner Autorität zurückzugewinnen.

Julia und Nelly rückten vor. Verdammt, warum dauerte das alles so lange?

Wieder ließen sich die Posten die Papiere zeigen. »*En règle*«, sagte der eine, und die beiden gingen durch das Tor. Nach und nach ließen die beiden die Frauen passieren, irgendwann schienen sie genug zu haben und warfen nur noch einen kurzen Blick auf die Entlassungsscheine und winkten die restlichen Inhaftierten ungeduldig durch.

★ ★ ★

Als sie sich ein Stück weit vom Lager entfernt hatten, merkte Lisa, wie ihr die Tränen über die Wangen liefen. Die Anspannung der letzten Tage machte sich bemerkbar. Kurz vor dem Abzweig, der vom Lager auf die Hauptstraße führte, knickte Paulette plötzlich ein, als hätte sie keine Kraft mehr.

»Los, weiter«, sagte Lisa und zog sie am Arm wieder hoch. Sie durften sich nichts anmerken lassen. Ohne noch einmal zurückzublicken, gingen sie weiter, Schritt für Schritt, weg aus der Hölle von Gurs.

Kurz darauf kamen sie an einigen Häusern vorüber, aber keine Menschenseele war zu sehen. Erst als sie ein kleines Waldstück erreichten und außer Sichtweite des Lagers waren, ließen sie sich ins Gras neben der Straße fallen.

»Wir haben es geschafft. Wir sind draußen«, sagte Paulette verblüfft und fing an zu lachen. Lisa fiel ein, ihre ganze Anspannung entlud sich in einem lauten, hysterischen Gelächter. Sie umarmten sich und wälzten sich auf dem Boden und konnten nicht aufhören zu lachen.

»Hörst du das?«, fragte Lisa plötzlich und setzte sich auf.

Sie sahen die Straße hinunter. Ein Auto kam auf sie zu. Paulette wollte sie tiefer in den Wald ziehen, um sich zu verstecken, aber Lisa stand auf.

Später konnte sie nicht mehr sagen, was für eine Eingebung sie gehabt hatte, aber sie stellte sich an die Straße, strich sich den Staub von der Hose und fuhr sich mit der Hand durch das Haar. Dann streckte sie den Arm aus.

Der Wagen kam näher und hielt an. Lisas Herz gefror, als sie sah, dass ein französischer Offizier am Steuer saß. Aber jetzt musste sie da durch, und ein Franzose war immer noch besser als ein deutscher Gestapomann.

»Können Sie mich und meine Freundin ein Stück mitnehmen?«, fragte Lisa und schürzte kokett die Lippen. »Wir waren hier verabredet, aber unsere Bekannten kommen nicht.«

Der Mann lächelte breit und langte nach dem Griff, um die Tür zu öffnen. »Immer rein, Mesdemoiselles«, sagte er. »Ich fahre nach Pontacq, das liegt ungefähr eine Stunde von hier entfernt.«

»Wunderbar. Genau da wollen wir hin«, sagte Lisa strahlend, obwohl sie noch nie von dem Ort gehört hatte.

Sie kletterte auf die Rückbank, Paulette setzte sich nach vorn und fing sogleich eine Unterhaltung mit dem Fahrer an. Sie stellte ihm Fragen über Fragen, ob er aus der Gegend sei, ob er Familie habe und so weiter. Sie vermied jede Andeutung nach dem Vormarsch der Deutschen und gab ihm keine Gelegenheit, sie ebenfalls etwas zu fragen. Eine reine Vorsichtsmaßnahme, das wusste Lisa. Was hätten sie sagen sollen, wenn er gefragt hätte, wo sie herkamen?

Lisa sah aus dem Rückfenster Nelly und Julia auf der Straße. Hoffentlich hatten sie Glück und kamen durch. Jetzt mussten sie allein zurechtkommen.

Während der Fahrt versuchte sie, sich die Gegend einzuprägen, alles konnte wichtig sein. Sie las ein Schild, das nach

Lourdes führte, es waren nur zwanzig Kilometer von hier, und sie fragte sich, ob Alina noch dort wäre. Ihre Gedanken schweiften ab. Heute war der 21. Juni 1940. Fast auf den Tag vier Wochen war sie in Gurs eingesperrt gewesen. Was war in der Zwischenzeit mit den Menschen passiert, die sie liebte? Hans? Ihre Eltern und ihr Bruder? Die Freunde und Freundinnen? Sie sah Paulettes schönes Profil, die sich dem Offizier zugewandt hatte und lachte. Neben der Straße grasten Kühe mit hellem Fell unter großen Bäumen. Der friedliche Anblick trieb Lisa Tränen in die Augen. Der Offizier bemerkte ihr Schweigen und Lisa fühlte seinen prüfenden Blick im Rückspiegel auf sich. Dann nahm der Wagen eine ziemlich steile Steigung und oben auf dem Kamm, wo die Gipfel der Pyrenäen ganz nah erschienen, ging es in engen Kurven wieder hinunter ...

Sie wachte auf, als sie auf den ausgefahrenen Sand eines Dorfplatzes fuhren. Sie reckte ihre verspannten Muskeln und rieb sich verschlafen die Augen, doch dann war sie plötzlich hellwach: Sie hielten vor einem Haus, an dessen Wand ein großes Schild prangte: *Gendarmerie*. Ihr Herz fing wild an zu klopfen. Zum Teufel, was war passiert? Sie suchte Paulettes Blick im Spiegel. Waren sie aufgeflogen? Würde der Offizier sie an die Polizei ausliefern? Dann würden sie in ein paar Stunden wieder in Gurs sitzen. Panisch suchte sie nach einem Fluchtweg, aber sie saß in dem Zweitürer fest, und selbst wenn sie heil herauskommen würde, wäre es zu spät. Zwei Gendarmen näherten sich dem Wagen und salutierten, als der Offizier ausstieg.

»Paulette?«, zischte sie.

Paulette drehte sich zu ihr herum, in ihren Augen flackerte die Angst.

»Gendarmes, ich übergebe Ihnen hiermit diese beiden Frauen ...«, begann der Offizier, und Lisa wurde schwarz vor

Augen, »... sie sind belgische Flüchtlinge. Ich mache Sie dafür verantwortlich, dass ihnen nichts geschieht.«

Die beiden Gendarmen salutierten und standen stramm. Dann öffnete der eine den Wagenschlag und Lisa stieg mit wackligen Beinen aus. In ihrem Kopf tobten die Gedanken. War das eine Falle? Oder hatte der Offizier Paulette die Geschichte abgekauft?

»Folgen Sie uns, Mesdemoiselles«, sagte der Ältere und wies auf die Gendarmerie. Lisa sah hilflos zu Paulette, dann zu dem Offizier hinüber, der mit einem Lächeln, das sie nicht zu deuten wusste, wieder in den Wagen stieg und davonfuhr.

Jetzt kommt es drauf an, dachte Lisa, jetzt müssen wir verdammt überzeugend sein. Aus dem Augenwinkel sah sie zwei andere Frauen aus einer Nachbarbaracke in Gurs, die ebenfalls am Morgen geflohen waren. Wie waren sie so schnell bis hierher gekommen? Erschrocken sahen sie sie an und machten ihr unverständliche Zeichen, dann verdrückten sie sich hinter einer Hausecke.

»Ihre Papiere, bitte«, sagte der ältere Polizist, der offensichtlich das Sagen hatte. Er saß inzwischen hinter seinem breiten Eichenschreibtisch, Lisa und Paulette standen vor ihm, der zweite Gendarm hatte sich in der Tür postiert. Damit wir nicht abhauen können, fuhr es Lisa durch den Kopf. Automatisch suchte sie den Raum ab. Gab es ein Fenster oder eine Hintertür?

»Ihre Papiere bitte!« Seine Stimme klang nicht unfreundlich. Lisa riss sich zusammen und übergab ihm ihren Entlassungsschein. Paulette tat das Gleiche. Er griff danach und studierte sie eingehend. Lisa merkte, wie sich Schweiß zwischen ihren Brüsten sammelte. Was sollten sie tun, wenn er die Fälschung entdeckte? Die beiden Frauen von eben kamen ihr in den Sinn. Waren sie auch schon hier gewesen und man hatte ihnen die

Pässe abgenommen? Hatten sie ihnen das sagen wollen? Sie warf einen Seitenblick auf Paulette, aber die starrte ihre Schuhspitzen an.

»Eva Jakob und Paulette Perrier«, las der Mann langsam vor und sah die beiden Frauen fragend an. »Beide wohnhaft in Liège?«

Lisa räusperte sich, weil sie Angst hatte, dass ihre Stimme versagen würde. Dann gab sie Paulette einen Stupser mit dem Ellenbogen und trat einen Schritt vor. »Genau, ich bin Eva Jakob, und das hier ist Paulette Perrier. Wir sind aus Belgien, wie der Offizier schon gesagt hat.« Mehr sagte sie nicht. Sie hatte gelernt, dass es manchmal besser war zu schweigen, bevor man sich um Kopf und Kragen redete.

Der Gendarm nickte, studierte abermals die Unterschrift, mit einer Akribie, dass Lisa meinte platzen zu müssen, und reichte ihnen dann die Papiere. Ohne sie aus den Augen zu lassen, zog er zwei Scheine aus der Schublade seines Schreibtisches. Lisa konnte hören, wie Paulette erleichtert aufseufzte. »Gehen Sie links die Straße hinunter, vor der Kirche werden Lebensmittel und Unterkünfte zugewiesen. Und bitte verlassen Sie unser schönes Pontacq nicht, ich verlasse mich darauf.« Er tippte sich an die Mütze und verabschiedete sie.

»Sie meinen, wir bekommen zu essen und ein Bett?«, stammelte Paulette.

»Aber natürlich. Frankreich kümmert sich um die Flüchtlinge, das sind wir unserer Ehre schuldig«, sagte der Ältere, und der Jüngere in ihrem Rücken fügte hinzu: »Es ist vielleicht nicht das Ritz, aber es wird schon reichen.«

»Oh, da bin ich mir sicher. Wir brauchen nicht viel«, sagte Lisa und schob Paulette auf die Straße hinaus, bevor sich die Gendarmen über ihren ungläubigen Gesichtsausdruck wundern konnten.

»Das war knapp«, sagte Paulette, als sie wieder auf der Straße standen. »Ich bin vor Angst beinahe gestorben. Ich habe uns schon in einer Gefängniszelle gesehen. Und stattdessen geben sie uns zu essen und ein Bett? Da verstehe einer die französische Politik. So etwas wie Gurs, wo die Frauen mehr oder weniger sich selbst überlassen sind, lassen sie zu, und dann wieder gibt es offensichtlich in vielen kleinen Gemeinden solche Flüchtlingshilfen, die keinen Unterschied machen, ob es Franzosen oder Belgier sind, die Hilfe suchen.«

»Wir sind weder das eine noch das andere«, sagte Lisa.

Paulette zuckte mit den Schultern. »Sollen wir da wirklich hingehen?«, fragte sie dann. »Ich meine, zu dieser Flüchtlingshilfe?«

Lisa nickte. »Wo sollen wir sonst hin? Und ich sterbe vor Hunger. Außerdem sind wir schutzlose belgische Flüchtlinge. Allons, Mademoiselle Perrier!« Dann hielt sie inne. »Warte mal«, sagte sie und bog in das Gässchen ein, wo sie kurz zuvor die beiden anderen Frauen aus Gurs gesehen hatte. Sie hockten ein paar Meter weiter im Schatten und wussten offensichtlich nicht, was sie tun sollten. Ihre Pässe lauteten auf zwei Namen aus den Niederlanden, weil sie nur ein paar Brocken Französisch sprachen.

»Ihr könnt ruhig reingehen«, sagte Lisa zu ihnen, »ich glaube nicht, dass einer von den Polizisten Holländisch spricht oder schon mal dort war. Unsere Entlassungspapiere haben sie anstandslos akzeptiert. Redet nur, wenn es nötig ist. Dann bekommt ihr Lebensmittelkarten. Viel Glück.«

Vor der Kirche war ein Tisch aufgebaut. Zwei Frauen mit einer Rotkreuz-Binde am Arm verteilten Zettel mit Adressen und Körbe mit Lebensmitteln. Als sie ankamen, standen dort bereits andere Flüchtlinge Schlange. Nur ein paar Schritte vor ihnen entdeckte Lisa Louise Straus-Ernst. Wie kam sie hierher? Sie war doch schon vor einigen Tagen aus Gurs entlassen worden. Wahrscheinlich war ihr Freund wieder bei seiner Einheit und konnte sich nicht länger um sie kümmern. Lisa bemerkte mit Sorge, wie schlecht sie aussah, fahl und krank. Aber vielleicht dachte Louise gerade genau dasselbe von ihr? Die drei nickten sich verstohlen zu, ließen sich aber nicht anmerken, dass sie sich kannten.

Sie trat einen Schritt vor, dann war sie an der Reihe. »Ich heiße Eva Jakob und bin Belgierin. Seit einer Woche bin ich vor den Deutschen auf der Flucht«, sagte sie mit fester Stimme.

KAPITEL 11

Ein Bett. Ein richtiges Bett mit einer richtigen Matratze und einem Kissen und einer weichen Decke! Lisa musste es sich mit Paulette teilen, und es stand in einem Schuppen. In der anderen Hälfte, hinter einer dünnen Holzwand, waren die Hühner untergebracht und sie hörte ihr leises Gackern, aber für sie fühlte es sich besser an als das luxuriöseste Hotelzimmer.

»Passen Sie auf, dass die Pforte zum Hühnerstall immer geschlossen bleibt, sonst zerwühlen mir die Viecher meinen Gemüsegarten«, hatte die Bäuerin gesagt, als sie ihnen ihren Schlafplatz zeigte.

»Machen Sie sich darum keine Sorgen, Madame. Sie können sich auf uns verlassen«, versicherte Lisa. Sie hätte der Frau alles versprochen, nur um in diesem paradiesischen Refugium unterzukommen.

»Am Ende des Gartens ist eine Pumpe, wo Sie sich und Ihre Sachen waschen können«, fügte die Frau mit einem mitleidigen Blick auf ihre Sachen hinzu.

»Hätten Sie vielleicht ein Stückchen Seife für uns?«, wagte Lisa zu fragen.

»Aber ja! Sie Armen! Wo kommen Sie denn bloß her, dass Sie nicht einmal Seife haben?«

Sie wuschen sich ausgiebig, ohne Gedränge und mit so viel Wasser, wie sie brauchten. Sie schäumten die Seife auf, bis sie weiße Blasen schlug, und waren so ausgelassen wie schon lange nicht mehr. Sie wussten zwar nicht, wie es weiterging und wo ihre Männer und Familien waren, aber diesen ersten Moment der Freiheit wollten sie einfach nur genießen.

Paulette fing an zu lachen.

»Was ist?«, fragte Lisa.

»Weißt du eigentlich, wie komisch das ist, dass du dir immer am Ende, wenn alles anders schon sauber ist, die Ohren wäschst? Das ist mir schon in Gurs aufgefallen.«

Lisa stutzte. Das hatte sie noch nie bemerkt. Sie füllte ihre Hände mit dem kalten Wasser und spritzte Paulette nass.

Wenig später wehte der himmlische Duft nach Marseiller Seife von der Leine zu ihnen herüber, auf der ihre Sachen trockneten. Paulette und Lisa saßen in ihrer Unterwäsche vor der Hütte. Sie waren von der Straße aus nicht zu sehen, und das Kopfschütteln der Bäuerin ignorierten sie. Es war einfach zu schön, hier in Sicherheit in der Abendsonne zu sitzen. Drinnen köchelte Gemüse auf einem Spirituskocher und fing an zu duften.

»Und jetzt hole ich uns ein Ei!«, sagte Paulette auf einmal.

Lisa schreckte hoch. »Was?«

Aber Paulette war schon zur Tür des Hühnerstalls geschlichen, öffnete sie leise, redete beruhigend auf die Tiere ein, damit sie sie nicht durch ihr Gegacker verrieten. Kurz darauf kam sie wieder und hielt zwei Eier in die Höhe.

Lisa lief das Wasser im Mund zusammen.

»Woher kannst du bloß solche Sachen?«, fragte sie und schüttelte verwundert den Kopf. »Möbel zimmern und Eier suchen.«

»Muss man als Flüchtling eben wissen«, gab Paulette mit einem Schulterzucken zurück. »Und außerdem habe ich die ganzen Jahre für meinen Vater gesorgt, nachdem meine Mutter nicht mehr da war. Der ist in Alltagsdingen völlig unfähig.«

Lisa nickte. Das kannte sie von vielen Frauen im Exil. Die Männer taten immer noch so, als wären sie Ärzte oder Rechtsanwälte oder Dirigenten, und die Frauen kümmerten sich darum, dass etwas zu essen auf dem Tisch stand. Aber Eierdiebstahl? »Die alte Frau lässt uns schon in ihrem Schuppen übernachten, und Kartoffeln und Karotten hat sie uns auch gegeben, und wir klauen ihre Eier?«

Paulette winkte ab. »Ach, komm schon. Als Flüchtling muss man seinen moralischen Kompass neu ausrichten. Sie wird es überleben. Und wir können ihr doch im Gegenzug morgen im Garten helfen.«

Damit konnte Lisa leben, und als sie kurz darauf das Brot in das wachsweiche Eigelb stippte, waren ihre Gewissensbisse verflogen. Genießerisch schloss sie die Augen und versuchte das Ei möglichst lange im Mund zu behalten, bevor sie es hinunterschluckte.

Nach dem Essen spürte sie, wie sich die Müdigkeit in ihr ausbreitete. Die Angst, die sie bei der Ankunft hier ausgestanden hatten, und die ganze Anspannung der letzten Tage sowie das Gefühl, endlich mal wieder richtig satt zu sein, forderte ihren Tribut. Außerdem war es einfach herrlich, einen Raum für sich zu haben. Sie gingen buchstäblich mit den Hühnern ins Bett. Lisa streckte sich aus und fühlte die weiche Matratze unter sich. Sie kuschelte sich unter die saubere Bettdecke und seufzte vor Behagen.

»Morgen werden wir versuchen, an Informationen zu kommen. Vielleicht weiß einer von den anderen Flüchtlingen, wo die Deutschen stehen. Vielleicht hat jemand Nachrichten von Hans oder Karl oder von deinem Vater ...«

Mitten in der Nacht schreckte Lisa auf. Warum war es so still? Normalerweise stöhnte oder schnarchte doch immer eine der Frauen oder suchte sich ihren Weg in der Dunkelheit zur Latrine. Woher kam diese wohltuende Stille? Waren das etwa Zikaden, die da draußen leise sangen? Wie lange hatte sie die schon nicht mehr gehört! Sie setzte sich auf, um das Trugbild zu verscheuchen, und jetzt erst fiel ihr ein, wo sie war. Sie atmete tief den Duft der Bettdecke und fühlte ihre Weichheit. Und auf einmal überkam sie trotz allem, trotz der Angst vor dem Krieg und den Deutschen und der Sorge um alle, die sie liebte, trotz der großen Unsicherheit, wie es weitergehen würde, eine Welle des Glücks, die sie erschauern ließ. Vorsichtig, um Paulette nicht zu wecken, stand sie auf und trat vor die Tür. Draußen schien der Mond gerade so hell, dass sie die Umrisse der Pumpe und dahinter die Bäume sehen konnte, die an der Straße standen. Die Nacht leuchtete silbern, in der Ferne klagte ein Uhu.

»Was machst du da?«, murmelte Paulette schläfrig, die zu ihr getreten war.

»Ist es nicht wunderbar, dass wir einfach in die Nacht hinausgehen können, ohne dass uns jemand aufhält? Dass wir frei sind?«

Paulette stieß einen tiefen Seufzer aus und legte die Arme um sie, und für einen Moment standen sie stumm nebeneinander.

★ ★ ★

In den nächsten Tagen schrieben sie unzählige Briefe, im Versuch, etwas über den Verbleib ihrer Lieben herauszufinden. Aber Lisa machte sich nicht viele Hoffnungen. Alle Männer, alle ihre Freunde waren in irgendwelchen Lagern inhaftiert. Trotzdem gingen sie jeden Tag zu der kleinen Poststelle im Dorf, um nachzufragen, ob ein Brief für sie angekommen war. Wie Lisa vorgeschlagen hatte, halfen sie der Bäuerin in ihrem Garten. Dafür überließ sie ihnen Früchte und Obst. Und Paulette stahl jeden Tag zwei Eier aus dem Hühnerstall.

»Er ist wirklich erstaunlich, was so ein bisschen Wasser und Seife, ein ruhiger Schlaf und ausreichend Essen aus einer Frau machen können«, sagte Paulette zu ihr. Lisa hatte keinen Spiegel, aber wenn sie Paulette betrachtete, die wieder rosig und schön aussah, dann konnte sie sich vorstellen, was sie meinte.

★ ★ ★

Die Sonne stand hoch am Himmel, und Lisa wischte sich den Schweiß von der Stirn. Heute war sie dran mit der Beobachtung des Marktplatzes. Sie wechselte sich mit Paulette ab. Die ersten beiden Tage hatten sie beide hier gesessen, dann hatten sie beschlossen, dass es reichte, wenn eine von ihnen sich einen Sonnenbrand holte. Schon seit dem frühen Morgen saß sie hier auf einer Mauer und beobachtete die Straße. Wenn sie alle paar Stunden den Motor eines Autos hörte, meistens Armeefahrzeuge, stand sie auf, um den Fahrer anzuhalten und nach Neuigkeiten zu befragen. Das konnte sie sich trauen, weil sie Papiere hatte und in Pontacq gemeldet war.

»Wo kommen Sie her? Wo stehen die Deutschen? Sind Sie Flüchtlingen begegnet? War ein gewisser Hans Fittko unter ihnen? Oder ein Karl Spriewald? Walter Oettinghaus?«

Die Fahrer schüttelten nur gehetzt den Kopf und traten aufs Gaspedal.

»Da können sie lange fragen, die wissen doch selbst nichts.« Ein alter Mann spuckte vor ihr auf die Straße. Er schaffte das, ohne seine gelbe Zigarette aus dem Mundwinkel zu nehmen. »Nicht mal die Offiziere wissen Bescheid. Unsere Armee ist in Auflösung begriffen. Die Deutschen sind überall, sie müssen nur ein paar Kilometer aus dem Dorf raus, und sie treffen welche. Sie rasen mit ihren Panzerwagen hin und her und kesseln unsere Leute ein. Im Norden ist es noch schlimmer, das weiß ich von meiner Schwester, die wohnt in Orléans. Und dazwischen irren unsere Soldaten auf der Suche nach ihren Einheiten oder einem Marschbefehl. Und dann noch Leute wie Sie, Zivilisten und Geflüchtete. Alle sind auf der Flucht vor den deutschen Panzern, das ganze Land.« Der Alte machte eine wegwerfende Handbewegung und schlurfte davon.

Kurz darauf kam ein Lastwagen, auf dessen Ladefläche sich einfache Soldaten drängten. Sie sahen verwirrt und ängstlich aus, einer trug einen Kopfverband. »*Nous sommes foutus*«, riefen sie ihr zu. Man hat uns verraten. »*On nous a vendus.*«

Niedergeschlagen machte sich Lisa auf den Weg zurück zu Paulette. Als sie den Garten betrat, musste sie allerdings zweimal hinsehen, um ihre Freundin zu erkennen. Paulette trug ein zitronengelbes, tailliertes Kleid, das in Kombination mit ihrem rötlichen Haar und vor dem Grün des Gartens noch mehr leuchtete. »Ist das dein Ernst? Wo hast du das her?«, fragte sie und wusste nicht, ob sie lachen oder weinen sollte.

Paulette drehte sich vor ihr und ließ den weiten Rock des Kleides um ihre schönen Beine schwingen. »Das hat mir eine Frau geschenkt. Sieht toll aus, oder?«

»Toll und total unauffällig«, brummte Lisa. Aber sie hatte ja schon häufiger erlebt, dass Paulette gerade durch ihr auffallendes Benehmen keinen Argwohn erregte. Wer dermaßen auffiel, konnte nichts Böses im Schilde führen, so dachten wohl viele.

»Die Frau, die mir das Kleid geschenkt hat, hat von einem Durchgangslager für Soldaten aus dem Norden in Tarbes berichtet. Das liegt ungefähr zwanzig Kilometer von hier. Vielleicht erfahren wir dort etwas?«

»Vielleicht sind unsere Männer dort?« Lisa war wie elektrisiert von diesem Gedanken. War sie womöglich schon ganz in der Nähe von Hans? Auf jeden Fall musste sie ihr Glück versuchen. Es hatte keinen Sinn, hier länger auf Nachrichten zu warten. Wahrscheinlich war Pontacq einfach zu abgelegen.

»Ich mache morgen früh mal einen kleinen Ausflug. Kommst du mit?«, fragte sie Paulette nach kurzem Zögern.

»Aber du weißt, dass wir Pontacq nicht verlassen dürfen. Dazu bräuchten wir einen Passierschein.«

Lisa lachte auf. »Glaubst du, daran halte ich mich?« Mit diesen Worten ging sie zum Brunnen am Ende des Gartens, um einen Eimer mit Wasser zu füllen und sich abzukühlen. Ihr Kopf brummte von den Stunden in der prallen Sonne. Als sie sich erfrischt hatte, sagte sie: »Wir machen uns gleich morgen früh auf den Weg. Abends sind wir zurück, Wir haben uns ein wenig erholt und Kraft geschöpft, das schaffen wir es an einem Tag. Keiner wird merken, dass wir überhaupt weg waren.«

★ ★ ★

Die Luft war noch kühl, als sie in aller Frühe aufbrachen. Sie schlichen sich aus dem Garten der Bäuerin. Ihr Haus lag am Rand des Dorfes, und niemand sah sie. Es machte Spaß, durch die schöne Landschaft zu wandern. Die Pinien dufteten noch nach der Feuchte der Nacht. Jeder Schritt nährte ihre Hoffnung. Vielleicht weiß dort jemand, wo Hans und Karl sind. Vielleicht sind sie sogar dort.

Sie waren mitten in ihren Träumen und malten sich aus, wie das Wiedersehen mit ihren Männern sein würde, als auf einmal von hinten ein Wagen angerast kam. Lisa wollte Paulette mit sich in den Straßengraben ziehen, aber das Auto fuhr so schnell, dass es zu spät war. Die Reifen des großen Citroëns rutschten auf dem Sand, kleine Steinchen spritzen, dann hielt der Fahrer direkt neben ihnen.

Lisas Muskeln verkrampften sich und ihr brach der Angstschweiß aus. Wir sind erledigt, dachte sie und warf Paulette einen Blick zu. Auch in ihrem Gesicht stand die blanke Panik. Der Fahrer riss die Tür auf und stellte sich auf das Trittbrett, so dass er über das Wagendach hinwegsah. Er trug Zivilkleidung, so viel konnte sie erkennen, aber was hatte das zu bedeuten?

«Können Sie mir den Weg nach Gurs zeigen? Dort befindet sich ein Lager für Flüchtlinge«, fragte er jetzt mit tiefer Stimme.

Lisa wurde übel. Der Mann war zwar eindeutig Franzose, aber bestimmt gehörte er zu dieser Kommission, die die Lager inspizierte.

»Wissen Sie, wo das ist? Ich muss da hin. Unverzüglich.« Er klang gehetzt.

Als die beiden noch immer schwiegen, flehte er geradezu: »Meine Verlobte sitzt dort ein, und die Gestapo ist auf dem Weg dorthin. Ich muss unbedingt vor ihnen da sein und sie rausholen.«

»Mein Gott«, entfuhr es Lisa. »Und ich dachte schon ... Wir kommen aus Gurs. Die Gestapo ist auf dem Weg, sagen Sie?« Obwohl die Sonne auf sie niederbrannte, lief ihr ein kalter Schauer über den Rücken. Was war mit den anderen Frauen, die im Lager waren? Was würde mit ihnen geschehen?

»Steigen Sie ein«, rief er. »Schnell. Zeigen Sie mir den Weg.«

»Wir wollen nach Tarbes«, sagte Lisa. »Nach Gurs können wir nicht zurück, das ist zu gefährlich. Sie würden uns ...«, ihre Stimme versagte. Was hatten sie nur für ein Glück gehabt! Warum sie? Und nicht die anderen?

»Liegt Tarbes auf dem Weg?«

»Es ist die Richtung, Sie können uns dann rauslassen.«

Sie stiegen in den Wagen, Lisa saß vorn, Paulette hinten. Der Mann fuhr los, bevor sie die Tür richtig zugemacht hatten. Er beschleunigte und raste die Straße entlang, Schotter knallte gegen die Karosserie.

»Woher wissen Sie das mit der Gestapo?«, fragte Lisa und versuchte den Fahrtlärm zu übertönen, während sie auf die Tachonadel starrte, die am Anschlag war.

»Sie sind auch Flüchtlinge, stimmt's?«, fragte er zurück. »Aus Deutschland? Dann wissen Sie es noch nicht?«

»Was denn?«, fragten Paulette und Lisa wie aus einem Mund, im höchsten Maße alarmiert.

»Pétain hat jetzt offiziell einen Waffenstillstand mit Hitler geschlossen. Frankreich wird geteilt. Der Norden mit Paris wird von den Deutschen verwaltet, der Süden soll freie Zone sein.«

»Dann sind wir doch in der freien Zone«, rief Paulette aufgeregt. »Dann müssten die Deutschen hier doch bald abziehen.«

Der Mann schnaubte, während er mit zusammengebissenen Zähnen viel zu schnell eine Kurve nahm. Lisa wurde gegen die Tür geschleudert. Sie rieb sich den Ellenbogen und klammerte sich an dem Griff fest, als sie auf die nächste Kurve zurasten. Wieder machte der Fahrer keine Anstalten abzubremsen.

»Freuen Sie sich nicht zu früh. Pétain wird hier eine Regierung von Hitlers Gnaden bilden. Die Deutschen werden nicht verschwinden. Außerdem gibt es einen Paragraphen im Waffenstillstandsabkommen, in dem Frankreich sich verpflichtet, alle Deutschen, die das Reich namhaft macht, auszuliefern. Auslieferung auf Verlangen nennen sie das. Und damit sind auch die Bewohner aller von Deutschland besetzten Länder gemeint: Österreicher, Polen, Tschechen …«

Es herrschte entsetztes Schweigen. Alles in Lisa sträubte sich, das zu glauben. Frankreich, das Land, das ihnen über Jahre Schutz geboten hatte, verriet sie.

»Im Grunde ist es nur die logische Folge all dessen, was vorher passiert ist«, sagte Paulette langsam, ihre Stimme klang wie Eis. »Sie haben uns nicht erlaubt zu arbeiten, ständig mussten wir auf die Präfektur, um unseren Aufenthaltstitel zu verlängern, man hat uns ordentliche Papiere verweigert …«

»… und dann haben sie uns interniert. Erst die Männer, im September 1939, und jetzt im Mai auch alle Frauen.«

»Aber es war immer noch Frankreich. Unser Frankreich. Vorsicht!«, schrie Lisa. Direkt vor ihnen trieb ein Bauer ein paar

Schafe auf die Straße. Der Fahrer trat auf die Bremse, und der Wagen brach aus, fing sich aber wieder. Er hupte wie ein Verrückter, und der Bauer scheuchte panisch seine Schafe über die Straße, wobei er erbost die Fäuste schüttelte. Den Fahrer interessierte das nicht. Das Getriebe jaulte auf, als er wieder beschleunigte.

Lisa nahm das alles wie durch einen Schleier wahr. Ihre Gedanken steckten in dem einen Wort fest: Auslieferung auf Verlangen … Was für eine schreckliche Vorstellung. Die Deutschen hatten schon einmal ein Auslieferungsbegehren gegen Hans gestellt. Damals waren sie in Basel gewesen. Sie waren gewarnt worden und konnten untertauchen. In Frankreich waren die Flüchtlinge lange zumindest vor Hitlers Schergen in Sicherheit gewesen. Obwohl die Deutschen versucht hatten, einige besonders Verhasste zu entführen. Und jetzt? Jeder Polizist, der sie erkannte, war gezwungen, sie an die Gestapo zu übergeben. Lisa wurde abwechselnd heiß und kalt bei dem Gedanken. Sie sah in den Rückspiegel zu Paulette, die fassungslos vor sich hinstarrte.

»Woher wissen Sie das alles?«, fragte sie. Sie hoffte immer noch, dass er sich irrte.

»Ich arbeite im Innenministerium in Paris. Ich bin den ganzen Weg von dort gefahren, sobald ich es erfahren habe.«

»Und was ist mit Gurs?«, fragte Paulette. »Wer ist ihre Verlobte?«

»Sie heißt Margot Weber. Kennen Sie sie?«, fragte er hoffnungsvoll.

Sie schüttelten beide den Kopf.

»Sie sitzt bei den Politischen.«

»Bei den *Indésirables*, den Unerwünschten«, sagte Lisa und wunderte sich noch einmal, warum sie nicht auch dort gelandet war. »Sie sitzen in gesonderten *Ilôts*.«

»Welche sind das?«

»Gleich hinter der Kommandantur.«

Der Mann schnaubte und drückte aufs Gas.

»Wir haben die *fichiers* verschwinden lassen, die die Lagerleitung über jede Frau angelegt hat. Die Gestapo wird es nicht leicht haben, die Gesuchten zu finden.« Bei dem Gedanken fühlte Lisa eine Welle des Triumphs. Sie quälte noch immer der Gedanke, dass sie nicht alle Frauen hatte befreien können, Aber immerhin war es ihnen gelungen, ihre wahre Identität zu verwischen.

»Und die meisten Wachposten schauen nicht mehr so genau hin«, sagte Paulette.

»Ich werde Margot da rausholen, und niemand wird mich davon abhalten. Ich muss nur vor der Kommission dort sein. Es gibt übrigens auch gute Nachrichten. General de Gaulle hat von London aus alle Franzosen zum Widerstand aufgerufen. Sieht so aus, als würde er eine Armee bilden.« Er sah sie kurz an. »Sieht so aus, als würde er Sie meinen.«

Sie kamen an eine Kreuzung. Nach Tarbes ging es in die eine Richtung, nach Gurs in die andere.

»Lassen Sie uns hier raus«, rief Lisa.

Der Wagen hielt.

»In Tarbes sollen sie auch schon sein. Seien Sie vorsichtig. Viel Glück.«

»Viel Glück. Auch für Margot.«

Der Wagen brauste davon und hinterließ eine kleine Staubwolke. Sie sahen ihm nach, und in Lisas Kopf tobten die Gedanken. Sie flogen zu Erna Goldmann, zu Lilli Andrieux, der Zeichnerin, zu der Tänzerin, der sie aus der Hand gelesen hatte, zu den vielen Frauen, die sich eine Flucht nicht zugetraut hatten, weil sie kleine Kinder hatten oder sich zu alt fühlten. Sie saßen womöglich in diesem Augenblick vor einem Gestapomann oder schon in einem Zug nach Deutschland. Und was war mit ihren Männern? Hatten sie sich etwa bis Tarbes durchgeschlagen, nur um dann von der Gestapo verhaftet zu werden?

»So schnell sind die Deutschen nicht. Und die Franzosen schon gar nicht. Bis all diese Bestimmungen bekannt gemacht und durchgesetzt sind, werden Wochen vergehen«, sagte Paulette.

In diesem Augenblick raste wieder ein Lastwagen voller Soldaten an ihnen vorbei. Sie konnten sehen, wie er an der Abzweigung, die sie gerade passiert hatten, anhielt, erst in die eine Richtung fuhr, dann abrupt abbremste, wendete und in die andere Richtung davonbrauste.

»Siehst du, genau das meine ich. Die französische Armee ist in Auflösung. Das Land versinkt gerade im Chaos. Wie soll es da möglich sein, so etwas wie ein Auslieferungsverlangen rasch zu organisieren? Die haben doch ganz andere Sorgen.«

Lisa nickte. »Ich würde dir nur zu gern glauben. Für die Franzosen mag das ja auch stimmen. Aber was ist mit den Deutschen? Der Mann hat gesagt, sie sind schon Gurs.«

»Die Deutschen können nicht überall zur selben Zeit sein. Und von Tarbes hat er nichts gesagt. Wir müssen einfach schneller sein. Los, komm.«

Sie liefen so schnell sie konnten, und kamen eine gute Stunde später nach Tarbes. Auf dem Weg hatten sie sich abwechselnd die schlimmsten Dinge ausgemalt und sich zu beruhigen versucht. Als sie am Rand des Ortes ankamen und das Lager sahen, zitterten sie vor Nervosität. Riesige Zelte waren aufgebaut, aber sie reichten nicht für alle Männer. Einige campierten unter freiem Himmel. Wachleute waren nicht zu sehen. Sie näherten sich vorsichtig und fingen an, die Männer zu befragen.

»Sind unter euch auch deutsche *Prestataires?* Kennt ihr einen Hans Fittko? Einen Karl Spriewald? Kennt ihr meinen Bruder Hans Ekstein?«

Jedes Mal aufs Neue waren sie voller Hoffnung. Aber niemand wusste etwas, niemand kannte sie. Sie fragten immer wieder, ernteten aber nur bedauerndes Kopfschütteln. Sie wagten sogar, einen französischen Offizier zu fragen, der für die Organisation zuständig war, aber auch er konnte ihnen nicht helfen.

»Sie sehen doch, wie viele hier sind. Wir wissen selbst nicht, wer alles dabei ist. In welchem Lager waren Ihre Männer denn?«, fragte er.

Lisa und Paulette schüttelten den Kopf. Sie wussten es nicht.

»Es hat keinen Zweck«, sagte Lisa irgendwann. Es war schon Nachmittag. Jemand hatte ihnen etwas zu trinken und ein Stück Brot gegeben, aber sie waren hungrig und erschöpft und hatten noch den ganzen Rückweg vor sich.

Paulette stimmte ihr zu. »Wer weiß, wie viele solcher Durchgangslager es gibt. Warum sollten sie ausgerechnet hier sein? Wir müssen einen anderen Weg finden.«

Zutiefst niedergeschlagen machten sie sich auf den Rückweg nach Pontacq. Diesmal mussten sie die ganze Strecke zu Fuß gehen und kamen erst kurz vor Mitternacht dort an.

Die Bäuerin empfing sie mit wütenden Vorwürfen, weil sie am Morgen das Tor nicht geschlossen und die Hühner den Gemüsegarten verwüstet hatten. Sie drohte damit, sie hinauszuwerfen.

»Es tut uns leid«, sagte Lisa. »Es wird nicht wieder vorkommen.« Die Vorstellung, dass die alte Frau keine anderen Sorgen hatte als ihren Gemüsegarten, machte sie zugleich wütend und traurig.

»Wir können nicht länger nutzlos hier herumsitzen. Gurs ist viel zu nah. Die Gestapo wird bestimmt auch die umliegenden Dörfer absuchen.«

»So schnell sind sie nicht. Das können sie gar nicht alles in ein paar Tagen schaffen«, wandte Paulette sie.

Lisa schüttelte den Kopf. »Ist mir egal. Am liebsten würde ich mich gleich morgen früh auf den Weg machen, aber wir müssen vorher die anderen, die mit uns aus Gurs gekommen sind, informieren. Und dann versuchen wir, uns nach Marseille durchzuschlagen. In einer Stadt kann man uns nicht so leicht finden.«

Paulette nickte. »Ich glaube, du hast recht.«

Mit einem neuen Plan im Hinterkopf gelang es ihnen, die Enttäuschung irgendwann zu verdrängen und nach vorne zu schauen. Lisa hatte schon vor langer Zeit gelernt, mit Widrigkeiten umzugehen und sich von Rückschlägen nicht unterkriegen zu lassen. Es ist schon ein Wunder, wie man lernen kann, mit der Gefahr zu leben, dachte sie.

An ihrem letzten Abend in Pontacq schrieb sie an alle Freunde, deren Adresse sie hatten. Die Nachricht war immer dieselbe:

Hat jemand Hans Fittko gesehen? Nachrichten bitte an Eva Jakob, postlagernd Lourdes oder Marseille.

Bei jeder Postkarte hoffte sie aufs Neue. Dass sie alle ständig unterwegs waren und nie lange an einem Ort blieben, machte die Sache zusätzlich kompliziert. Aber irgendwann würde irgendjemand eine dieser Nachrichten bekommen und sie an Hans weitergeben. Und sie würde auf irgendeinem Postamt eine Antwort von ihm vorfinden.

Es war schon dunkel, aber sie wollten noch nicht schlafen gehen. Sie saßen vor dem Schuppen und genossen ein letztes Mal die Sicherheit und das weiche Bett. Wer wusste schon, wann solche Zeiten wiederkommen würden.

KAPITEL 12

Anja Pfemfert war einen Tag nach ihnen in Pontacq angekommen und wohnte ebenfalls bei einer alten Bäuerin. Sie konnten sie nicht zurücklassen, da waren sich Lisa und Paulette einig. Anja war völlig unfähig, sich durchzuschlagen, sie neigte zu Panikattacken und fiel überall auf, allein, weil sie mit einem starken russischen Akzent sprach. Lisa ging früh am nächsten Morgen zu ihr, um ihr die neue Situation zu erklären.

»Ich komme mit, ich will nach Perpignan«, sagte Anja, und Lisa wunderte sich über die ruhige Bestimmtheit. »Ich habe Nachricht von Franz. Er soll in Perpignan sein. Ein Mann, der jetzt in Lourdes ist, will ihn gesehen haben.«

»Aber wir wollen nach Marseille. Ich bin sicher, dass Franz auch dorthin geht.«

»Ich muss vorher in Lourdes mit diesem Mann sprechen.« Anja verschränkte die Arme, es war klar, dass sie sich nicht von ihrem Plan abbringen lassen würde. Lisa sah das Flackern in ihrem Blick und fürchtete eine Krise. Lourdes war kein großer Umweg, und vielleicht war die Idee gar nicht so schlecht, eventuell hatte auch jemand etwas von Hans gehört. »Ist gut«, sagte sie langsam. »Wir holen dich morgen früh bei Sonnenaufgang ab.«

»Es tut mir leid, ich mache euch nur Probleme«, sagte Anja. »Aber ich muss Franz finden.«

»Wir wollen doch alle unsere Männer finden«, sagte Lisa.

★ ★ ★

Ganz früh am nächsten Morgen wartete Anja vor dem Haus, in dem sie untergekommen war. Lisa erschrak, als sie sie sah. Anja hatte sich die Haare geschnitten, sie waren zottelig und viel zu kurz.

»Fahren wir denn nicht mit dem Bus?«, fragte Anja, als sie auf der Straße waren, die vom Dorf wegführte.

Lisa und Paulette warfen sich einen resignierten Blick zu. »Das geht nicht. Das ist zu gefährlich, weil die Fahrer die Papiere prüfen«, sagte Lisa. Und Paulette ergänzte: »Wir mussten doch versprechen, dass wir Pontacq nicht verlassen.«

Ihre Papiere wären vielleicht sogar durchgegangen, aber Anja Pfemfert hatte den Entlassungsschein einer zwanzigjährigen Holländerin bei sich. Irgendetwas war bei der Verteilung schiefgegangen. Auch beim allerflüchtigsten Blick auf ihre Papiere würde die Fälschung auffallen. Es war ein Wunder, dass sie bisher damit durchgekommen war.

Etwas widerstrebend folgte Anja ihnen, und sie setzten sich in Bewegung. Ein letztes Mal gingen sie die Dorfstraße hinunter und überquerten den Marktplatz, wo zum Glück noch niemand zu sehen war. Nur ein paar Hühner kratzten im Staub. Eine Katze lag träge vor einer Haustür und blinzelte sie an. Die Gendarmerie war noch geschlossen, davor flatterte die Trikolore im leichten Wind. Gegenüber schlug die Kirchturmuhr fünf. Obwohl es noch so früh war, war es schon warm. Der Tag würde heiß werden. Lisa überprüfte noch einmal, ob sie ihren Wasservorrat dabeihatte, dann setzten sie sich in Bewegung.

Sie machte sich Sorgen, als sie ihre kleine Truppe ansah. Die drei Frauen, von denen eine aussah wie eine Herumtreiberin am Rande des Nervenzusammenbruchs und die sofort als Ausländerin zu erkennen war, wenn sie nur »Bonjour« sagte, und eine andere in einem bonbonfarbenen Kleid mit rotem Haar waren nicht zu übersehen. Jeder würde sich an die Gruppe erinnern. Aber es half nichts. Sie mussten es eben gemeinsam schaffen.

»Hat Louise dir auch erzählt, dass sie nach Manosque in der Provence will? Dort kennt sie jemanden, der ihr hilft und bei dem sie unterkommen kann«, sagte Paulette. »Ich habe sie gestern getroffen.«

Lisa nickte. »Hoffentlich kann ihr Sohn sie bald aus Frankreich rausbringen.«

Kurz hinter Pontacq kamen sie in einen dichten Wald und tauchten dankbar in dessen Kühle ein. Sie kamen an einem Schild vorüber. *Lourdes 14 km.*

»So weit kann ich nicht laufen«, klagte Anja. »Ihr hättet mir sagen müssen, dass es so weit bis Lourdes ist. Warum nehmen wir denn nicht den Bus?«

Lisa und Paulette warfen sich einen resignierten Blick zu und hakten sie wortlos unter, jede auf einer Seite.

»Komm, Anja. Das schaffst du. Sieh doch nur die Sonnenblumen. Sie sehen aus wie Paulettes Kleid.« Sie erfanden alle möglichen Geschichten, um Anja abzulenken. Ein Auto näherte sich, und sie zogen sie an den Straßenrand. Zu zweit hätten sie vielleicht versucht mitzufahren, aber mit Anja war es zu gefährlich. Die Sonne stieg höher, es wurde heiß, und schon nach wenigen Kilometern war klar, dass Anja das Tempo nicht durchhalten würde. Sie wurden immer langsamer. Wieder hörten sie hinter sich Motorengeräusche.

»Schnell, in den Graben«, rief Lisa, aber Anja blieb einfach stehen. Sie war am Ende ihrer Kräfte.

Zum Glück brauste das Auto an ihnen vorüber.

»So schaffen wir es nie bis Lourdes«, zischte Paulette, als sie wieder auf die Straßen traten.

Sie waren kurz hinter Loubajac und trotteten nebeneinander eine abschüssige Straße hinunter, als jemand lauthals »*Atten-*

tion!« hinter ihnen rief. Sie drehten sich um und sahen einen jungen Mann in Soldatenuniform auf einem Fahrrad auf sie zu rasen. Entweder wollte er nicht bremsen oder er konnte es nicht. »*Attention*«, schrie er wieder, und sie sprangen zur Seite. Mit einem »*Excusez-moi!*«, war er an ihnen vorbei.

Paulette stutzte, dann rannte sie ihm nach. »Alfred! Halt an, Alfred!«, rief sie. »Ich bin es, Paulette!«

Lisa sah fassungslos zu, wie der Mann eine Vollbremsung machte, wobei er gefährlich ins Schlingern kam. Er drehte sich zu ihnen um, stutzte, dann schien er Paulette ebenfalls zu erkennen und winkte.

»Das ist Alfred. Ich kenne ihn aus Paris. Sein Vater ist ein Freund meines Vaters«, rief Paulette und lief ihm entgegen.

Lisa staunte immer noch über diesen Zufall. Das gab's doch nicht, dass ihre Freundin hier mitten im Nirgendwo einen Freund auf einem Fahrrad traf. Aber die Welt war so aus den Angeln gehoben, dass alles möglich war.

Alfred stand vor ihnen und reichte Lisa und Anja die Hand. Er war Pole und hatte sich bei Kriegsbeginn zur Armee gemeldet. Jetzt war er demobilisiert, trug aber noch seine Uniform. Ein Gedanke durchzuckte Lisa. Wenn Hans sich tatsächlich gemeldet hatte, dann wäre er jetzt auch aus der Armee entlassen.

»Ich bin auf dem Weg nach Lourdes, meine Unterstützung abholen. Tausend Francs bekommt jeder ehemalige Soldat, zudem ordentliche Entlassungspapiere«, erzählte Alfred ihnen und in seinem Jungengesicht strahlte ein Lachen, das Lisa ganz wehmütig machte.

Sie starrte ihn voller Bewunderung an. Wie konnte er nur so unbekümmert sein? Lag es daran, dass er erst Anfang zwanzig war? Hatte sie sich in dem Alter auch unverwundbar gefühlt?

Ihr kam eine Idee: »Kannst du nicht Anja mitnehmen? Sie kann nicht mehr, und wenn du bei ihr bist, werdet ihr nicht so genau kontrolliert. Ein Soldat und seine Mutter, das müsste doch funktionieren«, schlug sie vor. Sie hatte sich schon die ganze Zeit über Sorgen gemacht, wie sie in Lourdes an der Polizei vorbeikommen sollten. Vor dem Centre d'Accueil hatte man sie gewarnt. Dort wurden umstandslos alle verhaftet, deren Papiere nicht sauber waren. Aber nur hier bekam man als Flüchtling Unterstützung. Und sie hatten keinen Centime, um selbst ein Zimmer oder etwas zu essen zu bezahlen.

Alfred willigte augenblicklich ein. »Ich besorge uns schon mal ein Quartier. Als entlassener Soldat habe ich ein Anrecht darauf«, sagte er, und wieder war dieses breite Lächeln in seinem staubverschmierten Gesicht.

Mit einer großen Geste lud er Anja Pfemfert ein, sich auf den Gepäckträger zu setzen, den er vorher mit ihrer Tasche ausgepolstert hatte. Dann stieg er auf das Rad. »Wir treffen uns am Platz vor der Kirche«, rief er ihnen zu, bevor er mit Anja, die sich an ihn klammerte, den Hügel hinabsauste.

Lisa und Paulette sahen ihnen nach. Ob sie durchkommen würden? Den Rest des Weges brachten sie zügig hinter sich und erreichten Lourdes am späten Nachmittag.

Bereits vor der Ortschaft füllten sich die Straßen. Viele Menschen wollten nach Lourdes. Lisa hatte kaum einen Blick für die stattlichen Häuser und die vielen Hotels. Sie folgten dem Strom der Menschen und kamen auf dem Kirchplatz an, der von Menschen wimmelte. Die meisten waren Flüchtlinge, viele Familien mit Kindern, die auf ihren Gepäckstücken saßen, herumliefen und Namen riefen oder stumpf vor sich hinstarrten.

»Guck mal, hier sind sogar Pilger.« Paulette stupste sie an, und Lisa sah direkt vor sich drei Frauen auf Knien, die laut beteten.

»Wie sollen wir in diesem Chaos denn Alfred und Anja finden?«

»Wir sollten uns trennen, Ich gehe rechts um den Platz, du links. Wir halten Ausschau und treffen uns hier wieder.«

»Lisa! Paulette!«, hörten sie plötzlich eine vertraute Stimme. Lisa glaubte ihren Augen nicht zu trauen. Vor ihr stand Alina.

»Ich habe so gehofft, dass ihr kommen würdet. Ich halte jeden Tag nach euch Ausschau. Ich habe gute Neuigkeiten.« Sie warf sich in Lisas Arme, dann umarmte sie Paulette und sagte an sie gewandt: »Ich habe deinen Mann getroffen.«

Paulette erstarrte. »Du hast Karl gesehen. Wo ist er?«

Alina nickte eifrig. »Das war vor zwei Tagen. Er saß auf einem Armeelastwagen, der nach Marseille wollte, und hat immer deinen Namen gerufen. Ich habe ihm zugewunken, und er hat noch mehr gesagt, aber ich konnte ihn nicht verstehen, weil der Fahrer losgebrettert ist wie ein Verrückter.«

»Woher wusstest du, dass es Karl war?«, fragte Lisa.

»Er hat doch Paulettes Namen genannt und dann hat er auf sich gezeigt und ›Karl‹ gerufen. Ich bin mir ganz sicher.«

»Und das war vor zwei Tagen? Dann habe ich ihn ja nur knapp verpasst.« Paulette stieß ein Schluchzen aus und Lisa sah sie erstaunt an. So emotional kannte sie Paulette gar nicht. Bisher war sie immer die Starke gewesen und hatte Zuversicht und Optimismus ausgestrahlt. Und damit den Frauen um sie herum geholfen. Genau wie ich, dachte Lisa dann. Wir müssen immer stark sein, damit uns die Umstände nicht überwältigen, aber manchmal können auch wir nicht mehr.

Sie legte den Arm um Paulettes zuckende Schultern.

»Komm. Das ist doch ein gutes Zeichen. Immerhin hast du ein Lebenszeichen von ihm.« Wenn ich doch auch eines von Hans hätte, durchfuhr es sie gleich darauf.

Paulette richtete sich auf und wischte sich die Tränen aus dem Gesicht. »Immerhin weiß ich, wo ich ihn suchen muss«, sagte sie dann.

Aline nickte. »Kommt mit. Ihr könnt bei mir wohnen. Es ist eng, aber für eine Nacht wird es gehen.«

»Wir sind nicht allein, ich muss erst Anja finden. Geh du schon vor«, sagte Lisa zu Paulette.

»Du meinst Frau Pfemfert? Die war schon hier. Mit einem jungen Soldaten. Ich soll euch sagen, dass die beiden eine Unterkunft gefunden haben, wartet, hier habe ich die Adresse …«, sie holte einen Zettel aus ihrer Tasche und gab ihn ihnen, »… und dass ihr morgen dort hinkommen sollt. Und ihr kommt mit mir!«

★ ★ ★

Am nächsten Morgen gingen sie zuerst zu Anja Pfemfert. Sie hatte die Nacht mit Alfred in dessen Hotelzimmer verbracht. Das Zimmer war klein, hatte aber geblümte Tapeten und Gardinen mit demselben Muster. Zwei schmale Betten standen sich an den Wänden gegenüber, in einer Ecke war eine Kochplatte, daneben ein Ständer mit einer Waschschüssel. Es sieht fast so aus wie ein Zuhause, dachte Lisa. Anja saß auf dem Bett und aß ein Stück Brot.

»Da habt ihr mir ja jemanden aufgeladen. Ich konnte sie kaum bändigen«, sagte er leise zu ihnen »Ich gebe euch das Zimmer, ich suche mir was anderes.«

»Ihr habt kein Recht, mich hier gefangen zu halten«, schrie Anja außer sich vor Wut, als sie Lisa und Paulette sah. »Ich will sofort zu Franz. Ich gehe jetzt zum Bahnhof und nehme den nächsten Zug.« Damit wollte sie zur Tür hinaus. Lisa hielt sie am Arm fest, und Anja drehte sich zu ihr herum und schlug ihr ins Gesicht. Nur mit Mühe und vereinten Kräften konnten Lisa und Paulette sie dazu bringen, sich auf einen Stuhl zu setzen und ihnen zuzuhören.

»Wenn jemand deine Papiere sieht, landest du im nächsten

Gefängnis«, erklärte ihr Paulette mit Engelszungen. »Du musst Geduld haben.«

»Du wolltest doch nach Lourdes, um dich nach Franz zu erkundigen. Wir sind deinetwegen hier«, sagte Lisa barsch. Sie war wütend, weil sie nicht wusste, was sie tun sollte. Anja war ein Risiko, aber sie brachte es nicht über sich, sie allein zu lassen. Plötzlich wurde ihr alles zu viel. Sie hatte doch selbst genug Probleme, warum musste sie sich auch noch die von Anja aufladen? Schließlich hatten sie und Paulette immerhin ein Lebenszeichen von ihren Männern. Lisa konnte davon nur träumen. Sie hätte schon auf dem Weg nach Marseille sein können, aber Anja hielt sie auf. Sie war ein Klotz am Bein und sie brachte sie mit ihren hysterischen Ausbrüchen in Gefahr.

»Geh du auf den Platz und frag nach Hans«, riss Paulette sie aus ihren Gedanken. »Ich bleibe hier bei Anja.«

Lisa nickte langsam. Dann holte sie tief Luft und ihr gelang sogar ein Lächeln. »Danke«, sagte sie leise.

»Zu zweit schaffen wir das«, sagte Paulette und nickte ihr aufmunternd zu.

Lisa machte sich auf den Weg zum Platz vor der Kirche, um sich umzuhören, aber die Sorgen wegen Anja ließen sich nicht abschütteln. Heute hatten sie verhindern können, dass Anja einfach zum Bahnhof oder, noch schlimmer, auf die Präfektur spazierte, wo man sie unweigerlich festnehmen würde. Sie mussten hier so schnell wie möglich weg. Paulette war nur noch aus Solidarität zu Lisa hier. Karl wartete auf sie in Marseille, und wer wusste schon, wie lange noch.

Sie erreichte den Kirchplatz, und um sich zu beruhigen, ließ sie ihren Blick über die imposante Kathedrale wandern Die Wallfahrtskirche erinnerte sie mit ihren drei Türmen und den geschwungenen Aufgängen im Zuckerbäckerstil an Sacré-Cœur. Die Basilika hatte sie nie gemocht, aber Paris …

Der Anblick und der kleine Moment des Innehaltens beruhigten sie. Sie hatte sich wieder gefasst. Sie hatte auch gar keine Zeit für sentimentale Erinnerungen. Mit den Augen suchte sie den Platz ab. Die Menschen standen zusammen und tauschten die letzten Neuigkeiten aus. Viele hielten Fotos oder Schilder mit Namen von Angehörigen hoch. Alle Bänke rund um den kleinen Park, der sich an den Kirchplatz anschloss, waren besetzt, davor standen Flüchtlinge in Trauben und riefen und gestikulierten in vielen Sprachen durcheinander. Zwischen ihnen drängelten sich Verkäufer und hielten Rosenkränze und Kerzen in die Höhe. Das Klickern der Perlen, die sie in rasender Geschwindigkeit durch ihre Finger laufen ließen, war allgegenwärtig. Eine Frau zischte ihr im Vorübergehen zu, dass die Deutschen den Waffenstillstandsvertrag gebrochen hatten und auch Südfrankreich besetzen würden. Ein Mann im Büßergewand hielt ihr ein schweres Kreuz vor das Gesicht und verkündete in einem von Flüchen und Drohungen durchsetzten Monolog das Ende der Welt. Auch Pilger sah sie wieder und hörte das monotone Murmeln ihrer Gebete.

»Wollen Sie einen Passierschein für Marseille? Eine Schiffspassage? Bei mir bekommen Sie alles«, sagte ein Mann hinter ihr leise.

Als Lisa sich umdrehte, flüsterte er: »Zweitausend Francs.« Sie ging rasch von ihm weg. Sie hatte nicht mal zweihundert Francs, und der Mann sah aus wie ein Betrüger. Er hatte sich schon jemand anders zugewandt.

»Die Nonnen hier sind alle Naziagentinnen. Ich weiß das aus sicherer Quelle«, rief ein Mann und hob drohend die Faust.

Meine Güte, die Leute sind alle verrückt geworden, dachte Lisa. Wie soll man denn diesen wilden Gerüchten entkommen? Am liebsten hätte sie sich die Ohren zugehalten. Hilflos sah sie sich um.

Vor dem Seitenschiff der Kirche entdeckte sie drei Männer in *Prestataire*-Uniformen. Vielleicht waren sie Deutsche und wussten etwas Neues. Und vielleicht hatten sie sich noch nicht von der allgemeinen Hysterie anstecken lassen. Sie setzte sich in Bewegung und versuchte, sich durch die Menge zu drängeln, ohne die Soldaten aus den Augen zu verlieren.

»Wo kommen Sie her?«, fragte sie etwas atemlos, als sie die drei Männer erreichte. Einer sprach Deutsch, die anderen beiden waren Polen.

»Aus Nevers«, sagte er. »Da ist ein Lager.«

Lisa nickte. Davon hatte sie gehört. »Haben Sie dort einen Hans Fittko getroffen?«

Der Deutsche lachte. »Ja, den kenne ich. Er war auch dort. Bei ihm war ein Dichter, Walter Benjamin.«

»Wann war das? Wo ist er denn jetzt?« Lisa rang nach Luft und sah die Männer flehend an.

Der Mann schüttelte den Kopf. »Ich bin schon vor zwei Wochen da weg. Aber ich habe gehört, dass der Kommandant die Lagertore geöffnet hat, kurz bevor die Deutschen gekommen sind. Ihr Mann ist bestimmt abgehauen. Machen Sie sich keine Sorgen.«

Lisa bebte vor Anspannung. Sie nickte heftig. Natürlich hätte Hans jede Chance genutzt, um zu fliehen und nach ihr zu suchen. Da waren sie sich beide ähnlich. Sie sah ihn schon auf irgendeiner Landstraße dahinziehen, vielleicht kam er gerade in dieser Sekunde auf den großen Platz in Lourdes ... Sie fühlte, wie ihr schwindlig wurde. Sie hatte heute noch nichts gegessen.

Hör auf!, sagte sie sich. Woher wusste sie denn, dass der Mann die Wahrheit sagte? Er konnte sich auch wichtigmachen oder ihr irgendetwas sagen, damit sie die Hoffnung nicht verlor. Woher wollte er denn das alles wissen, wenn er selbst schon vor zwei Wochen dort weg war? Sie musste ihren Verstand zusammennehmen und durfte nicht auf jedes wilde Gerücht hereinfallen!

»Sind Sie ganz sicher, dass es Hans Fittko war, den Sie in Nevers getroffen haben?«, fragte sie den Mann und fixierte ihn. »Ich kann die Wahrheit vertragen.«

Er wich ihrem Blick aus, als er sagte: »Na ja, kann schon sein, kann auch nicht sein. Ich habe so viele Männer getroffen.«

Lisa hatte sich bereits abgewandt. Sie schluckte ihre Enttäuschung hinunter. Sie würde weitersuchen.

Sie sah sich um und bemerkte die Polizisten, die über den Platz auf sie zu geschlendert kamen. Zu zweit nebeneinander patrouillierten sie, die Hände auf die Gürtel mit den Pistolen gestützt. Die Menschen wichen ihnen aus, so als würden sie das Wasser des Roten Meeres teilen, hinter ihnen schloss sich die Lücke sogleich wieder. Niemand sah ihnen ins Gesicht, um sie nicht zu provozieren. Der eine Gendarm zog ein Bonbon aus der Tasche und reichte es einem kleinen Jungen, der ihn mit großen Augen anstarrte. Seine Mutter lächelte ängstlich und zog ihn dann weiter.

Aus dem Augenwinkel nahm Lisa wahr, dass am anderen Ende des Platzes ein Autobus hielt. Sofort ging eine Bewegung durch die Menge. Die Aussteigenden wurden umringt und mit Fragen bombardiert. Fotos wurden den Ankommenden vors Gesicht gehalten. »Wo kommen Sie her?«, »Stimmt es, dass das Lager Nevers geräumt wurde?«, »Sind noch Leute in Gurs?«, »Kennt ihr Hertha Borsig aus Dortmund?« Eine blonde Frau erregte Lisas besonderes Mitleid. Sie war auf der Suche nach ihrem Sohn, von dem sie während der Flucht aus Paris getrennt worden war. Sie hielt allen ein Foto vor die Nase. »Er heißt Jules und ist erst sieben Jahre alt …« Weiter konnte sie nicht sprechen, weil wildes Schluchzen ihr die Worte raubte.

Lisa wanderte noch eine weitere Stunde über den Platz, fragte nach Hans und hörte Neuigkeiten und weitere Gerüchte. Aber nichts war konkret, nichts brachte sie weiter, und die Angst und die Niedergeschlagenheit, denen sie allerorten begegnete, setzten ihr zu. Dann hatte sie genug. Sie hatte gar nichts erfahren, stattdessen hatte sie sich von der allgemeinen Mutlosigkeit anstecken lassen. Sie ließ sich auf der Mauer nieder, die den kleinen Park umrandete. Nein, für heute reichte es mit den schlechten Nachrichten.

KAPITEL 13

Lisa saß noch einen Moment auf der Mauer, um sich zu sammeln. Bevor sie zurück zu Paulette und Anja ging, hatte sie noch etwas Wichtiges zu erledigen. Sie hatte versprochen, auf der Gendarmerie vorzusprechen und um finanzielle Unterstützung für sich und die anderen, vor allem aber um ein *sauf conduit*, eine Reiseerlaubnis, nachzusuchen. Ohne einen solchen Passierschein würden sie niemals per Zug nach Marseille kommen. Wer ohne Passierschein erwischt wurde, landete im Gefängnis. Zu Fuß auf den Landstraßen hatten sie noch gute Chancen gehabt, unerkannt voranzukommen. Aber nach Marseille mussten sie den Zug nehmen. Und auf den Bahnhöfen wurde kontrolliert. Auf dem Weg zur Gendarmerie legte sie sich eine Geschichte zurecht und überlegte, welchen Namen und welche Papiere sie benutzen würde. War es besser, sich als belgischer Flüchtling mit dem Namen Eva Jakob auszugeben oder als staatenlose Deutsche mit einem abgelaufenen *refus de séjour*, einer Aufenthaltsverweigerung, aus Paris auf den Namen Lise Duchamps, den sie in der anderen Tasche bei sich trug?

Während sie darüber nachdachte, fiel ihr wieder auf, wie viele Menschen hier waren. Die Stadt war ein Anlaufpunkt für viele Flüchtlinge, Soldaten waren hier, um ihren Sold abzuholen und sich demobilisieren zu lassen. Und daneben gab es natürlich die Pilger. In Kriegszeiten hatten sie bestimmt besonders wichtige Gründe, um Gott milde zu stimmen oder um eine Gnade zu bitten.

Vor jedem Hotel, an dem sie vorüberkam, hing ein Schild: *Nous sommes complets*. Alle Zimmer belegt. Vor den Läden standen Frauen und Kinder in langen Schlangen, aber als Lisa näher trat, sah sie, dass die Auslagen leer waren. Jeder Stuhl auf den Caféterrassen war besetzt. Sie konnte froh sein, dass sie bei Alina und bei Alfred untergeschlüpft waren.

An der nächsten Straßenecke musste die Gendarmerie sein, aber bereits hier begann die Schlange. Vor dem Eingang standen wenigstens hundert Menschen an. Ein Polizist trat aus der Tür und rief:

»Heute gibt es keine Audienzen mehr. Kommen Sie morgen früh wieder. Wir schließen.«

Meine Güte, dieser Tag war wirklich vollkommen nutzlos gewesen. Niedergeschlagen machte Lisa sich auf den Heimweg. Hoffentlich hatte die anderen wenigstens etwas zu essen organisiert. Ihr war schon ganz flau vor Hunger.

★ ★ ★

Als sie wenig später das Hotelzimmer betrat, machte Paulette ihr ein Zeichen, bloß keinen Lärm zu machen.

»Ich habe ihr ein Glas Wein gegeben«, sagte sie und zeigte auf das Bett, wo Anja schlief. »Und wie war es bei dir?«

Lisa zuckte mit den Schultern. »Ich habe ein paar Soldaten getroffen. Der eine wollte mir weismachen, dass er Hans in Nevers gesehen hat. Aber jetzt soll er nicht mehr dort sein. Als ich nachgefragt habe, war er sich auf einmal nicht mehr so sicher. Ach, Paulette, es ist schrecklich. Alle suchen jemanden, niemand weiß, wohin. Alle sind in Panik.« Lisa dachte an die verzweifelte Mutter, die ihren Sohn vermisste.

»Warst du auf der Polizei?«

»Sie haben mich nicht mal reingelassen. Da standen unglaublich viele Flüchtlinge an. Nichts Neues, kein *sauf conduit*.« Lisa legte sich erschöpft auf das andere Bett. Für einen Moment schloss sie die Augen, dann stützte sie sich auf und blätterte durch die Seiten des kleinen Heftes, das eigentlich für Vokabeln gedacht war. Viele Flüchtlinge trugen so ein Notizbuch bei sich. Sie schrieben dort Nachrichten, Adressen und Namen hinein, um sie nicht zu vergessen. Es war so etwas wie ein Flüchtlingsfunk.

Anja zuckte im Schlaf. Vielleicht hatte sie recht, wenn sie lieber heute als morgen von hier wegwollte. Es brachte nichts, länger in Lourdes zu bleiben.

Lisa las einen Eintrag, den sie notiert hatte: *Commandant Spécial Militaire de la Gare de Lourdes*. Eine Frau auf dem Kirchplatz hatte erzählt, dieser neue Posten sollte für Reiseerlaubnisse für die Pilger zuständig sein. Wahrscheinlich war das nur ein weiteres Gerücht, denn warum sollte ein militärischer Dienstgrad sich um Pilger kümmern? Und wenn doch? Mit einem Ruck setzte sich Lisa auf. Und wenn schon, dachte sie. Ich glaube, jetzt ist tatsächlich die Zeit, alles zu wagen. Irgendwie muss es weitergehen. Das Wichtigste ist es, Hans und meine Familie zu finden. Wenn ich erst wieder mit Hans vereint bin, ist alles gut.

»Ich gehe morgen zu diesem Kommandanten am Bahnhof. Vielleicht kann ich ihn überreden, uns Reiseerlaubnisse auszustellen«, wisperte sie.

»Wenn es ihn denn überhaupt gibt«, murmelte Paulette. Dann reichte sie Lisa eine heiße Kartoffel. Sie hatte sogar ein wenig Salz darübergestreut.

Lisa fragte nicht, wo sie die herhatte. Sie aß, rollte sich zusammen und schlief ein.

★ ★ ★

Am nächsten Morgen brachte die Patronne des Hotels ihnen drei Tassen Kaffee aufs Zimmer.

»Ich habe ihr gestern die Haare gemacht«, sagte Paulette mit einem Lächeln. »Sie hat sich mir anvertraut, obwohl sie Anjas komische Frisur gesehen hat.«

»Du bist wirklich unschlagbar. Was würde ich nur ohne dich machen.« Lisa nippte vorsichtig an dem Getränk und schloss die Augen. So fing der Tag doch schon mal gut an! Der Geruch nach Kaffeebohnen lag noch in der Luft, als sie sich mit frischen Kräften vor den kleinen Spiegel stellte. Paulette hatte ihr geholfen, ihr Haar in der winzigen Schüssel zu waschen. Dann hatte Lisa ein Seidentuch um ihre Locken gewickelt und am Hinterkopf verknotet. Es war der Gürtel von Julias Seidenpyjama, den sie ihr zum Abschied geschenkt hatte. Die kräftigen Farben standen ihr gut. Lisa fühlte sich beinahe übermütig. Sie hatte Kaffee bekommen, sie kam sich duftend und gepflegt vor. Sie war voller Selbstvertrauen, nicht wie eine mittellose Bittstellerin, und das war manchmal sehr wichtig. »Ich schwöre, dass ich nicht ohne Papiere wiederkomme. Egal wie!«, sagte sie zu Anja und Paulette und warf noch einen Blick in den Spiegel. »Warte«, sagte Paulette, als sie schon fast aus der Tür war. Sie nahm einen kleinen Stift aus ihrer Tasche. »Halt still!« Dann malte sie Lisa einen Schönheitsfleck oberhalb der Oberlippe. »Ist das nicht zu viel?«, fragte Lisa, während sie ein Lachen nicht unterdrücken konnte. »Du siehst umwerfend aus«, sagte Anja und zwinkerte ihr zu. »Gut. Dann bleibt das so.« Auf dem Weg zum Bahnhof kam sie an der Gendarmerie vorüber. Die Schlange war endlos. Die Menschen hatten sich auf ihren Koffern eingerichtet, einige schimpften, andere weinten. Einige erkannte sie wieder, sie waren gestern auch schon da gewesen und hatten wohl vor Ort übernachtet, um heute Morgen die Ersten zu sein. Lisa ging so schnell wie möglich an ihnen vorbei und dachte bei jedem Schritt an ihr Versprechen. Ich werde uns Papiere besorgen! Auf dem Platz vor dem Bahnhof waren ebenfalls viele Menschen, aber sie drängelten sich zu den Zügen. Lisa betrat das Gebäude und folgte einem langen Flur. Hier wartete niemand. Hieß das, dass sie hier völlig falsch war oder wussten die anderen nichts von dieser Möglichkeit, an Papiere zu kommen? War sie doch einem Gerücht aufgesessen? Sie holte tief Luft, dann ging sie bis ans Ende des Flurs und klopfte an die letzte Tür, neben der ein Porträt von Pétain hing. Kein gutes Zeichen. Aber der Marschall hing ja jetzt überall. Nach einem knappen »Herein« betrat sie das Büro des Kommandanten.

»Guten Tag, Monsieur, ich brauche Ihre Hilfe«, sagte sie und setzte sich auf den Stuhl vor dem Schreibtisch.

»Was kann ich für Sie tun?«, fragte ihr Gegenüber, ein stämmiger Mann, der eher wie ein Landarbeiter aussah.

Obwohl es jetzt um alles ging, war Lisa ganz ruhig. Das hatte sie in den letzten Jahren trainiert. Wenn es keinen Weg mehr zurück gab, legte sie alle Zweifel ab, egal wie stark sie vorher gewesen waren, und fokussierte sich nur noch auf ihr Anliegen. Draußen auf dem Flur stritten sich ein paar Leute.

»Was ist denn da los?«, fragte der Kommandant und machte Anstalten, aufzustehen und nachzusehen.

Mit einem Lächeln legte Lisa die Entlassungspapiere aus Gurs auf den Tisch. »Dies duldet leider keinen Aufschub, Monsieur. Madame Perrier und ich sind Flüchtlinge aus Belgien, Madame Pfemfert ist Holländerin. Wir sind vor dem deutschen Einmarsch geflohen, ich weiß bis heute noch nicht, wie wir es bis hier geschafft haben. Weil wir keine andere Unterkunft hatten, haben wir im Lager Gurs Unterschlupf gesucht. Jetzt sind wir hier, aber wir müssen unbedingt nach Marseille, weil unsere Männer dort auf uns warten. Wir brauchen ein *sauf conduit* von Ihnen.« Sie atmete tief ein und aus. Hatte sie den richtigen Ton getroffen? Hatte sie sein Herz berührt und seine Hilfsbereitschaft geweckt, ohne ihm ein schlechtes Gewissen zu machen?

»Damit müssen Sie zum Stadtkommandanten in der Gendarmerie, Madame«, sagte er und schob ihr die Papiere wieder zu. »Dort wird man Ihnen Reiseerlaubnisse ausstellen.«

»Nein, da war ich schon. Es ist aussichtslos, dort vorgelassen zu werden.« Lisa schob die Papiere wieder auf seine Seite des Schreibtisches. »Ich weiß nicht, was aus uns wird, wenn Sie uns nicht helfen.«

»Aber ich bin nur für militärische Angelegenheiten zuständig. Es tut mir leid, ich kann Ihnen nicht helfen.«

Er sagte das mit einem Unterton, der Lisa frohlocken ließ. Sie kannte diese Reaktion. Auch in Paris war sie einmal auf einen solchen Beamten gestoßen, der alles tat, was er konnte und sogar noch ein bisschen mehr, weil sie ihn mit ihrer Geschichte gerührt hatte. Ihre Mutter sollte ihre Arbeitserlaubnis in dem Modehaus verlieren, obwohl sie das Geld dringend brauchten, und am Ende hatte er sie bewilligt, obwohl er es nicht gedurft hätte.

Lisa entschloss sich, auf ihren Instinkt zu vertrauen.

»Monsieur le Commandant, darf ich offen sein?«

Er sah sie mit einem Seufzer an. »Ich bitte darum, Madame.«

»Ich bin keine Belgierin. Und meine beiden Freundinnen auch nicht. Wir sind Staatenlose, Emigranten aus Deutschland, die man vertrieben und beraubt hat. Wir haben in Frankreich Schutz gesucht und gefunden, und nun sind wir auf Ihre Hilfe angewiesen. Ich kann es beweisen.« Mit diesen Worten nahm sie die anderen Papiere aus der Tasche. Es war eine beglaubigte Übersetzung eines Artikels aus dem *Reichsanzeiger*, der ihre Ausbürgerung aus Deutschland und die Beschlagnahme all ihres Besitzes bescheinigte.

Der Beamte seufzte. »Aber hier steht ein anderer Name, Madame ... Ekstein?« Er sah sie an.

Lisa stockte. »Das musste sein, Monsieur le Commandant. Zumindest hat uns Ihr Kollege in Gurs das so angeraten, damit wir keine Schwierigkeiten bekommen.« Eine dreiste Lüge, das wussten sie beide, aber wenn er ihr wohlgesonnen war, könnte er sich auf die Amtshandlung seines Kollegen herausreden.

»Ausgewiesen und beraubt, sagen Sie?« Er lehnte sich in seinem Stuhl zurück und dachte nach. Es sah aus, als würde er weich werden.

»Darf ich Ihnen einen Vorschlag machen«, sagte Lisa schnell, um den Moment zu nutzen. »Können Sie nicht ein *Vu*, Gesehen, auf unsere Ausweise schreiben und einen Stempel daruntersetzen? Damit würden Sie Ihre Kompetenzen nicht überschreiten, aber wir hätten etwas Offizielles. Die Regeln ändern sich doch ständig, und die Gendarmen sehen auch nicht so genau hin. Meistens reicht es ihnen, wenn sie einen Stempel vor sich haben.«

Der Mann stützte die Ellenbogen auf und legte die Fingerspitzen aneinander, er schien nachzudenken. Dann beugte er sich schwer atmend zur Seite und öffnete eine Schublade, um einen Stempel herauszunehmen. Nacheinander nahm er ihre Entlassungsscheine und schrieb *Vu* und sogar noch *Pour Marseille* darauf, nach Marseille. Eine unleserliche Unterschrift und ein Stempel machten die Papiere vollständig.

Lisa jubelte innerlich. Ein Stempel, dachte sie triumphierend. Er hat uns tatsächlich einen Stempel gegeben.

»Denken Sie daran, dass dies keine regulären Reisepapiere sind. *Bonne chance*, viel Glück für Sie und Ihre Freundinnen, Madame. Ich schäme mich für das, was mein Land Ihnen antut.« Er erhob sich und Lisa glaubte schon, er wollte ihr die Hand geben. Aber er salutierte sogar vor ihr, und sie musste schlucken.

Sie dankte ihm und drückte die Papiere an sich.

★ ★ ★

»Nun sag schon! Hat es geklappt?«, fragte Paulette, als sie ins Hotel zurückkam. Lisa hielt die Papiere hoch. »War überhaupt nicht schwer. Was so ein bisschen Überredungskunst doch ausrichten kann. Damit kommst du nach Perpignan zu Franz«, sagte sie zu Anja.

Anja riss ihr den Zettel aus der Hand. »Aber da steht doch Marseille. Ich will nicht nach Marseille! Ich will zu Franz!« Sie fing an zu zetern und zu schimpfen.

Lisa nahm ihr das Papier ohne ein Wort aus der Hand und hielt ihre Zigarette an die Stelle, wo »Marseille« stand. Es roch ein wenig verbrannt, dann war an der Stelle ein brauner Fleck, das Wort war unleserlich.

»Huch, das tut mir aber leid. Ich bin aber auch immer ungeschickt.« Mit einem maliziösen Lächeln reichte sie Anja das Dokument zurück, die es an ihre Brust presste.

»Ich gehe noch mal aufs Postamt, um nach Nachrichten zu fragen«, sagte Lisa. »Ich hatte heute schon einmal Glück, vielleicht hält das an.«

Sie musste lange in der Schlange warten und ihre Hoffnung war mehr und mehr geschwunden. Deshalb glaubte sie sich verhört zu haben, als der Beamte sagte: »Warten Sie. Ich habe da etwas für Sie.«

Er reichte ihr einen Umschlag durch das Fenster. Mit zitternden Fingern riss sie ihn auf.

Es war eine gekritzelte Nachricht von ihrem Bruder. Er sei aus einem Lager geflohen und warte jetzt in Montauban auf seine Frau und Titi. Leider wisse er nicht, wo ihre Eltern seien. *Hans wurde auf einem Fahrrad zwischen Limoges und Montauban gesehen*, schrieb er noch. *Er ist in Uniform. Ich lasse deine Adresse für ihn hier bei Freunden. Eva wird wissen, was mit den Eltern ist. A bientôt, dein Bruderherz.*

Lisa setzte sich auf eine Bank unter den Bäumen gegenüber

dem Postamt und las den Brief wieder und wieder. Ihre Familie war in Sicherheit, das war alles, was zählte. Und sie hatte wieder Verbindung zu Hans. Sie dachte nach: Montauban lag nördlich von Toulouse in der unbesetzten Zone. Hans war also gar nicht weit entfernt von ihr. Bestimmt hatte er erfahren, dass sie in Gurs gewesen war. Er war auf dem Weg zu ihr! So musste es sein. Aber warum trug er Uniform? Also hatte er sich doch zur Armee gemeldet. Womöglich zur Fremdenlegion! Aber vielleicht hatte er auch Glück und es ging ihm wie Alfred. Er wurde demobilisiert und bekam sogar seinen Sold. Im ersten Moment war sie froh über diesen Gedanken, aber dann überkam sie doch wieder ein Gefühl von Wut und Enttäuschung. Als er sich gemeldet hatte, konnte Hans noch nicht wissen, dass die französische Armee kapitulieren und er entlassen würde. Er hätte das nicht tun dürfen, er wusste doch, wie sehr sie dagegen war! Sie tastete nach der Kette an ihrem Hals und der Anhänger fühlte sich kalt in ihrer Hand an.

Sie las die Nachricht noch einmal. Warum blieb ihr Bruder nur so vage? Warum gab er nicht wenigstens eine Adresse an, an die sie schreiben könnte? Und hätte er nicht wenigstens mal fragen können, wie es ihr gehe? Sie seufzte und weil sie sich dem Gefühl hingab, fingen auch schon die Tränen an zu laufen. In diesem Augenblick war sie unendlich müde. Immer glaubten alle, sie würde schon durchkommen und um sie müsse sich niemand kümmern. Das war schon immer so gewesen. Auch ihr Bruder hatte sich seit jeher auf sie verlassen, obwohl er der Ältere war. Lange Zeit hatte sie das Vertrauen, das alle in sie setzten, mit Stolz und Kraft erfüllt. Aber gerade jetzt, unter diesen Bäumen vor einem Postamt in einer fremden Stadt, konnte sie nicht mehr und wünschte sich sehnlichst, dass jemand kommen und sich um sie kümmern würde.

Sie hatte kein Taschentuch und schniefte. Eine Frau setzte

sich wortlos neben sie und reichte ihr eines. Das brachte alle Dämme zum Einsturz. Lisa weinte und weinte, sie schluchzte an der Seite der Fremden, die ihre Hand streichelte und murmelte: »Das wird schon, Kindchen. Das wird schon.«

Irgendwann hatte sie keine Tränen mehr.

»Entschuldigung«, sagte sie zu der Frau. »Das hat sehr gutgetan.«

»Jetzt geht es wieder, nicht wahr? Manchmal muss einfach alles raus.«

Lisa lächelte zaghaft und reichte ihr das durchgeweinte Taschentuch zurück.

»Ja, jetzt geht es tatsächlich wieder. *Merci beaucoup und adieu.*«

Sie stand auf und machte sich auf den Weg ins Hotel. Bei jedem Schritt merkte sie, wie ihre Tatkraft zurückkehrte. Sie würde Paulette nichts von ihrer Krise sagen. Sie war ja auch vorüber, und die anderen zählten auf sie.

Paulette warf einen Blick auf den Brief in ihrer Hand.

»Warum hat er denn keine Adresse angegeben? Und wieso ist Hans Soldat?« Paulette hatte dieselben Fragen wie Lisa. »Bestimmt hat er sich nur gemeldet, um aus dem Lager zu kommen. Das hat er doch schon einmal getan. Auf jeden Fall ist das gut für uns. Als Ehefrauen von Soldaten steht uns Unterstützung zu. Das hat Alfred mir erzählt. Sie fragen nicht lange nach irgendwelchen Bescheinigungen.«

»Ich mache mich gleich auf den Weg«, sagte Lisa. »Du bleibst hier bei Anja. Ich brauche nicht lange. Wir haben schon unsere *sauf conduits*, wenn ich jetzt auch noch Geld auftreibe, können wir morgen Fahrkarten kaufen und aufbrechen.«

Leichtfüßig lief sie die Straße zum Bahnhof hinunter. Sie musste sich beeilen, um noch rechtzeitig ins Büro des Commandant Militaire zu kommen. Ein Lächeln lag auf ihrem Gesicht.

»Was denn noch?«, fragte der Mann, als sie etwas außer Atem

zum zweiten Mal an diesem Tag vor ihm stand. Um seine Mundwinkel spielte ein winziges Lächeln.

»Diesmal sind Sie genau der richtige Beamte für mein Anliegen«, sagte Lisa. »Unsere Männer sind in der französischen Armee und deshalb haben wir, also Madame Perrier und ich, einen Anspruch auf Unterstützung.«

»Da haben Sie vollkommen recht«, sagte der Mann, der Lisa immer sympathischer wurde. »Hätten Sie das doch gleich gesagt, dann hätten Sie sich den Weg gespart.«

»Aber das macht doch nichts«, gab Lisa zurück.

Während der Kommandant ein paar Papiere ausfüllte, studierte Lisa unauffällig die Landkarte, die hinter ihm an der Wand hing. Von Limoges ging es ziemlich direkt in südlicher Richtung nach Montauban. Etwa dreißig Kilometer weiter nach Süden lag Toulouse. Dort fuhr auch der Zug von Lourdes nach Marseille durch. Eine wilde Freude durchzuckte sie. Toulouse war der perfekte Treffpunkt. Vielleicht würde sie Hans dort schon sehr bald wiedersehen.

»So, bitte, Madame. Es ist nicht viel, aber es dürfte für eine Fahrkarte und Lebensmittel ausreichen.« Wieder stand der Kommandant auf, zog sich die Uniform glatt und salutierte zum Abschied. »Ich wünsche Ihnen alles Gute«, sagte er, »aber ich wäre Ihnen dankbar, wenn Sie mich nicht noch einmal aufsuchen würden.« Dazu lächelte er.

Auf der Straße atmete Lisa tief durch. Jetzt musste sie nur noch Hans die Nachricht zukommen lassen, dass sie sich in Toulouse auf dem Bahnhof treffen würden, um dann gemeinsam weiter nach Marseille zu fahren. Sie würde postlagernd nach Montauban schreiben, denn dort wollte er ja mit seinem Fahrrad hin. Er würde auf jedem Postamt nach Nachrichten fragen. Das machten alle so. Und morgen würde sie selbst auch wieder aufs Postamt gehen und hoffentlich eine Antwort von ihm vorfinden.

KAPITEL 14
Marseille,
SOMMER 1940

Nach einer zehntägigen Reise von New York über Lissabon stieg ein Amerikaner Mitte dreißig, dessen dunkles Brillengestell und das schmale Gesicht an den jungen Buster Keaton erinnerten, etwas erschöpft, aber voller Tatendrang am Bahnhof Saint Charles in Marseille aus dem Zug. Es war früher Abend, und durch die Fensterfront am Giebel der Bahnhofshalle glühte das Licht der tiefstehenden Sonne. Die feuchte Hitze raubte dem Mann den Atem. Er blieb stehen, um seine Krawatte zu lockern. Ein Gepäckträger wuchtete auf sein Zeichen hin den großen Koffer aus dem Zug. Der Amerikaner ging am Zug entlang auf die Sperre am Ende des Bahnsteigs zu. Mit ihm waren viele Reisende ausgestiegen, die auf den Ausgang und das Bahnhofsbuffet zustrebten. Dort standen Gendarmen in ihren blauen Uniformen Spalier. Ein junger Mann neben ihm veränderte unmerklich seine Geschwindigkeit, als er sie bemerkte. Er wurde langsamer, zögerte und tat so, als müsste er sich die Schuhe neu binden. Er war dem Amerikaner bereits im Zug wegen seiner Nervosität aufgefallen. Wahrscheinlich waren seine Papiere nicht in Ordnung. Ihm kam der Gedanke, ob der Name des Mannes vielleicht auf der Liste stand, die er bei sich trug. Der andere richtete sich wieder auf, und im nächsten Moment war er in einer einzigen geschmeidigen Bewegung seitlich verschwunden. Der Amerikaner suchte die benachbarten Gleise ab. Dann bemerkte er ein Schild, das zu einem Durchgang führte. *Toilettes* stand dort. Wahrscheinlich gelangten Eingeweihte von dort durch einen Hintereingang oder ein Fenster ungesehen aus dem Gebäude. Er pfiff leise durch die Zähne, dann ging er weiter. Vor einem der Beamten zeigte er seinen Reisepass und die Bescheinigungen vor, die bewiesen, dass er in Marseille sein durfte.

»Monsieur ... Fry?«, fragte der Beamte, der Mühe hatte, seinen Namen auszusprechen.

Er nickte. »Varian Fry. Ich bin im Auftrag der amerikanischen Regierung hier.« Er sprach mit Absicht sehr laut und schnell, um den Beamten zu beeindrucken. Dass er Amerikaner war, reichte aber schon aus.

Der Gendarm reichte ihm die Papiere zurück und tippte an seine Mütze.

Fry ging an ihm vorbei und durch die große Halle. Dann trat er ins Freie und stand oben an der Treppe, die vom Bahnhof Saint Charles hinunter in die Stadt führte. Er musste die Augen gegen das blendende Licht zusammenkneifen, um die gigantisch breite Treppe überblicken zu können. Sie bot Platz für Kandelaber und riesige Marmorstatuen, die die Pracht des französischen Kolonialreiches darstellten, und sie war dazu angetan, den Ankommenden einzuschüchtern. Aber Fry hatte kein Problem damit. In seinem Maßanzug wirkte er trotz oder gerade wegen der gelockerten Krawatte äußerst selbstbewusst. Hinter ihm schwitzte der Gepäckträger mit seinem Koffer. Auch Fry war heiß. Er blieb stehen und zog ein seidenes, akkurat gebügeltes Taschentuch aus der Hose, um sich den Schweiß von der Stirn zu wischen.

Der Gepäckträger wollte ihm die Aktentasche abnehmen, doch Fry schüttelte den Kopf. In der Tasche war die Liste mit zweihundert Namen berühmter Künstler und Wissenschaftler. Zweihundert Männer und Frauen, die von der Gestapo gesucht wurden und die er retten sollte. Man hatte ihm vier Wochen

Zeit dafür gegeben. Weil das alles viel Geld kosten würde, waren in den Saum seines Sommermantels, den er lässig über den Arm gelegt trug, dreitausend Dollar eingenäht.

Eine Frau neben ihm verfehlte die oberste Stufe der gigantischen Treppe und geriet ins Stolpern. Fry griff nach ihrem Ellenbogen und half ihr, die Balance wiederzufinden. Währenddessen entschuldigte er sich in fast akzentfreiem Französisch bei ihr: »Entschuldigen Sie, Mademoiselle, ich bin aber auch ein Trottel, hier einfach dumm herumzustehen. Ich war so gefangen von dem Anblick. Ihnen ist doch nichts passiert?«

»Madame, wenn es recht ist«, sagte die Frau, schenkte ihm ein Lächeln und eilte die Stufen hinunter.

Fry blieb immer noch oben stehen.

»*Qu'est-ce qui se passe, Monsieur?*«, fragte der Gepäckträger, der die ganze Zeit neben ihm gewartet hatte. »*On ne me paie pas pour faire le touriste.*«

Er musste einen Moment überlegen, bevor er verstand, dass ihn der Mann in einem ihm völlig unbekannten Dialekt gefragt hatte, ob es endlich weitergehen würde, er werde nicht fürs Herumstehen bezahlt.

Fry besann sich und begann die Stufen hinabzusteigen. Wie in einer Badewanne lag die Stadt unter ihm und zog sich dann wieder einen Hügel hinauf, auf dessen Spitze die Basilika Notre Dame de la Garde thronte. Darüber spannte sich ein Himmel in einem kitschigen Rosa, das er von New York kannte und das sich am Horizont bereits nachtblau zu verfärben begann. Zwei, vier, sechs, acht …, zählte er die Stufen ab. Er wusste aus dem Reiseführer, dass die Treppe einhundertvier Stufen hatte, also stand jede Stufe für zwei Menschen auf seiner Liste.

Auf der ersten Plattform blieb er wieder stehen, ohne auf den schnaufenden Träger Rücksicht zu nehmen. Er hatte zwar diese Liste mit den Namen, aber wo die Menschen dazu waren, das wusste er nicht. Sie konnten in ganz Frankreich sein, gefangen in einem Lager, irgendwo in einem Versteck, in der besetzten Zone, vielleicht hatten sie das Land sogar schon verlassen, verschleppt nach Deutschland oder anderswohin. Vielleicht hausten sie aber auch in einer der Straßen dieser Stadt, die vor ihm lag. Das würde seine erste Aufgabe sein, sie zu finden, damit er sie heil aus Frankreich herausbringen konnte, bevor sie den Deutschen in die Hände fielen. Wie er das anstellen sollte, davon hatte er bisher nicht die geringste Ahnung. Zwei Monate zuvor hätte er jeden für verrückt erklärt, der ihm gesagt hätte, dass er heute hier stehen würde. Am 22. Juni war er im Hotel *Commodore* in New York zu einer Versammlung eingeladen gewesen.

Er sah den Raum noch vor sich, blitzende Gläser und perfekte Kellner, die die rund zweihundert Anwesenden mit Hummersuppe und Champagner versorgten. Ein Tisch war als Rednerpult hergerichtet. Dort saß Erika Mann, die Tochter von Thomas Mann. Sie war eine beeindruckende, vor Spannung vibrierende Frau, und Fry fand sie sehr viel präsenter als ihren Bruder Klaus, der mit hängenden Schultern neben ihr saß. Erika Mann legte die Zigarette auch dann nicht aus der Hand, als sie sich erhob und zu sprechen begann. Sie erinnerte daran, dass die deutsche Wehrmacht Frankreich überfallen hatte und in Paris einmarschiert war. Frankreich hatte kapituliert. »Aber was Sie vielleicht noch nicht wissen: Marschall Pétain hat sich in der Waffenstillstandsvereinbarung verpflichtet, alle Deutschen auf Verlangen an Nazideutschland auszuliefern. Dies betrifft Nazigegner, die in Frankreich Asyl gesucht haben, aber auch alle Juden, ob getauft oder nicht. Das heißt, dass Marc Chagall und Max Ernst, Walter Mehring und mein Onkel Heinrich Mann, Lion Feuchtwanger und Franz Werfel, Hannah Arendt und Alfred Polgar, diverse ehemalige deutsche Minister und Reichstagsabgeordnete, Journalisten und Nobelpreisträger in Lebensgefahr sind. Das heißt, dass in Frankreich das Recht auf Asyl außer Kraft gesetzt wurde. Und das ist eine Schande!«

Im Saal wurde es unruhig. Gemurmel wurde laut, einige Gäste ließen ihr Besteck auf die Teller fallen.

Erika Mann nahm einen tiefen Zug aus ihrer Zigarette. Dann hielt sie ein Papier in die Höhe und schwenkte es.

»Mein Vater hat am 9. Juni dieses Telegramm aus Paris erhalten, es ist ein dringender Hilferuf im Namen von vielen Hitlergegnern, die um ihr Leben fürchten. Unterzeichnet haben es der Satiriker Walter Mehring, die Dichterin Hertha Pauli und der Dichter Ernst Weiß, kurz bevor sie aus Paris geflohen sind. Wie Sie alle wissen, hat Hitlers Naziarmee die Stadt nur wenige Tage später besetzt. Und nur damit Sie wissen, wie gefährdet all diese Menschen sind: Ernst Weiß hat, als er den Einmarsch der Deutschen von seinem Hotelfenster aus gesehen hat, Selbstmord begangen.« Sie erhob ihre Stimme und rief in den Saal: »Er wird nicht der Letzte sein, der in seiner Ausweglosigkeit keinen anderen Weg sieht als den Freitod!«

Sie legte das Telegramm auf den Tisch und strich sich eine störrische Strähne ihres kurzen Haars hinter das Ohr, bevor sie weitersprach: »Im Auftrag von Thomas Mann spreche ich hier zu Ihnen, obwohl das Anliegen meines Vaters auch meines ist und unser aller Anliegen sein sollte: Wir müssen diesen Menschen helfen, aus Frankreich, aus Europa herauszukommen. Drüben wird gerade die europäische Kultur aufs Schafott geführt! Das dürfen wir nicht zulassen!« Sie ließ ihre Worte auf die Anwesenden wirken, bevor sie milder fortfuhr: »Eleanor Roosevelt, die Frau des amerikanischen Präsidenten, lässt ihre herzlichen Grüße ausrichten und hat ihre Unterstützung für amerikanische Einreisevisa zugesichert. Das alles kostet natürlich Geld. Die meisten Flüchtlinge sind mittellos, aber sie brauchen Schiffspassagen, Fahrkarten und Hotelzimmer. Vor Ihnen auf dem Tisch liegen Umschläge, in die Sie bitte Ihre Schecks in der Höhe legen, die Ihnen das Leben dieser Menschen wert ist. Ich danke Ihnen für Ihre Aufmerksamkeit.«

Erika Manns Blick glitt über die Anwesenden, dann setzte sie sich wieder.

»Was ist mit Siegfried Kracauer?«, rief jemand in den Saal. Daraufhin wurden weitere Namen in die Runde gerufen, Menschen, die gerettet werden sollten. In den folgenden Tagen wurde Alfred Barr, der Direktor des Museum of Modern Art, nach weiteren Künstlern befragt, Thomas Mann nach Schriftstellern, andere nach Politikern und Wissenschaftlern. Am Ende standen zweihundert Namen von Männern und auch einigen Frauen auf einer Liste. Dann ging es darum, einen Repräsentanten zu finden, der vor Ort nach den Bedrohten suchte. Man fragte Varian Fry, ob er sich vorstellen könne, nach Frankreich zu fahren. Er war sofort einverstanden. Sein Job als Journalist konnte warten. Er sprach Deutsch und Französisch. Und sein Hass auf Hitler und die Nazis war seit seiner Zeit in Berlin vor einigen Jahren, als er die Brutalität des Regimes miterlebt hatte, heiß und ewig. Außerdem, aber das hatte er nicht gesagt, war er begeisterter Hobbyornithologe, der über Stunden in den New Yorker Parks Vögel beobachtete. Sein Fernglas würde er mitnehmen. »Ich werde mit dem Fahrrad durch Südfrankreich kurven und die Leute suchen. In vier Wochen bin ich zurück«, sagte er beim Abschied zu seiner Frau Eileen.

★ ★ ★

Varian Fry war am Fuß der Treppe angekommen. Eine breite Avenue führte vom Bahnhof weg.

Das *Splendide*, ein Haus der Luxusklasse im Jugendstil, das ihm ein Bekannter aus New York empfohlen hatte, sollte zwei oder drei Häuser weiter die Straße hinunter liegen.

»Da werden Sie kein Zimmer kriegen«, sagte der Gepäckträger schnaufend zu ihm, als Fry darauf zusteuerte. »Ganz Marseille ist ausgebucht. Alles voller Flüchtlinge. Ich kann Ihnen ein anderes Hotel empfehlen.«

Fry lächelte den Mann an. Wahrscheinlich gehörte das andere Hotel seinem Cousin und er bekam eine Provision. »Danke. Ich versuche es erst einmal hier.« Er gab dem Mann ein ordentliches Trinkgeld und stellte sich an die Rezeption.

»Sie werden in ganz Marseille kein Zimmer bekommen, Monsieur«, sagte der Concierge bedauernd.

Fry zog einen Zehn-Dollar-Schein aus der Tasche und schob ihn dem Mann über den Tresen zu.

»Oh, ich sehe gerade, dass wir noch ein Zimmer frei haben. Eine Reservierung, die nicht angetreten wurde. Aber ich muss Sie warnen: Das Zimmer ist klein und liegt im vierten Stock.«

Fry lächelte freundlich.

Oben angekommen, packte er seinen Koffer nicht aus, sondern legte sich auf das Bett und zündete sich eine Gauloises an. Er liebte diese französischen Zigaretten, die so schön stark waren. In seinem Koffer hatte er allerdings mehrere Stangen Camel, weil die hier begehrt waren und sich zum Schmieren eigneten. Nachdenklich sah er dem Rauch hinterher, der zur Zimmerdecke aufstieg. Er war nicht mal eine Stunde in der Stadt und hatte schon zwei Lektionen gelernt: Als Amerikaner standen ihm alle Türen offen, und wenn das nicht half, half eine kleine Bestechung. Das würde er sich merken.

Morgen würde seine Arbeit beginnen. Das frisch gegründete Emergency Rescue Committee hatte ihm eine Art Aufgabenbeschreibung in schriftlicher Form mitgegeben. Er sollte die Leute auf seiner Liste ausfindig machen, ihre Namen nach New York kabeln, damit dort Notvisa für sie ausgestellt wurden, und dann würden sie auf ein Schiff gehen und zwei Wochen später im sicheren Amerika ankommen. Sein erster Weg in Marseille sollte ihn zum amerikanischen Konsul führen, um ihn von seiner Anwesenheit zu informieren. *Wie viel Sie ihm sagen und welches Ausmaß die Zusammenarbeit zwischen Ihnen annehmen kann, bleibt Ihrem Urteilsvermögen überlassen.* Fry lächelte in sich hinein. Er hatte die unterschwellige Warnung verstanden. Seine Erfahrung mit amerikanischen Behörden hatte ihn gelehrt, dass man in manchen Dingen besser ohne sie fuhr, weil die Bürokratie naturgemäß Probleme sah, wo vorher keine gewesen waren, und alles verzögerte. Und er hatte nicht viel Zeit.

Als Erstes würde er vertrauenswürdige Mitarbeiter finden müssen. Leute mit der richtigen Gesinnung, die sich in Marseille auskannten. Sie mussten ihm helfen, die Personen auf seiner Liste zu finden. Er wusste inzwischen auswendig, wer darauf stand. Männer und Frauen, deren Bücher und Bilder er kannte und bewunderte. Gleich morgen früh würde er mit dem Dichter Franz Werfel und seine Frau Alma, der Witwe von Gustav Mahler, beginnen. Sie wohnten im *Hotel du Louvre et de la Paix*, das um die Ecke an der Canebière lag. Das hatte ihm Werfels Schwester in Lissabon gesagt.

Die Werfels würden die Ersten sein, denen er Visa für Amerika anbieten würde. Sie wussten bestimmt, wo sich andere auf seiner Liste aufhielten. Der Anfang wäre gemacht.

KAPITEL 15
Bahnhof von Toulouse,
SOMMER 1940

Wieso war Hans denn nicht da? Wo steckte er nur? Seit über sechs Stunden wartete Lisa jetzt auf dem Bahnhof von Toulouse auf ihn. Die Mittagssonne schob sich über das Dach, schluckte den Schatten und verwandelte den Bahnsteig in einen Glutofen. Lisa wusste nicht, wie oft sie diesen Bahnsteig schon entlanggelaufen war. Ganz am Ende, wo ein Tor das Bahnhofsgelände von einer verdorrten Straße trennte, hing ein feldgraues Telefon, mit dem Verspätungen und ungewöhnliche Vorkommnisse gemeldet wurden. Dann kam das längliche, niedrige Bahnhofsgebäude mit einem Wartesaal. Dort hätte sie Schutz vor der Sonne suchen können, aber er war geschlossen. Davor stand ein Mann mit einem Karren, von dem aus er Getränke verkaufte. Am Ende lag das Büro des Vorstehers, der bei jeder Ankunft eines Zuges heraustrat. Dann verlängerte sich der Bahnsteig noch etwa hundert Meter, bis er sich neben den Geleisen verlor. Genau fünfhundert Schritte brauchte Lisa in eine Richtung, dann machte sie kehrt und ging die fünfhundert Schritte zurück, kam an dem staubbedeckten Gebüsch neben dem Bahnsteig vorüber, am Bahnhofsgebäude, an dem Mann mit dem Getränkewagen, am Telefon und am Tor. Ihre Bluse klebte an ihrem Rücken, sie blieb erschöpft stehen, um eine Zigarette zu rauchen, dann ging sie wieder den Bahnsteig entlang ... Sie wusste nicht, was sie sonst tun sollte.

Sie wurde noch verrückt! Wo blieb Hans nur? Bisher hatte ihr Plan perfekt funktioniert. Mitten in der Nacht waren Paulette, Anja und sie in Lourdes in den Zug gestiegen. Schon seit acht Uhr abends waren sie am Bahnhof gewesen, weil sie wegen der Sperrstunde danach nicht mehr auf der Straße sein durften. Als der Zug endlich eingefahren war, war er völlig überfüllt gewesen, sie hatten während der Fahrt eng aneinandergepresst stehen müssen. Am frühen Morgen waren sie völlig erschöpft und verschwitzt in Toulouse angekommen. »Es ist nicht zu fassen, der Zug ist auf die Minute pünktlich, obwohl wir mitten im Krieg sind«, hatte Paulette ausgerufen. Nur Lisa war in Toulouse ausgestiegen. Hans wollte mit dem nächsten Zug aus Montauban kommen, dann würden sie gemeinsam weiterfahren. Die anderen waren im Zug geblieben. Paulette würde Anja in Narbonne in den Zug nach Perpignan setzen, wo Franz Pfemfert sie abholen sollte, Paulette würde dann weiterfahren nach Marseille. Dort würden sie sich wiedertreffen. Sie hatte alles bedacht und alles hatte funktioniert. Nur Hans war nicht da und sie saß immer noch hier herum und kämpfte gegen die Enttäuschung und ihre bleierne Müdigkeit an. Sie hatte sich vorher x-mal vorgestellt, wie sie sich in Hans' Arme werfen würde, sie hatte schon gefühlt, wie er seinen vertrauten, geliebten Körper wieder an ihren presste, wie ihre Lippen sich fanden.

Als der Zug aus Montauban eingefahren war, hatte sie sich die Augen nach ihm ausgeguckt. Es waren viele Menschen unterwegs, er konnte irgendwo in der Menge sein. Sie glaubte, seinen Hut erkannt zu haben, und drängelte sich in die Richtung durch, aber dann war es ein anderer Mann. Tief enttäuscht blieb sie stehen. Er war noch nicht da. Sie musste auf den nächsten Zug aus Montauban warten. Zum wiederholten Mal richtete sie das Seidentuch in ihrem Haar und strich ihre Bluse glatt.

Sie sah auf den Fahrplan. Der nächste Zug kam in zwei Stunden an. So lange würde sie hier ausharren müssen, denn ihr *sauf conduit* galt nur für den Bahnhof, sie durfte ihn nicht verlassen. Sie nahm den letzten Schluck Wasser aus ihrer Flasche, dann nahm sie ihre Wanderung wieder auf, um die Zeit totzuschlagen. Sie hatte ein Buch dabei, aber sie war viel zu aufgewühlt, um auch nur eine Zeile zu lesen. Sie hatte es probiert.

Anstelle von Vorfreude fühlte sie nur noch Unsicherheit und bittere Enttäuschung.

Da vorn kamen zwei Männer um die Ecke. Ihr Herz blieb beinahe stehen, sie reckte den Hals und wollte ihnen zuwinken, dann ließ sie die Arme wieder sinken. Wieder nicht Hans. Die beiden Männer stellten sich bei dem Mann für einen kleinen Roten an und lachten zu ihr herüber. Rasch wandte sie sich ab. Bloß keine Aufmerksamkeit auf sich ziehen. Der Bahnhofsvorsteher sah ohnehin schon immer in ihre Richtung. Sie ging langsam bis ans Ende des Bahnsteigs, dann sah sie auf die Uhr, auf der der Zeiger gerade um eine Minute vorrückte. Wohl hundertmal hatte sie in den letzten Stunden auf diesen Zeiger gestarrt. Erst war sie voller Hoffnung und kribbelnder Erwartung gewesen, aber jetzt hasste sie ihn. Jede Minute, die verstrich, sagte ihr, dass Hans nicht kommen würde.

Endlich wurde es vier, der Zug aus Montauban wurde angekündigt. Lisa sah ihm zitternd vor Anspannung entgegen. Der Zug hielt, die Türen wurden geöffnet, und die Menschen strömten auf den Bahnsteig. Lisa stellte sich auf die Zehenspitzen, um über die Köpfe der Menge nach Hans Ausschau zu halten. Es war, wie sie es sich gedacht hatte. Er war nirgends zu sehen. Irgendwie hatte sie damit gerechnet, dennoch schlug lähmende Enttäuschung über ihr zusammen. Inzwischen war der Zug abgefahren, der Bahnsteig hatte sich geleert. Nur sie und die beiden Männer am Buffet waren noch da.

Was soll ich denn jetzt machen?, dachte sie völlig verzweifelt. Er hatte ihr Telegramm doch erhalten. Sie hatte ihr letztes Geld dafür ausgegeben. Außerdem hatte sie einem Soldaten, der nach Montauban wollte, eine mündliche Nachricht für Hans mitgegeben. Sie wusste nicht, welche ihn erreicht hatte, auf jeden Fall hatte sie Antwort von ihm bekommen. *J'attends Lise à Toulouse, demain, ich erwarte Lise morgen in Toulouse.*

Sie nahm das Telegramm aus der Tasche. Es war schon völlig zerdrückt, aber die Nachricht war eindeutig. Meine Güte, wie oft hatte sie diesen Zettel schon in der Hand gehalten. Sie hatte sich zum ersten Mal wieder lebendig gefühlt, als sie seine Nachricht bekommen hatte. Sie war so glücklich gewesen. Er lebte. Sie würden sich wiedersehen.

Ein schrecklicher Gedanke durchzuckte sie. Und wenn ihm auf der Fahrt etwas zugestoßen war? Wahrscheinlich war auch er mit fragwürdigen Papieren oder ganz ohne unterwegs. Was, wenn man ihn verhaftet hatte? Saß er womöglich in diesem Augenblick in einem Auto auf dem Weg in ein Lager oder, schlimmer noch, an die Demarkationslinie, wo man ihn an die Gestapo auslieferte? Der Gedanke ließ ihr schlecht werden. Ihre Anspannung entlud sich in einem unkontrollierten Schluchzen. Sie hob ruckartig den Kopf. Aber vielleicht trug er ja noch die Uniform der französischen *Prestatäre*. Dann müsste er auch gültige Papiere haben. Allerdings war es ihm zuzutrauen, dass er die Uniform einfach auszog, weil er alles Militärische hasste. Hans war schon so oft in Gefahr gewesen. Damals in Prag war er unter Androhung, ihn sofort zu verhaften, wenn er nicht augenblicklich das Land verließ, ausgewiesen worden. Noch schlimmer war es in Basel gewesen. Freunde hatten ihn gewarnt, dass die Gestapo seine Adresse hatte und seine Verhaftung unmittelbar bevorstand. Und was hatte er getan? Anstatt auf der Stelle zu verschwinden, musste er noch unbedingt einige Genossen aufsuchen und Passwörter weitergeben, damit die mühsam aufgebauten konspirativen Verbindungen nicht abrissen. Lisa hatte damals Todesängste ausgestanden. Sie hatte Hans angefleht, sofort zu fliehen, aber er hatte wieder einmal die politische Arbeit über seine persönliche Sicherheit gestellt. »Denkst du denn gar nicht an mich?«, hatte sie ihn angeschrien. »Was ist, wenn ich mit dir verhaftet werde? Ist dir das denn völlig egal?« Hans hatte ihre Hände in seine genommen, eine Geste, die ihr sonst sehr gefiel, aber diesmal kam sie ihr anmaßend vor. Außer sich vor Zorn hatte sie ihn zurückgestoßen.

Die Erinnerung an diesen Streit schmerzte sie immer noch. Es war nicht der letzte gewesen. Wenn es um Politik ging, war Hans ein unverbesserlicher Sturkopf, der anderen, auch ihr, nur ungern recht gab. Er konnte sich stundenlang in politische Diskussionen verhaken, er wurde nie müde, seinen Standpunkt zu vertreten. Unwillig schüttelte sie den Kopf. Aber genau dafür liebte sie ihn auch. Hans war der gerechteste und hilfsbereiteste Mensch, den sie kannte. Er lebte für seine Überzeugungen. Niemals würde er seine Ideale verraten. Und er kannte das Leben in der Illegalität. Er und sie lebten schon zu lange außerhalb der Gesetze. Er wusste, wie man sich unsichtbar machte. Vielleicht musste sie einfach Vertrauen haben. Vielleicht erwartete er das von ihr?

Aber sie war inzwischen in einem wütenden Gedankenstrudel gefangen und konnte nicht aufhören zu hadern. Ohne es zu wollen, stieß sie ein Knurren aus. Und wenn Hans womöglich andere Pläne hatte und deshalb nicht kam? Es würde ihm ähnlichsehen, dass er sie hier sitzen und auf ihn warten ließ. Der Gedanke machte sie noch wütender. Hans ließ sich nicht gern von ihr vorschreiben, was sie zu tun hatten. Aber in diesem Fall hatte sie doch einen richtig guten Plan gehabt, den einzigen, der funktionieren konnte, denn ihre Reisegenehmigung galt nur für Marseille. Aber vielleicht hielt ihn etwas in Montauban auf? Wahrscheinlich hatte er einen guten Grund dafür, dass er nicht hier war, und wahrscheinlich hatte es damit zu tun, dass er irgendjemandem aus der Klemme helfen musste.

Lisa seufzte resigniert. Ihr half er ja auch ohne zu zögern. Immer wenn es notwendig war. So war er eben. In den schlimmsten Momenten konnte er von wer weiß woher eine Zigarette hervorzaubern, ihr ein Gedicht vortragen oder sie einfach in die Arme nehmen und ihr neuen Mut schenken. In den vier Monaten, die sie ihn nicht mehr gesehen hatte, hatte sie jedes Mal, wenn sie nicht mehr konnte, wenn Hunger und Angst und Müdigkeit sie überkamen, an Hans gedacht und sich zusammengerissen und weitergemacht.

Wie er wohl inzwischen aussah? Ob er auch so dünn geworden war wie sie? War sie noch schön genug für ihn? Sie sah an sich herunter, die fadenscheinige Bluse, die einmal leuchtend blau gewesen war, die ausgetretenen Schuhe. Nur ihre Tasche war schön, sie war aus hellem Leinenstoff, und Alina hatte sie mit Rosen bestickt. Julias Seidentuch hatte sie inzwischen abgenommen, es war zu heiß dafür. Und Hans kam ja doch nicht ...

Der Blick des Bahnhofsvorstehers riss sie aus ihren Gedanken. Schon wieder sah er misstrauisch in ihre Richtung. Lange konnte sie hier nicht mehr bleiben. Es war gefährlich, auf Bahnhöfen herumzulungern, irgendwann kam immer die Polizei und wollte Papiere sehen. Sie erregte Argwohn. Sie musste den Tatsachen ins Auge sehen. Hans würde nicht kommen. Aus welchen Gründen auch immer. Sie musste aufhören zu zweifeln und zu warten. Sie musste etwas tun.

Lisa zündete sich eine weitere Zigarette an, das vertrieb die Anspannung und den Hunger. Wenn die aufgeraucht ist, werde ich eine Entscheidung treffen, sagte sie sich.

Viele Möglichkeiten hatte sie nicht. Sie durfte das Bahnhofsgebäude nicht verlassen, sie war schon froh, dass die Papiere, die ihr der Militärkommandant in Lourdes gegeben hatte, bisher akzeptiert worden waren. Aber es waren reine Reisepapiere für eine direkte Fahrt nach Marseille. Sie könnte es dennoch wagen, selbst nach Montauban zu fahren und dort nach Hans zu suchen. Sollte man sie aufgreifen, könnte sie die Verwirrte spielen, die in den falschen Zug gestiegen war. Aber wenn man sie verhaften würde, was wahrscheinlich war, wüsste niemand, wo sie war, die Verbindung zu den anderen wäre abgerissen. Sie sah auf den Fahrplan. Heute fuhr kein Zug mehr in die Richtung. Der einzige Zug, der noch kam, war der Abendzug nach Marseille. Lisa sah auf die Uhr. Er fuhr in zehn Minuten ab. Sie musste sich entscheiden.

Zum hundertsten Mal sah sie den Bahnsteig entlang. Der Bahnhofsvorsteher setzte sich in ihre Richtung in Bewegung. Lisa lächelte ihm entgegen. Sie musste etwas tun. Jetzt.

»Wird der Zug nach Marseille pünktlich sein? Mein Mann wartet dort auf mich. Er ist Soldat, wir haben uns so lange nicht gesehen.«

Der Mann schien fast ein wenig erleichtert, dass er mit ihr keine Probleme haben würde. Er lächelte, bevor er sagte: »Natürlich ist der Zug pünktlich, Madame. Ich wünsche eine gute Reise.« Kurz darauf fuhr der Zug ein, Lisa stieg in einen der vorderen Waggons und fand einen freien Platz. Sie setzte sich und schloss die Augen. Sie hatte eine Entscheidung getroffen, jetzt fiel die Anspannung der letzten Stunden von ihr ab. Kaum hatte sich der Zug in Bewegung gesetzt, schlief sie ein.

KAPITEL 16

Lisa fühlte sich einigermaßen ausgeschlafen, als sie am frühen Morgen in Marseille ankam. In der ersten Sekunde nach dem Aufwachen glaubte sie, Hans würde neben ihr sitzen und sie hätte die Ereignisse des letzten Tages nur geträumt. Dann erkannte sie, dass es ein Fremder war. Der Moment der Hoffnung war vorüber. Sie nahm ihre kleine Tasche, in der sich nicht viel befand, außer ihren Papieren und ein bisschen Unterwäsche. Nach kurzer Überlegung schob sie ihre Entlassungspapiere aus Gurs auf den Namen Eva Jakob und den Artikel mit ihrer Ausbürgerung aus dem Deutschen Reich unter das Innenfutter am Boden der Tasche. Jetzt war sie wieder Lise Duchamps mit einer Aufenthaltsverweigerung für Paris. Sie nahm an, dass man hier im Süden so einen Ausweis nicht kannte, und vertraute auf ihr Glück. Sie lief auf die Sperre am Ende des Perrons zu. Auf der anderen Seite stand Paulette. Die Arme. Wahrscheinlich war sie schon mehrmals hier gewesen, und Lisa hatte nie im Zug gesessen. Sie war unermesslich froh, ihre Freundin zu sehen. Und sofort setzten ihre Überlebensreflexe ein. Sie hob den Arm, setzte ein fröhliches Lachen auf und rief in bestem Französisch: »Paulette! Paulette, hier bin ich.« Zu dem Beamten sagte sie, das da drüben sei ihre Schwester und sie sei so froh, ein paar Tage aus ihrem Dorf herauszukommen und sich in Marseille zu amüsieren. Dabei warf sie ihm einen vielsagenden Blick zu. »Wo kann man denn hier nett ausgehen? Vielleicht sieht man sich ja?«

Ihr Plan ging auf. Der Beamte wünschte viel Vergnügen und

ließ sie nach einem sehr flüchtigen Blick auf ihren Ausweis passieren.

»Meine Güte, ich war schon dreimal hier, um euch abzuholen. Wo ist Hans?«, flüsterte Paulette dicht an ihrem Ohr, als sie sich umarmten und sich auf die Wangen küssten.

»Ich weiß es nicht. Er ist nicht gekommen.«

Entsetzt sah Paulette sie an.

Lisa merkte, wie ihr die Tränen in die Augen stiegen, und Paulette zog sie rasch am Arm mit sich fort.

»Komm erst mal weg hier. Das wird sich klären.«

»Ist denn bei euch alles glattgegangen?«, fragte Lisa, während sie die große Treppe hinuntergingen. Sie hatte sich wieder gefangen und tat so, als sei alles in bester Ordnung.

Paulette nickte. »Anja wollte zuerst nicht allein in den Zug steigen, aber bevor sie eine ihrer Krisen hatte, konnte ich sie doch überreden. Ich habe sie beschworen, sich still und unauffällig zu verhalten und mit niemandem zu sprechen. Ihr Mann hat ein Telegramm geschickt. Sie ist bei ihm.«

»Gott sei Dank. Es war ganz schön anstrengend, auf sie aufzupassen.«

Paulette nickte grimmig.

»Und Karl?« Lisa wagte die Frage kaum zu stellen. »Hast du ihn wiedergefunden?«

»Wir haben uns kurz gesehen, dann ist er nach Les Milles gefahren, um einen Auftrag zu erledigen. Aber es geht ihm gut.«

Lisa senkte den Blick. »Die Zeiten sind ziemlich schlecht für Liebespaare, findest du nicht?«

»Es ist wichtig, hat er gesagt. Es geht darum, Lion Feuchtwanger aus dem Lager zu schmuggeln. Er sitzt immer noch in Les Milles. Marta war wohl beim amerikanischen Vizekonsul und hat ihn angefleht, etwas für ihren Mann zu tun. Stell dir vor, er will ihn als Frau verkleiden.«

»Feuchtwanger als Frau?« Lisa musste lachen. »Und du? Hast du eine Unterkunft gefunden?«

Wieder nickte Paulette. »Erwarte nicht zu viel.«

Lisa folgte ihrer Freundin, die am Fuß der Treppen nach rechts abbog und mit raschen Schritten eine enge Straße hinuntereilte. Sie mussten sich ihren Weg durch die Auslagen von Händlern suchen, die rechts und links ihre Waren aufgetürmt hatten und sie laut anpriesen, in einem kehligen Französisch, das mit arabischen Wörtern durchsetzt war. Die Männer hielten ihnen Kleidungsstücke und Teppiche vor die Nase, einige versuchten sie am Arm festzuhalten. Lisa hatte viele der Dinge, die hier angeboten wurden, noch nie gesehen. Die Sachen waren bunt und mit Pailletten bestickt. Es roch nach Minze und nach gebratenem Fleisch, wovon ihr übel wurde. Paulette hatte keinen Blick für die Umgebung und lief voran. Am Ende der Straße kamen sie auf einen großen Platz, und Lisa kniff die Augen zusammen wegen der Helligkeit der weißen Mauern und des glitzernden Wassers, das vor ihr lag. Sie waren am Hafenbecken angekommen.

»Warte doch mal. Ich habe schon so lange nicht mehr das Meer gesehen«, rief sie, blieb stehen und atmete tief ein. »Ich glaube, da war ich noch ein Kind. Als ich in Holland zur Verschickung war. Und was ist das?«, fragte sie und zeigte auf die beiden riesigen Brückenpfeiler aus Eisen rechts und links am Hafeneingang, dort, wo er sich zum Mittelmeer hin öffnete. Dahinter lagen nur noch die beiden Fortanlagen, die die Stadt schon seit Jahrhunderten vor Piraten beschützten. Unter den Stahlseilen, die die beiden Pfeiler quer über das Hafenbecken verband, hing eine große Gondel.

»Das wird der Eiffelturm von Marseille genannt«, erklärte Paulette. »Offiziell heißt es Pont Transbordeur und ist so hoch, damit die Schiffe darunter durchfahren können.«

»Und in dieser Gondel werden dann Fußgänger und Hafenarbeiter auf die andere Seite transportiert?«

»Genau. Das verkürzt den Weg enorm. Aber jetzt komm. Wir sind ja keine Touristen.«

Lisa war noch ganz gefangen vom Anblick des Meeres und vergaß darüber sogar für einen Moment ihre Sorgen um Hans. Rund um das Bassin lagen bunte Fischerboote, auf den Kais riefen Fischer ihre Waren aus. Wieder atmete sie den herrlich salzigen Geruch ein. Freiheit. Plötzlich spürte sie, wie hungrig sie war.

»Versprich dir nicht zu viel«, sagte Paulette wieder, als sie Lisas sehnsüchtigen Blick sah. »Fisch gibt es nicht. Der ist von der Regierung beschlagnahmt. Nur Muscheln, Seeigel und Austern.«

»Du kannst einem aber auch die Laune verderben«, rief Lisa. Sie würde auch die Muscheln mit Kusshand nehmen. »Riechst du nicht das Meer?«

»Muffig«, sagte Paulette. »Hier riecht es nicht nach Meer, höchstens nach Hafen und Brackwasser. Das Meer beginnt da hinten, hinter dem Fort Saint-Nicolas. Aber dafür haben wir jetzt keine Zeit.«

Sie kamen an einem großen Café vorüber. Die Terrasse mit Blick auf den Hafen war gut besucht. Unter den großen Sonnenschirmen drängten sich die Menschen, viele von ihnen in abgerissener Kleidung. Lisa erkannte einige wieder. Sie hatte sie zuvor in den Cafés von Paris gesehen. Emigranten wie sie. Bevor sie jedoch nach Bekannten oder Freunden Ausschau halten konnte, zog Paulette sie weiter.

»Los, komm. Sonst ist das Zimmer vergeben.«

Sie bogen in eine der Seitengassen ein. Es war eng und dunkel. Paulette bog noch zweimal ab und nahm einige Stufen hinauf und wieder hinunter. Lisa verlor völlig die Orientierung, dann standen sie vor einem ziemlich schäbigen Haus.

»Aber … das ist ja ein Stundenhotel«, sagte Lisa mit Blick auf das blinkende rote Licht.

»Was anderes gibt es nicht. Die Patronne fragt nicht nach Papieren. Aber dafür kann es vorkommen, dass man sein Zimmer mal für eine Stunde verlassen muss, weil es anderweitig gebraucht wird.«

»Das ist nicht dein Ernst!«, rief Lisa.

»Keine Sorge. Madame Fournier hat mir versprochen, dass wir heute Nacht ungestört bleiben. Und das Bett ist gar nicht schlecht.«

Lisa stieg hinter Paulette über ausgetretene Stufen in den dritten Stock hinauf. Was würde sie nur ohne Paulette tun? Sie war ihre einzige Freundin. So viele hatte sie im Laufe ihres Lebens verloren. Bei ihrem Wegzug aus Wien waren es die Freundinnen ihrer Kindheit gewesen. In Berlin hatte sie neue gefunden, aber dann war sie ins Exil gegangen. Ulla war einmal aus Berlin nach Prag gekommen, um sie zu besuchen, aber sie hatten sich nichts mehr zu sagen. In den folgenden Jahren war sie nie lange genug an einem Ort geblieben, um tiefe Freundschaften zu schließen. Am Ende hatte sie nicht einmal mehr gewusst, was sie vermisst hatte. Aber zu Paulette hatte sie gleich eine innige Beziehung gehabt. Ohne sie und ihre Fähigkeit, sich überall durchzuschlagen und aus kleinen Dingen ein Fest zu machen, wäre Gurs viel schlimmer gewesen. Und auch diese Absteige war nur erträglich, weil sie sie mit Paulette teilte.

»Wie schön, dich zu haben, Paulette«, sagte sie leise.

Paulette drehte sich zu ihr herum. »Gleichfalls.«

Doch als sie in das Zimmer wollten, verscheuchte die Patronne sie.

»Erst in zwei Stunden«, brummte sie.

Lisa sah Paulette fragend an.

»Bestimmt ein Schiff, das im Hafen festgemacht hat.«

Wie zur Bestätigung ertönte in diesem Augenblick eine Schiffssirene und ließ Lisa zusammenzucken.

* * *

In den nächsten Tagen durchwanderte Lisa rastlos die Stadt auf der Suche nach Informationen. Solange sie nichts Besseres hatte, teilte sie sich das Bett in der Absteige mit Paulette. Lisa klapperte die Cafés am Alten Hafen ab. Die Flüchtlinge waren unverkennbar, und das lag nicht unbedingt an ihrer abgerissenen Kleidung, sondern an ihren gehetzten Blicken. Am ersten Morgen betrat sie das *Mistral*, das bei Emigranten beliebt war, und die Tür war noch nicht wieder hinter ihr ins Schloss gefallen, als sich alle Köpfe in ihre Richtung drehten. Lisa fragte sich, wen die Cafégäste erwarten mochten: die Gestapo? Den amerikanischen Konsul, der mit Visa wedelte? Einen unbekannten Gönner, der ihnen ein Glas spendierte? Die ängstlichen, flehenden und dann resignierten Blicke waren ihr unangenehm. Sie ließ ihre Augen durch den Raum schweifen, und als sie niemanden entdeckte, den sie kannte, machte sie, dass sie weiterkam. Auch im nächsten Café war es so, und sie fand diese Begegnungen niederschmetternd, weil sie ahnte, dass sie einen ähnlichen Eindruck machte. Die Sorge um Hans ließ sie gehetzt und abgekämpft wirken. Auf der Straße lief sie dem Journalisten Konrad Heiden in die Arme, der eine wenig schmeichelhafte Biografie über Hitler geschrieben hatte. Sie kannte ihn aus Berlin.

»Wenn die mich kriegen, bin ich erledigt«, sagte er hastig, aber gleich darauf belebte sich sein Gesicht. »Haben Sie schon von diesem Amerikaner gehört? Er bringt Leute raus, die besonders gefährdet sind. Er hat nach mir gefragt. Ich bin gerade auf dem Weg zu ihm. Er wird mir helfen.«

Damit wollte er weiter. »Jetzt warten Sie doch. Haben Sie nicht zufällig Nachrichten von Hans? Hans Fittko?« Heiden schüttelte den Kopf. »Den habe ich schon seit Monaten nicht mehr gesehen.« Lisa sah ihm nach. Ein Amerikaner, der Leuten half? Sie dachte noch darüber nach, als ihr Lucy Lania über den Weg lief. Auch sie kannte sie aus Berlin, wo ihr Mann Leo mit Brecht zusammengearbeitet hatte. »Meine Güte, Lisa, wie siehst du denn aus?«, rief sie. Lisa sah an sich herunter. Ihre Bluse hatte sie bisher nicht waschen können, weil sie nichts mehr zum Wechseln hatte. »Ich habe nichts anderes«, sagte sie dann. Es stimmte, sie sah furchtbar aus. »Wir treffen uns morgen hier wieder. Ich habe noch ein Kleid, das ich dir geben kann.«

»Früher habe ich von euch Theaterkarten geschenkt bekommen, und jetzt sind es wohl Kleider«, sagte Lisa mit einem Seufzen.

Lisa traf noch andere Bekannte aus Berlin und Prag, die ihr erzählten, wie es sie nach Marseille verschlagen hatte und was ihre Pläne waren. Gegen Mittag des dritten Tages betrat sie ein schäbiges Café, wo an einem Tisch völlig zusammengesunken eine Frau vor einem Wasserglas saß. Lisa musste zweimal hinsehen, um zu merken, dass sie die Frau aus Gurs kannte. Sie sah so verhärmt aus, dass sie sie kaum erkannt hatte. Sie war mit ihrer Zwillingsschwester in der Nachbarbaracke gewesen. Jetzt berichtete sie, dass man ihre Schwester unter dem Verdacht der Prostitution verhaftet hatte. Sie sollte zurück nach Gurs geschickt werden.

»Und von dort geht es nach Deutschland. Dabei haben wir Schiffspassagen nach Nordafrika«, sagte sie unter Tränen. »Hier, sehen Sie, echte, gültige Schiffspassagen. Was soll ich denn nur tun? Das Schiff geht morgen, aber ich kann doch nicht allein fahren. Ich kann meine Schwester doch nicht hier zurücklassen. Ich bin doch die Einzige, die sie aus dem Gefängnis holen kann. Aber das Schiff geht morgen, und bis dahin schaffe ich das niemals.« Sie schluchzte verzweifelt auf.

Lisa hätte gern ein Wort des Trostes für sie gehabt, aber was sollte sie denn sagen? Sie lebten doch alle auf einem Pulverfass, nein, es fühlte sich eher an wie in einem absurden Theaterstück, in dem die Menschen blinden Zufällen und Grausamkeiten ausgesetzt waren. Alle diese Menschen hatten Angst um ihr Leben. Nur, weil sie andere politische Ansichten hatten oder Juden waren. In diesem Augenblick wurde ihr Hass auf die Nazis unermesslich. Sie würde alles tun, um diese Unmenschen, die die ganze Welt in Brand steckten, zu vernichten.

»Haben Sie noch Geld? Dann bestechen Sie jemandem im Gefängnis.« Mühsam erhob sie sich vom Tisch, nickte der Frau zu und verließ das Lokal. Draußen wandte sie sich in Richtung des Hafens und ging rasch am Kai entlang. Sie konnte nicht mehr. Sie hatte jeden gefragt, den sie kannte. Sie hatte viele Leute wiedergetroffen, die sie lange nicht gesehen hatte. Nur Hans war nicht unter ihnen. Sie hatte das Gefühl, dass beinahe jeder Emigrant, der noch lebte, hier in Marseille war. Bis auf Hans.

Die Unsicherheit und Angst trieben sie zur Verzweiflung. Es war hoffnungslos. Er antwortete nicht mehr auf die Nachrichten, die sie nach Montauban schickte. Wahrscheinlich war er nicht mehr dort. Die Verbindung zu ihm war abgerissen. Wie sollte sie ihn wiederfinden? Was zum Teufel war passiert?

Sie lief unter der Stahlkonstruktion der Hafenbrücke hindurch und gelangte zu dem alten Fort. Ein kleiner Anstieg, dann sah sie endlich das Meer vor sich und merkte, dass es sie schon die ganze Zeit angezogen hatte. Sie lief schneller und überquerte eine Straße. Hier standen nur noch vereinzelt Häuser. Flüchtig nahm sie den Geruch von Thymian wahr. Als sie sich dessen bewusst wurde, blieb sie stehen und suchte nach der Quelle des Dufts. Die Pflanze wuchs tatsächlich am Straßenrand. Lisa bückte sich und pflückte einen Zweig. Was für einen

Trost ein solch dürrer Ast schenken konnte! Nach dem Gestank in den engen Straßen von Marseille und in ihrem Absteigezimmer kam ihr dies wie das Paradies vor. Zwischen ihr und dem Meer lag jetzt nur noch ein Streifen Sand. Atemlos blieb Lisa am Wasser stehen und sog gierig die Luft ein. Hier war es endlich still, keine Klagen, keine Fragen, keine Geschichten von Tod und Leid, nur das Geräusch der Wellen, die leise ans Ufer schwappten und die das alles nichts anging. Sie wandte sich nach links und ging am Ufer entlang, die Stadt in ihrem Rücken. Sie fand eine Mulde, setzte sich in den Sand und blickte zum Horizont. Ein Fischerboot kam vom Fang zurück und fuhr auf die Hafeneinfahrt zu. In der Ferne blendete der Turm des Chateau d'If sie mit seinen hellen Kalksteinen.

Lisa sah sich um. Niemand außer ihr war hier. Rasch zog sie sich bis auf die Unterwäsche aus. Das Wasser umfing und trug sie. Sie legte sich auf den Rücken und ließ sich treiben. Verwundert stellte sie fest, dass das leise Schaukeln sie ihren Hunger vergessen ließ. Sie blieb im Wasser, bis ihr kalt wurde, dann schwamm sie zurück, zog sich wieder an und legte sich in den Sand. Für einen Moment wollte sie nichts mehr denken, nichts mehr hören, nur noch das Meer … Einfach nur hier sitzen und sich ausruhen, die Sonne spüren, die sie langsam wieder aufwärmte.

Sie schloss die Augen und sah Hans' Gesicht vor sich. Wo mochte er gerade sein? Sie erinnerte sich, wie es war, wenn er leicht mit seiner Hand über ihre Wange strich, ganz sacht und zärtlich, so dass die winzigen Härchen sich aufrichteten und ihr einen Schauer verursachten. Und dann sagte er ihren Namen.

»Lisa. Lisa, ich bin es. Wach auf.«

Lisa wollte nicht aufwachen, sie wollte noch für einen Moment seine Nähe spüren.

»Lisa, ich bin es. Hans.«

Mit einem Ruck öffnete sie die Augen.

»Lisa. Du Schlafmütze.«

Sie starrte ihn an, das konnte doch nicht wahr sein. Hans saß neben ihr im Sand und lächelte sie an.

Sie brachte kein Wort heraus. Sie weigerte sich immer noch zu verstehen, dass Hans tatsächlich da war, und dass seine Hand ihre Wange streichelte. Er war mager geworden, die Nase ragte spitz aus dem Gesicht, die Ohren wirkten größer als sonst. Aber seine Lippen waren so voll und sinnlich wie immer.

»Wo kommst du her?«, flüsterte sie schließlich und legte die Hand über die Augen, um ihn gegen das Licht besser sehen zu können.

Er lächelte. »Endlich bist du richtig wach. Du hast tief geschlafen. Jeder hätte dich bestehlen können.«

»Ich besitze nichts, was man mir stehlen könnte. Ich habe geglaubt zu träumen. Ich wollte gar nicht wach werden, weil ich nicht wollte, dass du wieder verschwindest.« Endlich schlang sie die Arme um ihn, und er drückte sie an sich. Dann küssten sie sich.

»Wo warst du? Ich habe in Toulouse stundenlang auf dich gewartet. Fast wäre ich verhaftet worden.« Bei der Erinnerung stieg der Ärger wieder in ihr auf. Sie machte sich los.

»Ich musste zwei Tage auf meine Demobilisierung warten. Wir waren mindestens tausend Männer, und sie sind nach dem Alphabet vorgegangen. Sei froh, dass ich Fittko heiße und nicht Schmidt. Aber dafür habe ich jetzt gültige Papiere, die uns schützen werden. Außerdem tausend Francs – und einen Regenmantel. Weiß der Teufel, was wir in dieser Hitze damit anfangen sollen. Ich bin schon seit gestern in Marseille und suche dich. Ich war in jedem Café und habe nach dir gefragt. Lisa, ich habe nicht mal geschlafen!«

»Aber wie hast du mich ausgerechnet hier gefunden?«

Hans lachte. »Lucy Lania hat dich gesehen, als du in Richtung Meer gegangen bist. Es war pures Glück, dass ich dich gefunden habe. Großes Glück.«

Er nahm sie wieder in seine Arme, und Lisa schloss die Augen und lehnte sich an ihn. Sie atmete seinen Duft und ließ ihre Hände über seinen mageren Rücken wandern.

Als sie ihm über das Haar strich, merkte sie, dass er eingeschlafen war.

KAPITEL 17

Hans schlief fast zwei Stunden. Er hatte seinen Kopf in ihren Schoß gelegt, und Lisa saß die ganze Zeit einfach nur da, strich ihm über das Haar und sah auf das Meer hinaus. Er ist wieder da, dachte sie die ganze Zeit. Er ist wieder bei mir. Mehr brauche ich nicht. Kann es nicht einfach so bleiben? Dass wir hier gemeinsam sitzen, nah beieinander?

Sie genoss den Augenblick, bis Hans aufwachte. Er streckte sich, stand auf und zog sie hoch. Er nahm sie in die Arme und eng umschlungen machten sie sich auf den Rückweg in die Stadt. Sie sprachen nicht viel, noch nicht. Beide hatten den Wunsch, die Normalität eines harmlosen Spaziergangs unter Verliebten so lange wie möglich dauern zu lassen. Hans schien zu spüren, wie wichtig Lisa das war, und sie war ihm dankbar dafür.

»Warte«, sagte er, sah sich um und sprang über einen Zaun in einen Garten, wo ein paar Männersachen auf einer Leine hingen. Blitzschnell zog er seine Uniformjacke aus, hängte sie über die Leine und nahm sich ein Hemd. »So ist es besser, nicht wahr?«, sagte er, als er wieder neben ihr war.

Vor der Absteige räusperte Lisa sich. »Ich wohne hier mit Paulette, der Tochter von Walter Oettinghaus. Wir sind zusammen nach Gurs gekommen. Ohne sie wäre es viel schwieriger gewesen.«

Hans reichte Paulette die Hand. »Ich kenne deinen Mann, Karl. Und deinen Vater natürlich auch.«

Natürlich kennt er sie, dachte Lisa. Hans kannte alle.

»Ich überlasse euch das Bett für heute Nacht«, sagte Paulette.

»Aber nein, wo willst du denn hin?«, fragte Lisa.

»Ich übernachte unten in der Concierge-Loge. Das steht ein schöner bequemer Sessel. Du hast doch selbst gesagt, dass die Zeiten für Liebespaare schlecht sind. Und du hättest dasselbe für mich getan.«

»Ich danke dir«, sagte Lisa und umarmte ihre Freundin.

Dann war sie mit Hans allein. Zum ersten Mal seit vielen Monaten. In dem winzigen Zimmer gab es nur das kleine Bett, auf das sich setzen konnten. Hans wusch sich in der Waschschüssel, und Lisa sah, wie dünn er geworden war.

Dabei erzählten sie sich, wie es ihnen in der Zeit ihrer Trennung ergangen war. Lisa bemerkte, dass ihm ein Zahn fehlte. Im Lager hatte es glücklicherweise einen Zahnarzt gegeben, der ihn gezogen hatte, weil er faul war. Hans war, wie Lisa es vermutet hatte, geflohen. Er war tatsächlich im Lager Vernuche bei Nevers interniert gewesen, der Mann, der Lisa das vor ein paar Tagen berichtet hatte, hatte also die Wahrheit gesagt. Es war ein sehr kleines Lager, nur dreihundert Männer, die Verhältnisse waren einigermaßen erträglich gewesen. Mit ihm war Walter Benjamin dort inhaftiert, außerdem die Schriftsteller Hans Sahl und Hermann Kesten.

»Deinen Eltern geht es gut, sie sind noch in Paris und haben bisher keine Schwierigkeiten. Ich konnte mit ihnen telefonieren.« Hans drehte sich zu ihr herum und rubbelte sein Haar und den Oberkörper trocken.

»Du hast mit ihnen gesprochen?« Lisa kamen vor Erleichterung die Tränen. Sie sah ihren Vater vor sich, wie er am Telefon stand, das in der benachbarten Bäckerei hing, und mit Hans telefonierte, wobei er sich jedes zweite Wort wiederholen ließ, während ihre Mutter ihn am Ärmel zupfte und voller Ungeduld tausend Fragen stellte. Sie selbst hatte nach ihrer Ankunft in Marseille an die Pariser Adresse geschrieben, wo sie bis Mai alle zusammen gewohnt hatten, aber noch keine Antwort erhalten.

Hans nickte. »Es war reiner Zufall. Da war ein Telefon, und ich dachte, ich probiere es einfach. Ich habe morgens um acht angerufen, weil ich weiß, dass sie da immer ihr Brot holen.«

Lisa sah ihn liebevoll an. Dass er an ihre Eltern gedacht hatte! Aber so war er eben. Er dachte immer an alle anderen zuerst.

»Trotzdem müssen sie so schnell wie möglich raus aus Paris und in die freie Zone. Wir kümmern uns darum. Aber erst morgen«, sagte er. Er hängte das Handtuch wieder an den Haken, kam auf sie zu und nahm sie in die Arme.

Lisa ließ sich in seine Umarmung fallen. In dieser Nacht wollte sie alle Sorgen vergessen und nur noch eine Frau sein, seine Frau. In der Nacht wachte sie auf und fühlte seinen Körper an ihrem Rücken und seinen Arm um ihren Leib geschlungen. Sie schmiegte sich noch enger an ihn. So fühlt sich Geborgenheit an, dachte sie.

★ ★ ★

Am nächsten Morgen klopfte die Concierge viel zu früh an ihre Tür.

»Sie müssen das Zimmer räumen«, sagte sie. »Sie können heute Abend auch nicht wiederkommen, ich habe es anderweitig vermietet. Außerdem haben Sie Ihren Mann nicht angemeldet.«

Lisa wollte protestieren, aber Hans besänftigte sie. »Als ehemaliger Soldat habe ich Anrecht auf einen Platz in einer Flüchtlingsunterkunft. Da ist es vielleicht auch sauberer«, fügte er mit einem Blick auf die Patronne hinzu.

Lisa packte ihre Sachen zusammen und gemeinsam mit Paulette, die ebenfalls kein Dach mehr über dem Kopf hatte, setzten sie sich in ein Café an der Canebière.

Lisa war immer bereit, die schönen Momente zu genießen, wenn sie sich boten. Und hier neben Hans und ihrer Freundin auf einer Caféterrasse in Marseille mit Blick auf das bunte Hafenleben zu sitzen, war so ein Moment. Sie nippte an ihrem Kaffee, der wunderbar schmeckte, fast wie zu Friedenszeiten, und nahm einen Bissen ihres Croissants, das ihr auf der Zunge zerging. Wann hatte sie zum letzten Mal etwas so Köstliches gegessen? Sie drückte Hans' Hand und lächelte ihn an. Jetzt wird alles viel leichter werden, dachte sie. Das Blau des Wassers glitzerte so stark, dass sie die Augen zusammenkneifen musste. Ihr kam es vor, als würde sie die Linse eines Fotoapparates scharf stellen, um die Schönheit um sie herum besser sehen zu können.

Ein älteres Paar schob sich in ihr Blickfeld. Die Frau trug ein unmodernes Kostüm, das einmal teuer gewesen sein musste, der Anzug des Mannes schlackerte, die Hose war mit hässlichen Hosenträgern befestigt, sonst wäre sie ihm vom Körper gerutscht.

»Herr Fittko, na so eine Freude, Sie hier zu sehen!« Der Mann breitete die Arme aus und segelte auf ihren Tisch zu, als würden sie vor dem Romanischen Café in Berlin sitzen. Seine Frau folgte ihm etwas widerstrebend.

»Wer ist das?«, fragte Paulette leise.

»Keine Ahnung«, sagte Lisa.

Hans erhob sich zögernd. »Herr Dr. Manstein. Ich freue mich auch.«

Die beiden blieben voreinander stehen und schüttelten sich die Hände. Der Mann starrte gierig auf die angebissenen Croissants auf ihren Tellern.

»Wollen Sie sich nicht zu uns setzen?«, fragte Lisa, die ahnte, dass der Mann genau auf diese Einladung gewartet hatte.

»Aber gern, aber sicher. Komm, Gertrud.« Er schob seine Frau auf einen freien Stuhl und setzte sich ebenfalls.

»Na, Herr Fittko, wie stehen die Geschäfte?«, fragte er und rieb sich die Hände.

Der Kellner kam an ihren Tisch, um die Bestellung aufzunehmen. Lisa bemerkte den nervösen Blick der Frau.

»Bitte bringen Sie noch zwei Croissants und zwei Kaffee. Sie sind doch unsere Gäste?« Hans war ihr zuvorgekommen, und Lisa warf ihm einen dankbaren Blick zu. Es war ihnen beiden klar, dass die Mansteins halb am Verhungern waren.

Während Manstein sein Gebäck herunterschlang, berichtete er lautstark von einem Schiff, das nächste Woche nach Amerika abfahren sollte. Sein Bruder lebte in Amerika und bezahlte die Passagen für ihn und seine Frau. »Er war schlauer als ich, das muss ich zugeben. Er ist schon 1934 gegangen, als es noch möglich war.«

»Haben Sie denn gültige Papiere?«, fragte Hans.

Er nickte eifrig. »Wir sind 37 nach Prag gegangen. Der tschechische Konsul stellt uns Papiere aus, weil die Nazis uns ausgebürgert haben. Ich kenne ihn gut!«, rief er. »Ein netter Mann. Und hilfsbereit.«

An den umliegenden Tischen wurde man aufmerksam auf ihn, und seine Frau stupste ihn an. »Eduard, das sollten wir doch nicht weitersagen«, mahnte sie ihn.

»Ach was. Hans Fittko ist mein Freund, und er hat uns zu einem Kaffee eingeladen. Da kann ich ihm doch helfen!«

»Aber doch nicht so laut! Wenn sich die Nachricht verbreitet, werden die Leute den Konsul überrennen. Und dann ist der Fluchtweg verbrannt.«

Lisa sah, dass ein Mann am Nebentisch aufstand und eilig das Café verließ. Er würde schnurstracks zum tschechischen Konsulat gehen und versuchen, ebenfalls Papiere zu bekommen. Ein Paar an einem anderen Tisch folgte ihm.

»Aber man darf so etwas ja auch nicht für sich behalten«, gab

Lisa zu bedenken. »Wir sitzen doch alle im selben Boot. Wir sind alle in Gefahr.«

Frau Manstein hatte ihr Croissant inzwischen aufgegessen. Sie tranken ihren Kaffee aus, dann erhoben sie sich.

»Auf Wiedersehen in New York«, sagte Manstein.

Lisa blickte ihnen nach. Gerade eben hatte sie sich noch wie auf einer Urlaubsreise gefühlt. Jetzt sah auch sie wieder die anderen Flüchtlinge, die am Hafen entlangliefen, auf der Suche nach einem Ausweg, einem Schiff, einer Information oder einfach nur einem Bekannten, der ihnen einen Kaffee spendierte. So bin ich auch in den letzten Tagen durch die Stadt geirrt, dachte sie.

»Da drüben ist Polizei«, sagte Hans leise zu ihr und wies auf zwei Männer in den dunklen Anzügen, die auf der anderen Straßenseite standen und angestrengt herübersahen. »Das sind Deutsche. Gestapo.«

»Hier sind sie auch schon?«, fragte Lisa erschrocken. Jetzt bemerkte sie auch die Hakenkreuznadeln, die an den Revers prangten.

»Ich habe gehört, dass sie den Franzosen Namen nennen, und die verhaften die Personen dann. So weit ist es schon gekommen, sogar in der freien Zone sind sie ihre Erfüllungsgehilfen«, schnaubte Paulette.

»Genau wie im Lager«, sagte Lisa. »Sie sind uns auf den Fersen. Wahrscheinlich sind sie wütend, weil so viele aus den Lagern entkommen sind. Wart's ab: In ein paar Wochen haben sie alles durchorganisiert und die Miliz instruiert. Dann wird es hier ungemütlich.«

»Hier ist es immerhin besser als in Paris oder sonstwo in der besetzten Zone«, gab Paulette zu bedenken.

Hans schnaubte. »Fragt sich, wie lange noch. Wir müssen unbedingt weg, aus Marseille und am besten aus Frankreich.« Dabei ließ er die Gestapobeamten nicht aus den Augen, die langsam über die Straße kamen und die Gäste ins Visier nahmen. Viele senkten ängstlich den Blick.

»Vielleicht versuchen sie deshalb mit allen Mitteln, Feuchtwanger außer Landes zu bringen. Sein Gesicht ist so bekannt, jedes Kind kennt ihn«, sagte Paulette wie zu sich selbst. »Wenn er hier gesessen hätte …«

»Aber wo sollen wir denn hin?«

»Das ist mir ganz egal. Hauptsache weg von hier. Und wenn es vorerst nur auf dem Land ist. Hier wimmelt es nur so von Geheimpolizei.« Hans war fest entschlossen. Er hatte gleich am ersten Tag gesagt, dass er Marseille für viel zu gefährlich hielt. Auf dem Land wären sie sicherer.

Wie zur Bestätigung fuhr in diesem Augenblick ein dunkler Citroën vorüber, das bevorzugte Modell der Gestapo. Eine unmerkliche Bewegung entstand, die Menschen an den Nebentischen versteckten ihre Gesichter hinter der Zeitung oder neigten zumindest die Köpfe, auf der Straße taten sie so, als würden sie einen Namen an einem der Hauseingänge suchen, und verschwanden in einer Nebenstraße. An der nächsten Ecke hielt der Wagen plötzlich mit quietschenden Reifen an, die Wagentüren flogen auf und zwei Männer stiegen aus. Die beiden anderen Polizisten folgten ihnen. Sie liefen auf einen Mann zu, der mit dem Rücken zu ihnen stand und einen Aushang zu lesen schien. Er trug einen völlig zerschlissenen Anzug und sah aus wie ein Landstreicher. Die beiden Männer traten rechts und links neben ihn und packten ihn am Ellenbogen. Dem Mann stand die Todesangst ins Gesicht geschrieben, als die Männer ihn grob in das Auto stießen.

»Meine Güte, war das nicht Walter? Walter Mehring? Ich kenne ihn noch aus Berlin. Ich habe ihn oft auf den Bühnen des politischen Kabaretts gesehen.« Lisa sprach sehr leise, denn die Gestapomänner waren noch nicht wieder in ihr Auto gestiegen.

Sie sahen sich um, auf der Suche nach Beute, und die drei erstarrten, als sie in ihre Richtung sahen.

Hans setzte ein breites Lächeln auf, legte die Arme um Lisa und Paulette, die rechts und links von ihm saßen, und zog sie an sich. Lisa reagierte blitzschnell und fing laut an zu lachen, als hätte er gerade einen richtig guten Witz erzählt.

Endlich stiegen die Männer in den Wagen und fuhren davon.

»Entschuldigung«, sagte Hans zu Paulette, die abwinkte, und ließ sie beide wieder los. Sie saßen wieder da wie vorher, als sei nichts geschehen. Aber der Schreck steckte ihnen in den Knochen. Jeden konnte er jederzeit erwischen.

»Aber ich gehe nicht ohne meine Eltern«, sagte Lisa. »Wenn ich mir vorstelle, dass sie Papa eines Tages in so ein Auto verfrachten …«

Hans nickte beruhigend. »Lass uns überlegen, was für Möglichkeiten wir haben. Zumindest haben wir fürs Erste Geld.«

»Und einen Regenmantel, der so groß ist wie ein Zelt«, sagte Lisa mit einem zaghaften Lachen.

»Wenn wir es nach Portugal schaffen könnten, wären wir vorerst in Sicherheit. Portugal ist neutral. Und von dort gehen Schiffe nach Amerika.«

»Dafür brauchen wir ein Transitvisum für Spanien …«, gab Lisa zu bedenken. »Und ein Ausreisevisum aus Frankreich, das die Franzosen uns wohl kaum geben werden. Die müssen uns ja an Deutschland ausliefern.«

»Nach Portugal kommt man nur, wenn man ein Visum und eine bezahlte Schiffspassage vorweisen kann. Die Portugiesen wollen sichergehen, dass man nicht einfach bleibt«, warf Paulette ein.

»Und eine Schiffspassage bekommt man wiederum nur, wenn man ein Einreisevisum für ein Land hat.«

»Amerika wäre schön … Da wollte ich schon immer mal hin.«

»Herr Manstein hat doch eben gesagt, dass der tschechische Konsul Pässe ausstellt. Ich gehe morgen früh hin und sehe, ob wir welche bekommen«, sagte Hans. »Immerhin haben wir mal in Prag gelebt …«

»… und sie haben dich ausgewiesen, vergiss das nicht«, warf Lisa ein.

»Aber jetzt haben sich die politischen Linien verschoben. Prag ist auch von den Deutschen besetzt. Ich werde Pfemfert fragen, der ist ein Freund des Konsuls. Ich schicke ihm gleich ein Telegramm nach Perpignan.«

KAPITEL 18

Weil die Patronne des Stundenhotels sie hinausgeworfen hatte, brauchten sie eine neue Unterkunft. Hans hatte von einer zur Flüchtlingsunterkunft umfunktionierten Schule im Viertel Belle de Mai, in der Nähe des Bahnhofs, gehört. Direkt daneben lag eine Zigarettenfabrik. Bei Schichtwechsel strömten die Arbeiter an der Schule vorbei, und es roch Tag und Nacht nach Tabak, was ihre Lust auf Zigaretten befeuerte. In den ehemaligen Klassenzimmern hatten die Behörden Stroh auf den Boden geschüttet, zweimal täglich verteilten Freiwillige etwas zu essen. Zu Lisas großem Glück keine Kichererbsen, aber gut und nahrhaft war das Essen nicht gerade. Meistens war es etwas mit Tomaten, und sie bekamen Bauchweh und Durchfälle davon. Hier lebten viele Menschen, es war laut und häufig gab es Streit, aber trotz allem war das Leben einfacher. Hier waren sie nicht eingesperrt, sie konnten sich in der Stadt bewegen und sich um Papiere, Visa und Geld bemühen.

Lisa ging täglich auf das Postamt. Sie hatte noch einmal nach Montauban an ihren Bruder geschrieben, um ihm zu sagen, wo sie waren. Nach zwei Tagen stand Hans mit seiner Frau Eva und der kleinen Titi auf einmal vor ihr. Lisa war überglücklich, zumindest einen Teil ihrer Familie wiedergefunden zu haben. Ihr Bruder Hans war in einem Lager in der Nähe von Bordeaux gewesen. Als die Deutschen sich mit ihren Panzern von allen Seiten näherten, hatte der Kommandant die Tore geöffnet und den Insassen zugerufen: »*Sauve qui peut*. Rette sich, wer kann.«

Er hatte eine Kopfwunde von einem Sturz gehabt und deshalb hatten ihn französische Soldaten in einem Lastwagen mitgenommen.

»Und dann hat er uns in Montauban abgeholt«, sagte Eva.

Als die kleine Catherine, die Titi genannt wurde, ihre Tante Lisa nach Monaten wiedersah, rannte sie voller Freude auf sie zu und fragte sie, ob sie wie früher Schokolade für sie hätte. Lisa war gerührt, weil Titi sie wiedererkannt hatte. Die Kleine brachte so viel Freude in ihr Leben. Sie war fröhlich und zufrieden. Ihre Mutter Eva litt am meisten unter der mangelnden Hygiene und Privatsphäre. Sie bewohnten alle zusammen eine Ecke eines Raumes. »Es ist doch nur für ein paar Tage«, versuchte Lisa ihre Schwägerin zu trösten. Aber sie wunderte sich, wie sehr sie selbst sich an diese Lebensumstände gewöhnt hatte.

Franz Pfemfert kam nach Marseille und sie trafen sich.

»Ihr habt Anja geholfen, jetzt helfe ich euch«, sagte er, während sie auf der Terrasse eines Cafés saßen. »Der tschechische Konsul ist mein Freund. Er hat mir zugesagt, dass ich einen Pass bekomme. Ich gehe morgen früh zu ihm, vielleicht kommt ihr einfach mit?«

»Man hört ständig von irgendwelchen Konsuln, die Pässe und Visa verkaufen, die aber nicht mal das Papier wert sind«, gab Hans zu bedenken.

Aber Lisa war dafür. »Versuchen können wir es doch.«

Als sie am nächsten Morgen zum tschechischen Konsulat kamen, standen schon ein paar andere Emigranten davor und warteten. Es hatte sich also schon herumgesprochen. Nichts blieb in Marseille lange geheim. Und die Dinge, die man unter dem Siegel der größten Verschwiegenheit erzählt bekam, verbreiteten sich am schnellsten.

Der Konsul hieß Vladimir Vochoc und war zuvorkommend und hilfsbereit.

»Sie wissen, dass ich Vertreter eines nicht länger existierenden Staates bin«, sagte er und lächelte dann. »Aber ich darf noch Pässe ausstellen, und es wird mir ein Vergnügen sein, Ihnen zu helfen.« Damit zog er einige Blankopässe in einem blassen Rot aus der Schublade und setzte ihre Namen und Geburtsdaten ein. Dann kam wie immer das Wichtigste: der Stempel. Lisa spürte ein Kribbeln der Erleichterung, als er ihn auf das Papier drückte. Morgen mussten unbedingt ihr Bruder mit seiner Familie und Paulette herkommen.

»Jetzt brauchen wir Schiffspassagen«, sagte Hans unternehmungslustig, als sie wieder auf der Straße standen.

Die verkaufte ausgerechnet ein Angestellter des altehrwürdigen Reisebüros Cook. Sie waren gefälscht, aber das machte nichts. Sie dienten ja auch vorerst nur als Mittel, um die Transitvisa zu bekommen, die sie für die Durchreise durch Spanien und Portugal benötigten.

»Das Wichtigste ist, heil aus Frankreich herauszukommen. Dann werden wir weitersehen«, wiederholte Hans.

In den folgenden Tagen tat Lisa, was sie auch in den ersten Tag in Marseille getan hatte. Sie lief kilometerweit durch die Stadt, auf der Suche nach Informationen, nach Geld, nach der Möglichkeit, an ein Visum zu gelangen … Die anderen taten dasselbe. Abends trafen sie sich wieder und tauschten sich aus.

»Ich habe gehört, auf dem chinesischen Konsulat gibt es Visa für China zu kaufen«, berichtete Lisa. »Ich habe sogar jemanden getroffen, der eines hat. Es sah echt aus.«

»Dann stellst du dich morgen an und versuchst eines zu bekommen«, sagte Hans.

Zwölf Stunden stand Lisa an, dann saß sie auf einem viel zu kleinen Stuhl vor einem Beamten, mit dem sie sich nicht verständigen konnte. Aber am Ende hatte sie tatsächlich für hundert Francs ein Visum ergattert. In Belle de Mai gab es jemanden, der Chinesisch sprach. Als Lisa es ihm zeigte, lachte er wiehernd. Das Visum besagte, dass der Inhaber *auf keinen Fall China betreten durfte*. Sie nahmen den Betrug mit Humor. »Ich will sowieso nicht nach China«, sagte sie schulterzuckend. Nur um das Geld tat es ihnen leid.

Das Transitvisum für Portugal kostete sie eine Nacht Anstehen, das für Spanien drei Nächte. Das Wetter war auf einmal herbstlich geworden und es regnete wie aus Kübeln. Der Mistral pfiff ihnen die Knochen aus dem Leib. Hans und Lisa drängten sich unter dem übergroßen Regenmantel aneinander, von dem sie niemals gedacht hätten, dass er ihnen einmal gute Dienste leisten würde. Er schützte sie aber nur mangelhaft gegen die Kälte. Außerdem bohrte der Hunger in Lisas Eingeweiden. Diese Menschenschlangen boten Platz für Drama und Tragödie, ganz selten auch mal für einen Glücksmoment. Lisa erfuhr hier von einer Frau, die mit ihr aus Gurs geflohen war, dass die Zwillinge es tatsächlich auf ihr Schiff geschafft hatten. Die Schwester war zu dem Gefängnis gegangen und hatte behauptet, sie sei die Prostituierte und nicht ihre Schwester, und weil sie sich wie ein Haar dem anderen glichen, konnte der völlig überforderte Beamte sie nicht auseinanderhalten. Die beiden hatten einen derartigen Tumult veranstaltet, dass er sie hatte gehen lassen.

Als sie am Morgen völlig verfroren wieder in Belle de Mai ankam, war Paulette nicht da.

»Sie haben sie verhaftet«, sagte Eva aufgeregt. »Ich habe es gesehen, aber ich konnte nichts für sie tun.«

Lisa machte auf dem Absatz kehrt, obwohl ihre Kleidung klatschnass war. Paulette verhaftet? Das durfte nicht sein. Sie hatten doch fast alle Papiere zusammen! Sie lief in der Stadt umher und erfuhr, dass man sie ins Hotel *Bompard* verfrachtet hatte, einem Gefängnis für Frauen und Kinder, die bereits ein Visum für ein Drittland hatten und auf ihr Schiff warteten. Aber es wurden auch kriminelle Frauen eingesperrt und solche, denen man Prostitution vorwarf oder die einfach nur lästig waren. Lisa atmete auf, als sie das hörte. Immerhin war Paulette noch in Marseille und nicht schon auf dem Weg nach Deutschland.

»Ich muss sie da herausholen«, sagte sie zu Hans.

★ ★ ★

Dann hatten sie tatsächlich alle Papiere zusammen.

»Jetzt fehlt noch das *visa de sortie*, damit wir aus Frankreich herauskommen«, sagte Lisas Bruder an diesem Abend. Weil alle immer mit Hans Fittko und Hans Ekstein durcheinanderkamen, wurde er Hänschen genannt, was er nicht witzig fand, aber zähneknirschend über sich ergehen lassen musste.

Hänschen war Physiker, und es sah so aus, als würden er und seine Familie reguläre Visa für Amerika bekommen. Er hatte Angebote von gleich zwei amerikanischen Universitäten und Leumundsschreiben von Professoren vorzuweisen, sogenannte Affidavits.

»Die französischen Ausreisevisa werden in Vichy ausgestellt, und die Deutschen kontrollieren jedes einzelne. Daran ist überhaupt nicht zu denken«, stieß Hans wütend hervor, »jedenfalls nicht für Lisa und mich.«

Lisa starrte ihn an. Irrte sie sich, oder hatte sie tatsächlich eine Spur Verächtlichkeit in seiner Stimme gehört? War es möglich, dass Hans sich moralisch überlegen fühlte, weil er auf Hitlers Listen weiter oben stand als sein Schwager? Und das, nachdem sie doch in den letzten beiden Wochen alles geteilt und gemeinsam die Anstrengungen unternommen hatten, um alle notwendigen Papiere zusammenzubekommen? War es nicht das Allerwichtigste, dass ihr Bruder sein Leben rettete und vor allem das von Eva und Titi? Warum konnte Hans sich nicht für ihren Bruder und seine Familie freuen?

»Immerhin sind wir noch frei. Ist das jetzt auch unser Fehler?«, fragte sie scharf.

Die kleine Titi patschte mit ihren dicken Händen auf ihren nackten Unterarm und wollte ihre Aufmerksamkeit. Lisa riss sich zusammen, machte dicke Backen und pustete sie an, Titi quietschte vor Vergnügen. »*Encore*«, rief sie, »noch mal!«

Lisa fuhr sich mit der Hand über die Augen. Sie sah die Menschen an, die ihre Familie waren. Und plötzlich spürte sie bitteren Neid. Ihr Bruder hatte einen Beruf, der ihm Türen öffnete. Und er war verheiratet und hatte eine Tochter. Lisa roch das leicht verschwitzte Haar ihrer Nichte, die sich an sie schmiegte. Sie wusste noch ganz genau, wie euphorisch sie gewesen war, als Eva ihr von ihrer Schwangerschaft erzählt hatte. Das hatte für sie so logisch geklungen, so einfach, so schön. Sie war zu Hans gegangen und hatte ihm gesagt, dass sie auch ein Kind wollte. Er hatte sie brüsk zurückgewiesen.

»Es gibt Wichtigeres, solange Hitler an der Macht ist. Die Zeiten sind zu unsicher für ein Kind. Hast du mal darüber nachgedacht, dass wir ein Kind in Gefahr bringen würden? Es wäre nicht das erste Mal, dass die Nazis Widerständler mit ihren Kindern erpressen. Willst du dich der Situation aussetzen, in einem Folterkeller zu sitzen und nebenan wird dein Kind geschlagen, damit du jemanden verrätst?«

Lisa war leichenblass geworden, als er das sagte. Wie kalt er war! Ohne zu zögern, hatte er gerade jede Aussicht auf ein ganz normales Leben, auf eine Zukunft als Mutter zerstört. »Aber andere haben auch Kinder.«

»Ich nicht!« Er sah sie an. »Das muss doch nicht heißen, dass wir später, wenn Hitler besiegt ist, keine Kinder haben können. Hab Geduld, Lisa. Jetzt ist etwas anderes viel wichtiger.«

Und dann sagte er noch: »Nur nicht drängeln!« Das sagte er oft, wenn Lisa ihn um etwas bat, und sie hasste diese Worte inzwischen.

Diese Unterredung vor drei Jahren hatte ihren Gefühlen zu Hans einen Riss versetzt. Sie hatte sich sogar gefragt, ob sie sich von ihm trennen sollte, weil es sie so gekränkt hatte, dass er ihre Wünsche einfach zur Seite wischte. Als die erste Wut verraucht war, hatte sie sich gefragt, ob er vielleicht doch recht hatte. Die Vorstellung, sie hätte in Gurs ein Kind bei sich gehabt, jagte ihr Angstschauer über den Rücken. Mit der Zeit war die Kränkung in den Hintergrund getreten. Sie hatte viele Gelegenheiten gehabt, Hans für seinen Mut und die Kraft seiner politischen Überzeugung zu bewundern. Er verzichtete selbst auf vieles, um anderen aus der Gefahr zu helfen. Er setzte ständig sein Leben aufs Spiel. Sie selbst hatte das ja auch getan, im Sommer 1933 in Berlin und später in Prag und Basel. Sie hatte das berauschende Gefühl kennengelernt, wenn eine Aktion gut ausgegangen war, wenn sie Papiere an einen Kurier übergeben oder die Druckmaschine bedient hatte, obwohl die viel zu laut war und sie jeden Moment fürchten mussten, entdeckt zu werden. Sie kannte das gute Gefühl, auf der richtigen Seite zu stehen, sich nicht korrumpieren zu lassen. Am Anfang war sie sogar bereit gewesen, für ihre Überzeugungen ins Gefängnis zu gehen oder schlimmer. Am Anfang hatte es keine Zweifel gegeben. Aber jetzt? Hitler siegte überall, immer mehr Menschen und Länder fielen unter seine Kontrolle, seine Gegner wurden immer mehr in die Ecke getrieben und drängten sich jetzt in Marseille, einem Mauseloch, vor dem der Kater wachte und jeden schnappte, der sich hervorwagte.

Wie sehr sehnte sie sich nach einem ganz normalen Leben, nach alltäglichen Dingen wie einem Spaziergang, einem Kinobesuch, einem Kaffeeklatsch am Sonntagnachmittag. Wie schön war der Moment mit Hans am Meer gewesen. Oder als sie im Café gesessen und Croissants gegessen hatten. Ganz zu schweigen von einem Zimmer, das nur ihr gehörte, und ausreichend zu essen. Ein Leben ohne Gefahr, in dem sie die Dinge tun konnte, auf die sie Lust hatte, ohne sich ständig umzusehen und die Angst im Nacken zu spüren. Sie wollte einfach ihren Namen sagen können, ohne darüber nachzudenken, mit welchen Papieren sie gerade unterwegs war. Sie wollte laut sein, auffallen, auch der Polizei, weil die sie nicht verhaften und ausweisen konnte. Sie wollte eine Familie. Sie stieß einen tiefen Seufzer aus, und die anderen sahen sie an.

»Lisa? Was ist denn los?«, fragte Eva und nahm ihr Titi ab, die weinend die Arme nach ihr ausstreckte. Offenbar hatte sie ihre Nichte zu sehr an sich gedrückt.

»Tut mir leid«, sagte Lisa leise. »Ich freue mich für euch, dass ihr bald in Amerika in Sicherheit seid.« Dabei warf sie Hans einen Blick zu.

»Und wir werden das auch schaffen. Wir müssen nur einen Weg aus Frankreich heraus finden, ohne dass die Polizei uns entdeckt«, sagte Hans, der von ihren Nöten nicht die geringste Ahnung zu haben schien. »Am besten wäre es, wenn einer an die Grenze fahren würde. Dort muss es doch alte Schmugglerpfade geben. Wenn wir einen Weg finden, können den später auch andere nehmen, wenn wir weg sind. Schade, dass Paulette im Knast sitzt, sie hätte das bestimmt hinbekommen und den Mut dafür gehabt.«

Schon während Hans sprach, sah Lisa sich allein durch die Berge wandern und eine Route auskundschaften. Sie würde aus der Enge von Belle de Mai herauskommen, sie würde Abstand von Hans gewinnen. Das erschien ihr gerade sehr wichtig. Und was hatte er eben gesagt? Dass er Paulette mutig fand. Und sie nicht? Nach all dem, was sie für die Sache riskiert hatte? Und was wäre, wenn Paulette tatsächlich gehen würde und sie würde geschnappt?

Plötzlich wusste sie, was sie zu tun hatte. »Ich werde fahren. Ich habe Erfahrung, wie man sich an der Grenze verhält, ich kann mich gut im Gelände orientieren und ich war als Kind oft mit meinem Vater in den Bergen und weiß, was mich erwartet. Und außerdem bin ich als Frau weniger verdächtig.«

Hans wollte aufbegehren, aber sie brachte ihn mit einer Geste zum Verstummen. Ihre Entscheidung war unumstößlich. Sie würde diesen Weg über die Pyrenäen finden. Als sie darüber nachdachte, fühlte sich das gut an. Das bekannte Kribbeln setzte ein, wie vor ein paar Wochen, als sie die Flucht aus Gurs geplant hatte. Es tat so gut, etwas zu tun, den Nazis etwas entgegenzusetzen.

Als sie später allein waren, nahm Hans sie in die Arme und barg ihren Kopf an seiner Schulter: »Du bist die mutigste von allen, Lisa. Das warst du schon immer. Aber ich wollte dir das nicht zumuten. Immerhin haben wir uns gerade erst wiedergefunden.«

Lisa sah ihn an. Sie wusste, was er meinte. Jede Trennung konnte eine Trennung für immer sein. Jeder von ihnen konnte verhaftet, interniert, nach Deutschland verschleppt werden, jederzeit.

»Ich gehe an die Grenze. Eine muss es tun.«

KAPITEL 19

Das Gespräch mit Franz und Alma Werfel gab Varian Fry eine Ahnung davon, wie seine Arbeit hier verlaufen und mit welchen Schwierigkeiten er zu kämpfen haben würde. Bis er zu ihnen vorgelassen wurde, musste er eine geraume Weile im Foyer des Hotels an der Canebière warten. Als man ihn dann endlich die pompöse Treppe hinaufsteigen ließ und er an die Tür klopfte, war Alma Mahler-Werfel ungehalten.

»Meine Schwägerin hat mich informiert, dass Sie kommen würden. Wir haben schon früher mit Ihnen gerechnet.« In ihren Worten schwang eine Spur Vorwurf mit. Varian folgte ihr durch einen kleinen Flur in den Salon der Suite. Alma Mahler musste an die sechzig sein und war füllig geworden, aber dass man sie früher das schönste Mädchen von Wien genannte hatte, leuchtete ihm ein. Besonders ihr Haar, das zu einem kostbaren Turm gebunden auf ihrem Kopf saß, beeindruckte ihn. Und ihre selbstbewusste Eleganz und die perfekten Umgangsformen.

»Das ist Franz Werfel.«

Er reichte dem wachsbleichen Werfel die Hand und setzte sich.

Alma blieb an einem kleinen Tisch stehen. »Ein Gläschen Benedictiner?«

Aus Höflichkeit und um das Eis zu brechen, ließ Fry sich ein Glas geben, obwohl er noch nicht zu Mittag gegessen hatte.

»Was können wir für Sie tun?«, fragte sie und nahm ihm gegenüber Platz.

Fry verkniff sich eine Bemerkung. Was sie für ihn tun konnten? »Nun, ich bin Vertreter eines amerikanischen Komitees und ich möchte Sie und Ihren Mann aus Frankreich herausbringen.«

»Und wie wollen Sie das anstellen?«, fragte Alma und ihr Blick wurde misstrauisch. »Die Nazis sind hinter Franz her. Wir mussten Hals über Kopf aus Paris fliehen.«

»Es gibt mehrere Möglichkeiten. Das Beste wird sein, wenn Sie in Lissabon ein Schiff nehmen.«

»Ein Schiff? In Lissabon? Und wie sollen wir dahin kommen?« Sie nahm einen Schluck aus ihrem Glas und stellte es hart auf dem Tisch ab. Franz Werfel saß schwer atmend neben ihr in einem tiefen Sessel, und Fry fragte sich, wie dieser beleibte Mann da jemals wieder herauskommen wollte.

»Wir werden einen Weg finden.«

»Wir können ja kaum in einen Zug steigen und über die Grenze fahren.«

»Vielleicht mit einem Fischerboot …«, sagte Fry vage.

»Dieser Mann ist ein Betrüger. Ich traue ihm nicht, Franz«, sagte Alma plötzlich auf Deutsch.

»Ich verstehe ein wenig Deutsch«, sagte Fry steif und machte Anstalten aufzustehen, aber Franz Werfel bedeutete ihm mit einer Handbewegung, noch zu bleiben. Er beugte sich vor, wobei der Sessel knarzende Geräusche von sich gab, und legte seiner Frau die Hand auf den Oberschenkel. »Lass gut sein, Almschi, ich traue ihm. Bisher war uns das Glück hold. Du weißt, dass ich in Lourdes ein Gelübde abgelegt habe.« Zu Fry gewandt, fuhr er fort: »Ich habe geschworen, einen Roman über die heilige Bernadette von Lourdes zu schreiben, wenn Alma und ich heil aus Europa herauskommen. Und jetzt kommen Sie und bieten uns einen Ausweg an.« Er lehnte sich zurück und sagte: »Und wir haben auch nicht wirklich die Wahl.«

»Ich werde alles tun, was in meiner Macht steht, um Sie heil nach Amerika zu bringen«, sagte Fry. »Ich höre, dass Sie bereits im Besitz von Einreisevisa für die USA sind?«

Werfel nickte. »Aber die nützen uns nichts. Wir haben ein Ausreisevisum aus Frankreich beantragt, aber es kommt nicht.«

Alma schnaubte.

»Alma meint, wir sollen es ohne Ausreisegenehmigung versuchen, ich bin eher für Abwarten. Sie müssen uns retten, Mr Fry.« Sein österreichischer Akzent machte aus seinem Englisch eine Art Singsang. »Wir haben gehört, dass Leute bis zur spanischen Grenze gefahren sind und dann zu Fuß weiter über die Berge nach Spanien. Aber wir wissen nicht, ob sie heil in Spanien angekommen sind und was dort mit ihnen passiert ist. Vielleicht hat man sie zurückgeschickt. Außerdem sind wir alt …«

»Na, mein Lieber«, mahnte Alma.

Fry nickte. Von diesen Pyrenäenüberquerungen hatte er auch schon gehört. Er würde sich sofort bei vertrauenswürdigen Leuten danach erkundigen, ob da etwas dran war. Es schien ihm eine Möglichkeit zu sein, aber wenn er sich Werfel ansah, bezweifelte er, dass er einen Fußmarsch über die Pyrenäen überstehen würde. Und seine Frau? Alma Mahler-Werfel schenkte ungefragt nach und leerte ihr Glas in einem Zug.

»Auf unsere Versöhnung«, sagte sie.

Fry erhob sich. »Ich bitte Sie, bleiben Sie in Ihrem Hotel. Gehen Sie so wenig wie möglich auf die Straße. Ich werde mir etwas überlegen und melde mich dann wieder bei Ihnen.«

Als er die Treppe hinunterstieg, hatte er einen schalen Geschmack im Mund. Und er hatte keine Ahnung, wie er die beiden heil aus Frankreich herausbekommen sollte.

★ ★ ★

Es war noch vor acht Uhr am Morgen, als Fry ein paar Tage später ans Fenster trat und auf den Boulevard d'Athènes hintersah. Der Wind wehte die ersten trockenen Blätter der Platanen über die Straße. Ein heftiger Windstoß wirbelte einige bis vor sein Fenster hinauf. Der Portier hatte ihm gesagt, dass es der Mistral sei und dass er die Stadt in den nächsten Tagen im Griff haben würde.

Er entdeckte den Mann und seine Frau aus Berlin dort unten, die sehnsüchtig zu seinem Fenster hinaufsahen. Sie waren bei ihm gewesen, er hatte sie wegschicken müssen, weil sie nicht auf seiner Liste standen. Morgen würden sie wieder dort unten stehen, ein lebender Beweis, dass er nicht allen helfen konnte. Er seufzte. Die Flüchtlinge bewegten sich wie an Schnüren gezogen auf den immergleichen Wegen: vom amerikanischen Konsulat an der Place Félix Baret ins Café *Pélican* mit der blauen Markise und der gelben Schrift, das gleich nebenan lag, wo über die neusten Missgeschicke geklagt, Erfolge aufgebauscht oder Gerüchte weitergetragen wurden, über die Suppenausgabestellen der verschiedenen Hilfsorganisationen, dann die Canebière hinunter zum Vieux Port, dann wieder hinauf, um in der Lobby des *Splendide* auf ein Treffen mit ihm zu hoffen, hinüber in die schäbigen Gassen und Hotels von Belsunce, wo die meisten von ihnen wohnten, zurück an den Alten Hafen, um einen Moment in der Sonne zu sitzen und neue Kraft zu schöpfen, um dann den Weg in umgekehrter Reihenfolge noch einmal zu machen. Abends traf Fry sie in den billigen Cafés oder auf dem Kai vor den Fischrestaurants am Hafen, auf der Suche nach Informationen oder nach jemandem, der Mitleid hatte und sie an seinen Tisch einlud.

Von seinem Fenster aus konnte er auch Hunderte, wenn nicht Tausende demobilisierte Soldaten sehen. Sie kamen am Bahnhof Saint Charles an, um in ihre Heimatländer in Afrika weiterzureisen: Varian staunte, wenn er ihre verschiedenen Uniformen und Kopfbedeckungen unten auf dem Boulevard d'Athènes vorbeiziehen sah: bunte Képis und Pluderhosen, breite schwarze Schärpen, Turbane über schwarzen Gesichtern, daneben olivgrüne Bérets und Lederhelme.

Er trat vom Fenster zurück und setzte sich an den Schreibtisch. Bevor der erste Bittsteller hereinkam, stülpte er seinen Hut über den Telefonapparat. Er traute den Vichy-Behörden nicht. Sein Zimmer im Hotel *Splendide* glich einem Bienenstock. Seine Anwesenheit in Marseille hatte sich inzwischen herumgesprochen, und vor seinem Zimmer und auf dem Flur standen die Menschen Schlange. Noch nie hatte Varian so viel gearbeitet wie hier. Ab sieben Uhr morgens standen die Flüchtlinge vor seinem Zimmer, einer nach dem anderen wurde eingelassen und befragt. Selten endete sein Arbeitstag vor Mitternacht. Aber es war wichtig, dass sie möglichst schnell waren. Es galt, die Zeit des Übergangs nach dem Waffenstillstand zu nutzen, in der Chaos herrschte und die französische Politik noch nicht eindeutig war. Alle hatten Angst davor, wenn die Deutschen die Organisation der Stadt übernehmen würden, dann würde alles nur noch schlimmer werden. Er befragte die Flüchtlinge und legte Karteikarten über sie an, die er jeden Abend sorgfältig versteckte. Dann entschied er, ob man ein Notvisum für sie beantragen konnte oder sie wegschicken musste. Einige brauchten nur ein bisschen Geld, um sich nach Spanien durchzuschlagen, andere waren völlig hilflos, hatten überhaupt keine Papiere und waren zu ängstlich, auch nur das kleinste Risiko einzugehen. Am Ende fragte Fry immer, ob sie andere auf der Liste kannten. So erfuhr er nach und nach, wer noch in den Internierungslagern festsaß, wer schon außer Landes war oder wer keinen Ausweg gesehen und sich umgebracht hatte. Dies waren für Fry die schlimmsten Momente. Er machte sich persönlich Vorwürfe, weil er nicht schnell genug gewesen war.

Hilfe und moralische Unterstützung bekam er von Frank Bohn vom amerikanischen Gewerkschaftsbund, der sich um amerikanische Visa für gefährdete Gewerkschafter kümmerte, und vom amerikanischen Vizekonsul Hiram Bingham, der, anders als sein Vorgesetzter, ein Herz für die Flüchtlinge hatte und so etwas wie ein Freund geworden war. Er war es auch gewesen, der den Plan geschmiedet hatte, Lion Feuchtwanger als Frau verkleidet aus dem Internierungslager zu befreien. Feuchtwanger und seine Frau Marta warteten in Binghams Villa darauf, dass Fry sie irgendwie außer Landes brachte.

Bevor Fry die Tür öffnete, gab er sich noch zwei Minuten. Manchmal kam er sich vor wie in einer Höllenfassung der Märchen aus Tausendundeiner Nacht. Gleich würde er wieder von völlig verzweifelten Menschen die immergleichen Geschichten von missglückten Fluchten hören, von bösen Zufällen, die nur in der Hölle erdacht worden sein können. Letzte Woche war ein Paar aus Berlin bei ihm gewesen, er renommierter Anwalt und Politiker. Sie hatten alle Papiere zusammen, waren am Ende ihrer Kräfte. Fry hatte ihnen Visa besorgt. Am übernächsten Abend sollte das Schiff gehen. Der Mann saß in einem Café, in dem es zu einer Prügelei kam. Die Gendarmen kamen, er wurde verhaftet, obwohl er nichts damit zu tun hatte. Die Frau setzte Himmel und Hölle in Bewegung, um ihn aus dem Gefängnis zu holen. Am nächsten Abend war er zurück, aber seine Frau war nicht im Hotel. Man hatte sie verhaftet, weil sie als alleinstehende Frau eine Gefahr sei, und ins Hotel *Bompard* gebracht. Das Schiff fuhr ohne die beiden.

Dann schickte er einen stillen Gruß an den alten Opernsänger aus Wien in seinen abgewetzten Sachen, die er dennoch mit

Würde trug. Fry kannte ihn, er kam beinahe täglich und jedes Mal erzählte er von seinen Fortschritten in der Beschaffung der nötigen Papiere, die Fry auf seiner Karteikarte notierte. Dann hatte er alle zusammen und verabschiedete sich wortreich von ihm. Gestern hatte er wieder in seinem Büro gestanden. »Wieso sind Sie nicht gefahren?«, hatte Fry gefragt.

Mit zitternder Stimme hatte der Sänger berichtet, dass ihm ein Foto gefehlt habe. Er zog einen Briefumschlag hervor. »Sehen Sie selbst, ich habe vier Fotos beim Fotografen abgeholt, aber als ich auf dem Konsulat war, fehlte plötzlich eines.«

Er nahm die Fotos heraus und sie stellten fest, dass die vier Aufnahmen da waren, zwei waren lediglich aneinandergeklebt, und in seiner Panik hatte der Mann es übersehen. Er war sofort losgelaufen, in Richtung des Konsulats.

Das Telefon klingelte. Fry nahm den Hut herunter, und weil er nicht wusste, wohin mit ihm, setzte er ihn auf. Es war jemand aus dem amerikanischen Konsulat. Der Opernsänger war in der Warteschlange vor Aufregung mit einem Herzinfarkt zusammengebrochen und war gestorben.

Fry legte auf und stülpte den Hut wieder über den Apparat. Er stieß einen tiefen Seufzer aus. Dann strich er den Namen des Mannes von seiner Liste. Ein anderer würde seinen Platz einnehmen. Es gab noch so viele.

Er stand auf und ging in seinem Zimmer auf und ab. Dabei konnte er am besten nachdenken. Aber es standen so viele Möbel hier! Er stieß sich am Tisch und fluchte leise. Er war froh, als es klopfte und gleich darauf eine ziemlich junge Frau vor ihm stand. Sie war Amerikanerin, das hörte er sofort.

»Ich soll Ihnen etwas von Walter Mehring ausrichten. Er steht am Fuß der Treppe, die zum Bahnhof hinaufführt, und traut sich nicht her, weil die Gestapo in der Lobby sitzt.«

Walter Mehring? Den suchte er doch, seit er hier war. Er hatte zu den Unterzeichnern gehört, die das Telegramm an Thomas Mann geschickt hatten. Ohne Mering wäre er nicht hier.

»Und wer sind Sie?«, fragte er die junge Frau, die nicht unattraktiv war.

»Ich bin Miriam Davenport. Ich habe als Künstlerin in Paris gelebt, als die Deutschen die Stadt übernommen haben. Seitdem mag ich sie nicht besonders.«

Fry kam in den Sinn, ob er vorsichtig sein sollte. Er kannte die Frau schließlich nicht, und Spitzel waren hier überall. Aber ihr offenes Gesicht flößte ihm Vertrauen ein. »Wollen Sie für mich arbeiten? Ich brauche jemanden, der für mich Leute interviewt, bevor ich ein Visum für sie ausstelle«, sagte er stattdessen.

Die Frau trat auf ihn zu und hielt ihm die Hand hin. »Abgemacht. Soll ich jetzt Mehring holen?«

Varian schüttelte den Kopf. Mehring war doch vor ein paar Tagen verhaftet worden. Wie hatte er es geschafft, wieder freizukommen? »Nein, zu gefährlich. Ich gehe zu ihm.«

»Kann ich inzwischen etwas für Sie tun?«, fragte Miriam.

»Suchen Sie sich einen Platz. Können Sie Schreibmaschine?«

Miriam Davenport schüttelte den Kopf.

»Macht nichts. Warten Sie einfach oder machen Sie sich irgendwie nützlich. Ich bin gleich zurück.«

Er rannte aus dem Hotel. Er erkannte Walter Mehring gleich. Er kauerte auf den Stufen der Bahnhofstreppe und sprang auf, als er ihn sah.

»Herr Fry, Sie müssen mir helfen. Ich habe ein Visum für Amerika, aber die Polizei hat mich verhaftet, ich war in St. Cyprien, einem Lager. Der Kommandant dort hat mich gehen lassen, aber inzwischen ist meine Aufenthaltsgenehmigung für Marseille abgelaufen.«

»Kommen Sie mit«, sagte Fry knapp.

Er nahm Mehring am Arm und marschierte mit ihm durch die Lobby des Hotels. Oben in seinem Zimmer bemerkte er, dass Miriam Davenport in der Zwischenzeit nicht untätig geblieben war. Sie hatte den Frisierspiegel abgeschraubt, der auf einer Kommode montiert war. Sie hatte ihn umgedreht und auf den kleinen Unterbau gelegt, der dadurch gleich größer wurde.

»Einen Schreibtisch habe ich schon«, sagte sie zu Fry.

In einer Ecke stand ein Stuhl, den schob sie davor, dann suchte sie Papier und Stifte zusammen und legte sie auf das, was gerade ihr Schreibtisch geworden war.

»Wir brauchen einen Arzt, der diesem Mann attestiert, dass er zu krank war, um seine Aufenthaltsgenehmigung persönlich zu verlängern«, sagte er.

Miriam sprang auf. »So einen kenne ich. Ich bringe ihn her. Keine Angst, ich bin Amerikanerin und ich habe Geld. Und ich hasse die Nazis«, fügte sie nachdrücklich hinzu.

★ ★ ★

Miriam blieb nicht Frys einzige Mitarbeiterin. Er kam zu ihnen wie die Jungfrau zum Kind. Eine zweite Amerikanerin stieß dazu, ebenso reich und ebenso abenteuerlustig wie Miriam. Sie hieß Mary Jane Gold und war unerschrocken genug, um mit den Vichy-Beamten zu flirten und sie zu schmieren, wenn sie dafür Informationen bekam oder Gefangene aus den Lagern holen konnte. Mary Jane fing ein Verhältnis mit Varians Mitarbeiter fürs Grobe an, den alle nur »Killer« nannten. Er hatte Verbindungen zur Unterwelt und kümmerte sich um besonders schwierige Fälle. Er war nur selten im Büro. Dann war da ein Österreicher, der vor dem Krieg Karikaturist gewesen war und ganz hervorragend Dokumente fälschte. Er hieß Bill Freier, was Fry zum Lachen brachte: »Fry und Freier.« Und ein ganz junger Deutscher, den er wegen seiner Fröhlichkeit Beamish,

Strahlemann, nannte. Er war dafür zuständig, die Menschen auf der Liste zu finden. Im »Innendienst« tippten zwei Mitarbeiter die Interviews mit den Flüchtlingen ab, die Miriam und Fry den ganzen Tag führten.

Lena war die eine von ihnen. Sie hatte ihre Schreibmaschine auf das Bidet gestellt und saß davor auf den Fliesen. Sie sprach mindestens acht Sprachen, die sie ständig miteinander vermengte. Sie war unglaublich tüchtig und arbeitete Tag und Nacht. Und sie hatte ein etwas merkwürdiges System, um Menschen auf ihre Glaubwürdigkeit hin zu testen. »*Je n'ai pas couché avec lui*. Ich habe nicht mit ihm geschlafen«, das war ein häufig von ihr zu hörender Satz. Nach Feierabend malte sie sich die Lippen an und verschwand und niemand wusste, wohin.

Ihr Kollege nannte sich Franzi, und viele waren erstaunt, wenn sie den Namen hörten und dann einen Mann vor sich hatten. Er hieß eigentlich Franz und war österreichischer Monarchist. Er hatte seinen Arbeitsplatz in der Badewanne. Fry hielt es für wichtig, Mitarbeiter verschiedener politischen Richtungen zu beschäftigen, denn er sollte ja auch Bürgerliche retten.

KAPITEL 20

Es dauerte dann fast vier Wochen, bis Varian Fry einen Weg gefunden hatte, die Werfels und mit ihnen Heinrich Mann und seine Frau sowie dessen Neffen Golo, den Sohn von Thomas Mann, nach Spanien zu bringen. Die Idee war letztlich von Alma Mahler selbst gekommen. Sie wollten den Zug bis Cerbère nehmen, einem kleinen Ort am Mittelmeer direkt an der spanischen Grenze. Dort würde man weitersehen, ob sie den Zug nach Spanien nehmen durften, obwohl sie keine Ausreisepapiere hatten, oder ob sie zu Fuß gehen müssten. Die Lage in diesen Grenzorten änderte sich manchmal von Tag zu Tag.

Im letzten Moment wurde entschieden, dass auch Lion und Marta Feuchtwanger mit von der Partie sein sollten. Fry hatte Feuchtwanger als Träumer wahrgenommen. Marta hingegen war patent und zupackend. Sie würde der Gruppe guttun. Aber dann gab es einen Erlass in Spanien, dass Staatenlose zurückgeschickt würden. Alle aus seiner Gruppe waren aus Deutschland ausgebürgert, aber bis auf Feuchtwanger hatten sie tschechische Pässe. Er müsste eben noch ein paar Tage länger in der Villa des Vizekonsuls ausharren. Feuchtwanger nahm die Entscheidung mit einem Achselzucken hin. Es gab schlechtere Unterkünfte in Marseille.

Am nächsten Morgen um sechs sollte es losgehen, doch als Fry den Bahnsteig von Saint Charles betrat, bekam er einen kleinen Nervenzusammenbruch. Alma Mahler-Werfel hatte zwölf Koffer bei sich.

»Darin sind ein paar Kleider und die Partituren von Gustav Mahler«, sagte sie, als sei die Sache damit erledigt.

Franz Werfel jammerte während der Fahrt. »Heute ist Freitag, der 13.«, sagte er. »Ich habe zwar ein Gelübde abgelegt, das ich auch halten werde, aber man soll sein Glück doch nicht überstrapazieren.«

Alma versuchte ihn zu beruhigen. »Lass, Franz, es wird schon gut gehen.«

In Cerbère mussten sie aussteigen. Der Zug nach Spanien fuhr erst am Nachmittag. Außerdem wurden an der Grenze alle Züge auf ein Breitspurgleis umgesetzt.

Fry sah am Zug entlang. Am Ende des Bahnsteigs verschwanden die Gleise in einem Tunnel, auf der anderen Seite war Spanien. Ein direkter Weg von vielleicht zwanzig Minuten trennte sie von der Freiheit. Aber er hütete sich, es den anderen zu sagen. Er traute Alma Mahler zu, dass sie einfach losmarschierte.

In der Bahnhofshalle standen Polizisten, sie starrten auf die fünf Personen, die von einem Berg Koffer umgeben waren und lautstark Deutsch sprachen, und verlangten die Papiere. Als sie die tschechischen Ausweise sahen, wurden sie in das Büro des Bahnhofsvorstehers geschickt.

»Ich rede mit ihm, warten Sie hier«, sagte Fry zu Alma und den anderen. »Und bitte bleiben Sie ruhig.« Er musste auf jeden Fall verhindern, dass einer seiner Schützlinge in Panik geriet.

Der Vorsteher schien auf ihrer Seite zu sein, dennoch bedauerte er, sie nicht weiterfahren lassen zu können.

»Bleiben Sie heute Nacht hier, aber morgen früh sollten sie verschwunden sein. Nehmen Sie nicht den Zug. Morgen hat mein Kollege hier Dienst.« Mehr sagte er nicht, aber die Warnung reichte aus.

Fry notierte in Gedanken zwei weitere Punkte auf seiner

Liste der Unwägbarkeiten: die völlige Unsicherheit, was Gesetze anging, die sich täglich ändern konnten, und zweitens den menschlichen Faktor. Vieles hing einfach davon ab, auf welchen Beamten man traf.

Er verfrachtete seine Schützlinge in ein Hotel und machte sich auf die Suche nach einem Bergführer, der sie ganz früh am nächsten Morgen abholte. Fry, der als Einziger den Zug nehmen durfte, fuhr mit dem Gepäck die eine Station bis Port Bou auf der spanischen Seite. Er musste sich nicht einmal einen Sitzplatz suchen, die Fahrt dauerte keine fünf Minuten. In Port Bou wuchtete er die Koffer aus dem Zug, die er gerade hineingewuchtet hatte, und ließ sie in ein Hotel bringen. Dann wartete er.

Am Nachmittag machte er sich auf die Suche nach den anderen. Er lief die Straßen auf und ab und sah immer wieder zu den Bergen hoch. Er fing an, sich Vorwürfe zu machen. Und wenn ihnen etwas zugestoßen war? Wenn der Führer sie an die Polizei ausgeliefert hatte? War es seine Schuld, wenn zwei der größten deutschen Dichter und ihre Familien der Gestapo in die Hände fielen? Schließlich hielt er es nicht mehr aus und ging zur Zollstation. An der Wand hing ein Hitlerporträt. Fry schluckte und versuchte sich gar nicht erst vorzustellen, was die anderen bei dem Anblick gefürchtet haben mussten. Er legte etliche Päckchen Camel-Zigaretten auf den Tisch und fragte, ob seine Freunde hier vorbeigekommen seien, zwei ältere Männer, eine üppige Frau um die sechzig und eine jüngere, blonde, ein ganz junger Mann?

»*Si, si, Señor*, Sie meinen den Bruder und den Sohn von Thomas Mann? Ich verehre Thomas Mann. Sie sind schon vor zwei Stunden hier durchgekommen. Wir haben ihnen ein Taxi gerufen, sie waren ein wenig erschöpft. Sie müssten immer noch im Café *España* sein.«

Fry eilte in das Café und sah seine Schützlinge bester Dinge beim Essen. Vor Erleichterung vergaß er, ihnen böse zu sein, weil sie ihn so in Angst versetzt hatten. Alles hatte geklappt wie am Schnürchen. Er konnte beruhigt nach Marseille zurückfahren.

Ein paar Tage später verließen Lion Feuchtwanger, der neue Papiere auf den Namen Wetcheek hatte, und Marta auf demselben Weg Frankreich.

★ ★ ★

»Das wird Sie nicht glücklich machen«, sagte Lena an einem Morgen etwa zwei Wochen später, als Fry ins Büro kam, und zeigte mit einem knallrot lackierten Fingernagel auf die aufgeschlagene *New York Times* auf seinem Schreibtisch.

Fry unterdrückte einen Fluch, als es den Artikel las, in dem ausführlich von der Entführung Feuchtwangers berichtet wurde, in die Fry verwickelt gewesen sein sollte. Und, was noch schlimmer war, der Weg von Cerbère über die Pyrenäen war beschrieben. Feuchtwanger hatte nach seiner Ankunft in New York Interviews gegeben. Er hatte zwar keine Namen genannt, aber die Gestapo würde sich die Sache schon zusammenreimen.

»Verdammt!« Fry fluchte so laut, das Miriam herbeigelaufen kam.

»Was ist denn?«

»Unser Weg ist gerade geplatzt«, sagte Lena und schob ihr den Artikel hin.

Miriam überflog ihn. »Das werden die Deutschen auch lesen«, sagte sie. »Sie werden die Grenze in Cerbère bewachen. Da kommt keiner mehr durch.«

»Eben«, knurrte Fry. »Wir brauchen einen neuen Weg.«

Das war aber nicht sein einziges Problem. Am Nachmittag kam ein Schreiben aus New York. Dort war man schon länger ungeduldig, weil er zu viele Leute nach Amerika schickte. Wie viele denn noch kommen würden? Und ob das nicht alles Kommunisten seien? Die vier Wochen, die seine Mission dauern sollte, seien doch vorüber.

Erst gegen Abend nahm Varian sich Zeit für Eileens Brief. Er hatte schon den ganzen Tag über auf seinem Schreibtisch gelegen, aber er wollte ihn in Ruhe lesen. Ohnehin ahnte er, was sie schreiben würde. Eileen machte ihm Vorwürfe, weil er nicht zurückkam. Sie schrieb ihm von Gerüchten, die in New York über ihn kursierten: dass er Liebesaffären habe, und dann auch noch mit Männern. Warum er nicht zurückkomme? Ob er sie nicht mehr liebe? Fry war entrüstet. Er vermisste Eileen. Er nahm ein Blatt Papier und schlug ihr vor, nach Marseille zu kommen, obwohl er wusste, dass das keine gute Idee war. Er hätte ja nicht einmal fünf Minuten am Tag Zeit für sie.

Aber nach Hause fahren und seine Mission abbrechen konnte er auch nicht, solange es noch so viele Menschen gab, die in Lebensgefahr waren und ihre Hoffnungen in ihn setzten. Der Hoteldirektor kam mehrmals am Tag vorbei, um sich über die Menschenansammlungen zu beschweren, die den Flur vor seinem Zimmer verstopften. Weil sie sich im Hotel drängten, wurde die Polizei aufmerksam. Deshalb hatte auch Walter Mehring nicht gewagt, zu ihm zu kommen. Mehring hielt sich mit einem ärztlichen Attest immer noch in seinem Hotelzimmer auf. Jedes Mal, wenn die Polizei kam, legte er sich schnell ins Bett und zog sich die Decke über den schäbigen Anzug. Fry hatte immer noch keinen Weg gefunden, ihn aus Frankreich herauszubringen. Sein größtes Problem aber waren die vielen, die nicht auf seiner Liste standen, die er aber trotzdem retten wollte. Er würde diese Leute nicht kampflos der Gestapo überlassen.

Plötzlich sehnte er sich nach seinem beschaulichen Leben in New York zurück. Was hatte er sich nur mit dieser Mission aufgeladen? Dann dachte er an die Menschen, die in Sicherheit waren, weil er diesen Job machte. Und er wollte verflucht sein, wenn er aufgab.

Er stand auf und riss seinen Mantel so energisch vom Haken, dass der abbrach und quer durchs Zimmer flog.

Fry beachtete das gar nicht. Er wurde verrückt, wenn er weiter hier herumsaß. Er war in einem Wettlauf mit der Zeit. Die beinahe täglichen Razzien hier konnten einen jederzeit ins Gefängnis bringen und dann war alles verloren. Die Deutschen und ihre französischen Helfer wurden immer frecher. Sie nahmen einfach jeden mit, der ihnen nicht passte, und die meisten sah man nicht wieder.

Aber wie sollte er die Menschen aus Frankreich schmuggeln? Er konnte kaum glauben, dass die Sache mit den Werfels und den Manns und den anderen so gut über die Bühne gegangen war. Das war schon fast zu einfach gewesen. Er brauchte unbedingt eine Idee.

Im Gehen warf er den Mantel über.

»Ich werde mich mal in der Stadt umhören«, sagte er zu Miriam und Lena.

KAPITEL 21

Lisas Füße taten weh. Sie trug immer noch die Schuhe, die sie schon in Gurs getragen hatte. Sie Sohle war mehrfach provisorisch geklebt, und sie drückten. Aber sie musste weiter. Sie hatte gehört, dass zwei Österreicher in Cerbère, einem kleinen Fischerdorf direkt an der spanischen Grenze, gewesen waren. Sie wollte mit ihnen sprechen, wie es dort war und ob sie einen Weg über die Grenze kannten. Sie versuche es in den Cafés am Vieux Port, und im dritten wurde sie fündig. Allerdings waren die Nachrichten der beiden Österreicher ernüchternd. Es habe einen Weg gegeben, aber der sei aufgeflogen, weil Feuchtwanger ihn nach seiner Ankunft in New York einem Journalisten der *New York Times* verraten hatte.

»Wie konnte er nur so unvorsichtig sein. Er hat uns alle gefährdet. Aber er sitzt ja auch warm und trocken in Amerika!«

Lisa erschrak, als sie das hörte. Sie konnte sich nicht vorstellen, dass Martas Mann so etwas getan hatte. Aber dann fiel ihr die Geschichte mit der verschlüsselten Nachricht ein, die Marta ihm überbracht hatte und die er falsch verstanden hatte. Offensichtlich war Feuchtwanger ein absolut weltfremder Mensch.

Und jetzt kontrollierte die Gendarmerie den Aufstieg in die Berge.

»Seid ihr deshalb wieder hier?«, fragte Lisa. Sie wollte den beiden auf den Zahn fühlen und sichergehen, dass sie ihr die Wahrheit sagten und sie nicht in eine Falle locken wollten.

»Wir haben Visa vom amerikanischen Gewerkschaftsbund.

Morgen geht unser Schiff. Hier sind unsere Passagen für die *Montreal*. Hier unten stehen unsere Nummern.«

Lisa schluckte. Es gab also tatsächlich Visa und Schiffe ...

»Wenn Sie kein *visa de sortie* haben und über die Berge wollen, dann versuchen Sie es in Banyuls«, sagte der eine und senkte dabei die Stimme. »Das ist der nächste Ort vor Cerbère. Der Bürgermeister dort ist Sozialist und soll helfen. Zumindest haben wir das gehört. Der Weg von Banyuls ist zwar einige Kilometer weiter, aber vielleicht sicherer. Viel Glück.«

Lisa stand auf und verabschiedete sich. Konnte sie den beiden trauen? Aber blieb ihr eine Wahl? Hier in Marseille zog sich die Schlinge immer enger um die Flüchtlinge. Die Deutschen waren in Lyon gewesen und hatten die Stadt durchkämmt. Sie waren systematisch in jedem Haus, in jeder Straße, in jedem Schlupfloch gewesen und hatten die Menschen verhaftet, die sie haben wollten. In den Lagern waren sie auch schon und gestern hatte jemand berichtet, sie seien in Avignon. Es war nur noch eine Frage der Zeit, vielleicht von Tagen, bis sie in Marseille eintreffen würden. Bei dem Gedanken überkam Lisa lähmende Angst. Wieder hatte sie Bilder von den Folterkellern im Kopf. Sie mussten hier weg.

Banyuls haben die beiden gesagt, dachte sie. Ihr fiel ein, dass in der nächsten Querstraße ein Reisebüro war. Sie ging hin und richtig, hier hing noch eine Frankreichkarte mit französischen Badeorten an der Wand. Sie suchte Banyuls und fand es. Auf der Landkarte war es nur ein winziger Schritt bis nach Spanien. Sie fragte nach dem Preis einer Fahrkarte und wie lange der Zug brauchen würde.

Dann verließ sie das Reisebüro wieder und setzte sich nebenan in ein Café. Sie wollte nachdenken, und in Belle de Mai mit den vielen Menschen fand sie dafür keine Ruhe. Außerdem brachten diese Schuhe sie noch um. Sie müsste unbedingt neue kaufen, aber von welchem Geld? Die Zugfahrkarte war schon teuer genug. Sie brauchte auch noch eine Hose und eine einfache Bluse. Aber wo sollte sie die hernehmen? Sie hatte den Gedanken aufgegeben, ein *sauf-conduit* für die Zugreise zu bekommen. Sie würde sich so durchschlängeln müssen. Aber neue Schuhe und ordentliche Sachen brauchte sie unbedingt! Nicht nur für die Wanderungen, die ihr bevorstanden, sondern auch, um im Zug nicht aufzufallen. Sie würde wieder die Französin vom Land spielen, die bei ihrer Schwester in Marseille gewesen war und jetzt zurück nach Hause fuhr. Sie lächelte bei dem Gedanken, wie gut sie das konnte. Sie streckte die Füße aus. Mit einer Handbewegung von Daumen und Zeigefinger gab sie dem Kellner zu verstehen, dass sie einen kleinen Kaffee wollte. Der war am billigsten, und sie konnte ihren Füßen eine kleine Pause gönnen. Sehnsüchtig ließ sie ihren Blick schweifen. Hinter den Hafenmauern lag die Freiheit, lag Amerika! Sie sah in die Richtung, wo die Pyrenäen lagen. Immerhin lag Banyuls auch am Meer, darauf freute sie sich.

Am Nebentisch starrte ein Mann in seine leere Tasse Kaffee.

»Monsieur, darf es noch etwas sein?«, fragte der Kellner barsch.

Der Mann sah erschrocken auf. Er saß wahrscheinlich schon seit Stunden hier, und der Kellner hatte von seinem Patron die Anweisung bekommen, ihn zu verscheuchen.

»Bringen Sie mir noch einen Kaffee«, sagte der Mann rasch. »Ich warte auf jemanden.« Den letzten Satz sagte er bestimmt und gewann etwas von seinem Selbstbewusstsein wieder. Er bemerkte, dass Lisa die Szene beobachtet hatte, und nickte ihr knapp zu, dann beugte er sich nach vorn, um den Kai zu überblicken. Sein Gesicht hellte sich auf, als eine Frau auf ihn zueilte.

»Liebling, du hattest recht, es soll ein Schiff geben. Vor dem Konsulat reden sie von nichts anderem. Wir müssen sofort los«, sagte sie und setzte sich nicht einmal hin.

»Aber ich habe mir gerade einen Kaffee bestellt!«, protestierte er. »Das schöne Geld.«

»Lass den Kaffee. Komm jetzt.«

Der Mann warf Geld auf den Tisch und folgte seiner Frau. Dabei kam er dicht an Lisa vorbei, und sie konnte riechen, dass er sich länger nicht gewaschen hatte.

Lisa sah an sich herunter. Zum Glück gab es in ihrer Unterkunft, in der ehemaligen Turnhalle, eine Waschgelegenheit. Es war wichtig, dass man gepflegt aussah. Wer aussah wie jemand, der in Not war und kein richtiges Bett hatte, wurde kontrolliert. Lisa sah dem Paar nach. Die Frau hatte sich bei dem Mann eingehängt, sie wollten den Eindruck eines ganz normalen Paars auf einem Spaziergang in der Sonne erwecken, doch ihre Schritte waren zu eilig, zu gehetzt dafür. Lisa seufzte tief. Sie war nicht traurig, Marseille zu verlassen. Die Stadt hatte ihr kein Glück gebracht. Sie hatte zwar Hans und ihren Bruder hier wiedergefunden, aber die Umstände waren alles anders als gut. Hänschen hatte entschieden, Eva und Titi ebenfalls aufs Land zu schicken, weil es dort weniger gefährlich war. Lisa würde mit den beiden im Zug reisen, was sie weniger verdächtig machte. Aber sie hatte ein schlechtes Gewissen dabei. Immerhin wurde sie von der Gestapo gesucht, und wer bei ihr wäre, würde auch verdächtig sein. Durfte sie die kleine Titi als Tarnung missbrauchen? Titi hatte zwar fließend Französisch gelernt, aber ab und zu entschlüpfte ihr ein deutsches Wort. Sie war viel zu klein dafür, die Gefahr zu erkennen, die darin lag.

»Angenommen, sie sagt im Zug etwas auf Deutsch, und ein Beamter hört sie? Oder bei einer Ausweiskontrolle? Wie sollen wir dann unsere tschechischen Pässe erklären?«, hatte sie Hans gefragt.

»Unsinn«, schnaubte er. »Du hilfst ihnen schließlich auch, aus

Marseille herauszukommen. Und Eva spricht nicht so gut Französisch wie du. Allein würde sie nicht durchkommen.«

»Und was ist, wenn sie uns verhaften? Was, wenn sie die Landkarte des Grenzgebiets bei mir entdecken? Dann sind Titi und Eva ebenfalls dran. Willst du Titi wirklich dieser Gefahr aussetzen?«

»Wir sind alle in Gefahr. Wir müssen alle Opfer bringen.«

»Aber sie ist ein Kind. Sie hat keine Wahl, sie wird nicht gefragt.« Lisa war laut geworden. »Genau deshalb durfte ich kein Kind haben!«

Hans hatte sich nur kopfschüttelnd abgewendet.

Der Streit war am Vorabend gewesen, es war schon der zweite heftige Streit, seit sie sich hier wiedergetroffen hatten. Als Lisa am Morgen aufgewacht war, war Hans nicht da gewesen. Er gab ihr nicht einmal die Möglichkeit, sich mit ihm auszusprechen. Und er sah wohl auch keine Notwendigkeit dafür.

Sie nahm eine Zigarette aus der Packung und suchte in ihrer Tasche nach Streichhölzern. Sie versuchte, möglichst wenig zu rauchen, weil Zigaretten eine gute Tauschware darstellten, aber gerade jetzt war ihr Verlangen nach Nikotin zu groß. Sollte Hans ihr doch Vorwürfe deswegen machen. Außerdem vertrieb es den Hunger. Da fiel ihr Blick auf einen Mann ein paar Tische weiter. Sie sah weg und gleich wieder hin, weil etwas in seiner Haltung und die Art, wie er sich mit der Hand über die Stirn fuhr, sie tief in ihrem Inneren berührte. Ihr Herzschlag wurde schneller. Jetzt legte er ein Bein über das andere und lehnte sich entspannt zurück, die Hand mit der Zigarette ruhte auf dem Oberschenkel. Lisa starrte ihn immer noch an. Er wendete den Kopf, und jetzt sah er sie. Er blickte sie fragend an, angenehm überrascht, neugierig. Sein kantiges Gesicht mit den leicht spöttisch verzogenen Lippen gefiel ihr. Er lächelte, und seine Augen strahlten. Lisa hielt immer noch die Zigarette in der Hand, aber er macht keine Anstalten, aufzuspringen, um ihr Feuer zu geben. Er sah sie nur mit leicht hochgezogenen Brauen an, und unter seinem Blick wurde ihr warm. Sie griff in ihre Handtasche, und da waren die Zündhölzer. Sie riss eines an und betrachtete ihn über die Flamme hinweg. Dann inhalierte sie tief. Sie prüfte mit der Linken den Sitz ihrer Baskenmütze, die sie leicht schräg auf dem Kopf trug. Das stand ihr gut, sie sah damit keck und verwegen aus. Warum hatte sie sie heute Morgen aufgesetzt? Und warum hatte sie auch noch einen Hauch Lippenstift aufgelegt? Weil Eva ihr den Stift hingehalten und sie einfach Lust dazu gehabt hatte, Hans' Lieblosigkeit und ihrer Tristesse etwas entgegenzusetzen, so zu tun, als sei sie eine ganz normale Frau, die sich schön machte. Es schien zu wirken.

Der Mann hob das Kinn und nickte ihr fast unmerklich zu. Dann hob er sein Glas und prostete ihr zu. Dabei lächelte er wieder auf eine Art, die sie ein bisschen frech fand, wenn sie darüber nachdachte. Aber das reizte sie, und sie riskierte einen weiteren Blick. Er sah nicht aus wie ein Flüchtling. Sein Maßanzug war sauber gebürstet, sein dunkles Haar frisch geschnitten. Er war bestimmt kein Emigrant. Vielleicht Franzose? Oder sogar Amerikaner?

Sie nahm einen weiteren Zug von ihrer Zigarette und blies den Rauch in seine Richtung. Der Mann stand auf.

Mein Gott, er kam auf sie zu, mit lässigen Bewegungen.

»Darf ich mich zu Ihnen setzen?«

Sie wies auf den Stuhl neben sich. Er war tatsächlich Amerikaner, dass hörte sie an seinem Akzent. In ihrem Kopf überschlugen sich die Gedanken. Und wenn er in der Botschaft arbeitete und Zugang zu Visa und Papieren hatte? Er konnte bestimmt ein amerikanisches Affidavit beschaffen oder kannte jemanden, der das konnte …

»Einen Penny für Ihre Gedanken«, sagte er. Wieder dieses leicht spöttische Lächeln.

Lisa winkte ab. »Ach, das wollen Sie nicht wissen«, sagte sie. Dann verbannte sie jeden Gedanken an Ausreisevisa aus ihrem Kopf. Sie wollte einfach den Moment genießen. Sie fand diesen Mann ausnehmend attraktiv.

»Mein Name ist Louis«, sagte er und lüpfte den Hut, einen braunen Fedora mit Seidenband.

»Ich heiße Lisa.«

Er lächelte. »Lisa und Louis. Das passt gut zusammen.« Dann bemerkte er Lisa Blick und sah betroffen aus. »Ich meine es ernst. Ich glaube an Schicksal.« Er beugte sich ein kleines Stückchen zu ihr herüber und ein Hauch seines Rasierwassers streifte sie. Ihr wurde beinahe schwindlig. Wie lange hatte sie kein Parfüm mehr an einem Mann gerochen! Sie schluckte trocken.

»Darf ich Sie einladen? Zu einem Glas Champagner?«, fragte er.

Ein Lachen platzte aus Lisa heraus.

»Finden Sie das komisch?«, fragte er verwirrt.

Lisa schüttelte den Kopf. »Ja, irgendwie schon, denn eigentlich brauche ich Schuhe und keinen Champagner. Aber was soll's? In diesen Zeiten muss man nehmen, was man kriegen kann, und ich merke, dass ich gerade Lust darauf bekomme. Warum also nicht?« Sie lächelte und kräuselte dabei amüsiert die Lippen.

Während Louis dem Kellner winkte, dachte sie darüber nach, ob sie überhaupt schon einmal Champagner getrunken hatte. Nein. In Berlin war sie noch zu jung gewesen, und seit sie in der Emigration lebte, hatte sie ihr Geld für andere Dinge gebraucht. Dann würde sie eben mit durchlöcherten Schuhen den ersten Champagner ihres Lebens trinken. Und dazu mit einem Mann, der ihr ausnehmend gut gefiel.

Der Kellner kam an ihren Tisch, und Louis bestellte. Aber er ließ die ganze Zeit nicht den Blick von Lisa. Warm und wohltuend lag er auf ihr. Lisa fand das nicht einmal merkwürdig. Sie versuchte auch nicht, ihre Schuhe unter dem Tisch zu verstecken. Sein Blick störte sie nicht, im Gegenteil, sie genoss ihn.

Der Kellner kam rasch mit zwei geschliffenen Kelchen wieder, in denen kleine Bläschen aufstiegen.

»Auf das Schicksal, das Sie hierhergeführt hat«, sagte Louis und prostete ihr zu.

Die kleinen Bläschen des Champagners kribbelten in ihrem Kopf. Sie fühlte sich gleichzeitig entspannt und wie unter Strom. Oder lag es an Louis' Gegenwart? Sie konnte sich nicht sattsehen an seinem Lächeln, bei dem er den Mund leicht schief verzog. Sie badete in dem Blick aus seinen braunen Augen, die die Farbe seines Huts hatten. Sie las in ihnen, dass er sie attraktiv fand. Dieses Gefühl hatte sie schon seit Ewigkeiten nicht mehr gehabt. Louis schaffte es, dass sie sich wie eine Frau vorkam, eine schöne, junge Frau. Eine begehrenswerte Frau, wenn sie seine Blicke richtig deutete.

»Was treibt Sie nach Marseille?«, fragte Lisa. Sie wollte seiner Frage zuvorkommen. Sie wollte ihm auf keinen Fall von ihrem Emigrantenleben erzählen, von dem sie sich gerade weit entfernt fühlte und das sie einfach nur für einen Moment vergessen wollte.

Louis lehnte sich zurück, und sie konnte seinen guten Anzug aus der Nähe bewundern. »Amerika war mir zu langweilig.«

»Finden Sie Krieg spannender?« Ihre Stimme wurde scharf, obwohl sie das gar nicht vorgehabt hatte.

Er hob abwehrend die Hände. »Nein, um Gottes willen. Ich bin Journalist und beruflich hier. Ich habe vom Kriegseintritt berichtet. Ich war in Dünkirchen, als die Briten Hals über Kopf das Land verlassen haben. Aber ich will jetzt nicht vom

Krieg sprechen.« Er hob sein Glas und sie nahmen den letzten Schluck.

»Was machen wir jetzt?«, fragte er unternehmungslustig. »Darf ich Sie zum Essen einladen?«

Lisa lachte auf. Auf einmal wurde ihr bewusst, dass sie es bedauert hätte, wenn er nach dem gemeinsamen Glas aufgestanden wäre und sie ihn nie wiedergesehen hätte. Sie hatte so etwas noch nie getan, sich von einem Fremden einladen lassen, den sie nicht auf einer politischen Versammlung kennengelernt hatte. Sie fand das aufregend. »Sie wissen aber, wie man Frauen rumkriegt. Ein richtiges Essen ist ungefähr so wie Champagner trinken.«

»Aber das hat Ihnen doch gefallen, oder?« Er sah sie an, und in seinen Augen blitzte ein Lächeln. »Bitte.«

Lisa zögerte nur kurz. Würde Hans sich Sorgen um sie machen? Nein, wohl eher nicht. Er vertraute darauf, dass sie auf sich aufpasste. Und vielleicht war es nützlich, diesen Amerikaner zu kennen. Vielleicht konnte er etwas für sie tun. Sie schüttelte den Kopf. Diese Art der Rechtfertigung war unaufrichtig. Ich will diesen Abend mit Louis verbringen, weil er mit gefällt, dachte sie. Und weil ich einmal, nur für einen Abend, ein anderes Leben führen möchte.

Sie ging neben Louis am Kai entlang und es war ihr peinlich, dass sie nicht wusste, welchen Abstand sie zu ihm einhalten sollte. Alles zog sie in seine Nähe, aber als sie ihn versehentlich am Ellenbogen berührte, rückte sie hastig von ihm ab. Aber jetzt war sie zu weit von ihm entfernt. Louis bot ihr seinen Arm, und sie hakte sich bei ihm ein. Die Berührung elektrisierte sie. Sie musste sich räuspern. Dann fing sie an, diesen Spaziergang zu genießen. Der Mistral, der die letzten Tage an ihr gezerrt und ihren Kopf beinahe zum Platzen gebracht hatte, hatte sich endlich gelegt, es war ein milder Abend, der Himmel war blitzblank, und die Sonne verschwand gerade hinter den Häusern und tauchte alles in goldenes Licht. Sie schien an Louis' Arm zu schweben, sogar ihre schmerzenden Füße waren vergessen. Manchmal wandte sie den Kopf, um ihn anzusehen. Sie mochte es so sehr, neben diesem Mann herzugehen. Er bemerkte ihren Blick und lächelte sie an und drückte ihren Arm.

Louis bog in eine Seitenstraße ein. Es roch streng, ein Hund bellte, niemand war zu sehen. Mit jedem anderen wäre Lisa vorsichtig geworden. Dies hier waren die schmuddeligen Straßen der Schmuggler und Banden. Aber an Louis' Seite fühlte sie sich sicher.

Vor einer unscheinbaren Tür blieb er stehen. »Hier spielen sie den besten Jazz in ganz Frankreich. Ich kenne die Band, sie ist vorher in Paris aufgetreten.«

»Ich dachte, Sie wollten mich zum Essen einladen?«

Er lachte sie auf eine entwaffnende Art an, dann wurde er wieder ernst. »Die kochen hier gut. Und hinterher tanzen wir.«

Lisa war schon einen Schritt vorausgegangen, doch er hielt sie am Arm zurück. »Wie bezaubernd Sie sind«, murmelte er.

Bevor Lisa darüber nachdenken konnte, was das bedeuten könnte, tat sie lieber so, als hätte sie es nicht gehört.

Louis reichte ihr die Hand und Lisa ergriff sie. Mit weichen Knien folgte sie ihm. Dabei sah sie sich immer noch selbst wie in einem Film. Was tat sie hier? Und warum fühlte es sich so gut an?

In dem kleinen Raum war es dämmrig, über einzelnen kleinen Tischen, die um eine Tanzfläche herum standen, stiegen Rauchwolken auf. Lisa vernahm das Klirren von Besteck. Ein verführerischer Geruch nach gebratenem Fleisch stieg ihr in die Nase, und sie schluckte. Ein Kellner brachte sie an einen Tisch, sie setzten sich, und jetzt versuchte Lisa doch, ihre abgetragenen Schuhe unter dem Tisch zu verstecken. Nicht vor Louis, sondern vor den anderen Gästen. Die Frauen trugen schöne Kleider und Schuhe mit Absätzen.

Neugierig sah sie sich um. Sie war noch nie an einem Ort wie diesem gewesen. Es gefiel ihr sehr, aber worauf hatte sie sich bloß eingelassen? Sie kannte diesen Mann doch gar nicht. Und doch wollte sie nichts lieber, als hier mit ihm in einer Tanzbar zu sitzen, wo die Besitzer gute Beziehungen haben mussten, wenn sie Steaks servieren konnten. Und wenn hier plötzlich Deutsche auftauchten? Daran hatte sie bisher nicht gedacht. Sie wandte sich um und suchte den Raum nach Uniformen und einem Hinterausgang ab.

»Deutsche kommen hier nicht her. Die mögen die Musik nicht. Wir können ganz unbesorgt sein.«

»Woher wissen Sie, dass ich nach Deutschen Ausschau gehalten haben?«

Er zuckte mit den Schultern. »Intuition. Außerdem gehört nicht viel Kombinationsgabe dazu. Sie sprechen Französisch mit Akzent, wenn auch einem leichten, Sie haben kein Geld für neue Schuhe und Sie haben Hunger. Sie gehören bestimmt nicht zur deutschen Verwaltung, denn die Deutschen zahlen ihre Leute gut. Sie sind eher auf der Flucht vor den Nazis.«

Sie bestellten etwas zu essen, und ebenso wie vorher den Champagner genoss Lisa jeden Bissen. Das letzte Mal hatte sie so etwas Gutes vor Jahren in Berlin auf dem Teller gehabt und sie würde sich kein Stück davon entgehen lassen. Sie sah zu Louis hinüber. Was war er für ein Mann, dass er ihr all dies bieten konnte, einfach so? Sie hatte noch nie jemanden wie ihn getroffen. Er schien das Abenteuer zu lieben, aber er war auch bodenständig, er sah sehr gut aus und hatte Stil, und er machte ihr nach alter Schule den Hof. War es das, das ihn so anziehend machte? Louis schenkte ihr Wein nach und berührte dabei ihre Fingerspitzen. Sie ließ fast die Gabel fallen. Er hatte sehr gepflegte, schöne Hände. Das hatte ihr schon immer an einem Mann gefallen.

Sie sahen sich an und spürten beide, wie sie den anderen verwirrten und sich verwirren ließen.

Er bot ihr eine Zigarette an. Es waren amerikanische Luckys. Als Lisa inhalierte, spürte sie, wie stark sie waren.

Einige Musiker betraten die kleine Bühne, erst kam der Pianist, verbeugte sich knapp und setzte sich ans Klavier. Ihm folgten zwei Bläser, die ihre Instrumente in die Höhe hielten. Als Letzte kam die brünette Sängerin in einem langen Kleid, das im Rücken tief dekolletiert war.

Sie fingen an zu spielen, ein Lied, das Lisa nicht kannte, das ihr aber wegen seiner Weichheit sehr gefiel. Danach stimmten sie *J'attendrai* an, wobei sie die Melancholie des Stücks durch Jazzelemente amerikanischer machten.

»Kommen Sie. Lassen Sie uns tanzen.«

Lisa wollte abwehren. Aber sie hatte heute schon zum ersten Mal in ihrem Leben Champagner getrunken und war mit einem Fremden mitgegangen, da konnte sie auch mit ihm tanzen. Er hielt ihr die Hand hin und zog sie vom Stuhl hoch. Sie standen sich inmitten der anderen Tänzer gegenüber. Lisa hatte keine Ahnung, was sie jetzt tun sollte. Louis umschloss ihre rechte Hand fest mit seiner und zog sie an sich, die andere spürte sie in ihrem Rücken. Er trat nah an sie heran und schob ihren linken Fuß mit seiner rechten Fußspitze nach hinten, dann machte er einen Schritt zur Seite. Gleichzeitig dirigierte er sie mit seinen Händen. Dabei sah er sie unverwandt an. »Mach es einfach nach. Lass dich von mir durch diesen Tanz führen«, sagte er leise. Lisa merkte, wie ihr Körper sich entspannte. Sie wurde weich in seinen Armen und folgte seinen Bewegungen. Seine Hand auf ihren Rippen brannte wie ein heißes Eisen. Während sie auf die einschmeichelnde Stimme der Sängerin hörte, *J'attendrai le jour et la nuit, j'attendrai toujours ton retour*, roch sie sein Rasierwasser und darunter den Duft seiner Haut.

»Ich habe auch auf eine Frau wie dich gewartet«, sagte Louis und spielte damit auf den Liedtext an.

Lisa ließ sich von ihm führen, sie war so gefangen in der Musik und seiner Nähe, dass sie vergaß, auf ihre Füße zu achten. Sie ließ ihre Fingerspitzen sacht über seinen Rücken gleiten. Noch nie hatte sie die Muskelstränge bei einem Mann so intensiv gefühlt. Sie machte einen falschen Schritt.

»Verzeihung«, sagte sie und spürte, wie sie rot wurde. Er rückte ein paar Zentimeter von ihr ab, um ihr in die Augen sehen zu können, und zog sie wieder an sich.

»Hast du denn noch niemals getanzt?«, fragte er mit den Lippen dicht am Ohr, und sie spürte seinen warmen Atem an ihrem Hals. Ein Hauch, der ihr eine Gänsehaut verursachte.

Lisa erstarrte. Ihre Kehle wurde eng, sie musste ein Schluchzen hinunterschlucken. Louis' unschuldige Frage löste eine Lawine von Gefühlen in ihr aus. Sollte sie sich schämen? Sollte sie stolz darauf sein? Oder traurig? Sie gab sich der Stimme und besonders den Worten der Sängerin hin, die jetzt von einer alten Liebe sang.

Wir haben uns gestritten, du hast schon hundert Mal die Koffer gepackt, früher stritten wir uns nur, um uns zu versöhnen, heute streiten wir nicht mehr, wir lächeln. Du hast Geliebte gehabt und ich dachte, ich hätte dich verloren. Du hast mir viel verziehen und du hast immer noch deine kleinen Geheimnisse. Aber ich liebe dich immer noch, Geliebte, du Schöne, ich liebe dich vom Morgen bis zum Abend, bis in alle Ewigkeit …

Die Liebesgeschichte, von der die Frau sang, hätte ihre eigene sein können. Ihre Verwirrung wurde immer größer. Sie fühlte Louis' Körper dicht an ihrem und sie genoss dieses verbotene

Gefühl. Mit ihm war alles so neu, so aufregend. Und dann war da Hans, mit dem sie eine jahrelange Beziehung verband, die so viel mehr war, als viele Paare hatten. Mit Hans teilte sie eine Weltanschauung, einen Kampf, den Sinn ihres Lebens ...

Als die Musik aufhörte, nahm sie den Saal, die Tanzfläche, die anderen Menschen um sie herum wieder wahr. Sie war immer noch so verwirrt, dass sie sich setzen wollte, aber Louis ließ sie nicht los. Er blieb einfach stehen und hielt sie fest, bis die Musik wieder einsetzte. Er zog sie noch ein Stückchen näher an sich heran. Sie konnte ihn noch deutlicher spüren. Ein Gefühl, das sie berauschte. Sie schob den Gedanken an Hans zur Seite. Sie war reine Körperlichkeit, ein einziges Fühlen. Sie gab sich hin, ließ sich führen, drehte sich, spürte Louis' Oberschenkel an ihrem. So war es also, wenn man tanzte? Und warum hatte sie das eigentlich noch nie gemacht? Warum hatte sie nie einfach nur eine junge Frau sein dürfen, die das Leben und die Liebe entdeckte? Tränen über die verpassten Chancen stiegen hart in ihrer Kehle auf. Darüber, dass ein Mann, der tief in ihr Inneres sehen konnte, ihr die Frage stellte, ob sie denn noch nie in ihrem Leben getanzt hatte. Nein, hatte sie nicht. Mit einunddreißig Jahren! Weil die Nazis es ihr verboten hatten und weil Hans nie auf den Gedanken gekommen war, dass sie vielleicht einmal tanzen gehen könnten. Der verrückte Gedanke streifte sie, was gewesen wäre, wenn sie Louis vor Hans getroffen hätte. Sie konnte ihre Tränen nicht zurückhalten. Louis bemerkte es und sah sie fragend an. Dann wischte er ihr die Tränen in einer unendlich zarten Geste von der Wange.

Als spürte er ihr Zögern, verstärkte er seinen Griff, und alle Zweifel waren verflogen. Sie wollte diesen Moment, diesen verzauberten Augenblick. Ohne an später zu denken. Sie schloss die Augen und stellte fest, dass es sich so noch besser über die Tanzfläche gleiten ließ. Sie schwebte. Sie legte den Kopf an

Louis' Schulter und spürte seinen warmen Atem in ihrem Nacken. Die Berührung jagte ihr einen Schauer über den Rücken. Sie hörte ihn ganz leise die Melodie mitsummen. Sie war glücklich. Wenn diese Nacht doch niemals aufhören würde!

Doch irgendwann packten die Musiker ihre Instrumente ein, und der Kellner brachte die Rechnung.

»Lisa ...«, sagte Louis, als sie draußen vor dem Lokal standen.

»Danke für diesen Abend. Ich werde ihn nie vergessen.«

Er stand vor ihr und sah sie eindringlich an. »Es gibt jemanden in deinem Leben, nicht wahr?«

Lisa nickte. »Es gibt einen Mann, und es gibt eine Aufgabe. Es gibt Menschen, die auf mich zählen.« Sie sah in seinem Gesicht, dass er verstand. Sie waren nicht allein auf der Welt, es gab Menschen, für die sie verantwortlich waren.

Er brachte sie noch die Treppe hinauf zum Bahnhof Saint Charles. Oben blieben sie einen Moment stehen und sahen auf die Stadt hinunter, die in der Nacht vor ihnen lag. Einzelne Laternen erhellten die Boulevards und die Kais am Hafen. Notre Dame de la Garde leuchtete auf dem Hügel gegenüber.

Er küsste sie auf die Wange und sagte: »Ich würde gern diese Stadt mit dir erobern. Ich würde gern jede einzelne Straße mit dir entlanggehen.«

Lisa nahm zum ersten Mal die Schönheit von Marseille wahr. Abseits der Flüchtlinge und der Polizei war dies eine der schönsten Städte, in denen sie je gewesen war. Und es war Louis, der ihr das bewusst machte.

Sie standen eng voreinander und wussten nicht, wie sie Abschied nehmen sollten. Am Horizont begann der Himmel, sich schon zart rosa zu färben.

»Ich muss gehen«, sagte Lisa leise.

Louis seufzte. »Ich frage dich nicht nach einem Wiedersehen, aber ich werde morgen Abend in dem Café auf dich warten.«

KAPITEL 22

Lisa war Louis dankbar, dass er sie verstand und keine Antwort von ihr erwartete. Eilig und leichtfüßig lief sie auf der Rückseite des Bahnhofs an den Bahngeleisen entlang, die in Richtung Belle de Mai führten. Dabei sah sie immer wieder Momente dieses zauberhaften Abends vor sich. Es war vielleicht der schönste Abend ihres Lebens gewesen. Noch nie hatte sie sich so ... so besonders gefühlt. Dieses Gefühl, das Louis ihr heute Abend gegeben hatte, würde sie in ihrem Herzen bewahren, um es jederzeit wieder hervorholen zu können, wenn sie es brauchte. Als sie an den Tanz und an seinen Atem in ihrem Nacken dachte, erschauderte sie am ganzen Körper. Sie konnte ihn immer noch spüren, wie er sich an sie drängte, ganz sachte ihre Wange berührte.

Sie schenkte den Arbeitern der Frühschicht in der Zigarettenfabrik, die ihr entgegenkamen, ein strahlendes Lächeln, und betrat den Schulhof, immer noch aufgewühlt und auch ein wenig beschwipst und satt, und die Musik klang ihr noch in den Ohren.

Sie schlich durch den Flur und betrat das Zimmer, in dem sie schliefen. Sie ging barfuß, um die anderen nicht zu wecken. Aber als sie ihre Schuhe neben dem Strohsack abstellte, wachte Hans auf.

»Warum kommst du so spät?«, murmelte er. »Hast du etwa einen Geliebten?«

»So ein Blödsinn.« Lisa lachte leise auf.

»Kann ich mir auch nicht vorstellen. Das passt nicht zu dir.« Damit drehte er sich um und schlief weiter.

Seine Antwort ernüchterte sie, plötzlich war die Magie der letzten Stunden zerstört. Sie zog sich aus und legte sich neben Hans. Aber sie wollte nicht, dass der Abend schon vorüber war.

Wieder und wieder rief sie sich die Zeit mit Louis ins Gedächtnis. Sie sah sein Gesicht vor sich, die dunklen Augen und die sinnlichen Lippen, die sie anlächelten. Sie sah sich wieder mit ihm tanzen, sie hatten noch viele Tänze gemacht, und sie hatte sich mit ihren Schritten immer sicherer gefühlt. Das lag an ihm, weil er sie fest im Arm gehalten und sie über die Tanzfläche geführt hatte. Auf einmal hatte er sie an sich gezogen und seine Lippen auf ihre gepresst. Sein Kuss war so leidenschaftlich, dass ihr die Knie wegsackten. Dieser Kuss war eine Steigerung ihrer Gefühle beim Tanzen, wenn das überhaupt möglich war.

Ich habe mich verliebt, dachte sie in einer Mischung aus Glück und Schrecken. Sie strich sich mit der Hand über die zarten Härchen an ihrem Unterarm und streckte sich auf ihrem Lager aus. Hans drehte sich herum und legte einen Arm auf ihren Oberschenkel. Lisa stellte sich vor, dass es Louis' Hand wäre. Sie war sich ihres Körpers, der sonst nur dazu da war, sie zu tragen und zu funktionieren, plötzlich auf schmerzliche Weise bewusst. Es war der Körper einer jungen, starken und schönen Frau, die auf Männer anziehend wirkte. Sie fühlte sich allmächtig. Mit einem Lächeln auf den Lippen schlief sie ein.

★ ★ ★

Am nächsten Morgen trug sie immer noch ein Lächeln im Gesicht, als sie sich auf den Weg ins Hotel *Bompard* machte, um Paulette etwas zu essen und ein paar Zigaretten zu bringen. Sie war schon einmal dort gewesen, aber der Wachmann hatte sie nicht vorgelassen, ihr nur die Sachen abgenommen. Auf dem

Weg dachte sie nur an Louis. Bei dem Gedanken, dass Paulette währenddessen im Gefängnis einsaß, bekam sie ein schlechtes Gewissen. Sie benahm sich wirklich wie ein Backfisch.

Sie hatte Glück, ein anderer Wachmann hatte Dienst und erlaubte ihr, den Hof des *Bompard* zu betreten. Voller Unruhe schaute Lisa sich um. Paulette war seit einer guten Woche hier. Wie mochte es ihr gehen? Dann sah sie ihre Freundin an einem großen Tisch stehen. Sie teilte Suppe aus einem großen Topf aus.

Lisa war unglaublich stolz auf sie.

Paulette entdeckte sie, sie reichte die Suppenkelle an eine andere Frau weiter und lief auf Lisa zu. Die beiden umarmten sich.

»Ich darf nur fünf Minuten bleiben«, sagte Lisa hastig. »Ich habe etwas zu essen.«

»Zigaretten?«

Lisa nickte und zog die Packung Gauloises und ein Stück Brot und Käse aus ihrer Tasche.

Paulette zündete sich gierig eine Zigarette an und inhalierte. »Kannst du etwas tun, damit ich hier rauskomme?«

»Ich versuche alles. Aber wen soll ich fragen?«

Paulette winkte ab. »Ist auch egal. Irgendwie wird es schon klappen.« Sie warf einen Blick auf Lisa. »Was ist mit dir«, fragte sie dann.

»Was meinst du?«, fragte Lisa zurück.

»Na, wie du dich in den Hüften wiegst. Als würdest du tanzen. Und deine Augen leuchten so.« Sie stutzte, dann lachte sie. »Ich fasse es nicht. Unsere tapfere Lisa hat es erwischt! Dass ich das noch erleben darf.«

»Ich habe jemanden getroffen, der in mir eine Frau sieht. Nicht nur eine Widerstandskämpferin. Ach Paulette, ich hätte niemals zu hoffen gewagt, dass mir das noch einmal passiert, dass jemand mein Herz so berühren kann«, sagte sie, dann wusste sie nicht weiter und sah Paulette unsicher an.

»Das habe ich mir gleich gedacht. Wer ist er?«

»Er heißt Louis und ist Amerikaner. Ich habe ihn gestern Abend in einem Café getroffen. Ich war gerade an einem absoluten Tiefpunkt, und da stand er auf einmal vor mir. Stell dir vor, ich habe mit ihm zum ersten Mal in meinem Leben Champagner getrunken. Zum ersten Mal getanzt. Ich konnte es gar nicht, aber das hat ihm nichts ausgemacht. Auch nicht meine Schuhe …« Sie sah auf die unansehnlichen Dinger hinunter und wollte weiterreden, aber Paulette unterbrach sie.

»Oh, Lisa, das hört sich aber nach mehr an als nach einem netten Abend.«

»Ach, wo denkst du hin. Ich werde ihn natürlich nicht wiedersehen.« Aber in dem Moment, wo sie das sagte, war sie sich ihrer selbst gar nicht mehr so sicher. Sie sah auf die Uhr, die an der Wand hing. In ein paar Stunden war sie mit Louis verabredet. »Er wartet auf mich heute Abend«, sagte sie kleinlaut.

»Und? Gehst du hin?«

»Das kann ich doch nicht. Ich gehöre zu Hans, und in ein paar Tagen fahre ich sowieso nach Banyuls, um uns alle hier rauszubringen. Die Deutschen werden bald hier sein. Es gibt wirklich Wichtigeres als einen Flirt.« Sie senkte die Stimme. »Du musst mit uns mitkommen, wir versuchen, uns nach Spanien durchzuschlagen.«

»Es gibt nie etwas Wichtigeres als die Liebe«, sagte Paulette, ohne auf Lisas letzte Bemerkung zu reagieren.

»Von Liebe habe ich nicht gesprochen, sondern von einem Flirt.«

»Bist du sicher? Das hört sich anders an.«

»Meinst du?« Lisa dachte nach. »Ich habe nicht mal ein schlechtes Gewissen gegenüber Hans. Hans ist ganz anders. Mit ihm verbindet mich die Politik, der Kampf gegen Hitler. Aber Louis hat mir gezeigt, dass ich auch eine Frau bin.«

Paulette seufzte. »Das wird uns in diesen Zeiten schwer gemacht. Aber vielleicht wurde es Zeit, dass dir das mal jemand zeigt.«

»Was meinst du?«

»Dass du eine Frau bist und Gefühle hast.«

»Aber ich habe doch Gefühle. Mein Herz schlägt links, ich würde alles dafür tun, um uns alle in Sicherheit zu bringen. Ich hasse die Nazis.«

»Diese Art von Gefühlen meine ich nicht, und das weißt du.«

»Warum geht denn nicht beides? Warum hat Hans mich noch nie zum Tanzen eingeladen?«

Sie versuchte sich an schöne Momente mit Hans zu erinnern. Sie hatten gemeinsame Wanderungen unternommen und sich manchmal unter dem Sternenhimmel geliebt. Sie hatten die Natur genossen und sich über Bücher unterhalten. Aber diese Momente der Verbundenheit, gar der Zärtlichkeit waren viel zu selten gewesen. Eine Leidenschaft, wie sie sie bei Louis' Kuss gespürt hatte, kannte sie von Hans nicht. Allein bei dem Gedanken spürte sie Wärme zwischen ihren Schenkeln aufsteigen.

»Louis weckt Sehnsüchte in mir, von denen ich keine Ahnung hatte«, sagte sie langsam und war dabei selbst verwundert über ihre körperliche Reaktion. Sie räusperte sich. »Aber das hat natürlich alles keine Zukunft. Ich fahre bald an die spanische Grenze, und Louis fährt zurück nach Amerika.«

Paulette legte ihr den Arm um die Schulter. »Dann genieße es, solange du es haben kannst. Schöpfe Kraft daraus. Du wirst sie brauchen.«

»Hast du so was auch schon mal gemacht? Kennst du dieses Gefühl?«

Paulette nickte. »Es gibt Kraft, wie gesagt, und die brauchen wir.«

»Du verurteilst mich nicht?«

Paulette lachte. »Ich wusste nicht, dass du so bürgerlich bist. Wir haben Krieg, Lisa. Jeder Tag kann der letzte sein. Nimm dir vom Leben, was du kriegen kannst. Und außerdem bist du nicht mal mit Hans verheiratet …«

»… nein, aber er hat ein offizielles Eheversprechen vor den französischen Behörden abgegeben, um mich zu schützen.«

»Selbst wenn. Du willst ihn ja gar nicht verlassen. Er muss es nie erfahren. Habt ihr denn …«

»Nein, wo denkst du hin?« Lisa wehrte ab.

»Die Zeit ist um!«, rief der Wachmann von der anderen Ecke des Hofes und kam auf sie zu.

Lisa zuckte zusammen. »Ich habe dich nicht mal gefragt, wie es dir geht«, sagte sie.

Paulette lachte. »Mach dir um mich keine Sorgen. Unkraut vergeht nicht.«

»Hast du keine Angst, dass sie dich nach Deutschland schicken?«

»Warum denn? Sie haben nichts gegen mich in der Hand und sie kennen meinen richtigen Namen nicht und ich habe einen schönen tschechischen Pass. Aber wenn du was für mich tun kannst, dann tu es.« Für einen Moment zeigte sich Angst in ihrem Gesicht.

»Los jetzt. Sie müssen gehen.« Der Wachmann war zu ihnen gekommen.

Noch einmal umarmten sie sich, dann ging Lisa.

KAPITEL 23

Bis zur letzten Sekunde hatte Lisa sich eingeredet, dass sie nicht zu dem Treffen gehen würde. Der vorherige Abend mit Louis war wunderschön gewesen und hatte eine unbekannte Saite in ihr zum Klingen gebracht. Sie würde sich immer daran erinnern, aber jetzt musste sie wieder in ihr altes Leben zurückkehren. Doch das Gespräch mit Paulette wirkte in ihr nach. Während sie durch die Straßen ging, fragte sie einen Passanten nach der Uhrzeit. Noch eine Stunde … Sie lenkte ihre Schritte auf den Markt in Belsunce, wo die Lebensmittel am billigsten waren, und versuchte, ein bisschen Obst für Titi zu bekommen. Es gab Trauben, die schon ein wenig überreif waren, aber schön süß, und sie kaufte sie. Jetzt saß Louis bestimmt bereits am verabredeten Ort. Wenn sie gleich losgehen würde, dann wäre er noch da. Doch sie machte sich auf den Rückweg nach Belle de Mai. Die Bahnhofsuhr sage ihr, dass sie nun schon eine halbe Stunde über die Zeit war. Lisa sah Louis vor sich, wie er immer wieder zur Tür und auf seine Uhr sah, wie seine Enttäuschung sich in Verzweiflung wandelte, als er einsehen musste, dass sie ihn versetzte.

Sie wandte sich um und fing an zu laufen.

Nur noch dieser eine Abend, sagte sie sich, während sie den Weg bis zum Hafen hinunterrannte. Völlig außer Atem betrat sie das Café. Es war fast eine Stunde nach der verabredeten Zeit.

Als Louis sie sah, sprang er auf, um sie etwas ungestüm in die Arme zu nehmen. Sie dachte kurz daran, dass sie jemand sehen könnte, es war ihr egal. Es tat so gut, in seinen Armen zu sein und sich für einen Moment sicher zu fühlen. Im Moment wollte sie nichts anderes in der Welt. Sie standen ein wenig zu lange eng umschlungen da, und sie spürte, wie heftig er atmete. Dann löste er sich von ihr und sie setzten sich.

»Wie gut, dass du da bist. Ich hätte sonst nicht gewusst, wohin damit«, sagte er und reichte ihr einen Karton über den Tisch. Sie machte ihn auf, darin lag ein Paar Schuhe. Sie waren aus feinstem burgunderrotem Leder, hatten eine schmale Spange über dem Spann und einen kleinen Absatz. »Probier sie an. Sie müssten passen.«

»Aber du wusstest doch gar nicht, ob ich kommen würde. Woher hast du die?«, fragte Lisa, während sie über das weiche Leder der Schuhe strich.

»Probier sie an«, sagte Louis wieder.

»Warum schenkst du mir Schuhe?«

»Weil du welche brauchst.« Als wäre das eine Erklärung.

Sie zog ihre alten Schuhe aus und schlüpfte mit dem rechten Fuß in den Spangenschuh. Er passte wie angegossen. Sie hob den linken Fuß, Louis fasste ihre Fesseln an, um ihr hineinzuhelfen. Lisa sog scharf den Atem ein. Die Berührung war so erotisch aufgeladen, dass ihr warm wurde. Louis streichelte sanft über ihre Wade und setzte den Fuß wieder ab.

»Sie sind wunderhübsch«, brachte Lisa heraus.

»Und bequem?«

»Und bequem.«

»Kannst du in ihnen tanzen?«

Sie lächelte ihn an. »Kommt drauf an, mit wem.«

Sie gingen wieder in das Tanzcafé. Jeder Tanz brachte sie näher zueinander, ihre Leiber und Münder berührten sich. Lisa fragte sich, wie lange sie das noch aushalten würde. Ihr Körper schien zu brennen, ihre Beine wollten sie nicht mehr tragen. Ihre Lust auf mehr wurde unwiderstehlich.

»Komm mit mir in mein Hotel«, flüsterte Louis mit vor Erregung bebender Stimme.

Lisa stellte sich nicht vor, wie es sein würde, mit einem anderen Mann als Hans zu schlafen. Sie wusste nur, dass sie das wollte. Und dass sie sich fragte, wie sie den Weg bis in sein Zimmer überstehen würde. Sie küsste ihn als Antwort.

Sie liefen beinahe durch die Nacht bis zum Hotel *Splendide*, wo er wohnte. Er schloss die Zimmertür hinter sich und stürzte sich auf sie. Sie liebten sich die ganze Nacht, immer wieder, nach der ersten stürmischen Umarmung folgten zärtliche Berührungen, die wieder in Leidenschaft mündeten.

»Du bist unersättlich«, sagte Louis mit einem Lächeln zu ihr, als sie erneut ihren Körper an seinen presste.

»Weil ich so etwas noch nie erlebt habe.«

Gleichzeitig wurde sie traurig. Ich gebe mich dem Taumel hin, weil ich in dieser Nacht mein ganzes Begehren ausleben muss, dachte sie.

★ ★ ★

Die nächsten Tage waren wie ein Rausch. So oft es ging, war Lisa bei Louis. Von ihm nahm sie sich alles, was sie in den letzten Jahren nicht haben durfte. Sie wusste, dass sie nur wenig Zeit hatten, und wollte jede Sekunde auskosten. Und jeden Tag verliebte sie sich ein bisschen mehr in ihn. Lisa war in diesen Tagen ganz auf ihren Körper konzentriert. Sie ließ alle Gedanken, alle Sorgen hinter sich. Sie wollte nur fühlen und ihre Zärtlichkeit verströmen.

An einem Sonntag nahm er sie mit in seinem Auto. Sie verließen die Stadt und fuhren die Küste entlang.

»Heute fährt ein Schiff nach New York. Ich hatte eine Passage gebucht.«

Lisa starrte ihn an. »Du hast sie verfallen lassen?«

»Ich bin zu diesem Amerikaner gegangen, der im selben Hotel wohnt und den Flüchtlingen hilft, und habe sie ihm abgetreten. Ich weiß nicht, wer meinen Platz eingenommen hat, aber dieser Fry meinte, es sei ein Schriftsteller, der sich schon seit Wochen in seinem Hotelzimmer vor der Gestapo versteckt hält.«

Lisa war entsetzt. »Was für ein Leichtsinn! Es gibt Menschen, die für eine Schiffspassage in die Freiheit töten würden, und du …?«

»… ich habe es aus Liebe getan«, sagte er und sah sie dabei an. »Und seien wir ehrlich, ich bekomme früher oder später ein neues Billett.«

Lisa starrte aus dem Autofenster auf das Mittelmeer, aber sie sah es nicht. Die Erkenntnis drang zu ihr durch, was Louis auf sich genommen hatte, um bei ihr zu sein. Sie war überwältigt. Gleichzeitig machten ihr diese Gefühle Angst. »Wie soll das mit uns nur enden?«, flüsterte sie.

Louis griff nach ihrer Hand und drückte sie. »Heute werden wir das nicht entscheiden. Lass uns den Tag genießen.«

Als wäre es der letzte?, dachte Lisa. Plötzlich überfiel sie eine lähmende Verzweiflung. Sie würde in zwei Tagen den Zug nach Banyuls nehmen. Sie konnte das nicht länger aufschieben. Aber wie sollte sie Louis das jetzt sagen, wo er gerade ein solches Opfer für sie gebracht hatte! Sie war tief in düstere Gedanken versunken, bis sie an einer verschwiegenen Bucht bei Sanary hielten. Hohe Kalkfelsen umrahmten sie und ließen das Wasser türkisgrün leuchten.

Ich werde Louis diesen Tag schenken, dachte Lisa, als sie aus dem Auto stieg. Ich habe nicht das Recht, ihn zu zerstören.

★ ★ ★

Und dann war der allerletzte Tag, der Tag des Abschieds da. Am Nachmittag hatte es ein heftiges Gewitter gegeben, und sie hatten sich geliebt und lagen im Bett in Louis' Hotelzimmer. Das Fenster stand offen. Von draußen wehte eine leichte Brise herein. Als sie erschöpft nebeneinander lagen, sagte Louis plötzlich: »Ich kann dich hier rausbringen. Wir könnten nach New York gehen.«

Lisa setzte sich abrupt auf. Was hatte er gerade gesagt? »Du bist verrückt.« Ein Windhauch streifte sie, und sie zog das Betttuch vor der Brust zusammen.

»Nein, ich meine er sehr ernst. Ich habe mich in dich verliebt, Lisa, und ich will mit dir zusammen sein. Wenn ich dich morgen heirate, können wir übermorgen nach Lissabon fahren und ein Schiff besteigen. Zur Not fliegen wir.«

Lisa senkte den Kopf. Sie sah sich selbst, wie sie an seiner Seite an der Reling eines Schiffs stand und wie vor ihr die Freiheitsstatue auftauchte. Wie sie mit Louis in einer Wohnung in Manhattan lebte und wie sie mit ihm ins Kino ging oder durch den Central Park spazierte. Endlich würde sie ein ganz normales Leben führen, ohne Angst und materielle Not. Die Sehnsucht danach trieb ihr Tränen in die Augen. Für einen Moment blieb sie in diesem Traum, dann schüttelte sie den Kopf.

»Ich kann nicht gehen und alles hinter mir lassen. Ich kann nicht ohne Hans gehen. Ohne meine Eltern, ohne meinen Bruder. Wenn ich das täte, dann würde ich alles verraten, wofür ich die letzten Jahre gekämpft haben. Dann wäre alles umsonst gewesen.«

Sein Blick wurde hart. »Aber du kannst Hitler nicht besiegen.«

»Nein, aber das heißt nicht, dass ich nur an mich denke und alle anderen zurücklasse.«

»Ich biete dir ein Leben in Freiheit. Ich habe genug Geld für uns beide. Du könntest einfach leben. Wir könnten ein Kind haben.«

Lisa zuckte zusammen, als hätte man sie geschlagen, dann schüttelte sie erneut den Kopf. »Das wäre mir zu wenig. Ich brauche ein Ziel im Leben, eine Aufgabe. Ich brauche die Menschen, die ich liebe, um mich herum.«

»Ich liebe dich. Meine Liebe reicht für viele.«

»Bitte dräng mich nicht«, sagte sie mit erstickter Stimme.

Louis stand auf und fing an, unruhig im Zimmer auf und ab zu gehen. Er hatte sich nicht angezogen, und seine Nacktheit berührte Lisa zutiefst, zeigte sie ihr doch, wie sehr er ihr vertraute, aber auch wie aufgewühlt er war. In seinem Gesicht konnte sie die Anspannung lesen. Dann wandte er sich ihr zu.

»Hör zu, Lisa, ich weiß, das alles geht viel zu schnell. Ich kann ja selbst nicht fassen, was mit uns beiden gerade geschieht. Du brauchst Zeit, um dich an den Gedanken zu gewöhnen …«

Aber Lisa sah plötzlich alles ganz klar vor sich. Ihre Stimme klang ungeduldig, als sie sagte: »Nein, du irrst dich. Ich weiß ganz genau, dass ich nicht mit dir weggehen kann, auch wenn ich mir das mehr wünsche als alles andere. Du wirst mich nicht umstimmen. Wir müssen das hier beenden. Ich …«, sie überlegte, ob jetzt der Moment war, es ihm zu sagen, aber dann fand sie, er habe ein Recht, es zu wissen, »… ich verlasse Marseille. Ich muss etwas erledigen, von dem viele Leben abhängen, und ich weiß nicht, ob es mir gelingen wird …«

Er schwieg einen Moment und sah sie fassungslos an, bevor es aus ihm herausbrach: »Und wann hättest du es mir gesagt? Ich sehe schon, wahrscheinlich wärst du einfach weg gewesen und hättest mich im Ungewissen gelassen und mich wie einen Trottel durch Marseille laufen lassen, auf der Suche nach der Frau, die ich liebe.«

Sie schüttelte den Kopf. »Louis, ich wollte dir nicht wehtun. Ich wollte es dir gestern sagen, aber dann hast du mir von der Schiffspassage erzählt und ich habe es nicht über mich gebracht. Ich wollte unseren letzten Tag nicht verderben.«

»Ist es gefährlich?«, fuhr er dazwischen.

Lisa sah den Schrecken in seinen Augen. »Was ist denn heute nicht gefährlich? Ich darf mich eben nicht erwischen lassen. Es ist wichtig, dass jemand das tut, es kann vielen Menschen, die mir am Herzen liegen, die Freiheit bringen.«

Er wurde wütend. »Was kann das denn für eine Aufgabe sein? Du willst einfach nicht einsehen, dass wir verloren haben. Wie viele von uns sollen denn noch sterben? Wir haben alles getan, um Hitler zu bekämpfen, aber es hat nicht geholfen. Das bringt doch alles nichts. Jetzt ist es an der Zeit, dass jeder an sich denkt. Jeder muss sehen, wo er bleibt. Für mich ist dieser Krieg vorbei. Und jeder, der weiterkämpft, ist ein hoffnungsloser Träumer.«

Lisa starrte ihn an. »Ich wusste nicht, dass du so denkst. Du bist ein solcher Zyniker!« Sie stand auf und suchte ihre Kleidung zusammen, die rund um das Bett verstreut war. Auf einmal war sie schrecklich müde und wollte nur noch nach Hause.

Er schwieg, sie konnte sehen, dass er um Beherrschung rang, dann fragte er: »Wie lange wirst du weg sein?«

»Ich weiß es nicht. Ein paar Tage vielleicht, vielleicht auch mehr.« Sie sah ihn an. »Wirst du dann noch in Marseille sein?«

»Wünschst du dir das?« In seinen Augen flackerte es. Die Spannung war auf einmal mit Händen zu greifen.

Lisa atmete tief ein und aus. »Es wäre leichter, wenn ich wüsste, dass du nicht mehr in der Stadt bist.« Woher nahm sie nur den Mut, das zu sagen? Die Worte verbrannten ihr fast die Lippen.

Er biss die Zähne so stark aufeinander, dass seine Kieferknochen hervortraten.

»Dann müsste ich nicht länger überlegen, ob es richtig ist, wenn ich jetzt gehe«, sagte sie leise. Traurig knöpfte sie ihre Bluse zu und schlüpfte in die roten Schuhe. Dann trat sie auf ihn zu und schmiegte sich eng an ihn. »Ich danke dir«, sagte sie.

Seine Wut war verraucht, und er legte die Arme um sie. »Wofür?«

»Dafür, dass du mir gezeigt hast, dass es auch ein anderes Leben gibt. Aber jetzt ist nicht die Zeit dafür. Im Grunde weißt du das auch.«

Sie sah ihn noch einmal an, um sich sein Gesicht einzuprägen, dann öffnete sie die Tür und trat in den dunklen Hotelflur.

In der Lobby des Hotels kam ihr eine Frau entgegen, die einen Kinderwagen schob. Was macht eine Frau mit einem Baby so spät noch in einem Hotel, fragte sie sich. Dann knickten ihr die Beine weg. Wann war ihre letzte Regelblutung gewesen? Das musste über sechs Wochen her sein. Oh Gott, konnte es sein, dass sie schwanger war? Wie konnte sie so unvorsichtig sein? Die Erkenntnis traf sie wie ein Hammerschlag, und sie blieb abrupt stehen.

Der Portier kam auf sie zu. »Ist Ihnen nicht gut?«, fragte er besorgt.

Lisa sah zur Treppe zurück, die sie gerade heruntergekommen war. Sollte sie zu Louis zurückgehen und ihm alles sagen? Würde ein Kind etwas an ihrer Entscheidung ändern? Hätte sie nicht die Pflicht, es in Sicherheit zu bringen? Der Gedanke macht sie völlig kopflos. Halb blind vor Tränen stolperte sie die Straße entlang. Sie konnte nur daran denken, dass sie vielleicht schwanger war. Von Louis. Mit Hans hatte sie nicht geschlafen, mit so vielen Leuten in einem Raum war das nicht möglich. Sie rechnete noch einmal nach, wann sie zum letzten Mal ihre Regel gehabt hatte. Es war in Lourdes gewesen, Paulette hatte ihr mit Vorlagen aus Stoffresten ausgeholfen. Viele Frauen im

Lager hatten nicht mehr menstruiert, weil sie zu wenig aßen und ihre Körper zu schwach dazu waren. Aber zu ihnen hatte Lisa nie gehört. Sie war noch jung und einigermaßen kräftig. Noch einmal rechnete sie nach. Doch, ihre letzte Regel war in Lourdes gewesen. Wieso war ihr das bisher nicht aufgefallen? Sie horchte in ihren Bauch hinein. War da doch dieser ziehende Schmerz, der ihre Monatsblutung ankündigte?

Sie rannte den ganzen Weg nach Hause und schluchzte immer wieder auf. Zum ersten Mal in diesem Krieg erlaubte sie sich die Frage, ob sie zu viel opferte, um auf der richtigen Seite zu stehen, ob der Preis nicht zu hoch war.

Es war schon nach Mitternacht, als sie sich in Belle de Mai in den Schlafraum schlich. Eva und Hänschen hatten Titi in ihrer Mitte und schliefen tief und fest. Hans hatte ihr auf seiner Matratze den Rücken zugekehrt und atmete gleichmäßig. Lisa betrachtete die Menschen, die ihre Familie waren. Sie waren die einzige Familie, die sie noch hatte. Sie hatte versprochen, sie heil aus Frankreich herauszubringen. Sie konnte sie nicht im Stich lassen und einfach mit Louis ein neues Leben beginnen. Was, wenn man sie erwischte, während sie selbst frei wäre? Sie versuchte, sich die kleine Titi in einem Lager wie Gurs, in einem Eisenbahnwaggon ohne Fenster vorzustellen. Der Gedanke brachte sie fast um. Würde sie sich das jemals verzeihen können? Könnte sie mit Louis glücklich werden, wenn sie diese Schuld auf sich lud?

Ihr Blick schweifte über ihre Familie. Und was war mit ihren Eltern? Konnte sie gehen, ohne ihre Mutter und ihren Vater wiedergesehen zu haben?

Sie musste den Raum verlassen, weil schon wieder ein heftiges Schluchzen sie überkam. Auf dem Gang presste sie verzweifelt die Hände vor den Mund, damit niemand sie hörte. Sie ging in den Garten hinaus. Dort war zum Glück niemand und sie konnte ungestört weinen. Sie verbrachte die schlimmste Stunde ihres Lebens. Sie litt Höllenqualen, weil sie nicht wusste, was sie tun sollte. Sie biss sich die Fingerkuppen blutig, um nicht laut herauszuschreien. Sie lief auf dem Rasenstück auf und ab, und bei jedem Schritt fragte sie sich, was sie tun sollte … Irgendwann, der Himmel verfärbte sich schon, war sie völlig erschöpft. Wie eine Marionette wankte sie zu ihrem Schlafsack.

»Wann willst du mir endlich sagen, was los ist und warum du nachts nicht nach Hause kommst?«, fragte Hans, als sie sich neben ihn legte.

»Ist dir das aufgefallen?« Sie war ehrlich überrascht. Über seine Frage und auch darüber, dass sie noch eine Stimme hatte.

»Habe ich dich verloren?«, fragte er, und sie hörte die Angst in seiner Stimme.

Bitte dreh dich nicht um, dachte sie. Wenn Hans sie ansehen würde, würde er Bescheid wissen.

»Ich bin doch hier«, sagte sie leise.

Sie legte sich hinter ihn und schlang den Arm um ihn. Kurz darauf merkte sie, dass er wieder eingeschlafen war. Aber für sie war an Schlaf nicht zu denken. Sie fühlte Hans' Körper an dem ihren und dachte dabei an Louis. Es war wie ein Abschied. Etwas Warmes rann zwischen ihren Beinen hervor. Leise stand sie auf und ging in den Waschraum. Ihre Regel war gekommen. Sie war traurig, aber vielleicht war es auch gut so. Es machte die Dinge einfacher, dass sie nicht schwanger war. Ihr Platz war dort, wo sie anderen helfen konnte. Und jetzt, wo sie doch kein Kind von Louis bekam, band sie nichts mehr an ihn außer ihrer tiefen Gefühle, die aber zur falschen Zeit am falschen Ort waren.

Sie hatte keine Tränen mehr. Sie hatte sich entschieden.

KAPITEL 24

Am nächsten Morgen tat Lisa, als würde sie noch schlafen, obwohl in dem Schlafsaal schon große Geschäftigkeit herrschte. Sie kniff die Augen zusammen. Ihr fehlte der Mut, den Tag zu beginnen. In den letzten Tagen hatte sie darauf hingefiebert, Louis zu treffen. Aber gestern Nacht hatte sie ihn verlassen. Heute konnte sie sich nicht auf ihn freuen, sie würde nicht die Liebe in seinen Augen entdecken, nicht unbeschwert sein und den Krieg vergessen. Nie wieder diese Lust in seinen Armen erleben.

»Lisa, nun steh schon auf. Was ist denn los mit dir?«

Hans stand vor ihrem Strohsack und rüttelte an ihrer Schulter. »Pfemfert hat geschrieben. Es sieht nicht gut aus.« Mühsam setzte sich Lisa auf. Jetzt war doch wieder alles da: Belle de Mai, die vielen Flüchtlinge um sie herum, der Krieg.

Hans streichelte ihr über den Rücken. »Komm. Es gibt Kaffee. Die anderen warten.« Lisa stand auf und zog sich an. Dann wusch sie sich. In dem halbblinden Spiegel über dem Waschbecken sah sie ihr Gesicht. Es hatte sich in den letzten Tagen verändert. Sie entdeckte Spuren von Leidenschaft, von Liebe. Die Zeit mit Louis hatte aus ihre eine andere Frau gemacht. Sie fuhr sich mit den flachen Händen über ihre Wangen und näherte sich dem Spiegel. Diese Erfahrung kann mir niemand nehmen, dachte sie, und ihr gelang sogar ein kleines Lächeln. Sie trat einen Schritt zurück und strich sich das Haar glatt.

Aber das war gestern. Heute würde sie nach Banyuls fahren. Als sie sich in der Gemeinschaftsküche zu den anderen an den Tisch setzte, hatte sie sich einigermaßen in der Gewalt. Hans stellte ihr eine Tasse hin. Lisa trank einen Schluck Kaffee. Wo hatte Hans den herbekommen? Er war köstlich, stark und heiß, genauso wie sie ihn mochte. Hans beobachtete, wie sie trank, und lächelte sie an. »Für dich«, formten seine Lippen. Auf einmal hatte sie ein schlechtes Gewissen. Er hatte alles darangesetzt, Kaffee für sie zu besorgen, und sie hatte ihn betrogen. Louis ist Vergangenheit, dachte sie dann. Jetzt muss ich unsere Zukunft, unser Überleben sichern. »Was schreibt Pfemfert denn?«, fragte sie. »Geht es Anja gut?« Die beiden waren immer noch in Perpignan, das nur vierzig Kilometer von der spanischen Grenze lag. Sie berichteten davon, dass die Lage in den französischen Dörfern an der Grenze unsicher sei. Die Spanier würden Männer im wehrfähigen Alter zurückschicken, die Franzosen alle Ausländer verhaften, die sich dort aufhielten. Auch Perpignan war nicht mehr sicher.

Ihr Bruder regte sich auf. »Ihr bleibt hier. Es ist zu gefährlich, jetzt an die Grenze zu fahren«, sagte er zu Eva und Titi. »Und Lisa bleibt auch bei uns in Marseille. Warte zumindest noch ein paar Tage ab, bevor du fährst.«

Lisa sah Hans an, und in seinen Augen las sie Ratlosigkeit, aber auch Sorge. Sie hoffte, er würde sie aufhalten, weil es zu gefährlich war. Dass er ihr die Mission verbieten würde, ebenso wie ihr Bruder sie seiner Frau verboten hatte. Dann besann sie sich. Aber nein, so etwas würde Hans nie tun. Und sie würde es auch nicht wollen. Sie würde sich von ihm nichts verbieten lassen. Sie entschied allein über ihr Leben. Es war wichtig, dass jemand an die Grenze ging, um herauszufinden, wie sie auf Frankreich herauskamen. Sie war die richtige Person dafür. Und sie hatte einen weiteren Grund, um zu fahren: Sie wollte weg aus Marseille. Sie mochte sich nicht vorstellen, durch die Straßen zu gehen und womöglich Louis zu treffen. Sie wusste nicht, ob sie noch einmal die Kraft aufbringen würde, ihn zu verlassen.

»Ich fahre wie geplant«, sagte sie.

Hänschen wollte aufbegehren, doch sie schnitt ihm das Wort ab. »Mir passiert schon nichts. Ich habe Erfahrung damit, unsichtbar zu sein.« Sie warf Hans einen Blick zu. »Ich bin vorbereitet. Mein Zug geht in drei Stunden.«

Hans sah sie voller Bewunderung an, und sie lächelte. Sie nahm einen letzten Schluck Kaffee und holte ihre Sachen. Hans hatte eine Landkarte von Südfrankreich aufgetrieben. Lisa faltete sie sorgfältig und versteckte sie im Bund ihres Rocks. Sie war beinahe erleichtert, als sie sich im Hof von Belle de Mai von ihrem Bruder, Eva und Titi verabschiedete. Jetzt musste sie nicht mehr darüber nachdenken, ob sie ihre Nichte womöglich in Gefahr brachte. Ohne die beiden wäre sie zudem unabhängiger und könnte schneller reagieren, wenn irgendetwas Unvorhergesehenes passierte. Was das sein könnte, darüber wollte sie lieber nicht nachdenken.

Hans brachte sie zum Bahnhof. Sie kamen über den hinteren Eingang, und Lisa warf einen Blick in Richtung der Treppe, wo das Hotel *Splendide* lag.

»Da vorn stehen Gendarmen«, sagte Hans alarmiert.

Lisa, hör auf, an Louis zu denken, und konzentriere dich! Du willst doch nicht auffliegen, ermahnte sie sich.

Doch die Beamten nahmen zum Glück keine Notiz von ihnen. Wer abreiste, musste keine Angst haben, kontrolliert zu werden. Die Gendarmen tippten freundlich an ihre Mützen und wünschten eine gute Reise.

Lisa nahm Hans in die Arme und barg ihren Kopf an seiner Schulter. Noch ein Abschied, dachte sie, und ihre Gedanken waren für einen Moment ungewollt doch wieder bei Louis.

Hans schien das zu merken. »Was ist mit dir?«, fragte er, kurz bevor sie sich an der Sperre zum Bahnsteig endgültig trennten. »Du bist seit ein paar Tagen verändert.«

»Du hast mich nicht gebeten zu bleiben«, brach es aus Lisa heraus. »Nicht so wie Hänschen.« Und nicht so wie Louis, setzte sie in Gedanken hinzu.

Er lächelte sie an. »Würdest du dir denn von mir etwas vorschreiben lassen? Seit wann bist du so sentimental?«, fragte er, aber es klang mitfühlend, nicht vorwurfsvoll. »Du weißt doch, wie wichtig es ist, dass jemand einen Weg findet, nicht nur für uns, sondern für viele andere, die nach uns kommen.« Er griff nach ihren Händen und küsste sie. »Lisa, ich wünsche mir auch ein anderes Leben, besonders für dich. Ich weiß, dass es schwer ist. Aber haben wir denn die Wahl?«

Lisa schüttelte langsam den Kopf.

»Komm mal her!« Hans zog sie wieder an sich und schlang seine Arme um sie. »Du bist die mutigste Frau, die ich kenne. Ich weiß, dass du das schaffst. Sobald wie möglich komme ich nach und wir gehen gemeinsam nach Spanien. Ich versuche inzwischen, Schiffspassagen und Einreisevisa für uns zu organisieren. Das geht nur in Marseille, das weißt du.« Er sah ihr in die Augen. »Wir werden es schaffen, Lisa, wir werden hier rauskommen. Und dann beginnt ein neues Leben für uns.«

Sie hob den Blick, um ihm in die Augen zu sehen. »Glaubst du das?«

»Ich verspreche es dir.«

»Und was wird das für ein Leben sein? Werden wir dann Zeit für uns haben und nicht alles immer vom Wohlergehen anderer abhängig machen? Wird es ein Leben sein, in dem wir Champagner trinken und tanzen?«

Hans lachte. »Champagner ist bourgeois.«

»Und tanzen?«

»Vielleicht. Wenn du es willst.« Er drückte sie an sich und küsste ihr Haar. Als seine Lippen ihren Mund suchten, rief der Schaffner zum Einsteigen.

Sie machte sich von ihm los.

»Bis bald. Schick mir ein Telegramm, wenn du angekommen bist. Damit ich weiß, wo ich dich erreichen kann. In spätestens einer Woche sehen wir uns wieder.« Es sollte aufmunternd klingen, aber Lisa sah die Zweifel in seinem Blick.

Sie sah ihm nach. Er ging davon, setzte im Gehen den Hut auf und winkte ihr zum Abschied wie früher. Dann nahm sie ihre Tasche und stieg in den Zug. Sie hatte eine Fahrkarte dritter Klasse und fand einen Platz auf einer der Holzbänke. Der Zug rollte aus dem Bahnhof. Während sie durch die spätsommerliche Landschaft fuhren, fragte Lisa sich wieder und wieder, ob sie die richtige Entscheidung getroffen hatte. Sie dachte an Louis. Was er jetzt wohl gerade machte? Ohne sie …

Dann schüttelte sie unwillig den Kopf. Sie musste damit aufhören. Es lenkte sie ab, es war gefährlich. Gerade eben auf dem Bahnhof hatte sie nicht mal die Gendarmen bemerkt. Im Grunde war sie froh, dass ihr die Entscheidung, Louis wiederzusehen, abgenommen war.

Müde schloss sie die Augen. Als sie sie wieder öffnete, blitzte links von ihr das Mittelmeer. Der Zug fuhr dicht an der Küste entlang, und der Anblick verschlug ihr den Atem.

»Wo sind wir denn?«, fragte sie die Frau, die ihr gegenübersaß. Sie war in Marseille mit ihr in den Zug gestiegen, aber der Mann, der neben ihr gesessen hatte, war nicht mehr da.

»Sie haben sehr fest geschlafen. Wir halten gleich in Sète«, sagte die Frau.

Lisa erschrak. Es war nicht gut, nicht die Kontrolle über ihre Umgebung zu haben. So etwas war ihr noch nie passiert. So etwas durfte nicht passieren. Sie war in Gedanken nicht bei ihrer Arbeit, sondern immer noch bei Louis. Sie ließ zu, dass er sie ablenkte. Über ihrer Sehnsucht nach ihm vergaß sie die elementarsten Regeln. Das war unverzeihlich. Sie musste ihn endlich vergessen.

Sie kontrollierte mit einem Blick, ob ihre Tasche noch da war. Die Frau folgte ihrem Blick und sah sie komisch an. Oder bildete sie sich das ein? Meine Güte, die Landkarte! Mit der Hand strich sie darüber, um zu fühlen, ob sie noch an ihrem Platz war. Sie war ein wenig verrutscht, eine Ecke beulte ihre Bluse aus. Hatte die Frau das auch gesehen? Lisa hob ihre Tasche auf den Schoß, damit sie verdeckte, wie sie die Bluse unauffällig wieder glatt zog und die Landkarte an den richtigen Platz schob. Sie warf einen Blick auf die Frau. Sie war in ihr Buch vertieft und hatte offensichtlich nichts bemerkt. Aber so etwas würde nicht wieder vorkommen, das schwor sie sich.

In Agde stiegen Polizisten zu, um die Reisenden zu kontrollieren. Lisa zwang sich, ruhig zu atmen. Jeder Muskel in ihrem Körper war angespannt. Sie konnte nur hoffen, dass ihre belgischen Papiere auf den Namen Eva Jakob standhalten würden. Eine Reisegenehmigung hatte sie nicht. Sie würde sich etwas einfallen lassen müssen. Die Frau auf der Bank gegenüber warf ihr einen Blick zu, als am anderen Ende des Waggons jemand verhaftet wurde. Der Zug war noch nicht abgefahren, der Mann wurde auf den Bahnsteig gestoßen und anderen Polizisten übergeben. Verdammt, warum stiegen die Polizisten nicht aus? Dann fuhr der Zug an, und mit gesenktem Kopf beobachtete sie, wie die Uniformierten langsam näher kamen. Sollte sie aufstehen und in den nächsten Waggon gehen? Nein, das würde nur auffallen. Lisa merkte, wie Angst ihre Brust einengte. Aber sie durfte sich nichts anmerken lassen. Die Gendarmen schienen zufrieden zu sein, jemanden verhaftet zu haben, sie kontrollierten die Ausweise der jungen Männer, aber warfen kaum einen Blick auf die Ausweise der anderen Reisenden. Wenn es ihr jetzt gelang, die unschuldige junge Frau zu spielen, würde sie vielleicht davonkommen.

»Guck mal hier. Weißt du noch? Wie Onkel Alphonse so viel getrunken hatte, dass er vom Stuhl gefallen ist?«

Die Stimme gehörte der Frau von gegenüber. Sie hatte einige Fotos aus ihrer Handtasche genommen und setzte sich nun ungefragt neben Lisa und hielt ihr die Fotos unter die Nase. »Warte mal, wo habe ich es denn, ach, hier, dass kennst du noch nicht …« Die Frau kicherte und holte weitere Fotos aus ihrer Tasche.

Lisa spielte das Spiel sofort mit. Auch sie lachte und rückte noch ein Stück näher an die Fremde heran. »Zeig doch noch mal das Bild, wo du nur einen Badeanzug anhast …«

Aus den Augenwinkeln sah sie, dass die Beamten ihre Bemerkung gehört hatten. »Ach, du meinst den, der viel zu klein war und über den Tante Elodie sich so aufgeregt hat?«

Lachend und beiläufig hielten sie den Gendarmen ihre Ausweise hin. Die versuchten einen Blick auf die Fotos zu erhaschen und sahen kaum auf die Papiere.

Als sie in den nächsten Waggon gingen, flüsterte Lisa kaum hörbar: »Danke.«

Die Frau nickte und vertiefte sich wieder in ihr Buch.

Für den Rest der Reise tat Lisa so, als würde sie die Aussicht genießen, was sie zum Teil auch tat, denn der Blick auf das Meer zwischen Pinien und Felsen war spektakulär. Dann fuhren sie wieder an Olivenhainen und Weinbergen vorüber. In Perpignan verabschiedete sich ihre Sitznachbarin. Die beiden Frauen nickten sich zu, sie verstanden sich ohne Worte. Lisa schickte stille Grüße an Anja und Franz Pfemfert und bewunderte die Kathedrale, die sich weithin sichtbar über die Landschaft erhob. Aber im Kopf ging sie ihren Plan durch und memorierte, was sie wusste. Bei ihrer Ankunft würde sie sich als erstes eine billige Unterkunft suchen und so tun, als interessiere sie sich für die Natur. Sie würde unauffällig Kontakte knüpfen und sich über diesen Bürgermeister informieren, der angeblich den Flüchtlingen helfen sollte. Den Rest würden der Zufall und ihre Intuition erledigen.

KAPITEL 25
Banyuls,
AUGUST 1940

Nach einer weiteren halben Stunde kam sie in Banyuls an. Lisa griff nach ihrer Tasche. Aus dem Fenster sah sie an den Geleisen entlang. Die Freiheit war so nah. Der nächste Ort war der Grenzort Cerbère, dann kam ein Tunnel, der bereits zum spanischen Ort Port Bou gehörte. Das war ihr Ziel. Dorthin musste sie irgendwie gelangen.

Aber einfach weiterzufahren war natürlich ausgeschlossen. Auf dem Bahnsteig sah sie schon Gendarmen einsteigen, um die Reisenden, die weiterfuhren, zu kontrollieren. Die Züge mussten in Cerbère gewechselt werden, weil die Spanier ihre Züge auf Breitspurgeleisen führten. Genügend Zeit für ausgedehnte Kontrollen …

Rasch stieg sie aus. Nur wenige Reisende verließen mit ihr den Zug. Auf dem Bahnsteig umfing sie der salzige Geruch des Meeres. Ungehindert ging sie in die Richtung, wo sie den Strand vermutete. Der Ort war hügeliger, als sie gedacht hatte, und hatte etwas Romantisch-Verspieltes. Das lag an den vielen kleinen Treppen, die durch enge Gassen führten, in denen es angenehm kühl war. Vor die Häuser hatten die Bewohner Tische und Stühle und Pflanzen in großen Kübeln gestellt. Wäscheleinen spannten sich quer über die Straße von Wand zu Wand. Einige Mauern waren über und über mit Bougainvilleens bewachsen, in denen Insekten summten. Lisa orientierte sich, indem sie immer bergab ging. Dort musste das Meer sein. Rechts von ihr sah sie über den Dächern der Häuser die Gipfel der Pyrenäen. Sie erschrak. Von hier aus waren sie viel höher, als sie vermutet hatte. Sie bog um eine Ecke und ging die leicht abfallende Straße hinunter. Am Ende glitzerte das Meer zwischen zwei Häusern. Sie ging schneller, bis sie den Strand erreichte. Sie überquerte die Straße, dann stand sie mit den Füßen im weißen Sand. Es war wie ein Traum. Sogar einzelne Palmen standen hier. Tief atmete sie die würzige Luft und lauschte dem leisen Rauschen der Wellen, die träge an den Strand rollten. Einzelne Boote waren auf den Strand gezogen. Sie wusste nicht, wie lange sie unbeweglich stehen blieb, aber dann riss sie sich los und ging die Straße entlang. Ein paar Häuser standen hier, aber es gab auch freie Flächen. In einem Fenster hing ein Schild *Chambre à louer, Zimmer frei*. Sie klopfte und eine Frau zeigte ihr ein Zimmer unter dem Dach. Es war relativ groß, außer dem Bett, Tisch und Stuhl und einer Waschgelegenheit stand nichts darin.

»Was kostet das Zimmer?«, fragte sie und hoffte, dass die Frau nicht zu viel verlangen würde, denn sie hatte sich schon in den Blick aus dem Fenster verliebt. Er ging direkt auf das Meer hinaus.

»Zwanzig Francs die Woche.«

So viel hatte sie. »Ich nehme es«, sagte Lisa.

»Ihre Papiere?«, fragte die Frau.

Lisa kramte nach ihrem Pass, aber die Wirtin warf kaum einen Blick darauf.

»Wird schon stimmen.«

Als die Frau gegangen war, nahm Lisa das seidene Tuch von Julia und breitete es auf dem Tisch aus. Jetzt fühlte sie sich schon fast ein wenig zu Hause. Dann ging sie noch einmal ans Meer. Heute würde sie einfach nur diese grandiose Landschaft genießen und versuchen zur Ruhe zu kommen. Außerdem brauchte sie noch etwas zu essen.

Abends lag sie im Bett, das durch die samtene Nacht zu schweben schien. Sie lauschte dem Rauschen der Wellen durch das geöffnete Fenster. Sie fühlte sich frei und unabhängig und sie genoss, dass sie allein hier war, seit so langer Zeit endlich einmal allein. Hier würde nur sie entscheiden, was zu tun war.

Ich werde einen Weg über die Berge finden, dachte sie. Für mich und Hans und meinen Bruder und Eva und Titi.

★ ★ ★

Am nächsten Tag lief sie systematisch jede Straße in Banyuls ab. Dabei blieb sie immer wieder abrupt stehen, um die Schönheit eines Blicks, eines Hauses in sich aufzunehmen. Sie hatte eigentlich Besseres zu tun, aber es war so lange her, dass sie einfach durch einen malerischen Ort flaniert war und sich an kleinen Dingen erfreut hatte. In den engen Gassen war es heiß, aber am Meer ging ein leichter Wind. Lisa setzte sich auf eine Bank und nahm das Panorama in sich auf. Die Bucht von Banyuls erstreckte sich in einem perfekten Halbrund. Erst kam das Meer, dann der Sandstrand, dann die Promenade mit den Palmen, dann erhoben sich die zwei- bis dreistöckigen Häuser. Größere Gebäude gab es nur am Ende der Bucht. Zu Lisas Linken wand sich die Straße, die wie ein Viadukt gebaut war, den Berg hinauf und verlor sich hinter der nächsten Biegung, an der südlichen Ecke ankerten Fischerboote. Riesige Felsen ragten ins Meer hinaus, eine Mauer aus großen Steinen schützte den Hafen.

Hinter ihr, hinter den letzten Häusern des Ortes stieg das Gelände steil an, sie konnte die Weinberge erkennen. Einzelne kleine Häuser und eine schneeweiße Kapelle waren in das Grün der Landschaft getupft. Vor ihr glitzerte das Mittelmeer türkisgrün, die Felsen setzten weiße Akzente, bunte Boote wiegten sich auf den Wellen. Lisa setzte sich auf eine Bank ein Stück weiter Richtung Hafen und tat erneut so, als würde sie die Aussicht genießen, dabei prägte sie sich die Umgebung ein. Wie am Vortag konnte sie keine Wege in den Bergen ausmachen. Bis zu den Weinbergen würde sie sich orientieren können, aber was kam danach? Sie sah einzelne Pinien und Zedern, aber würden die ausreichen, um einen Pfad zu markieren? Und wo war die eigentliche Grenze? Gab es Grenzsteine? Sie rief sich die Landkarte der Gegend ins Gedächtnis, sah nach dem Stand der Sonne und versuchte, daraus eine Himmelsrichtung abzuleiten.

Unwillig schüttelte sie den Kopf. So wurde das nichts. Sie musste jemanden finden, der ihr sagen konnte, wo der Weg nach Spanien war. Banyuls war als Ort der Schmuggler bekannt, das hatte man ihr in Marseille erzählt. Tabak, Salz, Silber, Zucker, Reis, Leder, alles kam und ging über die Grenze. Aber wie? Das musste sie herausfinden. Sie durfte auf keinen Fall einfach so in die Berge gehen. Sie wusste, wie schnell man sich da verlaufen oder abstürzen konnte. Ein Gebirge war wilde Natur, kein Spaziergang.

Sie suchte noch einmal mit den Augen die Höhen über dem Ort ab, und jetzt entdeckte sie Männer, die in kleinen Gruppen herunterkamen. Sie setzte sich auf, um besser sehen zu können. Verflixt, die Männer waren von Weitem zu sehen. Das war nicht gut. Sie schienen etwas zu tragen. Ab und zu verschwanden sie hinter Büschen oder einer Wegbiegung, dann tauchten sie wieder auf. Lisa kniff die Augen zusammen und hob ihre Hand. Die Männer waren nicht größer als ihr kleiner Finger, sie mussten noch ziemlich weit oben sein.

»Die Weinbauern kommen von der Arbeit. Zeit für mich, nach Hause zu gehen und essen zu kochen«, hörte sie plötzlich eine alte Frau neben ihr sagen.

Weinbauern also. Die Männer gingen wohl jeden Tag dort hinauf, es war Spätsommer, da fing doch die Lese an. Wenn man sich unter sie mischen könnte und so aussehen würde wie sie, würde man nicht auffallen. Vielleicht könnte sie bei ihnen sogar nach Arbeit fragen und mit ihnen in die Weinstöcke gehen, um sich unauffällig umzusehen.

Aber vorher ging sie zum kleinen Hafen. Die Boote kamen zurück. Hoffentlich waren die Fischer zu einem Gespräch aufgelegt. Fischer kannten sich immer gut aus an der Küste. Vielleicht fuhren sie sogar manchmal in spanische Gewässer hinüber? Weit war es ja nicht. Wie um ihr zu zeigen, dass es so einfach nicht gehen würde, sah sie draußen auf dem Meer ein Boot mit einer französischen Flagge kreuzen. Wahrscheinlich ein Zollboot.

Sie näherte sich den Einheimischen, die sich am Kai zu schaffen machten, die Boote entluden und die Fische in Holzkisten hinüber in eine kleine Halle trugen. Jetzt kamen andere Männer dazu und verhandelten mit ihnen um die Preise. Das waren sicherlich die Besitzer der Restaurants. Lisa trat näher heran und begutachtete die Fische. Als die Fischer grünen Tang und Eis über sie legten und Zitronen aufschnitten, lief ihr das Wasser im Mund zusammen. Sie sah kleine braune Seeigel und Muscheln. Die Männer sprachen Katalanisch, bis einer von ihnen sich auf Französisch an Lisa wandte:

»Hier, probieren Sie!« Er hielt ihr einen der Seeigel hin, und Lisa wusste nicht, was sie damit tun sollte. Sie sahen sehr stachelig aus. »Sie sind wohl nicht von hier«, brummte der Mann und öffnete das Tier geschickt mit seinen Riesenpranken. Er klappte es mit einem Taschenmesser auseinander wie eine Muschel und hielt sie ihr hin. Darin sah sie viele kleine leuchtend orangefarbene Eier. Der Fischer drückte ihr eine Gabel in die Hand. »Einfach rauslöffeln. Na los!«

»Ohne Kochen?«, fragte Lisa.

Er lachte dröhnend.

Lisa nahm das Fleisch in den Mund und schmeckte Salz und Tang und dann etwas Weiches, Würziges. »Das schmeckt hervorragend«, rief sie. »Ein bisschen wie Rührei mit Safran.«

Er nickte anerkennend. »Gute Beschreibung. Wollen Sie Fisch kaufen?«

»Kommt drauf an. Was haben Sie denn außer diesen Seeigeln gefangen?«

Der Mann schob seine Mütze nach hinten, und wieder wunderte sich Lisa über seine großen, rauen Hände. »Kommt drauf an.«

»Haben Sie auch Fische aus Spanien?« Lisa beobachtete ihn genau. »Ich meine, weil die Grenze hier doch so nah ist.«

Er stutzte. »Spanien? Ist nicht gut, wenn die Grenzer einen aufgreifen.«

»Aber die können doch nicht überall gleichzeitig sein. Die machen doch auch mal Pause, oder?« Sie sah den Mann mit einem unschuldigen Lächeln an, aber es war klar, dass er genau wusste, worauf sie hinauswollte.

»Fragen Sie Azéma. Der kennt sich aus.«

»Azéma?«

»Unser Bürgermeister. Das Rathaus ist da vorn.« Er wies in die Richtung, aus der Lisa gekommen war, und Lisa sah das Rathaus auf der anderen Seite der Promenade, ziemlich in der Mitte.

Sie nickte. Von diesem Bürgermeister hatten auch die beiden Österreicher in Marseille berichtet. »Danke. Vielleicht gehe ich mal bei ihm vorbei.«

KAPITEL 26

Als sie an der Mairie vorüberkam, war sie noch geöffnet. Lisa nahm das als gutes Zeichen und trat ein. Gegenüber des Eingangs lag ein kleiner Patio, wie ein Klostergarten, in dem es bunt blühte. Lisa sah sich um und ließ ihren Blick über die Schilder an den Türen gleiten. *Vincent Azéma. Maire* las sie an einer von ihnen. Sie klopfte an.

Der Bürgermeister war ein stämmiger, eher kleiner Mann mit dichtem dunklem Haar, der gut hierher passte. Viele Männer in der Region sahen so aus, ein bisschen spanisch, ein bisschen französisch, irgendwie vertrauenerweckend, fand Lisa. Sie hatte schon vor so vielen Männern gesessen, die über ihr Schicksal zu entscheiden hatten, vor Bürgermeistern und Kommandanten und Präfekten. Monsieur Azéma erhob sich von seinem Stuhl, als sie eintrat, und sie konnte unter seinem Revers einen Anstecker aufblitzen sehen. Ein roter Stern, der für eine sozialistische oder kommunistische Gesinnung stand. Lisa lächelte und fragte sich, ob er vielleicht für die Spanische Republik gekämpft hatte.

»Was führt Sie zu mir?«, frage Monsieur Azéma freundlich und lud sie mit einer Handbewegung ein, sich zu setzen.

Lisa beschloss, ihm ohne Umschweife zu sagen, was sie vorhatte. »Können Sie mir einen Weg zeigen, wie ich ohne Grenzkontrollen nach Spanien komme?«

»Sie wissen, dass das verboten ist? Und Sie sehen nicht aus wie eine Schmugglerin«, sagte er leicht amüsiert.

»Ich bin auch keine. Wir sind auf der Flucht vor der Gestapo …«

Er nickte mit einem Seufzen. »Wer? Wir?«

»Mein Mann und ich und mein Bruder und seine Familie.«

»Und wieso kommen Sie dann allein?«, fragte er.

»Ich bin hier, um den Weg auszukundschaften. Die anderen sind noch in Marseille.«

Azéma lehnte sich zurück und legte die Hände über dem Bauch zusammen. »Und wieso kommen Sie damit ausgerechnet zu mir?«, fragte er dann.

»Ich verstehe, dass Sie vorsichtig sein müssen. Aber ich habe in Marseille zwei Männer aus Österreich getroffen, die mir Ihren Namen genannt haben. Sie haben von einem Weg aus Cerbère gesprochen.«

Azéma zögerte einen Moment. »Na gut«, sagte er dann. »Bis vor Kurzem war alles ziemlich einfach. Man ging in Cerbère in die Berge und war schon über die Grenze. Aber die Leute waren zu unvorsichtig, der Weg ist aufgeflogen. Da kommt keiner mehr durch.«

Also stimmte es, was ihr die beiden Österreicher erzählt hatten. »Und jetzt?«, fragte sie besorgt. »Wie sollen wir denn jetzt aus Frankreich herauskommen?«

»Es gibt einen anderen Weg. Die spanischen Loyalisten sind auf ihm vor den franquistischen Soldaten nach Frankreich geflohen. Wir haben ihn *Lister*-Route genannt, nach dem Namen des spanischen republikanischen Generals, der ihn benutzt hat. Der Weg beginnt gleich oberhalb der Häuser in Puig del Mas.«

»Puig?«, fragte Lisa. Es hörte sich an, als würde der »Putsch« sagen.

»Die kleine Siedlung auf der anderen Seite des Flusses. Wenn Sie der Straße hier neben dem Haus folgen, kommen Sie direkt dort hin.«

»Dann ist der Weg einfach zu finden?«, fragte sie hoffnungsvoll.

Azéma lachte auf. »Bis nach Puig del Mas ja. Aber dann wird es schwierig. Die Grenze verläuft ungefähr dort oben …« Er stand auf und trat ans Fenster, wobei er Lisa bedeutete, sich neben ihn zu stellen. »Sehen Sie dort oben den Gebirgskamm, der aussieht wie ein Stierkopf?«

Lisa suchte die Hügelkette ab, dann wusste sie, was er meinte. Es sah sehr weit und sehr hoch aus. »Aber wie komme ich dahin?«, fragte sie.

Vincent Azéma hatte wieder an seinem Schreibtisch Platz genommen und holte ein Blatt Papier und einen Stift aus der Schublade. Er begann zu zeichnen. »Das ist die Straße, die gleich hier neben der Mairie beginnt und vom Meer weg führt. Hier stehen die letzten Häuser von Banyuls, dann kommt die Eisenbahnbrücke über den Fluss und das hier ist Puig del Mas, das finden Sie ganz leicht, und dann kommt ein Abzweig, dort steht ein aufgegebenes Kelterhäuschen …«

»Was ist ein Kelterhäuschen?«, fragte Lisa dazwischen. Sie spürte ein Kribbeln im ganzen Körper. Sie kannte dieses Gefühl, das sie immer überkam, wenn sie eine Fährte aufnahm oder einen Plan verfolgte. Es fühlte sich ein bisschen so an wie in Gurs, als die Idee für den Einbruch beim Kommandanten und die Flucht entstanden war.

»Kelterhäuschen oder *tines*, das ist Katalanisch, so nennen wir hier bei uns die kleinen Gebäude in den Weinbergen«, erklärte Azéma geduldig. »Es sind runde Türme aus flachen Feldsteinen mit einem Dach aus Ziegeln.«

Lisa nickte. »Es ist wichtig, dass ich alles genau verstehe. Meinen Leuten darf nichts passieren.«

Azéma nickte ebenfalls. »Ich verstehe. Also an dem Kelterhäuschen nehmen Sie den linken Weg, der den Hügel hinaufführt. Nach ungefähr zwei Kilometern kommen Sie an einem sehr großen Felsblock vorüber. Sie sehen aus, als seien Sie gut zu Fuß, dann müssten Sie nach einer weiteren Stunde eine Lichtung erreichen. Sie erkennen sie sofort, wenn Sie sie sehen, weil dort sieben große Pinien stehen. Sie wissen, wie eine Pinie aussieht?«

»Ja.«

»Gut. Sollten Sie die verpassen und an einem Feld mit Korkeichen ankommen, müssen Sie sofort umkehren, denn das ist der falsche Weg. Er führt direkt zum französischen Grenzposten …«

»Es gibt einen Grenzposten dort oben?« Lisa erschrak heftig. Mit Grenzposten hier unten im Dorf hätte sie gerechnet, aber oben in den Bergen, in der Wildnis?

Azéma nickte. »Sie gehen Patrouille. Nach der Lichtung mit den Pinien gabelt sich der Weg ein weiteres Mal. Sie müssen unbedingt den linken Abzweig nehmen, und müssen ganz leise sein, denn oberhalb verläuft der Weg, den die Grenzer nehmen. Im Zweifel gehen Sie immer den steileren Weg. Dann, ungefähr hier«, er machte ein Kreuz auf seiner Zeichnung, »verliert sich der Weg zwischen den flachen Büschen. Aber von dort können Sie die Hügelkuppe schon sehen und sich an ihr orientieren. Die Spitze sieht auch von Nahem aus wie ein Stierkopf. Den habe ich Ihnen eben gezeigt. Im Zweifel halten Sie sich immer links. Der Weg steigt stetig an, auch wenn Sie es nicht gleich bemerken. Wenn Sie oben sind, haben Sie es geschafft. Auf der anderen Seite gibt es einen Abstieg nach Spanien, Port Bou. Sie sehen das Dorf vom Gipfel aus. In zwei bis drei Stunden sind Sie unten.«

»Und wie lange dauert der Aufstieg?«

Der Bürgermeister wiegte den Kopf. »Drei bis vier Stunden. Für eine geübte Wanderin.«

»Sind Sie den Weg schon gegangen?«

Der Bürgermeister nickte. »Jeder hier kennt ihn. Die Leute haben Verwandte in Spanien. Und viele schmuggeln. Denen sollten Sie nicht in die Quere kommen.«

Lisa setzte sich auf. »Ich glaube, ich werde eine kleine Wanderung unternehmen. Ich interessiere mich sehr für die hiesige Botanik. Bis zu dieser Lichtung mit den Pinien sollte ich es leicht schaffen, dann kenne ich den ersten Teil des Weges schon mal.«

Azéma lächelte. »Das ist eine gute Idee. Wir haben hier in Banyuls sehr viel Schönes zu bieten. Kommen Sie doch hinterher noch einmal bei mir vorbei.«

»Können Sie mir eine Aufenthaltsgenehmigung ausstellen, damit ich Lebensmittelmarken bekomme?«

Er schlug sich mit der Hand vor die Stirn. »Haben Sie Hunger? Natürlich. Entschuldigen Sie, ich bin manchmal schwer von Begriff.«

Lisa hatte noch nicht darauf geachtet, aber als er sie jetzt fragte, spürte sie tatsächlich ihren leeren Magen. Der Seeigel vorhin hatte ihren Appetit lediglich angeregt.

Azéma öffnete die Schublade seines Schreibtisches und holte ein Baguette und ein Stück Käse hervor.

»Das ist doch Ihr Mittagessen«, protestierte Lisa.

Er winkte ab. »Ich muss ohnehin ein bisschen auf meine Figur achten.« Er machte sich daran, ihr die notwendigen Papiere auszustellen. Als er den Stempel daraufsetzte, fragte er: »Werden nach Ihnen noch andere kommen?«

»Vielleicht.«

»Ist gut«, sagte er. »Prägen Sie sich den Weg gut ein und geben Sie die Information weiter.« Er stand auf. »Vor allem: Lassen Sie sich nicht erwischen. Viel Glück.«

KAPITEL 27

Am nächsten Morgen wollte sie den ersten Teil des Weges gehen. Sie wollte gerade aus dem Haus schlüpfen, als ihre Wirtin ihr einen Brief von Hans brachte. Er versuchte sie aufzumuntern. *Titi fragte oft nach Dir. Sie vermisst Dich. Und ich auch.* In dem Brief lag Geld. Lisa danke ihm im Stillen für seine Zeilen und für das Geld. Sie wusste, wie viel Mühe es ihn gekostet haben musste, es aufzutreiben.

Sie wusste gleich, was sie davon kaufen würde. Bei dem Gedanken lachte sie auf. Aber sie brauchte schon wieder Schuhe. In einem kleinen Geschäft, das zwei ältere Damen in der Nähe des Marktes führten, hatte sie flache Leinenschuhe mit einer geflochtenen Sohle im Schaufenster gesehen. Sie waren erschwinglich, und sie hatte gesehen, dass fast alle im Dorf, Männer wie Frauen, sie trugen. Sie waren leicht, aber robust, und sie sahen so aus, als würden sie auch auf unebenem Gelände Halt geben. Mit den roten Schuhen, die Louis ihr geschenkt hatte, würde sie niemals diesen Berg hinaufkommen, das war ihr klar. Sie ging hin und probierte die Schuhe an. Weil sie noch etwas Geld übrig hatte, ging sie anschließend in die Fabrik für Sardinen, die am Ende des Hafens lag. Es roch verführerisch nach Öl und Geräuchertem, und sie erstand einige Dosen Ölsardinen. Sie gaben einen guten Proviant für unterwegs ab.

In ihrem Dachzimmer strich sie über das feine Leder ihrer roten Schuhe, ihr war, als würde sie Louis mit dieser Geste endgültig aus ihrem Leben streichen, und sie spürte Wehmut. Sie gestattete sich einen kurzen Gedanken an ihn und an das Leben, das sie an seiner Seite hätte führen können. Es wäre schön gewesen, aber tief in ihrem Inneren hätte es sie nicht glücklich gemacht. Nicht so lange Hitler in Europa wütete und ihre Familie bedrohte und alles, an das sie glaubte. Ja, sie brachte ein Opfer, aber sie wusste, wofür dieses Opfer war, dass es notwendig war. Jetzt ging es um etwas viel Wichtigeres als um Gefühle. Wenn sie jetzt nicht tat, was getan werden musste, dann könnte sie nie wieder in den Spiegel schauen. »Adieu, Louis«, flüsterte sie mit einem letzten Blick auf die Schuhe. Dann schob sie sie unter das Bett.

Jetzt war es Mittag, eigentlich hatte sie früher aufbrechen wollen, aber dafür hatte sie jetzt die richtigen Schuhe. Und sie würde ja auch nur einen Teil des Weges gehen, das würde sie schaffen, auch wenn es warm werden würde.

Sie studierte noch einmal aufmerksam die Skizze, die der Bürgermeister für sie angefertigt hatte. Die Straße, die vom Meer wegführte, Puig del Mas, der kleine Turm, der große Felsblock, dann die Lichtung … Bis dahin wollte sie heute gehen, bei Tageslicht, um den Weg kennenzulernen und ihn notfalls auch im Dunkeln finden zu können. Sie steckte einen Bleistiftstummel zu der Zeichnung in die Hosentasche, um sie eventuell mit eigenen Wegmarken zu vervollständigen. Die Kirchturmuhr schlug eins. Perfekt. Wenn sie jetzt losging und die Lichtung rechtzeitig erreichte, würde sie zeitgleich mit den Weinbauern wieder ins Dorf kommen.

★ ★ ★

Mit raschen Schritten ging Lisa am Fluss entlang in Richtung der Berge. Er führte jetzt, gegen Ende des Sommers, kaum noch Wasser. Sie überlegte, ob sie vielleicht einfach über die Steine springen sollte, statt bis zur Brücke zu gehen, aber dann ließ sie es sein. Sie würde exakt den Weg nehmen, den Azéma ihr gezeigt hatte. Endlich war sie unterwegs. Ein paar Frauen kamen ihr entgegen, und sie grüßte freundlich. Das Laufen in den Espadrilles war ein Vergnügen, es war fast ein wenig wie barfußlaufen. Da war ja schon die Brücke über den Fluss, ein Stück weiter fuhr die Eisenbahn. Das musste die Strecke nach Port Bou sein. Wie vor ein paar Tagen dachte sie daran, wie leicht der Weg sein könnte, wenn sie nur ordentliche Papiere hätten und wenn Frankreich sich nicht in diesem unseligen Vertrag verpflichtet hätte, Menschen wie sie an die Deutschen zu verraten. Reichte es denn nicht, dass die Nazis sie ausgebürgert hatten? Sie schüttelte den Kopf, während sie an den letzten Häusern von Puig del Mas vorüberging. Nein, die Nazis wollten alle ihre Gegner vernichten. Weil sie Angst vor uns haben, dachte sie plötzlich, und der Gedanke tat gut.

Der Weg stieg an und führte zwischen den terrassenförmig angelegten Weinbergen hindurch, die durch Trockenmauern aus Schiefertafeln gestützt waren. Der Schiefer glänzte silbrig in der Sonne. Lisa blieb stehen, um diese Kunstwerke näher zu bestaunen. Der Bürgermeister hatte ihr nicht gesagt, wie schön es hier war. Über sämtliche Hügel um sie herum schlängelten sich diese niedrigen Mauern aus Tausenden von Steinen. Wer mochte sie aufgeschichtet haben? Und wann? An einigen Stellen waren die Mauern zusammengestürzt, dort hatten sich Sandmuränen gebildet, bis sie von der Mauer darunter wieder aufgehalten wurden. Lisa lief mit kräftigen Schritten aufwärts. Die erste Wegbiegung fand sie ohne Schwierigkeiten. Hier stand das aufgegebene Kelterhäuschen. Sie wollte es sich ansehen, aber die Tür war fest verschlossen. Sie drehte sich um und wunderte sich, wie weit oberhalb der Häuser sie bereits angelangt war. Sie fasste Mut. So anstrengend war das nicht. Das glich ja eher einem forschen Spaziergang!

Ein paar Meter weiter blieb sie abrupt stehen, weil sie den unvergleichlichen Duft von Anis wahrnahm. Sie sah sich um und entdeckte ganze Stauden von wildem Fenchel rechts und links vom Weg. Sie riss ein paar Büschel ab und zerrieb sie zwischen den Fingern. Der Duft war überwältigend. Sie nahm ein paar der Körner in den Mund und stellte sich einen gegrillten Fisch dazu vor, eine Dorade vielleicht, festes, weiches Fleisch, in das der Anisgeschmack gezogen war. Ab jetzt achtete sie auf die Wegränder, um noch andere Pflanzen zu entdecken, und fand Rosmarin und Lavendel, aber auch jede Menge niedrige Stechpalmen und Brombeeren, an denen sie hängen blieb, wenn sie nicht achtgab. Ab und zu, an einer Wegbiegung, wehte der Duft nach salzigem Meer bis zu ihr herauf. Sie konnte nicht fassen, wie üppig hier alles wuchs und roch. Schneller als gedacht erreichte sie die Wegbiegung, wo der große Felsbrocken stand. Er leuchtete schon von Weitem weiß in der Hitze. Auf ihm sonnten sich *lézards*, kleine Eidechsen, die grünlich schillerten. Als Lisa sich näherte, huschten sie in alle Richtungen davon. Sie lehnte sich für eine kleine Rast gegen den Stein. Unter ihr lag Banyuls. Sie sah die roten Dächer, die sich im Halbrund um die Küste gruppierten. Dahinter lag das weite Meer, das sich dunkelblau bis an den Horizont zog. Ein Boot zog weiße Gischt hinter sich her. Lisa konnte sich kaum von diesem Anblick lösen, aber dann kehrte sie dem Meer den Rücken. Sie musste weiter.

Die Sonne stand inzwischen hoch, der Anstieg wurde anstrengender. Lisa fing an zu schwitzen. Hatte sie jetzt wohl die Hälfte bis zur Lichtung geschafft? Schwer atmend blieb sie stehen und zog den Plan hervor, um ihre Route zu überprüfen. Natürlich war die Skizze nicht maßstabsgetreu, aber sie glaubte, ungefähr die Mitte des Wegs bis zu den sieben Pinien erreicht zu haben. Sie nahm einen Schluck aus der Wasserflasche, die sie mitgenommen hatte. Das Wasser war schon lauwarm, aber es tat ihr trotzdem gut. Wasser ist wichtig, dachte sie, je mehr, umso besser. Sie trank noch einmal, dann ging sie weiter. Nach einer weiteren Biegung führte ein kaum erkennbarer Abzweig links den Berg hinauf. Lisa hielt inne und rief sich noch einmal die Worte des Bürgermeisters in den Sinn. Hatte er nicht gesagt, dass der Weg erst nach der Lichtung aufhören würde? Sie durfte sich nicht von der Schönheit der Umgebung ablenken lassen; das, was wie ein malerischer Spaziergang anmutete, könnte sie innerhalb kürzester Zeit in Lebensgefahr bringen. Nach reiflicher Überlegung beschloss sie, trotzdem hier weiterzugehen und verließ den gut sichtbaren Weg. Jetzt hatte sie eine Art Steig vor sich, den sie hinaufkletterte. Schon nach wenigen Metern war sie außer Atem. Der Weg war sehr steil, an einigen Stellen war sie froh, wenn sie sich an einem Ast hochziehen konnte. Sie rutschte auf den losen Steinen immer wieder nach unten und ruderte hilflos auf der Suche nach etwas, an dem sie sich festhalten konnte. Erschöpft hielt sie inne und blickte vor sich. Sie erschrak. Das schwierigste Stück des Aufstiegs kam erst noch. Der Weg wurde noch schmaler und steiniger und war manchmal nur noch als Abstand zwischen zwei struppigen Büschen zu erkennen. Lisa kämpfte sich bergan, aber ihr kamen Zweifel. Hatte sie sich doch verlaufen? Sie blieb stehen und sah in alle Richtungen. Die Landschaft sah überall gleich aus. Ein Weg oder auch nur ein Pfad war nirgends zu erkennen. Sie drehte sich um die eigene Achse, passte einen Moment nicht auf, wohin sie trat, und stolperte über einen Gesteinsbrocken, der mitten auf dem Weg lag. Sie stieß einen wütenden Schrei aus und schlug sich gleich darauf die Hand vor den Mund. Was, wenn sie jemand gehört hatte? Sie rieb sich ihr schmerzendes Knie und horchte. Um sie herum war nur das Summen von Insekten. Ansonsten war es geradezu gespenstisch still. Lisa wurde bewusst, wie menschenleer die Gegend war. Wann war aus der lieblichen Mittelmeerlandschaft voller Düfte und Farben ein feindliches Einerlei geworden, das ihr keinen Anhaltspunkt gab, wo sie sich befand? Von ihrem Standpunkt aus konnte sie weder das Meer noch Banyuls sehen, um sich zu orientieren. In welcher Richtung lag der Ort? Hinter diesem Hügel oder dem anderen dort? Jetzt konnte sie sogar nicht mehr sicher sagen, aus welcher Richtung sie gekommen war. Von dort? Oder von dort? Um sie herum waren nur Gestrüpp und Steine. Es sah überall gleich aus. Wenn sie es recht überlegte, war das schon eine ganze Weile so gewesen. In welche Richtung ging sie überhaupt? Näherte sie sich wieder der Küste? Und wenn sie sich hoffnungslos verlaufen hätte? Führte der Weg noch nach oben? Sie hatte gerade einige Passagen hinter sich gelassen, in denen es leicht abwärts ging. Konnte das sein? Sie war die letzte Stunde bestimmt immer nur an der Flanke eines Bergs entlanggelaufen, aber war es der richtige Berg? Wie spät war es eigentlich? Sie sah in den Himmel, ob es schon Abend wurde. Es hätte sie nicht gewundert. In diesem Augenblick hätte sie nicht sagen können, wie lange sie schon unterwegs war. Was sollte sie tun, wenn es dunkel wurde? Um Gottes willen, eine Nacht hier oben wäre ein Albtraum! Hatte Azéma nicht von wilden Tieren gesprochen? Es sollte Stiere und Wölfe geben. Und bestimmt auch Schlangen. Fast hätte sie sich gewünscht, dass jemand vorbeikam, den sie nach dem Weg fragen könnte. Solche Gedanken kamen ihr ungebeten und ungeordnet in den Kopf, sie verhedderten sich ineinander, bildeten einen Strudel, und sie merkte, dass sie in Panik zu verfallen drohte. Um irgendetwas zu tun, nahm sie die Wasserflasche aus der Tasche. Sie schüttelte sie, sie war fast leer. Sie trank einen winzigen Schluck und behielt ihn möglichst lange im Mund. Jetzt hatte sie nicht einmal mehr etwas zu trinken, und die Sonne brannte erbarmungslos auf sie nieder. Allein der Gedanke ließ ihren Durst wachsen. Sie griff noch einmal in ihren Beutel und wollte von dem Brot abbeißen, das sie eingesteckt hatte. Dann ließ sie es sein. Das Brot würde sie noch durstiger machen.

Die kleine Stärkung, die alltägliche Geste des Trinkens half ihr dennoch, den Moment der Schwäche zu überwinden. Gut, sagte sie sich. Ich suche mir jetzt einen Platz im Schatten, um mich auszuruhen und mich zu beruhigen und dann gehe ich weiter. Sie erinnerte sich plötzlich an Wanderungen im Wienerwald mit ihrem Vater, als sie noch ein Kind gewesen war. In seiner Begleitung hatte sie sich immer absolut sicher gefühlt. Mit ihm an ihrer Seite hatte sie auch schwierigste Passagen bewältigt. »Man darf keine Angst haben«, hatte ihr Vater immer gesagt. »Man muss immer nur einen Schritt nach dem nächsten machen, einen Schritt nach dem nächsten. Jeder noch so lange Weg beginnt mit einem ersten Schritt.« Es war nur einer der Leitsprüche gewesen, mit denen er sie aufs Leben vorbereitet hatte.

»Danke, Papa«, flüsterte Lisa, bevor sie aufstand und weiterging, einen Schritt nach dem nächsten. Sie sah nicht mehr nach oben und nicht mehr hinter sich, sie ging einfach weiter, und dabei memorierte sie die Überschriften von Artikeln, die ihr Vater in seiner Zeitschrift veröffentlicht hatte. Nach kurzer Zeit kam sie an eine Stelle, wo es wieder einen Weg gab. Er teilte sich vor ihr. Sie zögerte. Wahrscheinlich hatte sie unbeabsichtigt eine Abkürzung genommen und war jetzt wieder auf der richtigen Route. Ja, genau, so musste es sein. Sie hatte den Weg sogar abgekürzt! Und nun? Der Weg sah in beide Richtungen gleich aus, leicht steinig, aber gut begehbar. Welcher war der richtige? Was hatte Azéma gesagt? Im Zweifel immer den linken Weg nehmen? Oder den steileren? Sie sah nach oben, um sich an der Bergkuppe zu orientieren, die sich jetzt wieder zeigte. Aber von hier sah alles ganz anders aus als aus dem

Bürofenster des Bürgermeisters. Etwas, das Ähnlichkeit mit einem Stierkopf hatte, konnte sie jedenfalls nicht erkennen. Bevor sie erneut in Panik verfiel, band sie ein Stück Bindfaden, das sie vorsorglich mitgenommen hatte, an einen Strauch auf dem rechten Weg. Einem zufällig Vorüberkommenden würde er nicht auffallen, aber wer nach einer Wegmarkierung suchte, würde ihn hoffentlich entdecken. Dann ging sie links weiter, dreihundert Schritte, nahm sie sich vor. Wenn sie dann nicht weiterkam, würde sie den anderen Weg gehen.

Ihre Erleichterung kannte keine Grenzen, als sie nach gut zweihundert Schritten die Lichtung mit den Pinien vor sich sah. Pinien und keine Korkeichen. Sie lief darauf zu, während sie die Bäume zählte: eins, zwei, drei, vier … sieben! Sie hatte sich nicht verlaufen! Mit einer Art Schluchzen entlud sich ihre Anspannung. Keuchend ließ sie sich auf den weichen, mit Nadeln bedeckten Boden fallen.

Die Bäume waren für diese Gegend hoch, der Wind rauschte in ihren Wipfeln. Sie konnte nicht sagen, wie lange sie unterwegs gewesen war. Wenn Azéma recht hatte, dann hatte sie ein Drittel des Wegs hinter sich gebracht. Aber sie hatte länger gebraucht, als sie gedacht hatte. Durch ihre Panikattacke unterwegs hatte sie ihr Gefühl für die Zeit verloren. Aber das würde ihr eine Lehre sein. Sie durfte diese Berge nicht unterschätzen. Es war kein Sonntagsspaziergang, hier unterwegs zu sein.

Und wenn sie mit Titi und Eva die Route gehen würde, würden sie noch länger brauchen. In Gedanken ging sie den Weg, den sie gekommen war, noch einmal durch und versuchte sich an die Wegmarken zu erinnern. Das nächste Merkmal wäre der Abzweig, der direkt nach oben auf den Coll de Rumpissar führte, der schon in Spanien lag.

Sie stand auf und sah sich um. Wo weiter? Ein Weg führte im rechten Winkel von der Lichtung weg. Konnte sie von hier aus vielleicht die Kuppe sehen, auf der die Grenze verlief? Sie entschied sich, bis zur nächsten Abzweigung weiterzugehen, dort, wo das gefährlichste Stück des Weges begann, wo man nicht sprechen durfte, weil die Gendarmen patrouillierten. Kurz nach der Lichtung wurde der Weg wieder schwieriger, steiler und schwerer auszumachen. Außerdem war der Pfad nur schmal, und die Abhänge zur bergabgewandten Seite waren steil. Wer sich hier auf den Schieferplatten vertrat, würde unweigerlich in die Tiefe rutschen. Außer Atem blieb sie stehen und sah zurück. Gut, jetzt wusste sie jedenfalls, worauf sie sich einließ. Ihre Kräfte waren zurückgekehrt, aber sie drehte dennoch um. Es war wichtig, manchmal sogar lebenswichtig, an den eigenen Entscheidungen, die man aus guten Gründen getroffen hatte, festzuhalten. Sie hatte oft genug miterleben müssen, wie in Berlin Genossen hochgegangen waren, weil sie sich nicht an die Absprachen und Regeln gehalten hatten.

Der Rückweg verlief viel schneller, weil sie den Weg jetzt kannte. Und weil sie ihr Selbstvertrauen wiedergefunden hatte. Als sie den großen Felsbrocken erreichte, traf sie auf ein paar Männer, die von den Weinbergen zurückkamen. Sie trugen alle Beutel auf dem Rücken, in denen sie ihre Sachen hatten.

Einer der Männer rief ihr etwas zu, auf Katalanisch, und sie sagte ihm auf Französisch, dass sie nicht verstanden hatte.

»Was tun Sie hier? Und wieso sind Sie allein? Wenn Sie keine Frau wären, würde ich glauben, Sie wollen illegal über die Grenze.« Er sah sie misstrauisch an.

Lisa setzte ihr schönstes Lächeln auf. »Aber nein, Monsieur, ich wandere nur, ich bin Botanikerin, wissen Sie …«

Der Mann machte eine wegwerfende Bewegung mit der Hand und sah sie so böse an, dass Lisa fürchtete, er würde auf sie losgehen. Doch dann drehte er sich um und lief den Berg hinunter.

Lisa atmete tief durch. Die Begegnung war ihr eine Warnung. Sie würde in Zukunft noch vorsichtiger sein.

Sie erschrak, als ein anderer Mann unvermittelt vor ihr auftauchte.

»Jean-Pierre ist ein ungnädiger Zeitgenosse, finden Sie nicht auch?«, fragte er mit einem Lächeln.

Lisa sah ihn vorsichtig an.

»Sie haben sich bestimmt verlaufen, oder? Das kommt hier manchmal vor.« Wieder lächelte er sie an. War seine Freundlichkeit echt oder wollte er sie nur in Sicherheit wiegen?

»Nein. Ich habe mich umgesehen. Ich brauche Arbeit. Können Sie mich vielleicht in den Weinbergen brauchen?«

Der Mann sah sie von oben bis unten an, und Lisa fragte sich, was für einen Eindruck sie wohl auf ihn machte. Sie war verschwitzt und über ihren Arm verlief eine blutige Schramme.

»Hier oben in den Bergen arbeiten keine Frauen. Fragen Sie unten im Dorf. Wir sind mitten in der Weinlese, da können wir immer Leute brauchen.«

»Wen soll ich denn fragen?«

Der Mann seufzte. »In der Kooperative am Hafen. Meine Frau arbeitet auch dort. Am besten kommen Sie gleich mit.« Er hielt ihr die Hand hin. »Mein Name ist Manolo.«

Lisa musste sich Mühe geben, um mit dem raschen Tempo der Männer Schritt zu halten, die genau zu wissen schienen, wohin sie die Füße auf dem abschüssigen Gelände setzen mussten.

Unten im Ort nahm Manolo sie mit in die kleine Kooperative.

»Fragen Sie dort«, sagte er und wies auf eine Lagerhalle.

Ein paar Minuten später kam Lisa wieder heraus und hatte eine Arbeit. Ab morgen würde sie Weinfässer schrubben. Sie würde Geld verdienen und sie hätte eine Berechtigung, um hier zu sein.

KAPITEL 28

Sie war zufrieden mit ihrem Tag und ziemlich erschöpft. Sie kam an dem Haus vorüber, in dem sie wohnte, aber sie hatte keine Lust, auf ihrem Zimmer zu sitzen, sondern beschloss, schwimmen zu gehen. Da sie keinen Badeanzug besaß, ging sie bis ans Ende des Dorfes. Hinter ein paar Felsen fand sie eine kleine, verschwiegene Bucht. Niemand war zu sehen, also zog sie sich bis auf die Unterwäsche aus. Von einem großen Stein aus ließ sie sich ins Wasser gleiten.

Das Meer war viel kälter, als sie vermutet hatte, und das Salzwasser brannte in ihrer Wunde, aber nach ein paar kräftigen Zügen hatte sie sich daran gewöhnt. Das Meer war ruhig und sie schwamm weit hinaus und legte sich aufs Wasser. Es trug sie und sie schloss die Augen und überließ sich dem leisen Schaukeln.

Mit Hans war sie manchmal schwimmen gegangen, in Prag, kurz nachdem sie sich kennengelernt hatten. Hans war ein geübter Schwimmer, er war wie ein Fisch im Wasser. Lisa konnte damals noch nicht so gut schwimmen, aber er hatte sie weit hinaus gelockt. »Komm, ich ziehe dich«, hatte er ihr zugerufen, wenn sie umdrehen wollte, und sie hatte sich an seinen Schultern festgehalten und er hatte sie durchs Wasser getragen. Sie waren gemeinsam immer weiter hinausgeschwommen. Mitten auf dem See war sie von seinen Schultern heruntergeglitten, und plötzlich war das Wasser ihr Element geworden. Sie hatte sich sogar getraut, ein paar Züge unter Wasser zu machen und nach Fischen und Sonnenflecken Ausschau zu halten. Wenn sie wieder aufgetaucht war, war Hans immer da gewesen, um ihr Sicherheit zu geben. Sie hatte ihm blind vertraut. In diesen Augenblicken war ihre Liebe für ihn am größten gewesen. Oft konnte sie es kaum erwarten, bis sie zurück am Ufer waren, um ihren ausgekühlten Körper an seinen zu pressen. Hans hatte sie überrascht angesehen, aber dann hatten sie sich geliebt. In diesen Momenten hatten sie nur Gedanken füreinander. Hitler, der drohende Krieg, die Gefahr, in der sie sich befanden, all das war dann weit weg. Außer Atem lagen sie eng umschlungen im warmen Sand.

»Lass uns immer ehrlich zueinander sein«, hatte Hans plötzlich heftig gesagt.

Lisa hatte leicht spöttisch reagiert. »Wie kommst du jetzt darauf? Und wenn ich mich recht erinnere, hast du mich belogen, indem du dich als Postbote ausgegeben hast.«

»Wenn sich's um die Liebe dreht, zählt das nicht als schwindeln.« Er hatte sie an sich gezogen und geküsst.

Lisa machte ein paar Schwimmzüge, als wollte sie die Erinnerung hinter sich lassen. Solche Momente der Innigkeit waren zwischen ihnen selten geworden. Die Politik kam für Hans immer zuerst, aber früher hatte er sich die Zeit genommen, die kleinen Momente des Lebens zu zelebrieren und zu genießen. Und auch, um ihr seine Liebe zu zeigen. Die Emigration, das Leben auf der Flucht und in der Illegalität machte das alles schwierig, das war Lisa klar. Es kam in erster Linie darauf an, sich nicht erwischen zu lassen und zu überleben, ein Bett und etwas zu essen zu haben. Aber sie vermisste diese Auszeiten so schmerzlich. Sie war schließlich eine junge Frau, sie hatte vor drei Wochen ihren einunddreißigsten Geburtstag gehabt – gefeiert hatte sie ihn nicht. Hans hatte erst daran gedacht, als Eva ihr einen selbst gepflückten Blumenstrauß überreicht hatte. Alles wäre leichter zu ertragen, wenn es zwischendurch wie früher diese Augenblicke der Unbeschwertheit und Zuneigung geben würde, aus denen sie Kraft tanken könnte.

Genau das habe ich bei Louis gefunden, dachte sie, während sie sich mit trägen Bewegungen auf der Wasseroberfläche hielt. Deshalb hatte er so leichtes Spiel mit mir. In den letzten Jahren habe ich diese Art von Aufmerksamkeit unendlich vermisst. Die Komplimente, die Gewissheit, als Frau gesehen zu werden. Wie Louis wohl ihren Geburtstag begangen hätte, wenn er es gewusst hätte? Sie spürte die Strömung des Wassers an ihrem Körper und stellte sich vor, es seien Louis' Hände. Sie merkte, wie ihr die Tränen kamen.

Wie lange war sie schon im Wasser? Ihr war kalt. Und diese Gedanken führten doch zu nichts. Sie drehte sich auf den Bauch und schwamm mit kräftigen Zügen zurück ans Ufer.

Am Abend entdeckte sie ein kleines Radio, das ihr die Vermieterin ins Zimmer gestellt hatte. Sie konnte nur ein oder zwei Sender empfangen. Sie hörte die Stimme eines Mannes, der Katalanisch sprach. Sie verstand nicht, was er sagte, aber das machte ihr nichts aus. Hauptsache, eine menschliche Stimme. Sie lauschte ihr in der Dunkelheit, während über dem Meer der Mond blutrot aufging. Die Schönheit des Augenblicks tröstete sie. Dann erklang Musik. Und dann hörte sie das Lied, zu dem sie mit Louis getanzt hatte. Das Lied von dem alten Liebespaar, das sich gestritten und versöhnt hatte. Tränen strömten ihr über das Gesicht. Sie griff nach der Kette um ihren Hals, und ihr Schluchzen wurde noch stärker. Sie weinte, bis das Lied vorüber war. Danach fühlte sie sich komischerweise getröstet.

★ ★ ★

In den nächsten Tagen schrubbte sie Fässer und Pressen, bis ihr die Hände und der Rücken wehtaten. In einer langen Reihe standen die Fässer an der Wand, und eins nach dem anderen nahmen sie und zwei weitere Frauen sich vor. Tief beugte sie sich in die Fässer hinunter und tauchte in den säuerlichen Geruch der halb vergorenen Maische ein.

Im selben Rhythmus wie die anderen Frauen schrubbte sie mit einer Wurzelbürste mit aller Kraft das Holz, um die Rückstände der vergorenen Trauben zu entfernen. Sie hatte während der letzten Jahre alle möglichen Arbeiten angenommen, um zu überleben: Sie hatte Tausende von Adressen geschrieben, getippt, für andere Emigranten Manuskripte übersetzt und in Franz Pfemferts Fotoatelier als Mädchen für alles gearbeitet. Mit Hans gemeinsam hatten sie in einer privaten Klinik die Böden gewischt und Wände gestrichen. Aber keine Arbeit war so anstrengend gewesen wie diese hier. Wenn ein Fass sauber war, kippte sie es auf die Seite und rollte es an eine andere Wand. Dann machte sie sich an das nächste.

Lisa hielt die Luft an, als sie sich über den Rand beugte.

»Den Geruch wirst du niemals wieder los«, sagte die eine der Frauen, die mit ihr Fässer schrubbten. Sie war rundlich und trug ihr Kopftuch vor auf der Stirn geknotet. »Wo kommst du her?«

»Belgien«, gab Lisa zurück.

»Ich dachte, aus Deutschland. Aber du sprichst gut Französisch.«

Lisa zögerte, und die andere Frau lachte.

»Keine Sorge. Der Bürgermeister ist mein Onkel. Als ich ihm erzählt habe, dass bei uns eine Neue angefangen hat, wusste er gleich Bescheid.«

Der Mann, der Lisa eingestellt hatte, kam näher. »Hier wird gearbeitet«, rief er.

»Spiel dich bloß nicht auf, Lelouche«, sagte die Frau zu ihm. »Sei vorsichtig bei ihm«, sagte sie dann leise zu Lisa, und rollte ihr Fass auf die andere Seite.

Die Frauen sprachen nicht viel, und Lisa gab den Plan, sie vorsichtig nach der Lage in den Bergen zu befragen, wieder auf, weil dieser Lelouche immer in der Nähe war. Außerdem brauchte sie ihre Kräfte für die Arbeit. Gegen Abend kamen die Männer aus den Bergen. Die Weinlese hatte begonnen, und sie trugen schwere Körbe herein. Lisa mochte sich nicht vorstellen, wie es war, mit diesen Körben auf dem Rücken die steilen Hänge hinauf- und hinunterzulaufen. Sie verstand jetzt, warum das keine Arbeit für Frauen war. Ihre Arbeit war schwer genug.

Nach neun Stunden war sie viel zu erschöpft, um noch in die Berge zu gehen. Das würde bis zum Wochenende warten müssen. Zwei Tage später war Freitag und sie bekam ihren Lohn ausgezahlt. Sie freute sich jetzt schon darauf, etwas zu essen und Briefmarken davon zu kaufen. Vor ihr in der Schlange stand die Frau, die mit ihr geredet hatte. Sie wartete, bis Lisa ihr Geld bekommen hatte, dann sprach sie sie an.

»Hätte nicht gedacht, dass du durchhältst. Gehst du am Wochenende wieder in die Berge?«

Lisa sah sie erschrocken an.

»Alle haben dich gesehen. Jean-Pierre hat es bei Gaston erzählt. Gaston gehört das Café neben der Mairie. Du musst vorsichtig sein. Es gibt hier Leute, die Leute wie dich zu gern an die Polizei verraten würden.«

»Aber ich interessiere mich für die Natur. Ich darf doch eine Wanderung machen?«

Die andere lachte. »Wenn du meinst. Ich sage ja nur, dass die beste Zeit für Ausflüge ganz früh am Morgen ist. Da kann man sich unter die Weinbauern mischen und fällt nicht auf. So gegen vier gehen sie los, kurz bevor er hell wird. Aber nimm bloß keinen Rucksack mit. Da erkennt dich jeder gegen den Wind als Deutsche. Hier, nimm das.« Die Frau reichte ihr einen kleinen

Stoffbeutel, wie Lisa sie schon bei den Männern in den Bergen gesehen hatte. »Sie heißen hier *musettes*. Die richtigen Schuhe hast du ja schon.« Sie sah auf Lisas Espadrilles.

»Danke«, sagte Lisa.

»Es gibt hier skrupellose Leute, die die Flüchtlinge einfach dort oben zurücklassen und ihnen das Gepäck stehlen.«

»Das wird mir nicht passieren.« Lisa streckte der Frau die Hand hin. »Mein Name ist Lisa.«

»Ich bin Rosa. Wenn's Probleme gibt, sag mir Bescheid.«

»Danke, Rosa.«

Als sie in ihr Zimmer kam, gab ihr die Vermieterin eine Postkarte. Sofort erkannte sie die Schrift ihres Vaters. Es war keine dieser vorgedruckten Karten, die im geteilten Frankreich als einzige erlaubt waren und auf denen man lediglich vorgegebene Sätze ankreuzen durfte. Er musste sie jemandem mitgegeben haben, der sie über die Demarkationslinie geschmuggelt hatte. Dennoch standen da nur ein paar Zeilen.

Uns geht es gut. Wir haben genug zu essen. Wir würden dich gern möglichst bald besuchen. Papa

Lisas Herz machte einen Satz. Endlich eine Nachricht. Sie suchte nach dem Poststempel, die Karte war vor einer guten Woche geschrieben worden. Hans musste ihrem Vater ihre Adresse gegeben haben.

Die wichtigste Nachricht war, dass ihre Eltern zu ihnen in die »freie« Zone kommen wollten. »Möglichst bald« konnte bedeuten, dass sie in Paris nicht länger sicher waren, vielleicht hatten sie auch nicht genug zum Leben.

Es gab Schmuggler, die Menschen über die Demarkationslinie brachten. Aber sie verlangten viel Geld. Sie würden einen Weg finden müssen.

KAPITEL 29

Lisa saß in ihrem Zimmer und rieb sich die rot gescheuerten Hände mit einer Salbe ein, die Rosa ihr zugesteckt hatte. Die Hände sahen schlimm aus und brannten. Sie waren trocken und rissig und die rote Farbe von dem Wein hatte sich tief in ihre Haut gefressen. An mehreren Fingern waren die Nägel abgebrochen. Sie streckte die Arme aus und betrachtete sie resigniert. Aber dann sah sie auf den leeren Teller vor sich: Sie hatte gerade sehr gut zu Abend gegessen, ein Stück wahrhaftige Boudin war dabei gewesen, eine kräftige Blutwurst, die die Metzgersfrau ihr ungefragt eingesteckt hatte.

»Mit Grüßen von Rosa«, hatte sie gesagt.

Lisa schicke ein Stoßgebet an ihre Arbeitskollegin, obwohl ihr Magen wegen des ungewohnten Essens leise rebellierte. Sie nahm einen Schluck von dem kräftigen Rotwein, den sie sich geleistet hatte. Man konnte eine leere Flasche mit zur Arbeit bringen und sie dort auffüllen. Er kostete nicht viel. Mit einem Stück Brot wischte sie den letzten Rest Soße von ihrem Teller und ließ den Wein über ihren Gaumen gleiten. Dafür lohnte sich die Plackerei.

Danke, Rosa, dachte sie mit einem Lächeln. Rosa reihte sich ein in die vielen Frauen, die ihr geholfen oder denen sie geholfen hatte. Ohne die Solidarität untereinander hätte sie es oft nicht geschafft.

Satt und zufrieden legte sie sich auf ihr Bett und nahm ihr Buch, um noch ein wenig zu lesen. Doch draußen kam Wind auf und ließ die Fensterläden klappern. Sie stand auf, um die Läden zu schließen, und zog Bilanz der ersten Woche, die sie in Banyuls verbracht hatte. Sie war den ersten Teil des Weges gegangen und hatte sich umgehört. Sie kannte ein paar Leute, Vincent Azéma und Rosa und noch ein paar andere, auf die sie sich verlassen konnte, die ihr zumindest nichts Böses wollten. Aber es gab auch Menschen, die sie misstrauisch ansahen und sich abwendeten, wenn sie ihnen begegnete. Dieser Jean-Pierre war nur einer von ihnen.

Morgen würde sie bis zur Grenze gehen, um auch den Rest des Weges kennenzulernen, dann würde sie Hans schreiben, dass sie kommen sollten. Sie wollte sich noch ein paar Tage Zeit lassen, um sich besser auszukennen, außerdem hatten die anderen noch nicht alle Papiere zusammen. *Sei nicht traurig, ich komme so schnell ich kann*, hatte Hans geschrieben.

Insgeheim war sie erleichtert, dass sie noch ein paar Tage länger für sich an diesem wunderbaren Ort hatte, obwohl sie sich fast nicht traute, es sich einzugestehen: Sie genoss die Zeit, die sie hier allein verbrachte, fern von allem, was ihr Leben als Flüchtling in Marseille so anstrengend machte. Es tat ihr gut, eine Arbeit zu haben und neben Rosa die Fässer zu schrubben. Jeden Abend ging sie schwimmen. Sie genoss die Einsamkeit und die Gelegenheit, ihre Gefühle zu erforschen. Sie dachte viel an Louis, und es gab Momente des Zweifels, in denen sie sich fragte, ob sie einen Fehler gemacht hatte. Dann holte sie wehmütig die roten Schuhe hervor und starrte sie an.

Ihre Hand fuhr in die Mulde ihres Halses, wo der Anhänger der Kette sich an ihre Haut schmiegte. Hans … Sie konnte doch nicht alles, was sie miteinander verband, aufgeben für einen Mann, den sie kaum kannte! Nein, es war richtig gewesen, sich für Hans zu entscheiden. Aber es tat weh … Mit einem Stöhnen wälzte sie sich auf die andere Seite.

Sie wurde wach, als es an ihrer Tür klopfte. Es war noch dunkel. Es klopfte wieder, und sie stand auf, um zu öffnen. Sie glaubte zu träumen: Vor ihr stand Walter Benjamin. Sein Straßenanzug hatte schon bessere Tage gesehen, aber seine Brille war tadellos geputzt und blinkte im Mondlicht. Er trug eine Aktentasche bei sich, die er fest an den Körper gepresst hielt. Er zog seinen Hut, als würden sie sich in einem Berliner Café treffen, nicht mitten in der Nacht in einem Dorf in Südfrankreich.

»Guten Morgen, gnädige Frau«, sagte er. »Ich weiß, es ist noch sehr früh, aber mein Anliegen duldet keinen Aufschub.«

Lisa versuchte ihre Verblüffung zu verbergen. Die Welt geriet aus den Fugen, aber dieser Mann wahrte alle Formen der Höflichkeit. »Woher wissen Sie denn, dass ich hier bin? Und kommen Sie doch bitte herein, damit wir die anderen nicht wecken.« Sie zog ihn am Arm in das Zimmer und schloss die Tür.

Benjamin blieb mitten im Raum stehen, den Hut in der Hand. »Ergebensten Dank. Ihr Herr Gemahl hat mir erklärt, wie ich Sie finden kann. Ich habe ihn in Marseille getroffen. Vielleicht hat er Ihnen berichtet, dass wir gemeinsam das Vergnügen hatten, in einem französischen Lager Gast zu sein.«

Lisa nickte. Sie wusste Bescheid. Hans hatte ihr eine merkwürdige Geschichte von Benjamin erzählt. Obwohl er süchtig nach Nikotin war, hatte er im Lager das Rauchen aufgegeben. Als Hans ihn gefragt hatte, warum er ausgerechnet in einer verzweifelten Situation auch noch auf diesen Trost verzichtete, hatte er geantwortet, dass für ihn die Abstinenz vom Nikotin eine Aufgabe sei, die ihn davon abhalte, an der Situation zu verzweifeln. Er könne die Zustände im Lager nur ertragen, wenn er seine geistigen Kräfte auf eine gewaltige Anstrengung konzentriere. Das Rauchen aufzugeben, sei eine solche Anstrengung, und deshalb würde es ihm das Leben retten.

Benjamin unterbrach ihre Gedanken. »Ich habe alle Papiere zusammen bis auf das *visa de sortie*. Das habe ich Ihrem Mann erzählt und er meinte, Sie würden mich außer Landes bringen.«

Lisa schwankte zwischen Bewunderung für die gesellschaftlichen Formen von Walter Benjamin und Zorn auf Hans. Wie konnte er ihn einfach zu ihr schicken? Das war wieder so ein Theater. Er ging immer davon aus, dass Lisa es schon schaffen würde, egal, wie gefährlich es war. Genau wie in Toulouse, als er sie über Stunden ohne Nachricht hatte warten lassen, weil er andere Pläne hatte.

»Aber ich habe den Weg noch gar nicht gefunden. Nur den ersten Teil. Wie kommt mein Mann denn dazu, Sie zu mir zu schicken?«

Benjamin räusperte sich. »Ich bin nicht allein. In einem Hotel warten Freunde von mir. Henny Gurland und ihr Sohn.«

Das wurde ja immer schlimmer. »Ich soll auch noch ein Kind rüberbringen?«

»Aber nein, wo denken Sie hin. José ist sechzehn oder siebzehn. Ein kräftiger junger Mann.«

»Herr Benjamin, das ist viel zu gefährlich. Wie gesagt, ich bin den Weg noch nie gegangen, nur das erste Stück. Ich habe lediglich eine Zeichnung, die der hiesige Bürgermeister mir gemacht hat. Ich verstehe nicht, wie Hans Ihnen das vorschlagen konnte.« Und wäre er hier, ich würde ihm meine Meinung sagen. Es ist unerträglich, wie er immer über meinen Kopf hinweg entscheidet, dachte sie voller Zorn.

Benjamin versuchte sie zu beschwichtigen. »Verehrte gnädige Frau, ich nehme diese Gefahr auf mich. Ich vertraue Ihnen blind. Nicht zu gehen ist für mich das größere Risiko.« Dabei presste er seine Aktentasche an sich. »Hier drin ist mein Manuskript, mein wichtigstes Werk. Es ist sogar wichtiger als mein Leben. Ich muss es retten. Und Sie müssen mir dabei helfen.« Er legte den Kopf ein wenig schief und lächelte sie an. »Sie können das. Ihr Mann hat mir Wunderdinge von Ihnen erzählt. Und es ist ganz allein mein Risiko.«

In Lisas Kopf rasten die Gedanken. Es war etwas völlig anderes, allein eine Wanderung zu unternehmen, als die Verantwortung für einen berühmten Mann und eine Frau und ihren Sohn zu tragen. Sie kannte ja noch nicht einmal die ganze Route. Und sie war schon auf dem ersten Wegstück in Panik geraten.

Benjamin schien ihr Zweifel zu ahnen. »Ihr Mann hat mir berichtet, dass sie schon früher, in Basel und in den Niederlanden, Menschen über die Grenze geschmuggelt haben. Sie wissen, wie Sie sich zu verhalten haben, und Sie können mit plötzlich auftretenden Gefahrensituationen umgehen …«

Das stimmte. Lisa konnte auf ihren Instinkt und ihre Erfahrung vertrauen. Und sie konnte diesen liebenswerten Mann doch nicht einfach vor die Tür setzen.

»Frau Fittko, glauben Sie mir, dass ich keinen anderen Ausweg sehe, bis auf den allerletzten. Ich würde es nicht überleben, noch einmal in einem Gefängnis oder einem Konzentrationslager zu sitzen. Mein einziger Wunsch ist es, dass mein Manuskript gerettet wird. Bitte helfen Sie mir.«

Lisa sah, dass er es buchstäblich todernst meinte. Sie gab nach.

»Lassen Sie uns vorher zu Monsieur Azéma gehen, das ist der Bürgermeister hier, er ist auf unserer Seite, damit er uns noch einmal den Weg erklärt. Und dann machen wir uns am Nachmittag auf die erste Etappe.«

»Warum die erste Etappe?«, fragte Benjamin.

»Um zu sehen, wie wir im Gelände zurechtkommen. Damit auch Sie den Weg kennen und ich eine Hilfe habe, wenn wir ihn im Dunklen finden müssen.« Lisas Stimme ließ keine Widerrede zu. Dieser Gang zur Probe musste sein, sonst würde sie Benjamin nicht mitnehmen.

Er schien ihre Unerbittlichkeit zu ahnen und nickte freundlich. »Dann sage ich jetzt Frau Gurland Bescheid.«

»Ich hole Sie morgen früh ab und wir gehen zu Monsieur Azéma.«

★ ★ ★

Als er weg war, konnte Lisa nicht wieder einschlafen. In der Stille der Nacht erhoben sich Stimmen, die auf sie einredeten. Worauf hast du dich da eingelassen? Du sollst völlig unbekannte Menschen auf einem gefährlichen Weg führen. Kannst du diese Verantwortung auf dich nehmen? Darfst du das? Und wenn du sie gefährdest? Wenn sie gefasst werden? Dann wäre das deine Schuld.

Früher, in Berlin und auch in Basel, da war das einfacher gewesen. Es gab eine Partei, die die Aufträge vergab, es gab genaue Richtlinien, wie man sich zu verhalten hatte, es gab eine klare Hierarchie. Einer entschied, und die anderen führten aus. Oft hatte sie die Menschen nicht gekannt, denen sie geholfen hatte. Sie war mit ihnen eine Straße hinuntergelaufen und hatte ihnen einen Weg gewiesen. Oder sie hatte mit einem Kurier einen Koffer getauscht. Panik flackerte in ihr auf. Das hier war etwas anderes. Wenn das hier schiefging, dann war sie schuld, ganz allein.

Sie stand auf und begann rastlos in dem kleinen Zimmer auf und ab zu gehen. Ihr erster Aufstieg vor einigen Tagen kam ihr in den Sinn. Sie hatte eine wahrhaftige existenzielle Krise gehabt. Sie hatte nicht mehr weitergekonnt und hatte sich beinahe aufgegeben. Nur mit äußerster Kraftanstrengung hatte sie sich wieder fassen können und nach Hause gefunden. Und jetzt sollte sie noch drei Menschen in eine solche Gefahr bringen? Walter Benjamin machte jedenfalls nicht den kräftigsten Eindruck. Und was war mit dieser Frau Gurland? Wäre sie in der Lage, den Anstieg zu meistern? Und selbst wenn dem so wäre, selbst wenn sie den Weg finden würde, was nicht sicher war: Was passierte, wenn jemand sich verletzte, abstürzte? Wenn die Polizei sie aufgriff?

Wie konnte Hans ihr diese Entscheidung zumuten? Er war sich sicher, dass es ihr gelingen würde. Er traute ihr alles zu. Sonst hätte er seinen Freund Benjamin nicht zu ihr geschickt.

Lisa seufzte tief. Hatte sie denn eine Wahl?

Die Entscheidung, ob sie Walter Benjamin und die anderen über die Grenze führte, musste sie allein treffen. Da hatten ihr weder eine Partei noch ein Mann dreinzureden, sie würde auf ihren Instinkt und ihr Herz hören. Was wäre denn, wenn sie Benjamin absagen würde? Sie sah die Enttäuschung in seinem Gesicht, die Verzweiflung. Er schien wild entschlossen, sein Manuskript über diese Berge zu bringen. Und er setzte seine ganze Hoffnung in sie. Ob er es allein versuchen würde? Das wäre noch gefährlicher. Walter Benjamin schien ihr uneingeschränkt zu vertrauen, er verließ sich auf sie. Er legte sozusagen sein Leben und sein Werk in ihre Hände.

Das war es, was den Ausschlag gab. Wenn sie ihm nicht half, dann würde es keiner tun.

Als sie so weit mit ihren Überlegungen gekommen war, war es Zeit, sich auf den Weg zu Azéma zu machen.

★ ★ ★

Der Bürgermeister schloss seine Tür von innen ab und erklärte Walter Benjamin und Lisa noch einmal geduldig den Weg.

»Kein Gepäck«, warnte er sie zum Abschied.

Dann ging Lisa mit Walter Benjamin zu dem Gasthof am Ortsrand, in dem Frau Gurland und ihr Sohn auf sie warteten. Lisa fand sie beide sofort sympathisch und ihre Befürchtungen, auf wen sie da treffen würde, legten sich. Henny Gurland war ein paar Jahre älter als sie. Ihre dunklen Augenbrauen gaben ihrem Gesicht etwas Entschlossenes, aber in den großen Augen konnte sie auch lesen, dass sie einiges hinter sich hatte. Sie streckte ihr die Hand hin. »Und das ist mein Sohn Joseph.«

»José«, sagte der Junge mit einem Lächeln. »Zum Glück haben meine Eltern mir einen Namen gegeben, der in vielen Ländern verstanden wird.«

Lisa nickte erleichtert. Sie sahen nicht so aus, als würden sie Schwierigkeiten machen.

»Gut«, sagte sie. »Lassen Sie Ihr Gepäck hier, wir machen einen Spaziergang.«

Frau Gurland nickte und Lisa war erleichtert. Walter Benjamin hatte ihnen von ihrem Plan erzählt, und sie schienen mit allem einverstanden.

Nur Benjamin nahm seine Aktentasche mit. »Ich trage sie schon seit Monaten immer mit mir herum. Ich werde es dabei belassen«, beschied er den anderen, und niemand widersprach.

Zügig hatten sie die Häuser von Puig del Mas erreicht, das gab Lisa Hoffnung. Aber als der Weg anfing zu steigen, merkte sie, wie sehr Benjamin das anstrengte. Er blieb häufiger zurück, um zu verschnaufen, aber wenn Lisa sich zu ihm herumdrehte, nickte er ihr aufmunternd zu und marschierte mit schmerzverzerrtem Gesicht weiter. Zum Glück hatte Lisa keine Mühe, den Weg wiederzuerkennen, sie fand auch ihre eigene Markierung an dem Abzweig wieder. Das gab ihr Sicherheit, und als ihnen ein paar Weinbauern entgegenkamen, zeigte sie auf die Fenchelpflanzen am Weg und tat so, als würde sie den anderen die Pflanzenwelt erklären. Die Männer grüßten knapp und gingen an ihnen vorbei.

Sie erreichten die Lichtung mit den Pinien. Benjamin schleppte sich zu einem der Bäume und ließ sich einfach auf den Boden fallen. Er ist am Ende seiner Kräfte, dachte Lisa bang.

»Wir haben fast vier Stunden bis hier gebraucht«, sagte Frau Gurland mit einem Blick auf ihre Armbanduhr.

Lisa erschrak noch einmal. Das war fast doppelt so lange, wie Azéma vorausgesagt hatte. Ihr wurde klar, dass sie immer so lange brauchen würden wie das schwächste Glied in ihrer Gruppe. Und das war Walter Benjamin. Sie sah zu ihm hinüber. Schwer atmend lag er halb auf dem Boden. Er war leichenblass, hielt aber nach wie vor seine Aktentasche umklammert, die wohl schwerer war, als sie aussah.

»Wir machen hier eine Pause, dann gehen wir wieder zurück. Morgen ganz früh kommen wir wieder und gehen dann weiter. Wir müssen da oben hinauf.« Lisa wies mit der Hand in die Richtung und bekam selber einen Schreck, als sie die große Höhe sah, die vor ihnen lag. Zu spät bemerkte sie, dass Walter Benjamin noch blasser geworden war. Blanke Angst stand in seinem Gesicht.

Aber er fing sich gleich wieder und sein Gesicht nahm wieder diesen Ausdruck an, der Entschlossenheit und Weisheit in sich vereinte. Er stützte sich auf die Ellenbogen und lehnte sich an eine der Pinien. Seine Aktentasche legte er sorgfältig neben sich und strich mit der Hand darüber.

»Ich komme nicht mit zurück ins Dorf«, sagte er dann. »Jetzt bin ich schon bis hier oben gekommen, ich sehe keinen Sinn darin, wieder hinunterzugehen und morgen wiederzukommen. Ich bleibe hier. Sie holen mich dann morgen früh hier wieder ab. Ich werde da sein«, fügte er mit einem feinen Lächeln hinzu. »Verlassen Sie sich darauf.«

»Das ist völlig ausgeschlossen«, rief Lisa. »Sie können nicht allein über Nacht hierbleiben. Wir haben September, es wird kalt werden. Sie haben keine Decke, nur Ihren Anzug. Wir haben nicht einmal mehr Wasser, geschweige denn etwas zu essen.« Sie hielt die leere Wasserflasche anklagend in die Höhe.

»Glauben Sie mir, ich habe keinen Appetit«, sagte er sanft.
»Aber es gibt hier Schmuggler. Und wilde Tiere. Und dann ist da noch dieser Wind, der die Leute verrückt macht.«
»Würden Sie mich denn vor wilden Tieren retten können? Und was sollten Schmuggler mir antun können? Und warum?« Wieder dieses hintergründige Lächeln. Benjamin nahm seine Brille ab und begann, die staubverschmierten Gläser mit einem blütenweißen Taschentuch zu putzen.

»Frau Gurland, jetzt sagen Sie doch etwas«, rief Lisa, aber sie zuckte nur mit den Schultern. Was sollte sie auch tun?

»Hören Sie«, Benjamin setzte seine Brille wieder auf, »mein Ziel ist es, die Grenze zu überqueren und mich und mein Manuskript«, er wies auf die Tasche, die neben ihm stand, »in Sicherheit zu bringen. Einen Teil des Weges habe ich bereits hinter mich gebracht. Es wäre unlogisch, jetzt umzudrehen und in ein paar Stunden den Weg noch einmal zu gehen. Ich fürchte, dafür reichen meine Kräfte nicht aus. Ich bin herzkrank und, wie Sie vielleicht bemerkt haben, in keiner besonders guten körperlichen Verfassung. Ich kenne meine Konstitution.«

So, wie er es im Lager gemacht hat, wo er das Rauchen aufgegeben hat, um das Lager zu überleben, dachte Lisa. Vielleicht hat er recht?

»Gut, dann bleibe ich auch.« Sie machte Anstalten, sich neben ihn ins Gras zu setzten. »Frau Gurland, Sie gehen mit José allein zurück.«

»Das dürfen Sie nicht, Frau Fittko«, widersprach Benjamin sanft, aber unerbittlich. »Sie müssen Frau Gurland und den Jungen wieder hinunterbegleiten. Sie müssen morgen ausgeschlafen sein, damit Sie uns sicher über die Grenze bringen. Es wäre sehr zuvorkommend, wenn Sie etwas Proviant besorgen könnten. Und jetzt machen Sie sich auf den Weg. Sie werden mich nicht umstimmen.« Er sah sie mit seinem Lächeln an, und Lisa las in seinen Augen, dass seine Entscheidung unumstößlich war. Sie war machtlos gegen seine freundliche Unbeirrtheit.

Er winkte ihnen nach, als sie aufbrachen. Lisa drehte ich um und sah ihn unter dem Baum sitzen, das weiße Taschentuch in der Hand.

Bergab waren sie ohne Benjamin viel schneller. Sie sprachen nicht viel, sondern konzentrierten sich auf den Weg vor ihnen. Lisa dachte die ganze Zeit über Walter Benjamin nach. Er hatte bestimmt eine ungemütliche Nacht vor sich, aber er war schließlich auch in einem Lager gewesen. Er war an schwierige Situationen gewöhnt. Dennoch hasste sie in diesem Augenblick den Krieg und die Nazis aus ganzem Herzen. Was taten sie ihnen an?

Sie war ganz in ihren Gedanken gefangen und wunderte sich, als auf einmal schon die Häuser von Puig del Mas vor ihr lagen.

»Ich glaube, er weiß immer ganz genau, was er tut. Er ist Philosoph, er durchdenkt immer alles bis ins Detail«, sagte Frau Gurland, als sie sich vor dem Gasthaus trennten.

Lisa nickte. »Ich hole Sie morgen früh vor Sonnenaufgang ab. Nehmen Sie Wasser mit. Kein Gepäck. Versuchen Sie sich auszuruhen.«

Auf dem Weg nach Hause kaufte sie etwas Brot und Käse. Das war alles, was sie im Moment für Walter Benjamin tun konnte.

KAPITEL 30

Es war noch stockdunkel, als Lisa am nächsten Morgen aus dem Fenster zu beiden Seiten auf die Straße spähte. Sie hatte unruhig geschlafen. Heute kam es darauf an. Heute würden sie den ganzen Weg gehen. Gestern war alles noch eine unschuldige Wanderung gewesen. Wenn sie heute von der Grenzpatrouille erwischt würden, wäre es zu spät. Ihr wurde heiß bei dem Gedanken, dass die Zöllner vor ihnen in die Berge gegangen waren und Walter Benjamin an seinem Schlafplatz überrascht hatten. Daran hatte sie gestern nicht gedacht, wie unvorsichtig von ihr! Was, wenn er nicht am verabredeten Treffpunkt war? Sollte sie dann zunächst ihn suchen oder Frau Gurland und José in Sicherheit bringen, bevor die Route aufflog? Zwei Menschenleben oder eins? Ein alter Mann oder eine junge Frau mit ihrem Sohn? Fragen, die sie nicht entscheiden wollte.

Ihre Hände begangen zu zittern, ihr Mund wurde trocken. Panik stieg in ihr auf. Sie packte das Brot und die anderen Sachen in ihren Beutel, dann kippte sie alles aufs Bett, um zu kontrollieren, ob sie auch nichts vergessen hatte. Sie ging noch einmal alle möglichen Risiken durch, sie musste so gut es ging vorbereitet sein. Aber was konnte sie schon tun? Wenn die Gendarmen sie erwischten, kam es nur auf deren guten Willen an. Wenn sie sich verlaufen sollte … Oh, Gott, daran mochte sie gar nicht erst denken. Nur Walter Benjamin wusste, dass sie den Weg noch nie ganz gegangen war. Würde Frau Gurland überhaupt mitkommen, wenn sie wüsste, dass ihre Führerin den

Weg selbst nicht kannte? Würde sie ihren Sohn einer solchen Gefahr aussetzen? Wenn etwas schiefging, würde sie sich ihr Leben lang Vorwürfe machen. Lisa schnaubte. Im Grunde war das Unternehmen ein Wahnsinn. Viel zu gefährlich. Was mutete Hans ihr da nur zu? Dann hörte sie die Stimme ihres Vaters. »Aufgeben gilt nicht, Lisa. Immer einen Schritt nach dem anderen. Grübel nicht zu viel. Mach einfach einen Schritt und dann den nächsten.«

»Jetzt reicht es!«, rief sie laut und erschrak über ihre eigene Stimme. Aber sie holte sie zurück in die Wirklichkeit. Sie atmete ein paar Mal tief durch, dann hatte sie sich wieder im Griff. Ich werde diese Menschen über diese Berge bringen, weil sie keine Alternative haben. Hierbleiben und nichts tun, ist für sie viel gefährlicher. Also los! Sie nahm den Leinenbeutel und verließ leise ihr Zimmer.

Die Straße und der Strand lagen still vor ihr, nur aus einzelnen Häusern sah sie die Männer treten, die, mit großen geflochtenen Körben auf dem Rücken, in ihrem über die Jahre eingeübten, gemächlichen Schritt in Richtung Dorfausgang wanderten. Lisa eilte die Straße hinunter. Die Pension lag nur ein paar Häuser weiter. Sie klopfte an die Tür. José öffnete sofort und lächelte ihr zu. Wie kann es sein, dass ein Siebzehnjähriger heimlich über die Berge fliehen musste, von einem fremden Land in ein anderes, fragte sie sich. Warum ging er nicht einfach zu Schule, verliebte sich und machte Dummheiten?

José warf sich einen Rucksack über.

»Nein, kein Rucksack. Damit erkennt man uns sofort als Deutsche. Hier …«, sie reichte ihm einen Beutel. »Nimm nur mit, was in diesen Beutel passt.«

Ohne zu fragen, füllte er seine Habseligkeiten um. Viel war es nicht, eigentlich gar nichts, eine Zahnbürste, ein bisschen Wegzehrung, seine Papiere, der größte Schatz. Lisa sah, dass er versuchte, unbemerkt ein Buch einzustecken. Sie bemerkte den schnellen Blick, den seine Mutter ihm zuwarf, und sagte nichts, als sie den französischen Titel erkannte. Wahrscheinlich hatte er dieses Buch schon mehrfach auf seiner Flucht gerettet. Hatte sie ein Recht, es ihm wegzunehmen?

Noch einmal suchte Lisa die Straße vor ihr ab. Keine Gendarmen. Ihr Herz klopfte wild, sie konzentrierte sich auf das gleichmäßige Geräusch der Wellen, die an den Strand schwappten, um sich zu beruhigen. Noch ein letzter prüfender Blick. Jetzt waren sie bereit.

»Kommen Sie, es geht los. Und denken Sie daran, nicht zu sprechen, bis wir allein sind. Wenn sie Deutsch hören, werden die Leute misstrauisch.«

Sie lächelte Henny Gurland zu. Die nickte. Dann schlüpften sie aus der Tür. Mit raschen, lautlosen Schritten folgten sie den Bauern. In der Dämmerung waren sie kaum von ihnen zu unterscheiden. Sie gingen hinter ihnen her zum Dorfausgang.

Der erste Teil des Weges war einfach, aber im Dunkeln sah alles ganz anders aus als in der grellen Sonne. Hatte die große Platane gestern auch schon hier gestanden oder waren sie falsch? Nahmen die Arbeiter heute etwa einen anderen Weg? Als sie an die Brücke kam, atmete sie erleichtert aus. Direkt dahinter begann der Pfad leicht anzusteigen. Vor ihnen gingen die Weinbauern, gemächlich, leicht nach vorn gebeugt unter der Last ihrer Arbeitsgeräte. Plötzlich bleib einer von ihnen stehen und sah ihnen entgegen. Lisa wurde unruhig. Sollte sie umdrehen? Was wollte der Mann von ihnen? Sie fing den unruhigen Blick von Frau Gurland auf und gab ihr ein Zeichen, ruhig weiterzugehen. Als sie auf der Höhe des Mannes waren, sah sie die Furchen in seinem Gesicht und die grauen Bartstoppeln. Er war viel älter, als sie aus der Ferne gedacht hätte.

»Ein guter Tag für eine Wanderung«, sagte er, als sie stehen blieben. »Ich habe gehört, dass die Gendarmen in Cerbère sind, weil dort ein paar Leute heimlich über die Grenze wollen. Da können sie nicht gleichzeitig auf dem Coll de Rumpissar sein.«

Lisa lächelte ihn dankbar an. Der Mann nickte, grüßte zum Abschied, dann ging er weiter und war bald darauf hinter der nächsten Biegung verschwunden. Trotz seines Alters war er bergauf viel schneller als sie.

»Wie meinte er das?«, flüsterte Frau Gurland, als er außer Hörweite war.

»Ich denke, dass wir heute wohl keine Angst haben müssen, auf Polizisten zu treffen, weil sie im Nachbarort sind«, sagte Lisa. Sie konnte selbst nicht fassen, was der Mann da eben für sie getan hatte. Es schien in Banyuls doch einige Menschen zu geben, denen das Schicksal der Flüchtlinge nicht egal war. Sie mochte den Gedanken, dass sie auf sie aufzupassen schienen.

Bald darauf erreichten sie die ersten Weinberge. Lisa nahm den Duft der überreifen Trauben wahr. In Banyuls wurde ein Süßwein gekeltert, aus Trauben, die fast schon zu Rosinen am Rebstock getrocknet waren. Der Weg machte eine Biegung, jetzt hatten sie freie Sicht auf den Ort und das Meer, der Duft der Trauben wurde überlagert von einem anderen: leicht salzig, nach in der Sonne trocknenden Algen.

Lisa blieb stehen und wartete, bis Henny Gurland und José zu ihr aufgeschlossen hatten.

»Sehen Sie nur«, flüsterte sie und zeigte in Richtung des Meeres.

Am Horizont zeigte sich ein ganz schmaler Streifen von Licht. Die Sonne ging auf. Innerhalb von Minuten wurde der Streifen breiter und nahm erst eine silbrige Farbe an, um dann gelbrot zu werden. Um sie herum bekamen Büsche und Weinstöcke Konturen, Licht und Schatten veränderten die Landschaft auf dramatische Weise.

»Ich wollte, dass Sie das sehen«, sagte Lisa. »Ich finde, diese Schönheit gibt Kraft.«

Frau Gurland drückte ihre Hand, und José grinste sie an.

Sie gingen weiter, und Lisa fragte sich, ob Walter Benjamin auch gerade Trost in diesem Beginn eines neuen Tages fand.

Die kleine Begebenheit tat ihnen gut und schweißte sie zusammen. Lisa nahm sich vor, daran zu denken, wenn sie Hans und die anderen über den Berg brachte. Es hob die Moral und half, die Anstrengungen zu vergessen. Die nächste Wegstrecke legte sie rasch und beinahe beschwingt zurück.

Dann hörte sie hinter sich plötzlich einen erstickten Schrei und wirbelte herum. Frau Gurland war gestolpert und lag am Boden. Sofort war José bei ihr und half ihr auf. Automatisch wischte sie den Staub von ihrer Hose und machte Lisa ein Zeichen: Es war nichts passiert. Sie gingen weiter.

»Sind wir noch auf dem richtigen Weg?«, fragte Frau Gurland, als sie zu Lisa aufschloss, »das kommt mir so unbekannt vor.«

Lisa schüttelte den Kopf. Diesen Teil des Weges kannte sie besonders gut. »Da vorn wächst wilder Fenchel, ich erinnere mich genau. Sehen Sie?« Sie riss ein paar Blüten ab und hielt sie Frau Gurland hin.

Henny Gurland roch daran. »Entschuldigen Sie«, sagte sie dann.

Ihre Worte und das Vertrauen, das in ihnen lag, halfen Lisa, sich zu fokussieren. Plötzlich war sie in diesem Zustand der absoluten Wachheit und Konzentration, den sie aus dem Sommer 1933 in Berlin kannte. Als sie sich damals zum ersten Mal mit diesem amerikanischen Kontaktmann getroffen hatte, hatte sie ihre Lektion gelernt: Wenn es gefährlich wurde, durfte man nicht eine Sekunde zweifeln. Man musste einfach weitermachen, ein Zurück gab es nicht. Wer den ersten Schritt getan hatte, musste auch alle anderen tun. Jede Unsicherheit, jedes Zögern konnte den Verdacht von Spitzeln und der Gestapo wecken und die Mission gefährden.

Lisa lächelte. Sie wusste genau, wo sie war, aber um Frau Gurland zu beruhigen, zog sie die Skizze aus ihrer Hosentasche und zeigte ihr, wo sie sich befanden.

»Wir sind hier. Sehen Sie da vorn? Da ist der große Felsblock, an dem wir gestern kurz gerastet haben. Aber wenn Sie können, würde ich gern weitergehen zu Herrn Benjamin.«

Es war jetzt vollends hell geworden, und sie konnten rascher ausschreiten.

»Woher kennen Sie Benjamin? Und wo kommen Sie her?«, fragte Lisa.

»Ich bin Fotografin. Ich habe für den *Vorwärts* gearbeitet, bis die Zeitung verboten wurde. Fotoreportagen in Schwarz-Weiß vom Alltag der Arbeiter. In Paris habe ich manchmal Modeaufnahmen gemacht, aber ich konnte nicht davon leben.« Sie bemerkte Lisas fragenden Blick und wies auf die ausgebeulte Tasche ihres Rocks. »Meine Leica ist hier drin. Ich würde niemals ohne sie gehen. Genauso wenig wie Walter Benjamin ohne sein Manuskript. Ich bin über Brüssel nach Paris gekommen.«

»Und woher kennen Sie Herrn Benjamin?«

»Ich habe natürlich von ihm gehört, aber ich kannte ihn nicht persönlich. Wir haben nur in Marseille im selben Hotel gewohnt, und ich war dabei, als er mit Ihrem Mann gesprochen hat. Wir haben gedacht, dass wir als Familie nicht so sehr auffallen. Josés Vater ist Jude. Wir müssen weg aus Europa.«

»Und Ihr Mann?«

»Wir haben uns 1936 in Paris getroffen. Er ist nicht Josephs Vater. Er hat in Spanien gekämpft. Die Nazis haben ihn im Mai verhaftete. Ich weiß nicht, wo er ist.« Sie sah zu Boden.

Lisa nickte. Mehr musste Henny nicht sagen. Die Zeiten waren nicht für beständige Ehen gemacht.

»Was sind das für komische kleine Häuser?«, fragte José, der hinter ihnen ging, und zeigte auf einen der kleinen runden Türme, die hier standen.

Lisa lachte. »Ich kenne mich bestimmt nicht aus, aber man hat mir gesagt, dass sie sich *tines* nennen und dass in ihnen Werkzeug aufbewahrt wird. Im Winter essen die Arbeiter dort. Eigentlich müsste ich das wissen, denn ich arbeite unten in der Kooperative.«

Das Eis zwischen ihnen war gebrochen und sie plauderten, als wären sie tatsächlich auf einem Ausflug.

Erst kurz vor der Lichtung verstummten sie. Lisa entdeckte den Bindfaden, den sie beim ersten Mal an dieser Abzweigung angebracht hatte. Jetzt war es nicht mehr weit. Lisa spürte, wie die Aufregung in ihr wuchs. War Benjamin noch da? Ging es ihm gut? Hatte der Mann aus dem Dorf recht gehabt und die Gendarmen waren nicht hier vorbeigekommen?

Lisa beschleunigte ihren Schritt, als sie sich den sieben Pinien näherten, und atmete auf: Da war Walter Benjamin. Er saß an den Stamm eines Baumes gelehnt wie gestern und las konzentriert in seinem Manuskript. Als er sie bemerkte, erhob er sich ein wenig mühsam und kam ihnen entgegen.

»Guten Morgen. Wie war Ihre Nacht?«, fragte er.

»Das fragen Sie mich? Ich habe mir Sorgen um Sie gemacht. Wie war denn Ihre Nacht?«, fragte Lisa zurück. Was war er nur für ein Mann. Seine unerschütterliche Höflichkeit war wie ein Panzer.

»Alles in Ordnung. Keine wilden Tiere und auch keine Schmuggler. Hätten Sie wohl einen Schluck Wasser für mich? Und dann sollten wir uns wohl auf den Weg machen, oder?«

Lisa reichte ihm ihre Wasserflasche und ein Stück Brot.

Nach einer kurzen Rast brachen sie auf.

Nach ungefähr zweihundert Metern kamen sie an die Stelle, wo Lisa beim ersten Mal kehrtgemacht hatte. Sie zögerte kurz, ab jetzt war der Weg unbekannt. Sie schluckte.

Fünf Minuten später musste sie stehen bleiben, um nach Luft zu ringen. Also das hatte Azéma mit steil und schwierig gemeint. Dieser Weg ging ja fast senkrecht in die Höhe!

»Frau Fittko?«, rief Frau Gurland. Ihr Gesicht war schweißnass, die Erschöpfung war ihr anzusehen.

»Wo sind die anderen?«, fragte sie, ging Henny Gurland entgegen und reichte ihr die Hand.

»Herr Benjamin kann nicht so schnell. José ist bei ihm.«

Gerade kamen die beiden um eine Biegung. José drehte sich immer wieder zu Walter Benjamin um und zeigte ihm, wohin der die Füße setzen sollte.

Lisa wartete, bis sie auf ihrer Höhe waren. »Wir werden langsamer gehen«, entschied sie. »Wir müssen zusammenbleiben.«

Zum Glück kam jetzt eine Passage, die weniger anstrengend war. Lisa sah zu Walter Benjamin, der immer noch ein ganzes Stück hinter ihnen war, er lächelte zu ihr herauf, dann hielt er inne und sah auf seine Uhr. Das tat er in regelmäßigen Abständen. Blieb stehen, sah auf die Uhr und ging nach einer gewissen Zeit weiter.

»Was machen Sie da?«, fragte sie ihn, als er aufgeholt hatte. Er atmete so schwer, dass sie fürchtete, er würde kollabieren.

»Nun, ich bin herzkrank, wie Sie wissen. Ich gehe immer genau zehn Minuten, dann mache ich eine Minute lang Pause. Bevor ich völlig erschöpft bin. Dann habe ich genügend Kraft, um weiterzugehen.«

»Dieses System haben Sie sich heute Nacht ausgedacht, nicht wahr?«, frage Lisa.

Er lächelte. »Ich hatte genügend Zeit.«

»Geben Sie mir Ihre Tasche. Ich werde sie tragen.«

»Ich kann sie auch nehmen«, meldete sich José zu Wort, der zu ihnen aufgeschlossen hatte.

»Gut, dann wechseln wir uns ab.«

Benjamins schwarze Aktentasche war schwer, aber Lisa nahm sich vor, sie sicher über diesen Berg zu tragen. Manchmal war ein Ding wie eine Tasche, die vielen als nutzloser Ballast gelten würde, etwas, das Kraft gab und einem gefährlichen Unternehmen einen Sinn verlieh.

»Irgendwie macht das Gewicht der Aktentasche den Weg sogar leichter«, sagte José zu Lisa, als er ihr die Tasche abnahm.

»Du bist ein sehr kluger junger Mann«, gab sie zurück.

Sie marschierten weiter, aber dann kamen sie an eine Stelle, an der ein sehr alter Olivenbaum stand, der aus mehreren miteinander verwachsenen Stämmen bestand. Lisa erstarrte. Das konnte nicht sein! Sie blieb stehen und sah die anderen ratlos an.

»Azéma hätte ihn erwähnt, wenn wir daran vorüberkommen sollten«, sagte Walter Benjamin, der offensichtlich das Gleiche dachte, wie sie.

Lisa nickte. »Wir müssen umdrehen. Ich glaube, wir haben vorhin einen falschen Abzweig genommen.«

»Sie meinen, wir müssen diesen steilen Weg wieder hinunter und einen anderen steilen Weg wieder hinauf?«, fragte Henny Gurland und Lisa hört Panik in ihrer Stimme.

Lisa nickte. Benjamin, der ganz hinten ging, machte ohne ein Wort kehrt und mühte sich den Hang wieder hinunter.

»Warten Sie!« Ich gehe vor und suche nach dem richtigen Weg. Es reicht, wenn einer von uns es tut. Sie warten hier und ruhen sich aus. Ich hole Sie dann ab.«

Frau Gurland und Walter Benjamin ließen sich, wo sie standen, auf den Boden fallen.

Lisa eilte den Weg so schnell sie konnte, wieder hinunter. Sie musste sehr aufpassen, um nicht zu stürzen. Runter war es noch gefährlich als hinauf. Mehr als einmal rutschte der Stein, auf den sie getreten war, mit ihr den Hang hinunter und wenn sie nichts fand, um sich festzuhalten, musste sie sich fallen lassen, um anhalten zu können. Ihr Herz wummerte. Wie sollte Benjamin das jemals schaffen? Wieso hatte sie sich verlaufen? Mit konzentriertem Blick suchte sie die Umgebung ab. Wo war der Abzweig, den sie falsch genommen hatten? Hoffentlich war es nicht zu weit. Da vorn, an diese Stelle erinnerte sie sich. Sie hatte kurz gezögert, ob sie rechts oder links gehen sollte, und sich für den rechten Weg entschieden, aber jetzt konnte sie sehen, dass der linke Weg ein wenig besser war. Sie markierte den richtigen Weg mit einem Stück Bindfaden, dann rannte Lisa den Weg keuchend wieder hinauf.

José kam ihr auf halber Strecke entgegen.

»Ist etwas passiert?«, fragte sie beunruhigt.

»Nein, keine Sorge, Wir haben uns nur gedacht, dass wir Ihnen ganz langsam entgegenkommen.«

Hinter José tauchten jetzt die anderen beiden auf.

Langsam gingen sie bis zur Gabelung. Dann folgte der richtige Anstieg. Er war ebenso schwer wie der andere. Lisa hörte hinter sich das Keuchen von Frau Gurland und den pfeifenden Atem von Walter Benjamin. Trotzdem ging sie weiter. Sie hatten keine Wahl.

Die Sonne stieg immer höher, und sie machten eine kleine Rast, um zu trinken. Rechts von ihnen zweigte ein Pfad ab, das musste der sein, der unterhalb des Gebirgskamms verlief.

»Vor dieser Stelle hat Azéma uns gewarnt«, wisperte Lisa. »Der leichtere Weg verläuft etwas oberhalb, sehen Sie, man kann ihn von hier aus erkennen. Dort patrouillieren die Grenzer. Aber dieser Pfad, den wir nehmen, wird durch einen Gebirgsüberhang verdeckt. Er führt ein ganzes Stück um den Gipfel herum. Ab jetzt dürfen wir nicht mehr reden, die Gendarmen könnten uns hören.«

Alle nickten, und sie begannen den Aufstieg auf dem steinigen Pfad. Sie bemühten sich, leise zu sein, aber immer wieder rutschte einer von ihnen aus, Steine polterten ins Tal. Auf einmal sahen sie vor sich riesige Vögel, die irgendetwas fraßen. Es war ein halb verwestes Reh, das in der prallen Sonne entsetzlich stank. Sie hielten sofort inne, niemand sagte etwas. Trotzdem flogen die Vögel mit lautem Kreischen auf und kreisten über ihrer Beute. Besorgt sah Lisa sich um. Diese Vögel waren weithin zu sehen, ein geübter Beobachter würde sie sofort auf dem Pfad ausmachen, es gab keinen Baum oder Felsen, hinter denen man sich verstecken könnte. Sie mussten so schnell es ging weitergehen.

Alle atmeten auf, als sie nach einer Kehre endlich in den Schatten tauchten. Dafür gab es hier Stecheichen und ein dorniges Gebüsch, die ihnen Arme und Beine aufritzten und in denen sich Benjamins Anzughose verfing.

Lisa blieb stehen und sah sich nach ihren Schützlingen um. José war ein paar Meter vor ihr, ihm machte der Aufstieg offensichtlich nicht das Geringste aus. Frau Gurland sah erschöpft aus, aber sie hielt durch.

Lisa sah auf ihre Beine. Ihre Strumpfhose klebte in blutigen Fetzen an ihren Waden. Henny Gurland bemerkte Lisas entsetzten Blick und zog ein grimmiges Gesicht.

»Weiter«, sagte sie.

Sorgen machte sie sich um Walter Benjamin. Er marschierte in kleinen, tastenden Schritten ganz hinten, an besonders steilen Stellen ließ er sich auf alle viere fallen und kroch den Berg hinauf. Er schien am Ende seiner Kräfte.

Nach einer weiteren halben Stunde kamen sie an eine Stelle,

wo der Weg fast senkrecht nach unten abfiel. An anderen Stellen war der Weg sehr schmal und zwischen dem Gestrüpp nur schwer erkennbar. Neben ihnen stürzten Geröllfelder steil in die Tiefe. Lisa mochte sich nicht vorstellen, was passierte, wenn einer von ihnen abrutschte. Sie hatte das kaum gedacht, als José strauchelte und seitlich ins Rutschen geriet. Er schrie auf und ruderte mit den Armen. Im letzten Moment packte er einen Ast. Unter seinen Füßen prasselten Steine den Hang hinunter. Lisa lief zu ihm und zog ihn wieder auf den Weg. Die Steine hörten nicht auf zu rollen und zogen immer mehr Geröll mit sich in die Tiefe. José hatte wahnsinniges Glück gehabt, auch er hätte jetzt dort unten liegen können. Er stand dort, die Hände auf die Oberschenkel gestützt, und keuchte. Lisa sah das Blut. Dicke Dornen hatten sich in seine Hand gebohrt und sie mussten sie einzeln herauszuziehen. Benjamin pflückte unterdessen eine Handvoll der winzigen Brombeeren, die hier überall wuchsen, und reichte sie mit einer kleinen Verbeugung an die anderen weiter. Sie waren zwar klein und wenig saftig, aber herrlich süß wie Rosinen.

»Sie sind die beste Gruppe, die ich mir vorstellen kann«, sagte Lisa mit einem dankbaren Lächeln zu den anderen.

Dann machten sie sich wieder auf. Lisa war noch ganz aufgewühlt von dem, was eben passiert war. Nicht auszudenken, wenn der Junge sich nicht festgehalten hätte! Wenn dieser Weg doch endlich zu Ende wäre. Wie konnte Azéma meinen, in fünf Stunden sei man bequem oben? Sie waren eben keine Bergbewohner, und diese schroffe Landschaft mit all ihren Gefahren war ihnen fremd. Der Weg wand sich immer weiter um den Berg herum, noch eine Kehre und noch eine. Wann kamen sie denn endlich oben an? Vor ihnen führte der Weg sogar wieder nach unten, aber sie mussten doch nach oben! Der Gipfel wollte einfach nicht näher kommen. Verzweiflung machte sich in ihr breit. Hatte sie wieder eine Abzweigung übersehen? Sie musste sich etwas überlegen. Wenn sie nicht bald oben ankamen, würden sie vielleicht wieder absteigen und es morgen noch einmal versuchen. Aber die Entscheidung musste sie bald treffen, denn im Dunkeln hier oben wäre es lebensgefährlich. Sie würden unweigerlich abstürzen oder sich hoffnungslos verlaufen.

Plötzlich horchte sie auf. Waren da nicht Stimmen? Sie lauschte, doch, da sprach jemand. Lisa legte die Hand auf den Mund und gab den anderen ein Zeichen, stehen zu bleiben. Da es keine Deckung gab, gingen sie in die Hocke und machten sich möglichst klein. Atemlos lauschten sie den Männerstimmen, die ganz nah waren, nur ein paar Meter über ihnen. Sie sprachen Katalanisch, deshalb konnte Lisa nicht sagen, ob es Franzosen oder Spanier waren. Mit Panik in den Augen sahen sie sich an, nur Benjamin hockte stoisch da, zum Glück im Schatten einer Stecheiche, und nickte ihnen langsam zu.

Nach einer Weile wurden die Stimmen immer leiser und verstummten schließlich.

»Über uns ist der Patrouillenweg der Grenzer. Das heißt, wir sind richtig«, flüsterte Lisa. Dann schwieg sie. Jedes Wort, jedes Husten konnte sie jetzt verraten.

Noch vorsichtiger als vorher gingen sie weiter. An einem weiteren Abzweig bedeutete Lisa den anderen zu warten. Geduckt schlich sie voraus, bis sie sicher war, dass es der richtige Weg war, dann ging sie zurück und holte die anderen. Benjamin hatte sich auf den Boden gesetzt und sie fürchtete, er würde nicht wieder aufstehen können.

»Haben Sie eine Ahnung, wie weit es noch bis zum Gipfel ist? Ich fürchte, meine Kräfte lassen mich im Stich«, flüsterte er, seine Stimme zitterte.

Lisa und José sahen sich an, dann nahmen sie ihn in die Mitte, so gut das auf dem schmalen Weg möglich war. Lisa zog ihn hinauf, José stützte ihn von unten. Henny Gurland schleppte die Tasche. Auf diese Weise waren sie unendlich langsam.

Lisa machte einen Schritt, dann reichte sie Benjamin die Hand und zog ihn den Hügel hinauf. Ein Schritt nach dem anderen, ein Schritt nach dem anderen, hämmerte es in ihrem Kopf. Als sie nach einer Ewigkeit den Blick hob, entdeckte sie etwas oberhalb, nur ein paar Hundert Meter entfernt, eine verdorrte Grasfläche. Darüber nur noch der Himmel. Abrupt blieb sie stehen. Sie glaubte ihren Augen nicht zu trauen. Sie musste sich zusammenreißen, um nicht in lauten Jubel auszubrechen.

»Das muss das Plateau sein«, rief Lisa gegen alle Vorsicht. »Wir haben es geschafft! Kommen Sie, da vorn ist es. Wir sind da!«

Sie stolperten die letzten Meter voran und als sie oben ankamen, ließen sie sich völlig erschöpft ins dürre Gras fallen. Nur Lisa machte ein paar Schritte, bis sie den Grenzstein gefunden hatte. Sie waren tatsächlich in Spanien! Sie hatte diese Menschen, die ihr ihr Leben anvertraut hatten, gerettet. Manchmal hatte sie selbst nicht daran geglaubt, aber sie hatte es geschafft!

Sie hielt den anderen die Pfirsiche hin, die sie für diese Gelegenheit aufgespart hatte.

»Wenn Sie gestatten, gnädige Frau, werde ich mich gern bedienen.«

Lisa schüttelte amüsiert den Kopf. Benjamin hatte auch in dieser Situation noch die Manieren eines Grandseigneurs.

»Wir sind eben keine Bergbewohner wie die Menschen hier«, sagte Benjamin, und schloss kurz, noch immer schwer atmend, die Augen.

Lisa nickte. Der Weg war anstrengender und schwieriger gewesen, als sie gedacht und als Vincent Azéma ihn beschrieben hatte. Auch sie war erschöpft, aber sie hatte noch Reserven. Ein paar Minuten ausruhen, und sie könnte weitergehen.

Sie stand auf und wies auf eine Anhöhe. »Ich laufe bis da oben, um nach dem Weg zu sehen, der hinunter nach Port Bou führt.« Sie flog fast die Anhöhe hinauf, die Anstrengung war vergessen. Als sie oben stand, stockte ihr der Atem. Unter ihr lag kobaldblau das Meer. Nein, nicht ein Meer, sondern zwei. Links die französische, rechts die spanische Küste und dazwischen, wie die Finger einer Hand, die Ausläufer der Pyrenäen, die zum Teil sanft in grünen Hängen, dann wieder in hellen Steilküsten abfielen. Noch nie hatte sie etwas so Schönes gesehen. Sie stand einfach nur da und genoss den Anblick. Tränen liefen ihr über die Wangen. Sie waren in Freiheit. Dann drehte sie sich um und sah die Hügel der Pyrenäen in ihren Rottönen. Hier oben verstand sie, warum man den Küstenabschnitt Côte Vermeille, Zinnoberküste, nannte.

José stand auf einmal neben ihr und auch er war gefangen von dem Naturschauspiel.

Lisa nahm seine Hand. »Ich muss zurück. Ihr folgt einfach diesem Weg. Kannst du ihn sehen? In zwei Stunden müsstet ihr unten sein. Und der Weg soll leicht sein, hat Azéma gesagt.«

José nickte.

»Da unten sieht man schon die ersten Häuser von Port Bou. Meldet euch unbedingt dort und holt euch den *Entrada*-Stempel. Er darf auch auf einer Serviette oder einem Brief prangen, Hauptsache, ihr habt einen. Wer keine Anmeldung in Spanien hat, wird zurückgeschickt.«

José nickte abermals und sie gingen zurück zu den anderen.

Der Abschied war herzlich. Nach kurzem Zögern umarmte Frau Gurland sie. »Sie haben uns das Leben gerettet«, sagte sie. José gab ihr die Hand und Benjamin machte so etwas wie eine Verbeugung. Er war grau im Gesicht, die Anstrengung war ihm anzusehen, aber Lisa sah auch die Entschlossenheit in seinem Blick. Er würde den Abstieg schaffen.

»Grüßen Sie meinen Freund Hans Fittko von mir«, sagte er zum Abschied. Dann griff er nach seiner Aktentasche und ging den Weg entlang.

Lisa sah ihnen noch ein paar Minuten nach. Sie waren in Sicherheit. Sie würden durch den spanischen Zoll gehen und dann wahrscheinlich in einem Restaurant etwas Gutes essen. In Spanien sollte die Versorgungslage viel besser sein als in Frankreich. Und dann würden sie nach Madrid fahren und von dort den Zug nach Lissabon nehmen. Alle drei hatten Visa für Amerika. Sie würden ein neues Leben beginnen, fern von Krieg und Angst. Sie seufzte. Sie wäre gern bei ihnen. Sie wäre gern einfach mit ihnen gegangen. Aber das kam nicht infrage. Noch nicht. Dafür wusste sie immerhin, welcher Weg aus Frankreich hinausführte. Sie würde Hans gleich ein Telegramm schicken. Vielleicht hatte er inzwischen ein Visum für sie ergattern können? Egal wohin, Hauptsache raus aus Frankreich, aus Europa.

Die drei verschwanden in einem kleinen Wäldchen. Lisa machte kehrt und lief über das Plateau, sie hatten fast zehn Stunden bis hier oben gebraucht. Würde es jedes Mal so lange dauern? Sie müsste auf jeden Fall mehr Wasser mitnehmen.

Sie war durstig und ihre Muskeln waren schwer von der Anstrengung, aber das wurde wettgemacht durch den Triumph, den sie fühlte, weil sie diese Leute, die sie als ihre Schützlinge betrachtete, heil aus Frankreich herausgebracht hatte. Und bald würde sie selbst diesen Weg gehen. Bald wäre auch sie frei.

Mit raschen Schritten machte sie sich an den Abstieg. Als sie die unteren Weinberge erreichte, mischte sie sich wie am Morgen unter die Männer. Manolo nickte ihr zu.

Niemand fragte, wo die anderen drei geblieben waren.

KAPITEL 31

Am nächsten Tag bei der Arbeit stellte sich Rosa unauffällig neben sie.

»Du warst gestern drüben?«, fragte sie leise, nachdem sie sich umgesehen hatte, ob auch niemand zuhörte.

Lisa fuhr ein Schreck durch die Knochen. »Was meinst du?«, fragte sie ausweichend.

»Na drüben, in Spanien. Mein Mann hat dich oben gesehen. Und die anderen.«

»Er hat uns gesehen? Wo denn? Von hier aus? Wir haben nur eine Wanderung gemacht ...« Lisa redete immer weiter, während es in ihrem Kopf rotierte. Man hatte sie gesehen, sie musste beim nächsten Mal noch vorsichtiger sein. Vielleicht hatte dieser Jean-Pierre sie auch bemerkt? Dem würde sie zutrauen, sie an die Polizei zu verraten. Jedes Mal, wenn er sie sah, warf er ihr misstrauische Blicke zu. Aber wie sollte sie unerkannt in die Berge kommen?

Rosa legte ihr die Hand auf den Arm. »Keine Angst, Manolo hat seinen Weinberg unterhalb der Pinienlichtung.« Sie lächelte. »Du hast ihn nicht bemerkt, nicht wahr? Aber er dich. Er war gestern dort. Mach dir keine Sorgen, er verrät dich nicht. Er geht selbst ab und zu rüber, für Tabak und Schnaps. Aber er wollte wissen, warum du zurückgekommen bist. Du warst doch schon in Sicherheit.«

»Ich habe nur jemandem geholfen, der dringend Hilfe brauchte.«

»Alle Achtung, das ist mutig. Wenn du mal Hilfe brauchst, kannst du mich ja fragen.«

Lisa sah sie überrascht an. »Danke«, sagte sie dann.

Sie beugten sich wieder über ihre Fässer und scheuerten sie, bis das Holz ganz hell wurde.

Als sie Feierabend hatte, schickte sie ein Telegramm an Hans. *Ware abgegeben. In gutem Zustand. Wann kommt Nachschub?* Sie hoffte, dass er verstand, was sie mit dem letzten Satz meinte. Wann er kommen würde, damit sie von hier verschwinden konnten. Am nächsten Tag ging sie zweimal auf das kleine Postamt neben der Mairie, um nach einer Nachricht zu fragen. Der Beamte hinter dem Schalter zuckte bedauernd mit den Schultern. Keine Nachricht. Auch am nächsten Tag nicht. Was war los? Hatte er noch nicht alle Papiere zusammen? Verfolgte er gar wieder eigene Pläne, von denen sie nichts wusste? Wenn sie ihn doch nur anrufen könnte. Sie wusste nicht, was sie tun sollte. Also beschloss sie, vorerst hier zu bleiben, sich unauffällig zu verhalten und die Lage weiter zu beobachten. Sie ging zu Azéma und berichtete ihm von der geglückten Überquerung.

»Ich wusste, dass Sie das schaffen«, sagte er. »Seien Sie trotzdem vorsichtig. Es gibt bei uns einige Leute, die Pétain und Hitler mögen.«

Lisa nickte. Das wusste sie bereits.

★ ★ ★

Auf dem Rückweg wünschte ihr eine Frau, die an jeder Hand ein Kind hielt, einen guten Tag. Das kam jetzt häufiger vor. Sie glaubte, dass es mit dem Bürgermeister und mit Rosa zu tun hatte, die gut über sie sprachen. Der Ort war so klein, hier kannte jeder jeden. Lisa grüßte fröhlich zurück. Sie fing an, sich weniger wie eine Fremde zu fühlen, und das tat gut.

Nach vier Tagen kam endlich ein Telegramm von Hans: *Notwendig Erneuerung Transitvisum. Rentre vite.* Sie drehte das Blatt Papier in den Händen. Er wollte, dass sie so schnell wie möglich zurück nach Marseille kam. Wenn es stimmte, dass ihre Transitvisa abgelaufen waren, was durchaus sein konnte, weil sie immer nur befristet waren und sich die Bestimmungen jederzeit ändern konnten, dann musste sie zurück. Um sie zu erneuern, musste man persönlich erscheinen. Aber vielleicht hatte er das nur für die Zensur geschrieben? Möglich wäre auch, dass er einen anderen Weg für die Ausreise gefunden hatte.

Ein Schiff von Marseille? In Gedanken versunken packte Lisa ihre Habseligkeiten zusammen. Sie fuhr nur ungern zurück nach Marseille. Dort war es gefährlich. Dort machte die Polizei Jagd auf Flüchtlinge. Allein die Zugfahrt war ein Risiko. Hans musste einen guten Grund haben, wenn er sie bat zurückzukommen.

Schweren Herzens verabschiedete sie sich von ihrer Zimmerwirtin, von Vincent Azéma und von Rosa. Die drückte ihr ein Knäuel Wolle und Stricknadeln in die Hand.

»Ist die beste Tarnung«, sagte sie. »Wer strickt, ist unverdächtig. Das glauben die zumindest.«

»Ich kann aber nicht stricken«, sagte Lisa. »Ich sollte das schon in der Schweiz lernen, weil da angeblich alle Frauen stricken, aber ich habe es gehasst.«

Rosa seufzte. »Gib her.« Sie nahm mit flinken Fingern ein paar Maschen auf und strickte ein paar Reihen. »Hier. Das muss reichen. Pass nur auf, dass du nicht alles wieder aufrippelst.«

Lisa ging durch Banyuls zum Bahnhof und nahm Abschied von diesem Ort, der ihr ans Herz gewachsen war. Hier war sie zur Ruhe gekommen und hatte fast ohne Angst gelebt. Aber sie freute sich auch auf Hans und ihren Bruder und die kleine Titi. Und auf das Fässerschrubben kann ich gern verzichten, dachte sie mit einem Blick auf ihre Finger, wo in der Haut immer noch die Rückstände der Tannine zu sehen waren.

In Narbonne wurde der Zug aufgehalten, es gab umfangreiche Polizeikontrollen. Lisa hatte Azémas Zeichnung in das Seidentuch eingerollt, das sie um den Kopf gewickelt hatte. Als die Polizisten in ihr Abteil kamen, beugte sie sich über ihr Strickzeug und tat, als sei sie sehr damit beschäftigt. Nachlässig hielt sie dem schwitzenden Beamten ihre Papiere hin. Das *sauf conduit*, das Azéma ihr ausgestellt hatte, genügte ihnen. Sie galt als Bewohnerin von Banyuls, ihre Papiere waren in Ordnung. Der Beamte nickte kurz und wandte sich den nächsten Reisenden zu. Lisa hielt den Blick auf ihre Handarbeit gesenkt und dankte Rosa und dem Bürgermeister im Stillen. Als der Zug anfuhr, setzte sie sich bequem hin und wunderte sich über ihre Kaltblütigkeit.

Auf dem Bahnhof Saint Charles verdrückte sie sich durch den Seiteneingang, der durch einen Keller direkt ins *Hotel Terminus* führte. Als sie das Hotel durch den Haupteingang wieder verließ, schlugen ihr der Lärm und die Gerüche der Stadt entgegen. Es war nicht weit bis zur Zigarettenfabrik in Belle Mai und der Schule, in der sie untergekommen waren, aber der kurze Weg reichte aus, um ihr das Flüchtlingselend wieder vor Augen zu führen. Sie sah die verhärmten, gehetzten Gestalten vor einem Café sitzen oder eilig in kleinen Gassen verschwinden. Mitleid überkam sie. Am liebsten hätte sie ihnen allen zugerufen, dass sie einen Weg gefunden hatte, um aus Frankreich herauszukommen.

Lisa betrat das ehemalige Klassenzimmer, und da saß Hans am Tisch, mit dem Rücken zu ihr, über seine obligatorische Zeitung gebeugt. Der Anblick, den sie schon so oft gesehen hatte und der ihr so vertraut war, ließ sie wegen der Verlässlichkeit und der Alltäglichkeit, den er bedeutete, beinahe aufschluchzen. Diese Momente waren so selten geworden, sie waren kostbar.

Hans hatte sie bemerkt und sprang auf, und eine Sekunde später fühlte sie seine Arme um sich. »Da bist du ja wieder. Ich habe dich vermisst. Wie ist es gelaufen?«

Sie gingen nach draußen und Lisa erzählte ihm in allen Einzelheiten von dem Weg und von Azéma. Sie nahm das Tuch aus dem Haar und wickelte die Zeichnung aus. »Die habe ich gemeinsam mit dem Bürgermeister erstellt. Sie ist ziemlich genau.«

Hans betrachtete sie und nickte. »Sieht gut aus. Und Walter Benjamin?«

»Ich habe dir doch in meinem Telegramm geschrieben, das ich ihn rausgebracht habe. *Ware abgegeben.* Aber dass du ihn einfach zu mir geschickt hast! Als ich mit ihm die Route gegangen bin, gab es diese Zeichnung noch nicht. Du hast mich ganz schön überfahren.« Kurz stieg der Unwille über seine Eigenmächtigkeit wieder in ihr auf, aber dann dachte sie, dass es ja schließlich gut gegangen war, und der Stolz überwog. »Stell dir vor, ich bin jeden Tag schwimmen gegangen. Ich bin ein bisschen süchtig danach geworden. Die Menschen in Banyuls sind nett und sie scheinen in den meisten Fällen nichts gegen Flüchtlinge zu haben, die Frau des Metzgers hat mir ab und zu ein Stück Wurst zugesteckt, obwohl ich keine Lebensmittelmarken mehr hatte. Das Leben dort ist viel einfacher ...«

»Wie ist denn die politische Situation da unten?«

Lisa spürte einen Stich der Enttäuschung. Natürlich, ihm war die politische Lage wichtiger als ihre persönlichen Erlebnisse. Dann wurde sie wieder geschäftsmäßig. »Wir können jederzeit rüber. Wir könnten morgen den Zug nehmen, und übermorgen wären wir in Sicherheit. Hast du die Papiere zusammen?«

Hans nickte. »Wir müssen nur noch einmal in die spanische Botschaft. Alle Transitvisen müssen verlängert werden, das soll aber eine Formsache sein.«

»Dann sind wir endlich frei! Dann kommen wir endlich hier weg. Der Weg ist ein bisschen anstrengend, aber das macht uns doch nichts aus«, sagte sie. »Titi können wir abwechselnd Huckepack nehmen. Wo sind denn Hänschen und die anderen? Ich will es ihnen gleich sagen, damit sie packen können. Was ist mit Paulette? Ist sie entlassen worden?«

Hans legte ihr die Hand auf den Arm. »Nur nicht drängeln. Wir treffen vorher noch jemanden, diesen Varian Fry. Er will dich sehen. Hast du eine Ahnung, warum?«

Lisa stutzte. »Das ist doch dieser Amerikaner, der wichtige Leute aus Frankreich rausbringt.« Sie hatte von ihm gehört, jeder Flüchtling in Marseille hatte das. Die Leute sprachen von ihm, als könnte er Wunder vollbringen, sie nannten ihn den Engel von Marseille und rannten ihm die Türen im Hotel *Splendide* ein, damit er sie rettete. Selbst in Banyuls hatte sie einen Österreicher getroffen, der ihr Frys Adresse für fünfzig Francs verkaufen wollten. Und Louis hatte ihm seine Schiffspassage abgetreten. Louis, ob er noch in der Stadt war?

Wieder nickte Hans. »Genau der.«

»Aber was will er von mir?« Sie stockte, ein verrückter Gedanke kam ihr. »Glaubst du, dass er uns rausbringen will? Hast du mich deshalb zurückkommen lassen?« Sie sah Hans erwartungsvoll an, doch der lachte.

»Wo denkst du hin? Er soll eine Liste mit Namen haben, aber darauf stehen nur Berühmtheiten. Künstler, Schriftsteller und so weiter.« Er seufzte. »Ich habe gehört, dass Hertha Pauli inzwischen schon in New York angekommen ist.«

Sie dachten beide an die Schriftstellerin aus Wien, deren Haar womöglich noch röter war als das von Paulette und die noch mehr rauchte als Hannah Arendt. Lisa hatte sie ein paar Mal getroffen, als sie in Pontacq gewesen war. Es ging das Gerücht, dass sie einen französischen Geliebten hatte und sich nicht von ihm trennen wollte. Aber auf der Flucht war sie mit Walter Mehring zusammen gewesen.

»Und was ist mit Walter Mehring?«, fragte Lisa. »Ist er mit ihr gegangen? Erinnerst du dich, wie wir gesehen haben, dass er verhaftet wurde?«

Hans nickte. »Er soll noch in der Stadt sein. Er scheint ein ausgemachter Pechvogel zu sein. Ich habe gehört, dass seine Ausreise schon so gut wie sicher war, aber dann ist etwas dazwischengekommen. Vielleicht weiß dieser Fry mehr. Komm, er wartet auf uns.«

»Hans, ich bin todmüde«, protestierte Lisa.

»Es ist wichtig.«

KAPITEL 32

Am frühen Abend gingen sie in das Bistro am Vieux Port, wo sie mit dem Amerikaner verabredet waren. Sie eilten die Canebière hinunter und Lisa erlaubte sich einen kurzen Blick auf das *Splendide*. Nicht jetzt an Louis denken, sagte sie sich dann. Das ist vorbei.

Als Fry an den Tisch trat, wo sie schon saßen, stutzte Lisa. Sie war diesem Mann, der viel zu gut gekleidet war, schon einmal begegnet. Sie erinnerte sich an die auffällige Hornbrille. Und auch in seinem Blick las sie, dass er sie wiedererkannte. Aber woher? Sie durchforstete ihr Gedächtnis, doch sie kam nicht drauf. Jetzt schob er seine Brille mit dem Zeigefinger zurück auf die Nase, und auch diese Geste hatte sie schon einmal gesehen. Aber wo nur? So lange sie nicht wusste, woher sie ihn kannte, würde sie sich zurückhalten. Warum sagte er nichts?

»Wie schön, dass Sie gekommen sind. Entschuldigen Sie meine Verspätung. Was darf ich Ihnen bestellen?«, fragte er freundlich.

»Um was geht es denn?«, fragte Hans.

Fry antwortete nicht gleich, sondern gab dem Kellner ein Zeichen, eine Flasche Wein und drei Gläser zu bringen. »Und bitte Pizza für uns alle.« Dann wandte er sich an Lisa. »Ich habe gehört, dass Sie einen Weg gefunden haben, um Menschen über die Grenze nach Spanien zu bringen«, sagte er leise.

Er bemerkte Lisas erschrockenen Blick und beeilte sich zu sagen: »Henny Gurland hat es mir erzählt, bevor sie an die Grenze gefahren ist. Wie Sie vielleicht wissen, arbeite ich für ein amerikanisches Komitee, das Leute vor dem Zugriff der Gestapo retten will.«

»Jeder hat von Ihnen und Ihrem Komitee gehört«, sagte Hans.

Wie zur Bestätigung kam ein Mann an ihren Tisch, an seinem Akzent war er als Österreicher zu erkennen. »Mr Fry, haben Sie wohl einen Moment Zeit für mich …? Sie müssen mir helfen!«

Fry ließ sich nicht aus der Ruhe bringen. Er erhob sich vom Tisch und fragte nach dem Namen des Mannes und bestellte ihn für den nächsten Morgen in sein Büro. Der Mann bedankte sich überschwänglich und ging wieder.

»Wollen Sie uns auch rausbringen?«, fragte Lisa. »Wir sind doch gar nicht berühmt oder so.«

In diesem Moment stellte der Kellner eine duftende Pizza vor sie. Lisa lief das Wasser im Munde zusammen, als sie die Anchovis und die Oliven und die fettig glänzende Tomatensoße darauf sah.

»Bitte, greifen Sie zu«, forderte Fry sie auf, als er ihren Blick sah. »Bringen Sie gleich noch eine«, sagte er zum Kellner. Dann wandte er sich wieder an Lisa.

»Bis vor Kurzem gab es einen Weg über die Grenze, der in einem Ort namens Cerbère losging …« Er sah, dass Lisa zustimmend nickte, und fuhr fort. »Dieser Weg ist leider aufgeflogen. Niemand kommt da mehr rüber. Ich weiß, dass Sie in Banyuls gestartet sind. Ich möchte, dass Sie anderen diesen Weg nach Spanien zeigen. Man hat mir gesagt, dass Sie beide schon früher Menschen und Material über die Grenze geschleust haben.«

Lisa kaute an ihrem Stück Pizza. Fast hätte sie wohlig gestöhnt. Sie hatte den ganzen Tag noch nichts gegessen.

»Ich bin den Weg einmal gegangen. Ich kenne ihn und kann ihn anderen beschreiben. Ich habe eine ziemlich genaue Skizze. Das hätten wir ohnehin getan. Wir, ich meine Hans und ich, werden in den nächsten Tagen nach Spanien gehen.« Sie biss noch einmal von der Pizza ab. »Die Skizze können Sie dann haben.«

Fry nahm seine Brille ab. »In den nächsten Tagen schon? Das wäre nicht gut. Ich möchte, dass Sie noch ein paar Wochen dortbleiben und anderen über die Grenze helfen. Menschen, die es allein nicht schaffen würden. Die kein Französisch sprechen und verängstigt sind und nicht so erfahren«, er lächelte, »nicht so kaltblütig wie Sie.«

Lisa schüttelte den Kopf. »Das geht nicht. Dann verfallen unsere Transitvisa und unsere Schiffspassagen nach Panama. Sie müssen jemand anderen finden.«

Fry blickte sie eindringlich durch die Gläser seiner Hornbrille an, und jetzt erinnerte sich Lisa, wo sie ihn schon einmal gesehen hatte: In Berlin, im April 1933, als sie sich als Theaterbesucherin ausgegeben hatte und unter ihrem Mantel geheime Dokumente versteckte, die außer Landes geschmuggelt werden sollten … Fry war ihr Kontaktmann gewesen. Also war er damals entkommen. Und er arbeitete weiter gegen die Nazis.

»Wir sind uns schon einmal begegnet«, sagte sie langsam. Unvermittelt musste sie lachen, weil ihr der Gedanke kam, dass ihr das womöglich erst auffiel, weil die Pizza so schön warm in ihrem Magen war. Sie gab ihre Vorsicht gegenüber Fry auf.

Er lächelte. »Das ist lange her. Damals trugen Sie einen schönen Mantel, der viel zu dünn war …«

»Haben Sie das Material damals an die richtigen Stellen weitergeben können? Ich hörte eine Auseinandersetzung, ich dachte, Sie seien aufgeflogen, aber ich konnte nichts tun …«

»Nein, alles hat wie geplant geklappt. Ich war damals als Journalist in Berlin und bin kurz darauf in die USA zurückgekehrt.« Wieder sah er sie eindringlich an. »Lisa, ich vertraue Ihnen. Es wäre schön, wenn auch Sie mir vertrauen könnten. Ich versichere Ihnen, dass wir uns um Sie kümmern und Sie außer Landes bringen, wenn es so weit ist. Und wenn es um Geld geht ...« Er machte Anstalten, in seine Manteltasche zu greifen.

Hans, der ihnen die ganze Zeit zugehört hatte, fuhr wütend auf. »Sie glauben, wir tun das für Geld?« Dann fuhr er leiser fort: »Sie haben doch eben gerade selbst bestätigt, dass meine Frau schon seit den Anfängen gegen die Nazis kämpft. Halten Sie uns für Gangster, die mit dem Leid anderer Geschäfte machen? Wissen Sie überhaupt, was Überzeugung heißt? Was Antifaschismus heißt? Wir leben seit sieben Jahren in der Illegalität, wir sind ausgebürgert und wenn die Gestapo uns in die Hände bekommt, war es das für uns. Wenn die französische Grenzpolizei uns aufgreift, war es das auch für uns. Fluchthilfe wird seit Kurzem mit dem Tod bestraft.« Er schob seinen Stuhl zurück und stand auf.

»Hans«, sagte Lisa, »du irrst dich. Ich glaube, du hast Mr Fry falsch verstanden.«

Fry erhob sich ebenfalls und legte Hans beruhigend eine Hand auf die Schulter. »Hans, ich bitte Sie, so habe ich das nicht gemeint. Ich weiß um Ihre Überzeugung und bewundere Sie. Ich wollte Ihnen nur sagen, dass wir Ihren Aufenthalt in Banyuls finanzieren werden, damit Sie dort ungestört Ihre Arbeit machen und gegebenenfalls den Leuten finanziell unter die Arme greifen können, die wir Ihnen schicken. Wir möchten dort unten eine Art Organisation aufbauen, mit einer Anlaufstelle und mit Ihnen als feste Führung. Sie könnten Hunderten von Menschen das Leben retten.«

Hans setzte sich wieder an den Tisch. Lisa musste ihn nicht ansehen, um zu wissen, dass er dasselbe dachte wie sie.

»Einer muss es wohl tun. Wenn wir es nicht machen, tut es ein anderer, der sich nicht auskennt, und bringt sich in Gefahr«, sagte sie dann zögernd und sah Hans an.

»Oder die Leute versuchen es allein und finden den Weg nicht«, sagte Hans.

In diesen Sekunden entschied sich ihr Leben. Wenn sie jetzt Nein sagte, dann wäre sie in ein paar Tagen in Lissabon und dann auf einem Schiff in die Freiheit. Sie sah zu Hans hinüber. Konnte er nicht entscheiden, dass sie beide genug getan hatten, dass sie endlich in Sicherheit leben wollten, und Frys Anfrage ablehnen? Er würde jemand anderen finden.

Hans sah sie fragend an. »Was ist?«

Sie war plötzlich unendlich müde.

»Ich glaube, wir müssen noch einmal darüber reden«, sagte Hans. Lisa stutzte. Er wollte mit ihr noch einmal darüber reden? Sie um Rat fragen und in seine Entscheidungen einbeziehen? Das war neu. Plötzlich waren all ihre Zweifel vergessen. Auf einmal wusste Lisa, was sie zu tun hatte und wie sie sich entscheiden würde. Sie war nicht mit Louis weggegangen, und jetzt würde sie auch nicht kneifen. Dies hier war noch viel wichtiger. Sie schob den Teller mit der Pizza von sich. Sie hatte keinen Appetit mehr. »Wir machen es«, sagte sie und reichte Fry die Hand.

Fry seufzte erleichtert auf. »Ich verspreche, dass wir Sie rausbringen. Und das mit Benjamin tut mir übrigens unendlich leid.«

Lisa sah ihn an. Kalte Angst stieg in ihr auf, ihr Magen rebellierte. »Was meinen Sie?«

Fry sah unsicher von ihr zu Hans. »Sie wissen es noch nicht?«

»Was?« Lisa war laut geworden.

»Die Spanier wollten ihn zurück nach Frankreich schicken. Irgendeine dumme Anweisung, die besagte, dass Staatenlose zurückgeschickt werden. Er hat sich in der Nacht nach seiner Ankunft in Port Bou mit Morphium vergiftet. Es tut mir leid, ich dachte, Sie wüssten Bescheid. Hören Sie, das darf Ihre Entscheidung nicht beeinflussen, ich bitte Sie!«

Lisa sah wieder Walter Benjamin in seiner unendlichen Geduld und seinem Pragmatismus vor sich. Zehn Minuten gehen, eine Minute Pause ... Er hatte auf den ersten Blick einen eher schwachen Eindruck gemacht, aber er hatte sie mit seiner unbestechlichen Willenskraft und seiner Güte sehr beeindruckt. Er hatte seine letzte Kraft dafür gegeben, um über diese Berge zu kommen und sein Manuskript zu retten. Und jetzt sollte alles umsonst gewesen sein? Nein, dachte sie dann, ganz umsonst war es nicht. Sein Manuskript hatte es in die Freiheit geschafft.

»Und die Gurlands?« Sie wagte kaum zu fragen.

»Nach Benjamins Tod hatten die spanischen Beamten wohl Mitleid oder Schuldgefühle. Auf jeden Fall haben sie sie gehen lassen. Ich habe Nachricht von ihnen. Sie sind wohlbehalten in Lissabon angekommen und lassen Sie herzlich grüßen. Frau Gurland hat mir bestätigt, wie umsichtig Sie waren. Frau Fittko, Lisa, Sie sind genau die Richtige an diesem Platz. Sie haben für Walter Benjamin getan, was Sie konnten. Es ist nicht Ihre Schuld. Sie haben Ihren Teil der Abmachung erfüllt. Frau Gurland ist Ihnen zu großem Dank verpflichtet, weil Sie sie und ihren Sohn gerettet haben. Kommen Sie morgen in mein Büro, dann besprechen wir die Einzelheiten.«

Lisa nickte, in ihrem Kopf dröhnte es. Hans legte ihr den Arm um die Schultern. Und Lisa lehnte sich für einen Moment gegen ihn, sie barg den Kopf an seiner Brust, dann richtete sie sich wieder auf. Sie wollte nicht weinen. Nicht hier.

»Danke für das Essen« sagte Hans rasch und zog Lisa vom Stuhl hoch.

Sie verließen das Lokal und gingen mit raschen Schritten die Canebière hinauf. In Lisa tobten die Emotionen.

»Wir werden unsere Visa und unsere Schiffspassage verfallen lassen, um Fry zu helfen«, sagte Lisa. »Hänschen und Eva werden allein fahren. Ich weiß nicht, ob ich stolz bin oder einfach nur verrückt. Wir wissen ja nicht einmal, ob die Menschen in Sicherheit sind, wenn wir sie rübergebracht haben.«

»Du bist nicht schuld an Benjamins Tod. Das waren die Spanier. Die Leute, die sich uns anvertrauen, wissen, auf was sie sich einlassen«, sagte Hans. »Fry wird sie uns schicken und ihnen sagen, worum es geht. Ich habe ihn im Übrigen auch sehr gemocht«, fügte er hinzu.

»Es liegt trotzdem in unserer Verantwortung. Du hast ihn zu mir geschickt. Du warst doch gar nicht da. Du weißt nicht, wie es dort ist.«

»Nein. Aber in diesem Krieg sterben täglich Menschen. Es werden noch sehr viel mehr sterben. Wir können wenigstens versuchen, ein paar von ihnen zu retten.«

Lisa blieb stehen und sah ihn an. »Und wann retten wir uns? Ist es dir denn ganz gleichgültig, ob wir diesen Krieg überleben? Oder ich?« Tränen stiegen ihr in die Augen. Hans hatte recht. Sie selbst wollte ja auch helfen. Aber konnte er nicht einmal auch an sie denken? An ihre Sicherheit? Das wünschte sie sich mehr als alles andere. Auf einmal schlug ihre Verzweiflung in Wut um.

»Weißt du, was ich glaube? Du weißt gar nicht, wie ein normales Leben geht. Du hast es nie gelernt. Du bist ein Illegaler durch und durch, und nur das willst du sein. Wahrscheinlich hast du Angst davor, mit mir ein Leben als Paar zu führen. Ich weiß ja nicht mal, ob du mich noch liebst. Es interessiert dich nicht, wie ich mich fühle, und wenn ich dir davon erzählen will, wechselst du das Thema. Hast du mich einmal gefragt, wie es in Gurs war? Oder ob ich in den Bergen Angst hatte? Dich interessiert nur, ob ich auch ja meine Mission erfülle. Aber ich bin eine Frau, deine Frau!« Atemlos stand sie vor ihm und starrte ihn an.

Hans blieb fassungslos stehen. »Lisa, was hast du denn auf einmal? Wie kommst du darauf ... Du hast doch gerade eben zu Fry gesagt, dass du es machen willst. Woher kommt das so plötzlich? Ich verstehe nicht ...« Er sprach nicht weiter, die Wut in ihren Augen schien ihn davon abzuhalten. Sein Blick fing leicht an zu flackern. Weil er merkte, dass sie recht hatte? Er trat einen Schritt auf sie zu und wollte sie in die Arme nehmen.

Lisa konnte das nicht ertragen. »Lass mich«, rief sie und wehrte ihn ab. Sie wollte allein sein und lief die Straße hinunter.

Es war ein Samstagabend, viele Menschen waren auf den Straßen, die Lokale waren überfüllt. Lisa irrte ziellos umher und erlaubte sich endlich zu weinen. Alle Emotionen, die sich so lange aufgestaut hatten und die sie immer wieder zurückgedrängt hatte, platzten auf einmal aus ihr heraus. Liebte Hans sie noch? Wollte sie überhaupt noch ein Leben an seiner Seite, in dem immer etwas anderes wichtiger war als sie? Voller Verzweiflung ging sie in ein Café. Sie wollte etwas trinken, etwas Scharfes, das sie beruhigte.

Sie hatte gerade den ersten Schluck Pastis genommen, als draußen zwei dunkle Citroëns mit quietschenden Reifen hielten. Gendarmen sprangen heraus und zogen ihre Pistolen. Hinter ihnen stolzierte ein Mann in einem schwarzen Ledermantel. Lisa blieb das Herz stehen. Eine Razzia! Und deutsche Polizei war auch dabei! Dann hörte sie auch schon die schrillen Pfiffe der Trillerpfeifen. Ein Chaos brach aus, Menschen sprangen auf und versuchten zu fliehen, Stühle fielen um, es wurde um Hilfe geschrien, während die Polizisten das Café stürmten. »Sitzen bleiben! Die Papiere!« Lisa blieb ganz ruhig. Die Polizisten nahmen sich immer zuerst die vor, die zu fliehen versuchten. Flucht war auch ihr erster Reflex, aber sie hatte gelernt, ihm zu widerstehen. Der Blick des Gestapomanns in dem schwarzen Ledermantel traf sie, kalt und prüfend. Dann bewegte er sich mit einem sardonischen Lächeln auf sie zu. Lisas Herz machte einen Satz. In diesem Augenblick wurde der Gestapomann von einer Frau angerempelt, die versuchte, aus dem Café zu entkommen. Lisa nutzte die Sekunde, in der er abgelenkt war. In einer geschmeidigen Bewegung erhob sie sich und schlüpfte in den Gang, der zu den Toiletten führte und den sie beim Hereinkommen wie immer registriert hatte. Sobald sie in dem schmalen Flur war, fing sie an zu rennen. Wohin? Hier musste doch irgendwo ein Hinterausgang sein! Sie fand die Tür, sie war unverschlossen. Sie riss sie auf und stürzte auf die Straße. Plötzlich donnerte eine Stimme hinter ihr »*Arrêtez!* Stehen bleiben!« Sie drehte sich um. Es war nicht der Deutsche, sondern ein Gendarm, der ihr nachsetzte. Sie hörte ihn fluchen. Er war ihr dicht auf den Fersen. Hastig blickte Lisa sich um, dann lief sie auf eine knallrote riesige Picon-Werbung zu, die die gesamte seitliche Mauer der Hauswand gegenüber einnahm. Die hatte sie schon einmal gesehen und sich gewundert, weil ein Junge in dem O von Picon verschwunden war. Das war ihre Chance! Sie rannte darauf zu, und tatsächlich, da befand sich ein Durchlass, der auf den ersten Blick nicht zu sehen war. Lisa griff nach einem der Bretter, schob es zur Seite und zwängte sich durch die entstehende Lücke. Dahinter war ein Durchgang zwischen zwei Häusern. Er war gerade breit genug für eine rennende Person. Hinter sich hörte sie den Gendarmen, der zu dick für den Durchlass war und nun gegen die Bretter trat, die krachend barsten. Kurz darauf vernahm sie wieder das Poltern von Schritten hinter sich, er war ihr dicht auf den Fersen. Jetzt pfiff er auch noch in seine Pfeife, um Verstärkung herbeizuholen. Während Lisa weiterrannte, nahm sie die feuchte Kühle wahr, die unangenehm ihre Haut streifte. Nach ein paar Schritten öffnete sich der Gang in einen Hinterhof. Es gab nur eine Tür, die gegenüber in ein Haus führte. Lisa betrat einen dunklen Flur. Es roch nach gekochtem Gemüse. Gleich links führte eine Treppe nach oben. Sie nahm immer zwei Stufen. Oben sah sie aus dem Fenster, das in den Hinterhof führte, durch den sie gerade gekommen war. Der Polizist stand keuchend vor dem Durchgang und wusste nicht, wohin. Aber er war allein, das war gut. Er hob den Blick, und Lisa drückte sich an die Wand, damit er sie nicht entdeckte. Sie nahm sich nicht die Zeit, zu überprüfen, ob er ihre Spur aufgenommen hatte, sondern hastete weiter nach oben. Im zweiten Stock folgte sie einem langen Flur und befand sich in einem weiteren Treppenhaus. Sie hastete die Treppen hinunter, dann einen Flur entlang und eine andere Treppe wieder hinauf. Keuchend blieb sie für einen Moment stehen und dachte nach. Sie musste sich jetzt in einem Nebenhaus befinden. Dann lauschte sie. Irgendwo hörte sie schnelle Schritte. Der Gendarm hatte die Verfolgung immer noch nicht aufgegeben. Trotz ihrer Angst musste Lisa lächeln. Das Haus, in dem sie sich befand, war ein *maison de passe*, ein Stundenhotel. Es lag ganz in der Nähe der Unterkunft, in der sie in der ersten Zeit mit Paulette gewohnt hatte. Und sie erinnerte sich, dass Paulette von einem Fluchtweg gesprochen hatte, der aus diesem Haus herausführte. »Für alle Fälle«, hatte sie gesagt. Lisa war verwundert gewesen, woher Paulette so etwas wusste. Damals war ihr zum ersten Mal der Gedanke gekommen, dass ihre Freundin sich mit der bewaffneten Résistance und mit Kriminellen eingelassen hatte. Aber jetzt war sie ihr einfach nur dankbar, dass sie ihr diese Zuflucht gezeigt hatte. Lisa hastete weiter und las dabei die Nummern an den Türen, an denen sie vorüberkam. Sie versuchte sich zu erinnern, was Paulette gesagt hatte. Die Patronne des *maison de passe* hasste das neue Frankreich wegen seiner bigotten Prüderie, die ihr das Geschäft verdarb. Vor der Tür mit der Nummer 7 stoppte Lisa. Ihr Atem ging stoßweise, vor Angst und wegen der Anstrengung. Aber hier war es! Hinter dieser

Tür befand sich ein Raum, in dem Kisten gestapelt waren. Hinter den Kisten befand sich eine geheime Tür, die in das Tunnelsystem unter der Stadt führte, das einzelne Häuser und den Hafen miteinander verband. Ein Schmugglertunnel. Sie betrat den Raum und schloss die Tür so leise wie möglich hinter sich. Sie atmete viel zu laut! Sie presste die Hand vor den Mund und lauschte. Draussen blieb es still. Sie sah sich in dem Raum um, er war leer. Noch einmal lauschte sie, und als sie keine Schritte hörte, fing sie an, einzelne Kisten zur Seite zu räumen, bis ein Durchgang entstanden war. Sie schlüpfte durch die Lücke und stapelte die Kisten hinter sich so leise wie möglich wieder auf. Sie konnte kaum noch etwas sehen. Hier war eine Tür, aber wo war der Griff? Endlich hatte sie ihn gefunden. Sie lauschte, ob der Gendarm ihr vielleicht bis hierher gefolgt war. Es blieb still, aber vielleicht war er auch gerade in diesem Moment stehen geblieben, um zu lauschen und ihre Spur wieder aufzunehmen. Sie würde es nicht drauf ankommen lassen. Sie drehte den Griff, und die Tür gab mit einem leisen Knarzen nach. Dahinter war es stockdunkel, der Boden glitschig. Lisa musste einen Moment stehen blieben, damit ihre Augen sich an die Dunkelheit gewöhnen konnten. Dann sah sie schemenhaft die Stufen vor sich und tastete sich vorsichtig hinunter, wobei sie sich an der Wand abstützte. Etwas lief ihr über den Handrücken. Sie biss die Zähne zusammen, um keinen Schrei auszustossen. Lieber eine Spinne als ein Gendarm. Nach wenigen Stufen erreichte sie wieder einen Gang, der sich nach ein paar Metern verzweigte. Rechts oder links? Sie entschied sich für rechts und tastete sich weiter voran. Ein stechender Schmerz durchfuhr sie, als sie sich heftig den Kopf an einem Felsen stiess, der aus der Decke ragte. Sie wankte und fiel auf die Knie. Ihr Magen drehte sich um. Jetzt bloss nicht ohnmächtig werden! Ein Stück vor ihr meinte sie einen Lichtschein zu sehen. Sie rappelte sich auf und stolperte in die Richtung. An der nächsten Biegung führte tatsächlich eine Treppe wieder nach oben, von dort fiel Licht in den Tunnel. Plötzlich tauchte vor ihr ein Mann wie ein Schatten auf. Er wies mit einer winzigen Neigung des Kopfes nach links. »*Troisième couloir à gauche*«, flüsterte er, »dritter Gang links«. Lisa hastete weiter und zählte die Abzweigungen. Eins, zwei, drei, hier musste es sein. Sie rannte in den Gang hinein, dann ein paar Stufen hinauf. Oben hing etwas vor einem Durchgang. Was würde sie dahinter wohl erwarten? Vorsichtig teilte Lisa den Vorhang und lugte hindurch. Als sie sah, wo sie sich befand, wusste sie, dass sie gerettet war. Sie war mitten in einem Basar, wo die Händler gerade dabei waren, letzte Verkäufe zu tätigen und ihre Stände abzubauen. Die Menschen, viele von ihnen Nordafrikaner, drängelten sich unter bunten Lampions an Ständen mit Obst und Nüssen vorbei, handelten und feilschten. Niemand nahm Notiz von ihr. Es war laut und eng und roch nach Koriander, Zwiebeln und Weihrauch. Rechts und links zweigten weitere Gassen ab. Lisa bog einmal ab und dann noch einmal, und die Menge hatte sie verschluckt.

An einer Straßenecke blieb sie stehen. Sie strich sich über ihre Kleidung, die staubig war, und fühlte nach der Beule auf ihrem Kopf und zuckte vor Schmerz zusammen. Aber es blutete nicht. Sie sah sich um, um sich zu orientieren. Sie war irgendwo in den Gassen rund um den Hafen. Wenn sie diese Straße hinaufging, musste sie am Boulevard d'Athènes herauskommen. Da lag das Hotel *Splendide*. Fry wohnte dort. Und Louis hatte dort gewohnt. Kurz sah sie sein Zimmer vor ihrem inneren Auge, das zerwühlte Bett. Dann nahm sie einen Umweg, um nicht an dem Haus vorüberzugehen zu müssen.

In Belle de Mai wartete Hans auf sie.

»Wie siehst du denn aus? Was ist passiert?«, rief er erschrocken. Er zog sie mit sich in den Waschraum und kühlte ihre Beule.

»Ich bin in eine Razzia geraten. Hans, da war Gestapo dabei. Sie sind hier, in der Stadt. Wir müssen weg!«

»Wie bist du ihnen entkommen?«

»Durch einen Tunnel unterhalb von Belsunce. Paulette hat ihn mir mal gezeigt.«

»Paulette? Woher weiß sie so was? Ich glaube, sie verschweigt uns was.« Er schüttelte heftig den Kopf. »Aber das ist jetzt egal. Gott, bin ich froh, dass du wieder bei mir bist. Ich wäre verrückt geworden, wenn sie dich gekriegt hätten.« Er nahm sie in die Arme und strich ihr über den Rücken, während er immer wieder sagte, wie sehr er sie liebe. »Wollen wir noch einmal über den Vorschlag von Fry reden? Vielleicht hast du recht. Vielleicht sollten wir lieber verschwinden.«

Lisa sah ihn an. Wieder hatte Hans sie gefragt, was sie tun sollten. Aber sie hatte sich entschieden. Und das lag auch an Hans. Er war ihre Richtschnur, ihr Fels in der Brandung. Er zögerte nie, er wusste, welcher Weg der richtige war.

»Eben sind viele Menschen verhaftet worden. Wer weiß, ob sie das überleben. Und warum? Weil sie Juden sind oder weil sie sich gegen das verbrecherische System ausgesprochen haben, das in Deutschland herrscht. Wir dürfen die Nazis damit nicht durchkommen lassen. Sie dürfen doch nicht gewinnen. Was für eine Welt wäre das, in der niemand mehr etwas gegen Hitler tut, weil alle tot oder eingesperrt sind? Hans, ich hätte eben verhaftet werden können wie die anderen. Mich hat nur meine Erfahrung im Widerstand gerettet. Stell dir vor, es wären Eva oder Titi gewesen. Oder Anja Pfemfert! Oder irgendjemand, den wir kennen. Diese Menschen sind alle in höchster Gefahr. Wenn ich nur einem oder zwei helfen kann zu überleben, dann werde ich das tun.« Mit jedem Wort wurde ihre Stimme fester.

KAPITEL 33

Lisa erwachte und rekelte sich wohlig. Sie hatte lange nicht mehr so gut geschlafen.

»Guten Morgen«, sagte Hans und küsste sie auf den Mund.

Jetzt wusste Lisa auch, warum sie so gut geschlafen hatte. Sie hatte sich mit Hans versöhnt und sie wusste wieder, wo ihr Weg war. Ein gutes Gefühl, nicht mehr mit dem Leben zu hadern.

»Wenn es jetzt noch Kaffee geben würde«, sagte sie.

Hans sprang auf. »Ich glaube, wir haben noch welchen.«

Lisa folgte ihm in den Speiseraum. Der Begriff war ein wenig übertrieben. Der Speisesaal von Belle de Mai war ein weiteres Klassenzimmer, in das man ein paar nicht zusammengehörende Tische und Stühle gestellt hatte. Es war laut und voll. Die Menschen aßen, stritten, schwiegen, summten. Fast ein wenig wie in Gurs, dachte Lisa. Aber hier gab es Kaffee. Sie setzte sich zu Hans an die Ecke eines Tisches und trank ihn in kleinen Schlucken. Brot hatten sie nicht, aber sie war noch satt von der Pizza, die Varian Fry gestern Abend spendiert hatte. Als ihre Tasse leer war, stand sie vom Tisch auf. »Ich gehe heute noch mal zu Paulette. Sie müssen sie endlich entlassen.«

Das Hotel *Bompard* lag noch hinter dem Fort Nicolas in einem Viertel am Meer. Es war zwar weit, aber der Weg führte Lisa am Hafen entlang. Die Sonne strahlte vom wolkenlosen Himmel, der Tag versprach heiß zu werden. Vielleicht einer der letzten warmen Tage in diesem Jahr. Lisa nahm den Weg durch die verwinkelten Gassen. An ihrem Ankunftstag war sie Paulette völlig hilflos gefolgt und hatte jede Orientierung verloren, aber inzwischen kannte sie sich ganz gut aus. Sie kam auch wieder an dem Basar vorüber, auf dem sie gestern nach ihrer Flucht gelandet war.

In einem spontanen Anfall von Dankbarkeit kaufte sie bei einem der Händler eine Handvoll gesalzener Nüsse und bei seinem Nachbarn frische Datteln. Die würde sie Paulette mitbringen.

Im Vorbeigehen sah sie ihr Bild in einem kleinen Schaufenster. Eine Frau, die unbeschwert ihre Einkäufe auf dem Markt machte. Nur ihre Frisur könnte einen Schnitt vertragen. An der nächsten Straßenecke stieß sie auf einen Frisörsalon. Sie trat ein.

»Was kostet es, wenn Sie mir die Haare schneiden?«, fragte sie.

Der Preis, den die Frau nannte, war akzeptabel, und Lisa nahm auf einem mit rotem Leder bezogenen Stuhl Platz. Die Frau wusch ihr sogar die Haare. Lisa überließ sich ihren Händen, die mit sanftem Druck ihren Kopf massierten, und schnupperte nach dem Duft der Seife, die sie dafür benutzte. Sie roch nach Mandeln. Dann floss lauwarmes Wasser über ihren Kopf, ein herrliches Gefühl. Sie fühlte sich klar und leicht.

»Ihre Hände«, sagte die Frisörin. »Geben Sie sie mir.«

Sie legte Lisas Hände, die immer noch rot von den Ablagerungen in den Weinfässern waren, in kleine Schälchen mit Seifenwasser. Dann schnitt sie ihr die Haare.

Als Lisa nach einer halben Stunde wieder auf die Straße trat, fühlte sie sich schön und begehrenswert. Sogar die hässlichen Verfärbungen an ihren Händen waren fast verschwunden. Lisa streckte eine Hand von sich, um ihre langen, frisch eingecremten Finger zu bewundern.

Im *Bompard* hatte ein mürrischer Mann Dienst an der Pforte.

»Verschwinden Sie, sonst können Sie gleich für immer hierbleiben«, herrschte er Lisa an.

»Würden Sie denn wenigsten die Sachen an sie weitergeben? Sie heißt Paulette Perrier.«

»Geben Sie schon her«, sagte der Mann und knallte die Tür vor ihrer Nase zu.

Auf dem Rückweg durch den Hafen blieb sie vor einem Passagierdampfer stehen, der kurz vor dem Ablegen war. Die letzten Reisenden gingen an Bord, an der Reling standen Menschen, winkten und lachten, einige weinten. Kurz stellte sie sich vor, selbst unter ihnen zu sein, Wehmut packte sie. Wohin die Reise wohl ging? Ohne sich dessen bewusst zu sein, ließ sie ihre Augen über die Menschen an Bord schweifen. Stand Louis womöglich dort oben irgendwo? Sie vermisste ihn plötzlich mit jeder Faser. Dann schüttelte sie den Kopf. Was machte sie denn hier? Rasch wandte sie sich ab und ging nach Hause.

»Ich gehe nach Banyuls, um Menschen in Sicherheit zu bringen. Ich tue das Richtige«, sagte sie leise. Aber dabei dachte sie an Louis.

Hans wollte sie in die Arme nehmen, als sie zu den anderen in den Schlafsaal trat, aber sie wandte sich ab.

Am liebsten hätte sie sich auf ihrem Strohsack zusammengerollt und sich die Decke über den Kopf gezogen, um ihrer verlorenen Liebe nachzutrauern. Aber das war unmöglich. Sie hatte sich gegen Louis entschieden. Jetzt musste sie weitermachen. Also ging sie zu Eva und fragte sie, was sie tun könnte.

»Es gab heute Kartoffeln zu kaufen, du kannst sie schälen.«

»Ich habe noch ein bisschen wilden Fenchelsamen aus Banyuls, das gibt ein schönes Aroma.«

Sie setzte sich mit ihrer Arbeit nach draußen in die Sonne und war froh, etwas zu tun zu haben. Während sie die Kartoffeln schälte, sah sie den Kindern der Unterkunft zu, die im Hof Ball spielten. Sie waren alle sehr dünn und trugen zerschlissene

Anziehsachen, aber sie schienen sich zu amüsieren. Zwei Jungen schubsten sich auf der Schaukel an, die hier stand, und die immer von den Kindern umlagert war.

Als Hans sich zu ihr setzte, hatte sie sich einigermaßen im Griff.

»Was ist mit Paulette?«, fragte er.

Lisa schüttelte den Kopf.

»Fry möchte, dass wir ihn noch mal treffen«, sagte er.

★ ★ ★

Als sie die Lobby des Hotels betraten, schob sie mit Gewalt alle Gedanken an Louis zur Seite.

Sie gingen zu Rezeption, und der Concierge begrüßte sie mit einem freundlichen Nicken.

»Monsieur Fry ist in seinem Zimmer im vierten Stock. Folgen Sie einfach den anderen.«

»Kennt der dich?«, fragte Hans, während sie die Treppe hinaufstiegen.

»Ach was, er muss mich verwechselt haben.« Sie schaffte es, dass ihre Stimme ganz normal klang.

Im ersten Stock kam ihnen ein Ehepaar entgegen. Sie waren überglücklich und zeigten sich immer wieder gegenseitig die Papiere, die sie in der Hand hielten. »Morgen sind wir hier weg«, jubelte der Mann.

Im zweiten Stock war Louis' Zimmer gewesen. Lisa ging mit starrem Blick weiter die Treppe hinauf.

Dann standen sie vor Frys Büro. »Denk daran, dass wir ihn fragen müssen, wie wir die richtigen Leute erkennen. Ich würde ungern einem Spitzel auf den Leim gehen«, sagte Lisa, bevor sie klopften.

Fry begrüßte sie überschwänglich. »Sie glauben nicht, wie froh ich bin, dass Sie uns helfen. Kommen Sie, setzen Sie sich.«

Hans und Lisa nahmen auf den beiden Stühlen vor seinem Schreibtisch Platz.

»Haben Sie das von Breitscheid und Hilferding gehört?«, fragte Fry.

»Was meinen Sie?«, fragte Hans. Die beiden Sozialdemokraten, der eine ehemaliger Innenminister, der andere ehemaliger Finanzminister, gehörten zu den am meisten gefährdeten Männern überhaupt, hielten sich aber für unangreifbar. In aller Öffentlichkeit saßen sie jeden Tag zur selben Stunde im selben Café wie auf dem Präsentierteller. Jeder Flüchtling in Marseille wusste das und natürlich auch die Polizei.

Fry raufte sich die Haare. »Ich hatte Schiffsplätze für sie und ihre Frauen. Im letzten Moment hat Breitscheid sich geweigert, an Bord zu gehen, weil es für ihn und seine Frau nur einen Platz im Schlafsaal des Zwischendecks gab. Hilferding hatte einen Platz auf der *SS Wyoming* nach Martinique. Das gehört zu Frankreich, man braucht kein Ausreisevisum. Aber das wollte er nicht glauben.«

»Meine Güte, wie unvorsichtig«, entfuhr es Lisa.

Fry nickte. »Vichy hat ihre *visa de sortie* zurückgezogen. Es ist nur eine Frage der Zeit, bis sie festgenommen werden.«

»Sind viele Leute so? Ich meine, dass sie den Ernst der Lage nicht einsehen? Werden wir auch mit solchen Schwierigkeiten zu kämpfen haben?«, fragte Lisa.

»Ich hoffe es nicht. Die Menschen, die wir Ihnen schicken, werden wir ganz genau darüber informieren, was sie erwartet.«

»Und wie erkennen wir sie?«, fragte Hans.

Fry riss ein farbiges Blatt Papier in zwei Hälften und schrieb auf jede die Zahl 21.

»Was halten Sie davon? Eine Hälfte haben Sie in Banyuls, die andere bringt derjenige mit, den ich Ihnen schicke. So gehen wir kein Risiko ein.«

»Wer ist unser Verbindungsmann?«, fragte Hans.

Fry sah sich um. »Maurice müsste eigentlich schon hier sein.«

»Ist wohl nicht besonders zuverlässig«, brummte Hans.

»Wir dürfen nicht mehr allzu lange warten. Es kann jetzt schon ziemlich kalt in den Bergen werden. Im Schnee ist eine Überquerung bestimmt kein Spaß«, gab Lisa zu bedenken.

»Dann werden wir die Leute mit warmer Kleidung und Winterschuhen ausstatten.« Fry hatte offensichtlich für jedes Problem eine Lösung. Selbstsicher und freundlich beantwortete er alle ihre Fragen. »Noch etwas, Sie brauchen Papiere. Bill?«, rief er und aus einem Nebenzimmer, das aussah wie das Badezimmer, kam ein Mann.

»Das ist Bill Freier. Er wird Ihnen Papiere machen. Am besten ist es, wenn wir aus Ihnen Bewohner der verbotenen Zone im Norden von Frankreich machen. Dahin kann Sie keiner zurückschicken.«

Lisa staunte wieder über diesen Mann. Nichts schien für ihn unmöglich zu sein.

»Kommen Sie in zwei Tagen wieder und bringen Sie Fotos mit und sagen Sie Bill, welche Namen Sie haben wollen.«

»Hans und Elisabeth Lewin«, sagte Lisa.

Fry nickte und Bill Freier schrieb die Namen auf einen Zettel. »Bill macht die Ausweise fertig. Dann gebe ich Ihnen auch das Geld. Wann können Sie fahren?«

»Sobald wir die Papiere haben.«

Fry nickte.

Ein Mann platzte herein. »Entschuldigt die Verspätung«, sagte er. »Ich musste auf jemanden warten, der leider zu spät war.«

Lisa und Hans wussten, was er meinte. Wer illegal war, konnte nicht einfach eine Postkarte schicken oder anrufen. Und wenn ein vereinbartes Treffen nicht zustande kam, musste man manchmal tagelang warten, bis die Verbindung wiederhergestellt war.

»Sie sind unser Kontaktmann?«

»Ich bin Maurice. Und Sie sind die Namensgeber der neuen F-Route?«

»Die F-Route?«, fragte Lisa.

Fry nickte. »F wie Fittko.«

Lisa sah Hans an, dessen Blick auf ihr ruhte. In diesem Augenblick fühlte sie unbändigen Stolz.

»Ich muss Sie um einen Gefallen bitten. Können Sie etwas für eine Freundin tun? Sie sitzt im Hotel *Bompard*«, fragte Lisa, bevor sie sich verabschiedeten.

★ ★ ★

Bereits am nächsten Tag wurde Paulette endlich aus dem Gefängnis entlassen. Varian Fry hatte dem Direktor des *Bompard* ein Bündel Scheine auf den Tisch geblättert, und eine Stunde später durfte sie gehen. Als sie in Belle de Mai ankam, war sie schmutzig und hungrig, ihr schönes gelbes Kleid, das Lisa so an ihr mochte, war voller Flecken und schlotterte an ihr herunter.

»Danke, dass du das für mich getan hast«, sagte Paulette und nahm Lisa in die Arme. »Pardon, ich stinke.«

Lisa schleppte Eimer voll Wasser, machte sie in der Küche heiß und füllte sie in eine Zinkwanne.

»Komm«, sagte sie zu Paulette, die währenddessen erschöpft in der Sonne gesessen hatte.

Paulette setzte sich in die Wanne, und Lisa schickte alle anderen weg, die ins Badezimmer wollten. Sie dachte an ihren Besuch in dem Frisörsalon vor einigen Tage, der wie ein Elixier gewesen war. So ein Erlebnis wollte sie ihrer Freundin schenken. Sie nahm Paulettes dreckige Sachen und erschrak. Ohne Kleider sah man erst richtig, wie dünn sie geworden war.

»Ich werde sie waschen. Aber vorher kriegst du die Seife.«

Paulette tauchte in das Wasser ein und schloss die Augen. »Danke«, murmelte sie.

»Ich habe noch etwas«, sagte Lisa und zeigte auf eine Tafel Schokolade, die sie für diesen Zweck aufgespart hatte. »Zwei Stückchen sind für Titi, den Rest kannst du haben.«

Sie fütterte Paulette mit der Schokolade und wusch ihr die verfilzten Haare. Paulette lag träge im Wasser, aber dann setzte sie sich plötzlich so heftig auf, dass Lisa ganz nass wurde.

»Noch ein paar Tage, und ich hätte ihn umgebracht«, knurrte sie, während Lisa ihr die Seife aus dem Haar spülte.

»Wen? Warum?«, fragte Lisa erschrocken. Ihr war schon aufgefallen, dass ihre Freundin sich verändert hatte. Sie vermisste die gute Laune und den positiven Blick auf die Welt. Ihre Umarmung war nicht weich und liebevoll gewesen wie früher, sondern hart und kurz, dann hatte sie Lisa fast von sich gestoßen.

In Paulettes Augen glühte Hass, als sie berichtete, dass der Eigner des *Bompard* für jede eingesperrte Frau ein Tagegeld bekam. »Eigentlich müsste es reichen, um uns anständig zu versorgen. Aber er steckt sich das meiste in die eigene Tasche. Und dann habe ich erfahren, dass er Frauen, die eigentlich entlassen werden sollten, einfach dabehalten hat, damit er weiter für sie kassieren kann. Er hat auch die Pakete geöffnet, die du mir vorbeigebracht hast, angeblich um sicherzugehen, dass keine verbotenen Sachen eingeschmuggelt werden, aber er hat sich einfach davon bedient.«

»Hast du denn die Bluse bekommen, die ich dir geschickt habe? Sie war sehr hübsch, rot mit blauen Punkten«, warf Lisa ein. Die Bluse hatte Lucy Lania ihr zusammen mit einem Kleid geschenkt, aber weil sie so dünn geworden war, passte sie nicht mehr. Paulette hatte mehr Busen, an ihr würde sie hübsch aussehen, hatte sie gedacht.

Paulette schüttelte den Kopf. »Mit kleinen Puffärmeln?«
Lisa nickte.

»Die habe ich an einer anderen Frau gesehen, wer weiß, was die dafür tun musste.« Paulette schwieg und schien zu überlegen, ob sie weitersprechen sollte, und Lisa bekam Angst vor dem, was sie sagen würde. »Da war eine Frau mit ihrem kleinen Sohn. Er war krank und brauchte Medikamente, und sie hat sogar mit diesem Schwein geschlafen, um sie zu bekommen. Er hat sie ihr versprochen, und dann hat er sie einer anderen Frau gegeben, die mehr bezahlen konnte. Der Junge ist gestorben … Der Mann ist ein Kollaborateur. Aber die richtige Strafe wird ihn treffen.«

»Paulette …«, sagte Lisa.

»Ich weiß, was ich zu tun habe«, gab Paulette zurück. »Ich muss mich nur ein wenig ausruhen.«

Lisa dachte an den Geheimgang und an Paulettes Andeutungen. Und an die Anschläge, die es in den letzten Wochen in Marseille gegen Einrichtungen der Deutschen gegeben hatte. Sie erstarrte, als ihr plötzlich wieder einfiel, dass kurz vor Paulettes Verhaftung in einem Café, das vor allem von Mitarbeitern der Vichy-Administration und Deutschen besucht wurde, eine Bombe explodiert war. Es war Zufall, dass niemand getötet worden war. Sie erinnerte sich, dass Paulette in den Tagen davor sehr nervös gewirkt hatte. Gab es da einen Zusammenhang? War Paulette womöglich daran beteiligt?

»Paulette?«, fragte sie zögernd.

»Jetzt nicht.« Da war wieder diese Kälte in ihrer Stimme. Paulette trocknete sich ab und zog eine Hose und einen Pullover an, die Lisa für sie organisiert hatte, dann nahm sie Lisa in die Arme. »Tut mir leid. Lass uns später darüber reden. Ich bin so müde.«

Paulette legte sich auf einen Strohsack und schlief augenblicklich wie ein Stein.

»Ich glaube, sie ist auf einem gefährlichen Weg«, sagte Lisa abends zu Hans. »Sie ist so anders geworden. Ich weiß nicht, wie ich es sagen soll, aber ich habe Angst, dass sie mit allem abgeschlossen hat, dass sie nicht mehr am Leben hängt.« Sie senkte die Stimme. »Ich glaube, sie hat was mit diesen Anschlägen zu tun.«

Hans biss sich auf die Lippen. Sie waren sich immer einig gewesen, dass sie nicht mit der Waffe in der Hand kämpfen wollten. Menschen und Material schmuggeln, das ja. Flugblätter drucken und verteilen, aber Aktionen, bei denen Menschen, womöglich auch Unschuldige, zu Schaden kamen, das lehnten sie ab. Aber es gab Genossen und gute Freunde, denen das irgendwann nicht mehr gereicht hatte. Die meinten, dass sie gegen die Nazis mit Flugblättern nicht genug ausrichten konnten, die sich von ihrem Hass übermannen ließen. Die meisten hatten ihre waghalsigen Aktionen nicht überlebt oder waren geschnappt worden und saßen in Konzentrationslagern.

»Rede noch mal mit ihr.«

Lisa nickte. »Sobald sie aufgewacht ist.«

Hans nahm sie in die Arme. »Versprich dir nicht so viel davon. Sie wird allein entscheiden, was sie tun will.«

KAPITEL 34

Am nächsten Abend wartete Lisa in einem Café auf Paulette. Sie hatte diesen neutralen Ort vorgeschlagen. »Lass uns einen unbeschwerten Abend miteinander verbringen.«

»Gut. Ich habe vorher nur noch etwas zu erledigen«, hatte Paulette geantwortet.

Lisa sah die Straße hinunter Paulette entgegen. Was für eine schöne Frau sie war. Das Bad, etwas zu essen und der Schlaf hatten ihr gutgetan. Ihr frisch gewaschenes Haar wippte bei jedem Schritt. Aber sie war noch immer viel zu dünn. Lisa winkte ihr zu. Was sie wohl zu erledigen gehabt hatte? Würde sie es ihr sagen? Wahrscheinlich durfte sie das nicht, und deshalb würde Lisa sie auch nicht fragen. Schmerzhaft wurde ihr die Kluft bewusst, die sich zwischen ihnen aufgetan hatte. Trotz allem, was sie gemeinsam erlebt hatten.

Paulette trat an ihren Tisch und hauchte einen Kuss auf Lisas Wange, als wäre alles wie früher. Sie bestellten Rosé, hoben die Gläser, und Paulette stieß mit ihr an. »Auf alte Zeiten«, rief sie.

»Auf unsere Freundschaft«, sagte Lisa.

Sie hatten gerade den ersten Schluck genommen, und Lisa begann sich zu entspannen, als ein Ehepaar vorüber ging. An ihrem Tisch blieben die beiden stehen. Der Mann wies auf Lisas roten Schuhe. »Guck dir die an«, sagte er laut in breitem Marseilleser Akzent zu seiner Frau. »Wieso hast du nicht solche Schuhe? Verdammte Flüchtlinge.«

»Bestimmt Gaullisten!«, gab seine Frau zurück und spuckte vor ihnen auf den Boden.

»Es werden immer mehr. Sie trauen sich aus ihren Löchern«, sagte Paulette, und dieser harte Ausdruck trat wieder in ihr Gesicht. »Das macht mich so wütend.«

»Ich weiß, was du meinst. Wir kämpfen seit Jahren gegen die Nazis, und die werden trotzdem immer stärker. Sie überfallen ein Land nach dem anderen. Und hier sind sie auch schon. Ich bin froh, wenn wir hier weg sind. Ein paar Wochen bleiben wir noch an der Grenze. Du wirst sehen, es ist schön dort, und unsere Arbeit ist nützlich, und dann bringt Fry uns hier raus.«

Paulette sah sie an, in ihren Augen Wut und Trauer. »Ich komme nicht mit. Ich höre nicht auf zu kämpfen.« Paulette ballte die Fäuste.

Also doch! Sie hatte recht gehabt. Lisas Herz krampfte sich zusammen. »Was willst du damit sagen?«

Paulette sah sich um, bevor sie leise weitersprach. »Ich habe im *Bompard* eine Frau getroffen, die zur bewaffneten Résistance gehört. Sie haben ihren Stützpunkt in den Bergen. Ich werde mich ihnen anschließen. Morgen früh bin ich weg.«

»Was? Du willst eine Waffe in die Hand nehmen? Sabotageakte verüben? Und was sagte Karl dazu?«

Paulette verzog verächtlich das Gesicht. »Er ist dagegen. Ich habe mich von ihm getrennt. Wir passen schon lange nicht mehr zusammen. Politisch nicht und privat auch nicht.«

Lisa dachte an Karl, der der liebenswerteste Mann war, den sie kannte. Aber ein Kämpfer war er nicht. »Verachtest du mich auch?«, wagte sie zu fragen.

Paulette sah sie an. »Du kämpfst mit Hans auf deine Weise. Wenn ihr es wirklich schafft, ein paar von uns raus und in Sicherheit zu bringen, dann ist das viel wert. Ich werde inzwischen dafür sorgen, dass es ein paar Gendarmen und Gestapomänner weniger gibt, die euch behelligen können.«

»Dieser Anschlag neulich in dem Café …?« Lisas Herz klopfte zum Zerspringen.

»Ich war dabei.« Mehr sagte Paulette nicht.

»Danach gab es eine Razzia. Sie haben sehr viele von uns verhaftet. Einige wurden als Geiseln genommen und erschossen.«

Paulette zuckte zusammen. »Sie wären ohnehin verhaftet worden. Irgendwann kriegen die Nazis uns alle, mach dir da keine Illusionen. Aber ich kann nicht länger tatenlos zusehen. Vorher werden wir einige von ihnen ausschalten.«

Lisa zog erschrocken den Atem ein. Ausschalten nannte sie das? »Aber ich könnte morgen unter den Geiseln sein. Oder Titi oder …« Sie konnte nicht weitersprechen. »Diese verdammte Politik«, sagte sie dann. »Hätten sämtliche Hitlergegner zusammengearbeitet, von ganz links bis zu den Bürgerlichen und den Katholiken, anstatt sich gegenseitig zu zerfleischen, hätten wir ihn verhindern können.«

Paulette winkte ab. »Das hat vor 33 in Deutschland nicht funktioniert und 1935 in Paris auch nicht.«

Paulette hatte recht. Diese selbstmörderische Politik der KPD, die Spaltung der Arbeiterbewegung in Deutschland hatte Hitler letztendlich an die Macht gebracht. Im französischen Exil hatte es dann Versuche gegeben, diese verhängnisvolle Trennung aufzuheben und eine deutsche Volksfront zu bilden, in Anlehnung an die französische Volksfront, die 1936 sogar an die Regierung gekommen war. Sozialdemokraten und Kommunisten, linke Splitterparteien und andere Parteien bis hin ins bürgerliche Lager hatten sich auf Kongressen getroffen und versucht, gemeinsam gegen Hitler zu agieren. Sie wusste, dass Paulettes Vater bei den Verhandlungen dabei gewesen war. Am Ende waren SPD und KPD womöglich noch stärker verfeindet gewesen als zuvor. Lisa hatte sehr schlimme Erinnerungen an die erbitterten Diskussionen von damals. Hans war schon früh in die KPD eingetreten und Emigrationsführer der Partei in der Schweiz gewesen. Die Partei hatte es nicht gern gesehen, dass er sich mit Lisa verbunden hatte. Gefühle bargen Gefahren und machten die Leute erpressbar. Die Partei brauchte Mitglieder, die ihre Befehle ausführten.

Hans hatte die Volksfront als letztes Mittel betrachtet, um die Nazis zu schlagen, und er hatte sich gegen die Taktiererei der KPD-Führung um Walter Ulbricht in Paris gewendet. Er fand es nicht richtig, dass Ulbricht die Sozialdemokraten nicht als gleichberechtigte Partner ansah, sondern sie auszubooten und für seine Zwecke einzuspannen versuchte. Als von ihm verlangt wurde, sich hinter die Farce der Moskauer Schauprozesse zu stellen, bei denen verdiente Bolschewiki unter Folter die absurdesten Verbrechen gestanden, hatte er sich geweigert und war als Abweichler aus der Partei ausgeschlossen worden. Das war vor drei Jahren gewesen. Hans war es sehr schlecht gegangen und Lisa hatte sich große Sorgen um ihn gemacht. Ein Leben als Renegat, der von den alten Genossen gemieden und beschimpft wird, die Einsicht, dass er für die falsche Partei jahrelang sein Leben riskiert hatte, setzten ihm zu. Als dann im August 1939 Stalin einen Nichtangriffspakt mit Hitler schloss, war er für Tage verstummt. Sein ehemaliges Idol Stalin verbündete sich mit seinem Todfeind. Das raubte ihm die letzten Illusionen.

Abends, wenn sie im Bett lagen, konnte Lisa seine Niedergeschlagenheit und die Erschöpfung spüren.

»Erzähl mir etwas«, bat er. »Erzähl mir irgendeine Geschichte, etwas ganz Alltägliches, damit ich einfach nur deine Stimme hören und alles andere vergessen kann.« Er schmiegte sich an Lisa, und sie strich ihm über das Haar und begann zu erzählen.

Wie sie für Brot angestanden hatte, wen sie getroffen hatte, dass sie sich einen kurzen Spaziergang gegönnt und dabei Glockenblumen gefunden hatte … Sie sprach so lange, bis sie merkte, dass er eingeschlafen war. Sie hätte sich gewünscht, dass ihre Erzählungen auch sie selbst zur Ruhe gebracht hätten, aber das gelang leider nicht immer. In der Nacht wurde sie manchmal wach von seinen Schreien. Dann nahm sie ihn in die Arme und sprach beruhigend auf ihn ein.

Nach dem Einmarsch der Deutschen in Frankreich wurde es besser, und Hans fing sich wieder. Weil er wieder eine Aufgabe hatte. Die unmittelbare Gefahr, in der sie alle schwebten, ließ sie wieder zusammenrücken.

Lisa dachte nur ungern an diese Zeit zurück. Damals hatten sie sich für oder gegen die Partei entscheiden müssen, und Genossen, ehemalige Freunde waren zu Todfeinden geworden. Jetzt schien sich das zu wiederholen. Bewaffneter Widerstand oder nicht? Vor diese Frage stellte sie Paulette.

Plötzlich griff die Angst um ihre Freundin nach ihr. »Paulette …«, begann sie. »Wir haben so viel gemeinsam durchgemacht. Wir haben uns geholfen, wir haben gemeinsam Gurs überlebt. Und wenn sie dich erwischen?«

Paulette zuckte mit den Schultern. »Das Risiko gehe ich ein.« Sie sah auf die Uhr und trank ihr Glas auf einen Zug aus. »Ich muss los.« Sie stand auf.

Auch Lisa erhob sich. »Der Krieg macht alles kaputt. Du hast mal gesagt, er zerstört die Liebe. Aber er zerstört offensichtlich auch Freundschaften«, sagte sie mit tränenerstickter Stimme.

Auch Paulette hatte Tränen in den Augen. »*Au revoir.* Wir werden uns wiedersehen. Eines Tages, wenn alles vorbei ist …«

Sie umarmten sich und gingen auseinander. Tief in Gedanken machte sich Lisa auf den Heimweg nach Belle de Mai. Die Sorge um Paulette begleitete sie.

KAPITEL 35

Zwei Tage später fuhr Lisa nach Banyuls. Und diesmal war Hans bei ihr. Kein Abschied am Bahnhof Saint Charles, keine Umarmung in dem beklemmenden Wissen, dass es die letzte sein könnte.

In Perpignan kamen sie in eine Polizeikontrolle. Sie hatten zwar die gut gemachten, wunderschönen Papiere von Bill Freier, aber für Lisa war es inzwischen ein Automatismus, dass sie den Gendarmen etwas vorspielte. Sie beugte sich zu Hans hinüber und küsste ihn. Anfangs waren es die Gefahr und die Notwendigkeit, ein frisch verliebtes Paar zu spielen, aber dann stieg unerwartet Leidenschaft in ihr auf, und Lisa küsste Hans so heftig wie schon lange nicht mehr. Er stutzte erst, dann erwiderte er ihren Kuss und zog sie eng an sich. Für einen Moment vergaßen sie die Welt um sich herum. Sie waren nur noch eine fest umschlungene Einheit. Die Beamten stießen sich an und fingen zu lachen. Schwer atmend ließ Lisa von Hans ab und sah sich verwirrt um. Dann musste auch sie lachen, die Situation war einfach zu absurd.

»Hochzeitsreise«, sagte sie zu den Polizisten und griff nach Hans' Hand.

Die Beamten tippten an ihre Mützen und gingen weiter.

Hans sah sie verblüfft an.

»Wir sind eben in Frankreich, dem Land der Liebe«, gab sie mit einem Schulterzucken zurück. Sie setzte sich wieder aufrecht hin, nahm kurz seine Hand, dann sah sie aus dem Fenster.

Sie erlaubte sich einen allerletzten wehmütigen Gedanken an Louis. Er war Vergangenheit. Jetzt hatte sie eine wichtige Aufgabe zu erfüllen. Das Leben von unschuldigen Menschen hing davon ab, dass sie bei der Sache war und keinen Fehler machte. Sie nahm wieder Hans' Hand und drückte sie. Er sah sie mit einem Lächeln an und gab den Händedruck zurück.

Die Zugfahrt hätte für sie noch viel länger sein können. Sie genoss es einfach, neben Hans zu sitzen, seine Hand zu halten und die Landschaft an sich vorüberziehen zu lassen. Gleichzeitig freute sie sich auf das ruhige Leben in Banyuls. Zumindest ein paar Tage würden ihnen bleiben, bevor Fry die ersten Flüchtlinge schicken würde.

Sie stiegen aus dem Zug und verließen den kleinen Bahnhof, der in den Hügeln über dem Ort lag.

»Komm, wir nehmen eine Abkürzung«, sagte Lisa und bog in eine der engen Gassen ein, die in Stufen bergauf und bergab durch Banyuls führten. Die meisten Türen standen offen, die Menschen hatten Stühle und Tische auf die Straße gestellt.

»Man könnte meinen, in den Bergen zu sein«, wunderte sich Hans und schnaufte leicht, weil es steil bergauf ging.

»Jetzt kommst du schon außer Atem? Na, das kann ja was werden!« Übermütig boxte sie ihn in die Seite und fing an zu laufen. Er lachte und rannte ihr nach.

Als sie die nächste Anhöhe erreicht hatte, blieb Lisa stehen. »Riechst du schon das Meer?«, fragte sie. »Es ist da unten.« Von hier fiel die enge Straße steil ab. Zwischen den Häusern konnte sie es blau glitzern sehen.

Hans blieb stehen. »Es ist wunderschön hier«, sagte er. »Und wo wohnt jetzt deine Rosa?«

»Gleich da vorn.«

Rosa hatte ihnen ein Zimmer mit Küche im ersten Stock ihres schmalen Hauses angeboten. Es hatte einen winzigen Balkon, der auf das Meer blickte. Lisa stellte sich darauf und glaubte, über dem Wasser zu schweben.

»Hans, komm gucken. Ich brauche nur die Hand auszustrecken, und ich kann es fast berühren«, rief sie begeistert.

»Es ist wunderbar, wieder mit dir allein sein zu können«, sagte Hans zu ihr, nachdem sie ihre Taschen ausgepackt hatten.

»Und jetzt zeige ich dir meine Lieblingsbadestelle.«

Sie gingen zu der kleinen, von Felsen eingerahmten Bucht hinter dem Hafen und schwammen weit hinaus. »Leg dich auf meinen Rücken, wie früher«, sagte Hans.

Sie ließen sich treiben, und Lisa zeigte Hans vom Wasser aus die Richtung des Weges an, der über die Pyrenäen führte.

»Aber noch nicht«, murmelte sie an Hans' Ohr. »Ein paar Tage bleiben uns. Nur uns.«

»Damit wir uns wieder aneinander gewöhnen können«, erwiderte Hans leise.

Lisa war froh, dass er ihr Gesicht in diesem Augenblick nicht sehen konnte. Ihr Gewissen regte sich. Wie viel hatte Hans mitbekommen? Er hatte sie schon zwei Mal gefragt, was mit ihr sei, ihm fiel auf, dass sie still war, in sich gekehrt, manchmal traurig. Allein diese Fürsorge tat ihr gut und ließ sie sich ihm wieder näher fühlen.

»Es ist nichts«, hatte sie jedes Mal geantwortet. »Ich mach mir Sorgen um Mama und Papa.« Gleichzeitig spürte sie ein schlechtes Gewissen, weil sie ihre Eltern als Ausrede vorschob. Und an seinem enttäuschten Blick sah sie, dass er ihr nicht glaubte.

An diesem Abend war es mit Hans wieder so wie am Anfang. Sie waren ausgekühlt und erschöpft, als sie in ihrem Zimmer ankamen, und es war wundervoll, sich nach so langer Zeit aneinanderzuschmiegen und sich der Zärtlichkeit hinzugeben.

Am nächsten Morgen erwachte Lisa früh, sie streckte sich und wunderte sich, wie gut sie geschlafen hatte. Das lag daran, dass sie hier ein Zimmer für sich hatten und nicht mit einem Dutzend Menschen im selben Raum schlafen mussten. Vorsichtig, um Hans nicht zu wecken, stand sie auf und verließ das Haus in Richtung Meer.

Die Sonne ging gerade erst auf. Am Horizont erschien ein Streifen Licht, der rasch heller wurde. Die Luft war noch klar, die Umrisse scharf. Wie schön!, dachte Lisa. Ihr Herz war leicht, weil sie sich mit Hans wieder vereint fühlte und ihren Platz wiedergefunden hatte. Sie lief durch die Straßen und freute sich, wieder hier zu sein. Die Metzgersfrau grüßte sie aus der offenen Tür ihres Geschäfts, und Lisa grüßte zurück. Diese kleine, alltägliche Geste erfüllte sie mit Glück. Sie hatte das Gefühl, als wäre sie nach Hause gekommen.

In der Bäckerei kaufte sie ein Brot und ging zurück zu Hans. Er wachte auf, als sie den Raum betrat, und lächelte sie verliebt an. »Du siehst schön aus.«

»Wenn du mich so ansiehst, glaube ich, dass alles gut wird«, sagte sie und ging zu ihm hinüber. Er nahm sie in die Arme. Lisa lehnte sich an ihn. Noch so eine kleine Geste, etwas, das sie schon so lange nicht mehr gemacht hatten, und es tat unendlich gut.

»Ich koche dir einen Kaffee«, sagte Hans und sprang auf.

»Wir haben keinen«, sagte Lisa.

»Doch! Ich habe ihn extra für dich aufgehoben.« Damit zog er einen kleinen Beutel aus seiner Tasche.

Bald lag der Duft von frischem Kaffee im Zimmer.

»Nachher machen wir einen Spaziergang und ich zeige dir, wo der Weg beginnt. Außerdem musst du Bürgermeister Azéma kennenlernen. Und dann zeige ich dir die Kooperative, wo ich gearbeitet habe. Dann kann ich gleich fragen, ob sie uns brauchen können. Obwohl, du bist ja ein Mann, vielleicht nehmen sie dich mit in die Weinberge, die Ernte müsste noch im vollen Gange sein …«

Er neckte sie. »Was eine Tasse Kaffee so alles mit dir anstellen kann …«

»Du wirst schon sehen, wie schön es hier ist. Auch ohne Kaffee.«

Am Ende des Tages, als sie nach dem Bad im Meer auf der kleinen Mauer an der Promenade saßen und zusahen, wie die Dämmerung die Küste purpurrot färbte, legte er den Arm um sie.

»Jetzt weiß ich, was du meinst«, sagte er.

★ ★ ★

Lisa war einerseits erpicht darauf, mit der Arbeit zu beginnen, auf der anderen Seite hätten diese friedvollen Tage mit Hans immer so weitergehen können. Sie war nervös vor ihrer ersten Tour mit ihm. Sie hatten überlegt, sie zuerst allein zu gehen, damit auch er den Weg kennenlernen könnte, dann hatten sie sich dagegen entschieden. Jede Passage barg die Gefahr, entdeckt und verhaftet zu werden. Sie waren nur den ersten Teil des Wegs bis zu den Pinien gemeinsam gegangen.

Dort angekommen, erzählte Lisa Hans von Walter Benjamin. Wie er da gesessen und auf sie gewartet hatte, wie höflich er gewesen war … Ehe sie sichs versah, fing sie an zu weinen. Plötzlich fühlte sie eine lähmende Unsicherheit.

»Hans, ich schaff das nicht. Ich kann diese Leute nicht rüberbringen. Ich bin schuld, wenn ihnen etwas zustößt.«

Hans nahm sie in die Arme. »Du hast alles richtig gemacht. Ich sehe doch, wie gut du dich hier auskennst. Komm, lass uns zurückgehen, und wenn wir hier wieder vorbeikommen, dann gedenken wir Walter Benjamin. Er wird uns die Kraft geben, weiterzugehen.«

Lisa sah ihn an. »Danke«, sagte sie.

Drei Tage später führten sie die erste Gruppe in die Berge. Fry schickte ihnen einen Historiker und seine Freundin. Lisa ging zum Bahnhof, um sie abzuholen, die beiden zeigten ihre Hälfte des Zettels. Sie brachte sie für die Nacht in das Hotel an der Mairie, und am nächsten Morgen trafen sie sich und gingen los. Die beiden waren jung und unerschrocken, und sie brauchten nur vier Stunden bis oben und waren am frühen Nachmittag schon wieder zurück.

»Das ist ein Kinderspiel«, rief Hans aus.

»Freu dich nicht zu früh«, sagte Lisa. »Die beiden waren trainiert und kräftig und haben keine Fragen gestellt.« Aber im Grunde freute auch sie sich. Als dann von Fry die Nachricht kam, dass die beiden sicher in Lissabon angekommen und schon auf einem Schiff nach Amerika waren, gewann sie ihre Selbstsicherheit zurück.

Meistens brachten sie zwei Gruppen pro Woche hinüber. Anfangs schickte Fry dreimal wöchentlich Leute, doch Hans schrieb ihm, dass dies zu viel sei. Sonst würde es auffallen. *Die Leute hier halten uns für verrückt, wenn wir dauernd in den Bergen herumklettern*, schrieb er.

Das System funktionierte einwandfrei. Zumeist fand die Überquerung direkt am nächsten Tag statt. Am Tag vorher erklärten sie ihnen, wie sie sich zu verhalten hatten: kein Gepäck, nicht reden, bis sie unter sich waren, etwas Proviant und Wasser mitnehmen. Sie ließen sich die Papiere zeigen und erklärten ihnen ganz genau den Weg bis hinauf zur Grenze, damit sie sich sicher fühlten. Als Letztes schärften sie ihnen ein, sich in jedem Fall in Spanien bei den Zöllnern zu melden und sich den *Entrada*-Stempel zu holen. Ohne diesen Stempel wurde man zwangsläufig verhaftet und zurückgeschickt.

In den nächsten Wochen brachten sie viele Menschen über

die Grenze. Irgendwann hörte Lisa auf zu zählen, aber es waren mehrere Dutzend. Hans und sie entwickelten so etwas wie eine Routine. Meistens ging Hans vorweg und gab den anderen ein Zeichen, wenn die Luft rein war. Wenn er sich unter die Weinbauern mischte, konnte Lisa ihn manchmal kaum von ihnen unterscheiden. Er schaffte es, sich perfekt zu tarnen. Lisa ging als Letzte und passte auf, dass alle mitkamen. Auf dem Rückweg sammelten sie Holz und pflückten Brombeeren oder Feigen, was immer sie fanden, und sprachen über ihre Schützlinge, die sie in Gruppen einteilten. Die meisten waren dankbar und vernünftig und hielten sich an die Regeln. Aber es waren einige darunter, die schimpften. Ein Mann wollte partout in einem Pelzmantel über die Grenze, eine Frau wollte sich nicht von ihrem Koffer trennen. Den Pelzmantel ließen sie durchgehen, aber den Koffer warf Lisa wutentbrannt aus dem Fenster des Hotels. Eine ehemalige Schauspielerin aus München setzte sich unterwegs einfach hin und verlangte, dass man ihr etwas zu essen brachte. Es gab die Schnellen und die Langsamen, die Redseligen und die Schweigsamen, die Hoffnungsvollen und die Verzweifelten. Ein paar Tage später bekamen sie jedes Mal von Fry die Nachricht, dass ihre Schützlinge es bis Lissabon geschafft hatten.

★ ★ ★

Die nächste »Lieferung« war für den übernächsten Tag angekündigt. Deshalb wunderte sich Lisa, als es am Abend an der Tür klopfte.

Draußen stand Rosa.

»Da schleicht ein Mann um das Haus herum. Eben ist er zum fünften Mal vorbeigekommen. Er fällt auf. Ich glaube, er will zu euch. Ich habe ihn reingeholt, bevor er noch verhaftet wird.«

Lisa erschrak. Fry hatte niemanden angekündigt, stand dort unten womöglich ein Spitzel? Beunruhigt sah sie zu Hans.

»Er sagt, er sei ein *ami de ton Papa*, ein Freund deines Vaters«, sagte Rosa.

Lisa entspannte sich nur ein bisschen. Das konnte ja jeder behaupten. Plötzlich tauchte ein massiger Mann um die fünfzig hinter Rosa auf.

»Ich brauche Ihre Hilfe«, brachte er hastig hervor. »Mein Name ist Georg Bernhard.«

Lisa und Hans kannten den Namen. Bernhard war vor 1933 Chefredakteur der *Vossischen Zeitung* in Berlin gewesen, und in der Emigration hatte er eine der wichtigsten Exilzeitungen in Paris herausgegeben.

»Sie sind Georg Bernhard?«, fragte Lisa. Ihre anfängliche Vorsicht schwand. Sie erkannte den Mann, den sie auf Fotos gesehen hatte. »Ich habe gehört, Sie seien schon vor Wochen weg. Sie stehen an Nummer drei der Gestapo-Liste.«

Bernhard nickte. »Wir waren schon fast drüben, bei Prats-de-Mollo, da hat uns unser Führer einfach in den Bergen alleingelassen. Wir sind umgekehrt. Varian Fry hat uns Ihren Namen als Notadresse gegeben, falls etwas schiefgeht.«

Lisa sah Hans alarmiert an. Wie konnte Fry so etwas tun, ohne ihnen Bescheid zu geben? Und wenn sie Bernhard nicht erkannt hätten? So etwas durfte nie wieder passieren!

»Ich habe mich ein wenig verkleidet und bin ganz unauffällig an Ihrem Haus vorbeigegangen. Und dann hat die nette Dame mir gesagt, ich soll reinkommen.«

Unauffällig nannte er das, wenn er fünf Mal in einem winzigen Dorf immer vor demselben Haus stehen blieb? Lisa seufzte.

Georg Bernard hatte sich inzwischen auf einen Stuhl fallen lassen. »Meine Frau ist auch hier. Sie wartet in einem Hotel. Meine Güte, wir haben uns schon in Marseille über Wochen in einem Hotelzimmer versteckt. Varian Fry hat uns mit dem Nötigsten versorgt. Wir halten das nicht länger aus. Immer diese Angst.

Wissen Sie, dass die Nazis Leute gewaltsam entführt haben? Dasselbe werden sie mit mir machen. Sie müssen mir helfen.«

Lisa sah die Angst in seinem Gesicht, das plötzlich grau und eingefallen war und gar nicht zu dem stattlichen Mann passte.

Dann fasste er sich wieder. »Wir haben alle nötigen Papiere. Transitvisa und Einreisegenehmigungen für Amerika. Nur das französische *visa de sortie* fehlt. Und ich werde es bestimmt nicht beantragen und die Gestapo auf meine Spur bringen.«

Lisa dachte nach. Sie waren in dieser Woche schon zweimal drüben gewesen, sie mussten aufpassen. Es gab Leute im Dorf, die sie fragten, was sie denn so oft in den Bergen wollten. Und wo die Leute blieben, die zuvor bei ihnen waren. Sie gaben sich zwar Mühe, nicht mit ihnen gesehen zu werden, aber das war nicht immer möglich. Andererseits schwebte Georg Bernhard in akuter Lebensgefahr. Gleichzeitig musste sie davon ausgehen, dass die Gendarmerie ihn gesehen hatte. Was, wenn einer ihn verriet? Wenn er nur als Köder diente, um sie auffliegen zu lassen? Wenn sie in den Bergen schon auf ihn warteten? Hätte er sich doch nur nicht so auffällig verhalten … trotzdem, das Risiko musste sie eingehen. Ansonsten würde es Bernhards sicheren Tod bedeuten.

»Wir bringen Sie rüber. Noch heute Nacht. Zeigen Sie mir Ihre Papiere.«

Bernhard reichte sie ihr, und Lisa erschrak. Die Papiere waren so schlecht gefälscht, dass sie keiner Prüfung standhalten würden.

»Damit kommen Sie keine zwei Kilometer weit.«

Bernhard brauste auf. »Das kann nicht sein. Die Papiere sind gut. Wir haben sie von Fry.«

Lisa wies auf die Stempel. »Sehen Sie hier? Die untere Hälfte ist schlecht nachgezeichnet, die Linie ist verschwommen, die Tinte ist dunkler als der Rest. Und dieses S steht auf dem Kopf.«

Bernhard schüttelte den Kopf.

»Wie kann Fry die Leute mit solchen Papieren losschicken?«, fragte Hans wütend. »Das ist unverantwortlich. Bill Freier würde niemals eine solche Schlamperei abliefern. Wer weiß, wo er die herhat. Damit bringt er auch uns in Gefahr!«

»Vielleicht weiß er nichts davon. Ich fahre morgen früh zu ihm, um ihn zu warnen. Und du suchst einen anderen Weg für die Bernhards. Mit diesen Papieren kommen sie niemals durch Spanien und Portugal.«

★ ★ ★

Lisa nahm den ersten Zug nach Marseille. Sie war so aufgebracht, dass sie kaum auf den Gruß des Bahnhofsvorstehers reagierte, der sie inzwischen kannte. Während der Fahrt malte sie sich aus, was passieren könnte, wenn andere Flüchtlinge mit den grob gefälschten Pässen über die Grenze gingen. Es könnte jeden treffen, Menschen, die sie kannte und mochte. Sie musste das verhindern. Was hatte Fry sich nur dabei gedacht? Als der Zug in Perpignan einfuhr, warteten Gendarmen auf dem Bahnsteig. Lisa griff unauffällig nach ihrer Tasche und stieg aus. Was sollte sie tun? Sie hatte nicht die Zeit, auf den nächsten Zug zu warten. Nervös setzte sie sich auf eine Bank, die Polizisten stiegen aus, sie hatten zwei Frauen verhaftet, die weinend zwischen ihnen gingen. Jetzt musste sie schnell sein. Der Zug rollte schon, als Lisa aufsprang. Die restliche Fahrt blieb sie unbehelligt. In Marseille nahm sie den Ausgang über die Bahnhofstoilette und das Foyer des Hotels. Dann ging sie sofort in Frys Büro.

Als Lisa ihm erzählte, wie schlampig Bernhards Papiere gefälscht waren, wurde er blass.

»Einer meiner Mitarbeiter hat Kontakt zu einem spanischen Konsularbeamten, er hat die Papiere besorgt. Ich habe ein Vermögen dafür bezahlt.«, sagte er.

»Dann haben Sie sich übers Ohr hauen lassen«, antwortete Lisa. »Wer hat noch alles diese Papiere bekommen?«

Fry reagierte sofort. Er rief seine Mitarbeiter zusammen und sie berieten, wie sie alle rechtzeitig erreichen konnten, bevor sie mit den schlampigen Fälschungen an die Grenze kamen.

Lisa fuhr noch am selben Tag zurück nach Banyuls.

»Wo sind die Bernhards?«, fragte sie Hans.

»In Spanien. Ich habe sie zwei Leuten von der Résistance übergeben, die sie durchs Land bis Portugal schmuggeln. Da sind sie sicher. Ihre Einreisevisa nach Amerika sind ja korrekt.«

★ ★ ★

In der Woche darauf fing Varian Fry an, abgeschossene englische Piloten zu schicken. Sie waren groß und blond und für jeden als Ausländer zu erkennen. Dafür waren die Toms und Charlies und Jims diszipliniert und durchtrainiert und machten keine Schwierigkeiten. Hans und Lisa brachten sie über die Grenze, dort ließen sie sich von den Spaniern festnehmen und verlangten, als Kriegsgefangene den britischen Konsul zu sprechen. Der holte sie dann aus dem Gefängnis, und sie wurden über Gibraltar zurück nach England gebracht.

Es gab nur zwei Zwischenfälle. Einer von ihnen wollte sich nichts von Lisa sagen lassen, weil sie eine Frau war. Ständig zweifelte er ihre Entscheidungen an und fragte sie, ob sie auf dem richtigen Weg seien. Sie war an diesem Tag ohne Hans unterwegs, der eine Arbeit in der Kooperative gefunden hatte. Lisa setzte sich auf einen Stein und sah den Soldaten an.

»Gehen Sie schon mal vor«, sagte sie so ruhig es ihr eben möglich war.

Der Engländer sah sich um und ging in eine Richtung. Nach zehn Minuten war er wieder da und ging in die andere Richtung.

Lisa wartete auf ihn.

»Okay, Sie haben gewonnen«, sagte er schließlich, als er wieder da war.

Lisa stand wortlos auf und ging weiter.

Einen anderen musste sie sogar zweimal rüberbringen. Als er nach ein paar Wochen wieder vor ihnen stand, grinste er sie an. »Hat mir beim letzten Mal so gut gefallen«, sagte er. Seine gute Laune, die er sich trotz der widrigen Umstände bewahrt hatte, trug sie praktisch den Berg hinauf, und außerdem hatte er einen ganzen Rucksack voller Lebensmittel bei sich. Sie konnten gar nicht alles essen, und er schenkte ihnen den Rest. Zwei Tage lang schwelgten sie in englischen Konserven, und Lisa war verrückt nach den gezuckerten Pfirsichen. Das Fleisch in Dosen gab sie Rosa, weil sie nicht wusste, wie sie es zubereiten sollte. Rosa kochte für sie einen sämigen Eintopf, in den sie dicke Bündel der Kräuter warf, die in ihrem Garten wuchsen, und der zu den besten Gerichten gehörte, die Lisa je gegessen hatte. Der heiße Brei legte sich warm und würzig an ihren Gaumen und füllte ihren Magen mit einer Wohligkeit, die sie aufstöhnen ließ. »Hoffentlich kommt er noch mal«, sagte sie, bevor sie den letzten Löffel nahm.

Und dann wartete eines Tages ein großer Soldat am Rand der Weinberge auf sie. Er kam ihr in der Morgendämmerung entgegen, und für den Bruchteil einer Sekunde glaubte Lisa, er sei Louis. Er hatte seine Statur und seinen Gang. Lisa schluckte schwer. Sofort war die Erinnerung an ihn wieder da, und sie hätte sich dem Fremden fast in die Arme geworfen.

KAPITEL 36

Heute gehe ich allein. Ich friere nicht so schnell wie du«, sagte Hans an einem Morgen, als der Wind ums Haus pfiff und an den Fensterläden rüttelte. Jetzt fing es auch noch an zu regnen.

Der Herbst war gekommen, es wurde eiskalt, und der Tramontane pfiff ihnen durch die Knochen. Weil sie immer hungrig war, fror Lisa in ihren dünnen Sachen, auch wenn sie alles übereinanderzog, was sie besaß.

Lisa wollte protestieren. Hans war genauso dünn wie sie, und seine Jacke war nicht viel dicker als ihr Pullover, aber er sprach schon weiter: »Außerdem wird es heute schnell gehen.« Sie sollten zwei junge Polen über die Grenze bringen, die für die polnische Exilregierung in London arbeiteten. Lisa hatte sie gesehen, sie waren kräftig und entschlossen. Sie würden keine Schwierigkeiten machen. »Wenn alles gut geht, bin ich gegen Mittag wieder zurück.« Hans küsste sie zum Abschied und ging. Es war noch mitten in der Nacht, und Lisa legte sich wieder ins Bett und zog fröstelnd die Decke um sich. Bei dem Gedanken, jetzt in den Bergen herumzulaufen, überflog sie ein Schauder. Tiefe Dankbarkeit gegenüber Hans erfüllte sie, und sie schickte ihm in Gedanken einen Kuss. Dann schlief sie wieder ein.

Am Vormittag ging sie auf den Markt und ergatterte ein paar Fische. Sie waren zu klein, um sie zu braten, aber sie fragte Rosa, wie sie daraus eine Suppe kochen konnte. Als Hans am frühen Nachmittag nach Hause kam, hatte er einen Strauß Immortellen dabei, den er ihr feierlich überreichte.

»Die habe ich an einer geschützten Stelle gefunden. Sie sind schon ein wenig verblüht, aber riech mal dran.«

Lisa versenkte ihre Nase. Der curry-ähnliche Geruch war noch deutlich zu vernehmen. Sie war gerührt und küsste Hans. Dabei fühlte sie, wie kalt sein Körper war.

»Komm schnell herein. Ich habe eine Suppe auf dem Herd.«

Sie stellte ihm einen dampfenden Teller hin und sah, wie sehr er sich freute. Was für ein schöner, alltäglicher Moment. Ein Mann und eine Frau saßen am Tisch und aßen. Alles schien friedlich. In Banyuls war es leichter, diese Illusion aufrechtzuerhalten, es gab keine Gestapo und das Elend der Flüchtlinge war nicht täglich vor ihren Augen.

Nach dem Essen spielten sie eine Partie Schach. Rosa besaß ein Spiel, das sie sich oft ausliehen. Dazu hatten sie seit Jahren keine Gelegenheit mehr gefunden. Anschließend schlief Hans für ein paar Stunden. Zum Schwimmen war es inzwischen zu kalt, was sie beide sehr bedauerten, aber stattdessen machten sie einen Spaziergang zum Atelier des betagten Malers Aristide Maillol, der sein Atelier am Ortsausgang von Banyuls hatte. Maillol nahm Anteil am Schicksal der Flüchtlinge, er hatte selbst schon einigen über die Grenze geholfen. Er bot ihnen ein Glas Wein an, und auf dem Rückweg waren sie richtig übermütig, wie junge Verliebte. Hans griff nach Lisas Hand und ließ sie nicht wieder los. Lisa passte sich seinem Schritt an und ging neben ihm her. Sie sah ihn von der Seite an und nahm sein scharfes Profil wahr, das ihr schon immer gut gefallen hatte. Weil Hans so dünn geworden war, trat seine Nase noch deutlicher hervor. Er bemerkte ihren Blick und gab ihr einen Kuss auf die Wange. Lisa lächelte über diesen perfekten Moment.

Sie musste an Louis denken. Inzwischen war er bestimmt zurück in Amerika. Ob er sie vermisste? Sie schüttelte unwirsch den Kopf. Warum stellte sie sich diese Frage? Und warum kam

Louis ihr ausgerechnet jetzt in den Sinn? Die Gedanken an ihn waren in den letzten Wochen immer mehr in den Hintergrund getreten. Wenn Lisa an ihn dachte, dann mit einem Gefühl der Dankbarkeit, aber das ziehende Gefühl in ihrem Bauch stellte sich nicht mehr ein. Louis war ein Teil von ihr, aber in der Vergangenheit.

»Woran denkst du?«, fragte Hans plötzlich. Er war stehen geblieben und sah sie forschend an. Er ließ ihre Hand los.

Lisa ergriff sie wieder. »Ich will mit dir allein sein. Jetzt sofort! Lass uns schnell nach Hause gehen.«

★ ★ ★

Es war inzwischen Anfang Dezember geworden, sie befanden sich auf ihrer zweiten Passage diese Woche. Aber irgendetwas war anders als sonst. Lisa sah Hans, der vorausging, ein Stück hinter ihm marschierte ein Ehepaar, beide waren Ärzte aus Berlin, die für die spanische Republik gekämpft und zuletzt als Kuriere für de Gaulle gearbeitet hatten. Sie hatten einen Transport der Wehrmacht verraten, und die Résistance hatte die Brücke gesprengt, als die Wagen darüberfuhren. Fünf Offiziere waren gestorben. Die beiden waren verraten worden, die Gestapo kannte ihre Namen und hatte Fotos, sie mussten so schnell wie möglich raus aus Frankreich. Aber das wusste Lisa nur von dem Kurier, den Fry ihnen geschickt hatte, die beiden verloren kein Wort zu viel. Sie hatten Lisa die eine Hälfte des Papiers gezeigt, das sie von Fry bekommen hatten, aber sie hatten ihr nicht ihre Namen genannt. Lisa hatte das so aufgefasst, wie es wohl gemeint war. Die beiden trauten ihr nicht recht und sahen keine Veranlassung, sich dankbar oder auch nur loyal zu zeigen. Sie hielten es für selbstverständlich, dass Lisa ihren Hals riskierte, um sie außer Landes zu bringen. »Bringen Sie uns nur über die Grenze, den Rest schaffen wir allein«, hatte die Frau gerade eben etwas barsch zu Lisa gesagt, als sie sie an einem der *tines* aufgegabelt hatten, wo sie die Nacht verbracht hatten. Sie waren völlig verfroren. Immerhin schienen sie gut vorbereitet für den Marsch über die Berge, da machte Lisa sich keine Sorgen. Aber sie schienen nicht gewillt zu sein, mit Hans oder Lisa ins Gespräch zu kommen. Stattdessen unterhielten sie sich leise miteinander, wobei sie aufpassten, dass kein Wort zu ihnen drang.

Hans warf Lisa über die Schulter einen beschwichtigenden Blick zu. Die beiden gehörten eben zu den Stillen, die sich wichtigmachten, schien er zu sagen. Sie waren nicht die Ersten. Und immerhin schritten sie kräftig aus. Sie würden nicht anfangen zu jammern, wenn es anstrengend wurde.

Lisa zog eine Grimasse und ging hinter ihnen her, aber ihre Ahnung ließ sie nicht los. Irgendetwas stimmte nicht. Es war mehr ein vages Gefühl, das Lisa überkam. Aber sie hatte gelernt, ihren Gefühlen und ihrer Intuition zu vertrauen, und oft lag sie richtig damit. Mehr als einmal hatten sie sie aus einer brenzligen Situation gerettet. Dann fiel ihr auf, was heute anders war: Es waren keine Männer unterwegs in den Weinbergen. Das war ungewöhnlich, sonst waren sie immer irgendwo zu sehen oder zumindest zu hören. Hatte das etwas zu bedeuten? Sie wollte zu Hans aufschließen, um ihm von ihrer Beobachtung zu erzählen. Aber als sie den ersten Anstieg nahmen, fiel ihr auf, dass die Luft anders war, irgendwie schwerer und feuchter. Und es war kälter als üblich. Sie war diese Wanderungen in den Bergen inzwischen gewöhnt, und die ersten Steigungen bewältigte sie mit Leichtigkeit. Aber heute fiel ihr das Atmen schwer, lautstark sog sie die Luft ein. Sie blieb stehen und stemmte die Hände in die Hüften. Dabei sah sie in den Himmel hinauf und erschrak. Hinter den Bergen türmten sich in rasender Geschwindigkeit schwarze Wolken auf. Als würde über den Bergen ein weiteres Gebirge entstehen. Die Wolken kamen über die Gipfel und krochen die Abhänge hinunter auf sie zu. Lisa beschleunigte ihren Schritt und überholte die beiden Berliner, um neben Hans zu gehen. Sie waren inzwischen weit genug vom Ort entfernt und konnten als Gruppe zusammengehen.

»Hast du gesehen?«, sagte sie leise zu ihm und wies nach oben.

»Irgendwann muss ja der Winter kommen«, sagte er, aber in seiner Stimme hörte sie, dass auch er beunruhigt war.

»Wetterumstürze in den Bergen sind kein Kinderspiel«, sagte Lisa und erinnerte sich an eine Wanderung mit ihrem Vater. »Wenn ein Unwetter aufzieht, dann sucht man sofort Schutz, merk dir das.« War das, was sich da über ihnen zusammenbraute, ein Unwetter?

»Sollen wir umkehren?«, fragte sie Hans.

»Nein, das kommt nicht infrage«, sagte die Frau. Sie und ihr Mann hatte ihre Unterhaltung gehört. »Alles ist sicherer, als in Frankreich zu bleiben. So schlimm wird es schon nicht werden.«

»Ja, lassen Sie uns weitergehen«, bekräftigte ihr Mann.

»Die Entscheidungen treffen wir«, sagte Hans deutlich.

»Fry hat gesagt, sie bringen uns rüber. Sie arbeiten für ihn.«

»Wir arbeiten nur für uns. Und die Entscheidungen treffen wir«, wiederholte Hans. Er sah Lisa an.

»Wir sind schon halb den Berg hinauf, da können wir genauso gut weitergehen. Aber lasst uns schneller machen.«

Sie marschierten so schnell sie konnten weiter bergauf. Allen fiel das Atmen schwer, ab und zu war ein unterdrückter Fluch zu hören, wenn jemand ausrutschte oder sich in den Dornen verhedderte. Hans war ein paar Schritte vor Lisa und verschwand hinter einer Wegbiegung. Als Lisa um die Flanke des Berges kam, schlug ihr eisiger Wind entgegen, als hätte sie ein Riese mit seiner Pranke geschlagen. Der Wind nahm ihr den Atem, sie taumelte einen Schritt zurück und wäre fast hinterrücks ins Nichts gefallen. Im letzten Moment bekam der Berliner sie am Arm zu fassen. Lisa fand ihr Gleichgewicht wieder und stemmte sich gegen das Wüten des Windes. Mit klammen Fingern schlug sie den Kragen ihrer dünnen Jacke hoch, aber gegen den Sturm und den jetzt blitzartig einsetzenden Regen konnte sie nichts ausrichten. Innerhalb kürzester Zeit war sie durchnässt. Lisa sah sich zu den beiden anderen um, auch sie trugen nur dünne Jacken und kämpften verbissen gegen den Sturm an.

Während sie weiter anstiegen, wurde der Regen zu Graupel. Die harten Körner trafen schmerzhaft ihr Gesicht und die Hände. Der Boden zu ihren Füßen wurde zu einer rutschigen Eisbahn. Sie schlitterten mehr den Berg hinauf, als dass sie gingen.

Keuchend stemmte sich Lisa gegen den eisigen Wind, jeder Schritt wurde zu einer Qual. Die Muskeln in ihren Oberschenkeln brannten, aber noch schlimmer fand sie die nasse Kälte, die durch ihre Kleidung drang und ihr in den Nacken und den Hosenbund lief. Ihre Füße in den dünnen Schuhen waren wie Eisklumpen, sie hatte kein Gefühl mehr in ihnen, das machte es noch schwieriger, die Schritte richtig zu setzen. Hans, der vorauslief, drehte sich zu ihr herum und streckte ihr die Hand entgegen, um sie einen besonders steilen Absatz zu sich hinaufzuziehen. Er versuchte ein aufmunterndes Lächeln, aber Lisa konnte sehen, dass er sich Sorgen machte. Hinter ihnen kämpften sich die beiden Berliner Hand in Hand den Weg hinauf.

Warum tun wir das hier, fragte sich Lisa in einem Anfall von Wut und Verzweiflung. Warum riskieren wir unser Leben und setzen uns diesen Strapazen aus, um Leuten zu helfen, die wir gar nicht kennen und die das auch noch für selbstverständlich halten? Warum bringen wir uns nicht selbst in Sicherheit? Wie sollen wir jemals rechtzeitig wieder runterkommen? Mit diesem Gedanken kam die Angst. Heute werden wir es nicht schaffen, dachte sie. Bald wird es dunkel, und eine Nacht hier oben werden wir nicht überstehen.

Sie merkte, dass ihre Zweifel sie schwächten. Sie geriet aus dem Tritt und auch ihre Atmung wurde abgehackt. Sie hielt die Luft an, um die Eiseskälte nicht in ihre Lungen zu lassen, wo sie brannte wie Feuer. Sie rief sich die Mahnungen ihres Vaters ins Gedächtnis: ein Schritt nach dem anderen, ein Schritt, dann der nächste. Einatmen und ausatmen, ein und aus ...

Als sie nach qualvollen Stunden das Plateau erreichten, stapften sie durch knietiefen Schnee. Wenn sie den Weg nicht schon so oft gegangen wären, hätten sie ihn unter dem Schnee, der alle kleinen Markierungen zugedeckt hatte, niemals gefunden. Nicht nur die Füße, auch Lisas Waden waren mittlerweile gefühllos geworden. Sie war froh, dass sie ihre Füße nicht sehen konnte, hoffentlich waren ihre Zehen nicht abgefroren.

Hans erklärte den beiden, wie sie weitergehen mussten. Sie antworteten mit einem kurzen Handschlag, zumindest ein kleines Zeichen der Anerkennung, dann hasteten sie weiter, und Hans und Lisa machten sich an den Rückweg. Zum Glück hatte der Schneeregen aufgehört und der Wind sich ein wenig gelegt.

Als sie nach einer Ewigkeit zu Hause ankamen, war es bereits dunkel, weil sie viel länger als üblich gebraucht hatten. Lisa weinte vor Erschöpfung.

»Warum tun wir uns das an?«, fragte sie Hans, der sie ausgezogen hatte und sie mit einem Handtuch so kräftig abrubbelte, dass ihre Haut brannte wie Feuer. »Das tut weh!«, rief sie.

»Das muss wehtun. Deine Durchblutung muss wieder in Gang kommen.«

»Ist dir denn nicht kalt?«

Er sah sie an. »Doch. Aber nicht so kalt wie dir.« Damit rubbelte er weiter.

Rosa kam und brachte ihnen einen Teller heiße Suppe, in der Karotten und Kartoffelstücke schwammen. »Meine Güte, muss das denn sein?«, fragte sie, als sie Lisa sah. »Bei diesem Wetter jagt man keinen Hund vor die Tür. Du siehst furchtbar aus! Ich gehe und hole eine Decke.«

Lisa tauchte den Löffel in die Suppe, aber ihr war immer noch so kalt, dass ihre zitternden Finger ihr nicht gehorchen wollten. Der Löffel klapperte gegen den Tellerrand, sie war unfähig, ihn zum Mund zu heben. Hans nahm ihn ihr aus der Hand und hielt ihn ihr hin.

»Stell dir vor, da wären heute Kinder dabei gewesen«, sagte sie plötzlich und dachte dabei an die junge Frau mit ihrem fünfjährigen Sohn, die sie in der letzten Woche hinübergebracht hatten. Die Gestapo hatte ihren Mann geschnappt und wollte sie unbedingt in die Finger bekommen, um ihn dazu zu bringen, dass er Namen preisgab. Die Frau war völlig verzweifelt gewesen, weil sie gewusst hatte, dass sie ihren Mann nie wiedersehen würde. »Sie hätten es nicht geschafft. Und wir wären schuld gewesen.«

»Das weißt du nicht«, sagte Hans sanft und hielt ihr einen weiteren Löffel Suppe hin.

Lisa drehte den Kopf weg. Auf einmal war ihr alles zu viel. Und Fry hatte bereits die nächste Gruppe angekündigt, übermorgen sollten sie eintreffen … Sie sah sich durch meterhohen Schnee stapfen, der über ihrem Kopf zusammenschlug und unter sich begrub. Sie rief nach Hans, aber er konnte sie nicht hören. Lisa rief und rief, sie rannte den Berg hinauf und hinunter, aber sie war allein. Gefangen in einer weißen Hölle.

Plötzlich spürte sie, wie jemand an ihrem Arm rüttelte. »Lisa! Lisa, wach auf.«

Mühsam öffnete sie die Augen und sah Rosa vor sich, die sie besorgt ansah.

»Du hast Fieber. Du hast die ganze Nacht und den ganzen Tag geschlafen.«

»Wo ist Hans«, fragte Lisa, und ihre Stimme klang kratzig. Sie hatte Halsweh und der Durst raubte ihr fast den Verstand.

Rosa hielt ihr ein Glas Wasser an die Lippen. Lisa wollte sich aufsetzen, merkte aber, dass ihr die Kraft dazu fehlte.

»Wo ist Hans?«, fragte sie wieder.

»In den Bergen«, sagte Rosa. »Er müsste bald wieder zurück sein.«

Lisa wartete voller Unruhe auf ihn. Sie wollte noch etwas sagen, aber das Fieber raubte ihr jede Kraft. Als Hans zurückkam, wachte sie aus Fieberträumen auf und schlug um sich. Sie konnte die Angst in seinen Augen lesen. Er holte den Arzt, der Skorbut diagnostizierte und ihr riet, Vitamine zu sich zu nehmen. Hans und Rosa versuchten alles, um an frisches Obst zu kommen. Lisa nahm das wie von ferne wahr, meistens war sie in ihrem unruhigen Schlaf gefangen.

Nach fast zwei Wochen war sie halbwegs über den Berg. Sie lächelte schwach, als Hans den Ausdruck benutzte. Über den Berg …

»Ich habe Angst, wenn du allein gehst. Bitte bleib hier«, sagte sie in einem klaren Moment zu ihm.

»Du bist doch auch allein gegangen«, versuchte er sie zu beruhigen.

»Aber da war Sommer.«

»Ich komme immer zu dir zurück, das verspreche ich dir. Ich liebe dich doch.«

Das hatte er schon lange nicht mehr zu ihr gesagt.

KAPITEL 37

Es war schon fast Weihnachten, als es Lisa wieder besser ging. Das Fest verbrachten sie zu zweit. Fry hatte ihnen keine Kunden geschickt, aber dafür ein Kaninchen. Sie gaben es Rosa und Manolo, weil Lisa nicht wusste, wie sie es in dem Kamin kochen sollte, wo nur ein Topf an einem Haken hing und in dem die Einheimischen kochten. Rosa gelang es vorzüglich und sie aßen zusammen. Rosa schenkte Lisa einen rehbraunen Pullover, den sie gestrickt hatte. »Kirschrot hätte dir bestimmt gut gestanden, aber ich habe mir gedacht, du brauchst etwas, das nicht so auffällt«, sagte sie mit einem Grinsen.

Selten hatte Lisa sich so über ein Geschenk gefreut. Sie konnte nicht anders und nahm Rosa in die Arme. Dann ging sie hinauf in ihr Zimmer und holte den Seidenschal, den Julia ihr in Gurs geschenkt hatte.

»Für dich«, sagte sie zu Rosa. »Mir gefällt die Vorstellung, dass dieses Tuch von einer Frau zur nächsten geht und uns alle schön macht.«

Obwohl Hans sich rührend um Lisa kümmerte, dauerte es bis Ende Januar, bis sie sich wieder halbwegs bei Kräften fühlte. Es wurde merklich wärmer, ein Hauch von Frühling wehte durch Banyuls.

»Komm, ich muss dir etwas zeigen«, rief Hans eines Morgens.

Er konnte es kaum abwarten, bis sie ihren Pullover übergestreift hatte, und zog sie an der Hand hinter sich her in Richtung Puig del Mas. Bereits bevor sie die Brücke erreicht hatten, wusste Lisa, was er meinte: An den Abhängen, als Begrenzung der Weinberge, zeigte sich schäumendes Weiß. Es sah aus, als hätte es dort geschneit.

»Das sind Mandelbäume«, rief Hans.

»Das ist wunderschön«, flüsterte Lisa und folgte den weißen Linien mit den Augen. Sie konnte genau sehen, ab wo es noch zu kalt war für die Bäume. Abrupt hörte das Weiß ungefähr auf der Höhe der sieben Pinien auf. In den Bergen war es nach wie vor bitterkalt. »Das kommt mir vor, als würde das Leben zurückkehren, zu mir und in die Natur.«

»Genauso war es gemeint«, sagte Hans.

★ ★ ★

In der Woche darauf wollte Lisa die erste Tour nach ihrer Genesung machen. Fry kündigte einen jungen Mann namens Walter Meyerhof an.

»Ist das der Sohn des Nobelpreisträgers?«, fragte Lisa.

Hans nickte. »Die Eltern sind schon vor einigen Wochen über die Grenze, aber Walter fehlte noch ein Transitvisum. Er ist erst achtzehn. Wir sollten uns um ihn kümmern.«

Lisa und Hans nahmen den jungen Mann für ein paar Tage bei sich auf, weil er ihnen so verloren vorkam. Er machte sich nützlich und half dabei, eine Art Gepäcktransport zu organisieren. Hans hatte die Idee dazu gehabt. Der Bürgermeister von Cerbère, Monsieur Cruzet, hatte ein Transportunternehmen. Walter und Hans wollten einzelne Koffer zum Bahnhof von Banyuls bringen, wo sie per Zug nach Cerbère geschickt wurden. Dort sollte Cruzet sie abholen und sie an seine Filiale in Port Bou schicken, wo die Flüchtlinge nach der Pyrenäenüberquerung sie wieder abholen würden. Natürlich mussten die Zöllner bestochen werden, aber Fry lieferte bereitwillig die notwendigen Zigaretten.

Lisa sah das alles eher skeptisch. »Es ist ein unnötiges Risiko«, sagte sie. »Wir können froh sein, wenn wir die Menschen rüberbringen. Warum jetzt auch noch Gepäck? Nicht alle Zöllner sind auf unserer Seite. Und die Leute von der Waffenstillstandskommission schnüffeln in der Gegend herum.«

Das stimmte leider. Den Deutschen war nicht verborgen geblieben, dass hier immer wieder Menschen über Nacht verschwanden, aber sie kamen nicht dahinter, auf welchen Wegen.

»Bisher haben sie uns nicht erwischt, weil wir jedes Risiko vermeiden«, sagte Lisa.

Trotzdem fuhren Hans und Walter selbst zu Cruzet, um mit ihm die Einzelheiten des Gepäcktransports zu besprechen. Dazu nahmen sie den Zug von Banyuls nach Cerbères. Das war das gefährlichste Stück der Fahrt, denn hier fanden die Grenzkontrollen statt.

Lisa wartete den ganzen Tag ungeduldig darauf, dass sie wiederkamen. Am Abend war sie sicher, dass etwas passiert war. Die beiden mussten aufgeflogen sein. Als es an der Tür klopfte und Manolo draußen stand, ahnte sie Schlimmes.

»Sie haben sie im Zug festgenommen und ins Gefängnis gesteckt«, sagte er.

»Wo sind sie?«, fragte Lisa.

»In Cerbères.«

Ohne zu überlegen, rannte Lisa los.

»Wo wollen Sie denn hin?«, rief Manolo ihr nach.

»Zu Azéma.«

Der Bürgermeister rief seinen Kollegen an. Während des Telefonats gingen Lisa die schlimmsten Dinge durch den Kopf.

»Heute Nacht müssen sie im Gefängnis bleiben, aber morgen früh kann ich sie abholen«, sagte er, nachdem er aufgelegt hatte. »Ich habe mich für deinen Mann verbürgt.«

»Ich komme mit«, sagte Lisa.

»Das ist keine gute Idee. Machen Sie sich keine Sorgen. Morgen sind sie wieder da.«

»Wird das Konsequenzen für Sie haben?«, fragte Lisa bang.

Azéma verzog das Gesicht. »Das Risiko muss ich eingehen. Jetzt werden überall Sozialisten durch Pétain-Leute ersetzt. Eigentlich wundere ich mich, dass ich immer noch meinen Posten habe.«

Nach einer schlaflosen Nacht sah Lisa am nächsten Morgen, wie Azéma in sein Auto stieg, um nach Cerbère zu fahren und Hans und Walter aus der Zelle zu holen.

Eine Stunde später war er zurück. Hans und Walter Meyerhoff sahen ein bisschen zerzaust aus und hatten Hunger, waren aber guter Dinge.

Am Nachmittag fuhr eine schwarze Limousine vor dem Café vor. Lisa war gerade auf dem Balkon und konnte sehen, wie die Boule-Spieler an der Promenade aufsahen, hier kam selten ein Auto vorbei, es gab ja kaum noch Benzin. Männer in schwarzen Uniformen und schwarzen Stiefeln stiegen aus und stellten sich an den Rand des Spielfelds. Die Boule-Spieler senkten die Blicke. Keiner sah die Deutschen an, die zur Waffenstillstandskommission gehörten. Sie taten, als wären sie nicht da.

»Die Gestapo der freien Zone«, sagte Hans voller Wut. Er war neben sie getreten, weil auch er das Auto gehört hatte. »Was wollen die hier?«

»Wollen die etwa zu uns?«, fragte Lisa, und lähmende Angst überfiel sie. »Wir müssen hier sofort weg.« Sie wollte sich umdrehen und aus der Wohnung flüchten, aber wohin? In ihrem Kopf rasten die Gedanken. Ob es ihnen gelingen würde, unerkannt aus dem Haus zu kommen, bevor die Deutschen hier waren? Und wenn es dafür schon zu spät war, konnte sie Rosa bitten, sie bei sich zu verstecken? Sie würde sie damit in Lebensgefahr bringen. In Panik sah sie sich um. Wo blieb Hans?

»Warte«, rief er in diesem Augenblick. »Sie fahren weg.«

Lisa stieß ein Schluchzen aus, als die Anspannung von ihr wich. Hans kam zu ihr und nahm sie in die Arme. »Sie sind nicht unseretwegen hier.«

Am nächsten Tag wurde Vincent Azéma als Bürgermeister abgelöst. Sein Nachfolger, der Tierarzt, trug stolz ein Vichy-Abzeichen. Er war nicht gewalttätig oder grausam, aber er ließ keinen Zweifel daran, dass er keine Nachsicht walten lassen würde.

»Wir müssen vorsichtig sein. In der nächsten Zeit gehen wir nicht rüber. Ich werde Fry eine Nachricht zukommen lassen.«

»Und was machen wir mit Walter?«, fragte Lisa.

»Ich gehe allein. Ich finde den Weg. Ich habe gut aufgepasst«, sagte der Junge.

»Das kommt nicht infrage. Du bist zu unerfahren.«

Hilfe kam von Azéma, der anbot, ihn zu führen. »Ich bin ja schon abgesetzt«, sagte er mit einem grimmigen Grinsen.

Am Abend erhielten sie eine Nachricht von ihm. Es sei alles gut gegangen.

In der folgenden Nacht schreckten sie aus dem Schlaf hoch, weil draußen panische Schreie ertönten. Lisas erster Gedanke war, dass der neue Bürgermeister sie verhaften würde. Hans sprang auf und sah vom Balkon.

»Es brennt«, rief er und war schon dabei, sich die Hose überzustreifen.

Auch Lisa zog sich rasch an, und sie rannten auf die Straße in Richtung der Promenade. Dort hatten sich bereits die Einwohner von Banyuls vor dem *Café du Port* versammelt und eine Menschenkette vom Meer bis zum Brandherd gebildet.

»Ist noch jemand im Haus?«, rief Hans dem Besitzer zu.

Gaston schüttelte den Kopf. Sie waren inzwischen gut mit ihm bekannt, er ließ die Flüchtlinge manchmal bei sich übernachten, ohne nach den Papieren zu fragen, bevor Hans und Lisa sie am nächsten Morgen nach Spanien brachten.

Die nächsten Stunden halfen Hans und Lisa beim Löschen, schleppten Eimer um Eimer Wasser aus dem Meer herbei. Der Anblick des brennenden Hauses vor dem dunklen Himmel war gespenstisch.

Erst gegen Morgen fielen sie erschöpft ins Bett.

Die Leute aus Banyuls hatten sehr wohl mitbekommen, dass die beiden Fremden geholfen hatten, ohne lange zu überlegen. Am nächsten Morgen war Markttag. Als Lisa hinging, um zu sehen, was sie für ihre Marken kaufen könnte, wurde sie von einer Nachbarin, die sie bisher ignoriert hatte, gegrüßt. Und als sie wie jeden Abend in den Milchladen neben ihrer Wohnung ging, ohne große Hoffnung, etwas zu bekommen, weil sie keine Marken hatte, sagte die Frau hinter dem Tresen wie immer:

»*Pas une goutte, mais pas une goutte!*« Nicht einen einzigen Tropfen Milch habe sie noch.

Lisa drehte sich enttäuscht um, doch da kam die Frau hinter ihrem Verkaufsstand hervorgeschossen und nahm ihr den Henkeltopf ab.

»Immer rennt sie gleich weg. *Comme une folle!* Wie eine Verrückte!« Sie ging in die Hinterstube und kam kurz darauf mit einem Becher Milch zurück.

Lisa konnte ihr Glück kaum fassen, zahlte und bedankte sich.

»*A demain, madame.* Bis morgen«, rief die Händlerin ihr nach.

»Gaston ist ihr Neffe«, sagte Rosa, als Lisa ihr die Begebenheit erzählte.

Aber dem neuen Bürgermeister waren sie ein Dorn im Auge. Zwei Tage nach dem Brand klopften zwei junge Polizisten an die Tür, um Lisa mit aufs Revier zu nehmen. Hans war zum Glück nicht da, er hatte Arbeit bei einem Bauern gefunden.

Rosa baute sich vor ihnen auf und fing an zu schimpfen. »Nennt ihr das etwa Dankbarkeit? Haben eure Mütter euch das gelehrt? Schämt ihr euch nicht? Sie gehört zu uns. Wo wart ihr denn, als es gebrannt habt? Euch habe ich nicht gesehen, als es daran ging, das Feuer zu löschen. Aber Monsieur Jean und Madame Lise haben die ganze Nacht Eimer geschleppt. Und so gute Leute wollt ihr verhaften?«

»Madame, es geht lediglich um die Prüfung der Papiere. Weil sie doch Fremde sind. Wenn alles in Ordnung ist, sind sie im Handumdrehen wieder hier.«

Das brachte Rosa erst recht auf die Palme, und inzwischen hatte sich auch Madame Gontier, der das Milchgeschäft gehörte, in Stellung gebracht.

»*Étrangers*, Fremde sollen Monsieur Jean und seine Frau sein? Das sind doch unsere Nachbarn!«, rief Madame Gontier.

Die beiden Beamten waren bei jedem Satz einen Schritt zurückgewichen, bis sie buchstäblich mit dem Rücken zur Wand standen.

»Na, was ist? Sind die Papiere in Ordnung, ja oder nein?«, fragte Rosa und Madame Gontier nickte dazu.

»Sie sind in Ordnung, ich kann nichts Verdächtiges erkennen«, sagte der eine und reichte Lisa die Ausweise zurück.

KAPITEL 38

Oh nein, ich kann keine schlechten Nachrichten mehr ertragen«, stöhnte Lisa, wenn Hans morgens mit der Zeitung kam.
Die Nachrichten waren einfach zu deprimierend. Die Gestapo hatte inzwischen auch in der nicht besetzten Zone Frankreichs ihr System perfektioniert, um ihre politischen Feinde ausfindig zu machen und zu verhaften. Das hatten sie ja inzwischen auch in Banyuls feststellen müssen.
Auf den Titelseiten des *Petit Provençal* wurde ausführlich über den Besuch von Marschall Pétain in Marseille berichtet. Sein Konterfei prangte überall auf den Schaufenstern von Cafés und Geschäften. Man sah den greisen Marschall mit dem weißen Schnauzbart an der Spitze einer jubelnden Menge über die Kais des Vieux Port marschieren.
Fast alle Ausländer, die noch frei herumliefen, waren vorsorglich verhaftet worden. Sogar Varian Fry und seine Mitarbeiter hatte man auf ein Schiff geschafft, auf dem sie drei Tage lang bleiben mussten, bis der amerikanische Konsul sie herausboxte. Gendarmen waren dazu abgeordnet worden, hinter die mit roter Farbe an die Häuserwände gepinselten V für *Victory* ein P zu setzen, sodass es hieß *Vive Pétain!*
Dann kam ein Brief von Herlinde Böge.

Sie wurde nach einem Attentat auf ein Auto, bei dem zwei deutsche Offiziere getötet wurden, als Geisel erschossen. Es heißt, dass unsere Freundin P. an dem Anschlag beteiligt war.

Lisa ließ den Brief sinken. Tränen strömten ihr über das Gesicht. Sie hatte von dem Anschlag gehört, der einen Tag vor Pétains Besuch in Marseille die Stadt erschüttert hatte. Was hatte die Gewalttat gebracht? Den Tod von Erna Goldmann, die niemandem etwas zuleide getan hatte. Sie war für ein Verbrechen erschossen worden, das sie niemals begangen, es wohl zutiefst verabscheut hätte. Ob sie ihren Mann und ihren Sohn wiedergesehen hatte, bevor sie gestorben war? Bei dem Gedanken, dass Paulette mit ihrem Tod zu tun haben sollte, lief es ihr eiskalt den Rücken herunter.

»Das kann Paulette doch nicht gewollt haben«, sagte sie tonlos. »Wie kann sie nur mit dieser Schuld leben?«

»Das ist nicht unser Weg, und er ist es noch nie gewesen«, antwortete Hans. »Aber vielleicht muss es auch diese Form des Widerstands geben. Paulette wird sich das gut überlegt haben. Und sie wird mit dieser Schuld leben müssen, wie du schon sagst.«

»Ob sie es getan hätte, wenn sie gewusst hätte, dass es jemanden trifft, den sie kennt?«

Hans zuckte mit den Schultern. »Wir bringen Menschen über die Grenze, und auch wir wissen nicht, ob sie es heil schaffen. Manchmal ist der Grat, der Schuld von Unschuld trennt, nur sehr schmal.«

Lisa dachte an Walter Benjamin und sie sah an Hans' Gesicht, dass er denselben Gedanken hatte. »Aber das ist doch etwas ganz anderes. Wir schießen doch nicht auf Leute, wir werfen keine Bomben. Wir malen nicht mal das Siegeszeichen an irgendwelche Wände. Mein Gott, Paulette!«

★ ★ ★

Manchmal gab es auch gute Nachrichten. Franz Pfemfert schrieb überglücklich, dass er und Anja Visa für Mexiko bekommen hatten. *Bald sind wir in Sicherheit.* Wie ihnen ging es auch anderen, die Frankreich mit ihrer oder der Hilfe von Varian Fry verlassen hatten oder es bald tun würden. Wie beispielsweise Max Ernst und Marc Chagall. Aber was war mit Louise Straus-Ernst? Mit Hannah Arendt und all den anderen? Wo waren sie?

Und was war mit ihren Eltern, die immer noch in Paris ausharrten? Seit Wochen schon suchte sie nach einer Möglichkeit, wie man illegal über die Demarkationslinie zwischen der von Deutschen besetzten und der »freien« Zone gelangen konnte. Und auch ihre eigene Lage in Banyuls wurde nicht besser. Obwohl sie Rückhalt bei vielen Einwohnern hatten, wollte der neue Bürgermeister sie loswerden und machte ihnen Schwierigkeiten, wo er nur konnte. Er wollte ihnen die Lebensmittelkarten entziehen, die Gendarmen hielten sie beinahe täglich an, um ihre Papiere zu kontrollieren. Sie fragten sich, wie lange sie sich noch würden halten können. Es war nur noch eine Frage der Zeit.

★ ★ ★

Ende März, als es schon wieder wärmer wurde und die Grenzüberquerungen nicht mehr ganz so strapaziös waren, erfolgte dann ein Erlass, nach dem alle Ausländer und alle, die nicht in Frankreich geboren waren, die Grenzgebiete innerhalb von zehn Tagen zu verlassen hatten. Die Grenzregion wurde zur *zone interdite*, zur verbotenen Zone. Damit war der Weg über die Pyrenäen versperrt. Die Spanier verhafteten alle Reisenden aus Frankreich, die kein Ausreisevisum hatten. Und der Bürgermeister lud Lisa und Hans vor, um ihnen zu sagen, dass sie innerhalb von zwei Tagen zu verschwinden hatten.

Entmutigt saßen Hans und Lisa am Hafen auf einer Mauer.

»Wir können hier nichts mehr tun, Lisa. Wie können keine Leute mehr über die Grenze bringen. Wenn man sie in Spanien erwischt, und sie haben nicht den richtigen Stempel im Pass, übergibt man sie womöglich den Deutschen. Das kann ich nicht verantworten. Nicht mal Fry hat noch Ideen, wie er die Leute nach Amerika oder zumindest raus aus Europa bringen soll.«

Das stimmte. Fry hatte alles Mögliche versucht: Fluchten in Krankenwagen, in Diplomatenfahrzeugen oder per Schiff, sie funktionierten in Ausnahmefällen, aber meistens scheiterten sie. Fry hatte Unsummen an Gauner bezahlt, die versprachen, die Leute aus dem Land zu schaffen, und war mehr als einmal betrogen worden.

»Seit Azéma nicht mehr da ist, gibt es auch niemanden mehr in Banyuls, der uns notfalls raushauen könnte«, sagte Lisa. Sie mussten einsehen, dass ihre Arbeit hier zu Ende war. Sie hatten vielen Menschen geholfen, in die Freiheit zu entkommen. Sie waren den Deutschen und den französischen Gendarmen immer einen Schritt voraus gewesen, aber jetzt konnten sie nichts mehr tun. Sie spürte fast so etwas wie Erleichterung. Aber was würde nun aus ihnen werden?

»Wir müssen hier weg«, sagte Hans. »Der Bürgermeister würde uns nur zu gern verhaften. Selbst wenn wir hier Fürsprecher und sogar Freunde gewonnen haben. Im Zweifel können sie nichts für uns tun.«

Lisa seufzte. »Wo sollen wir hin? Zurück nach Marseille?«

Hans schwieg beklommen, bevor er sagte: »In Marseille machen sie Razzien in den Hotels und verhaften alle Juden.« Er ballte vor Wut die Fäuste. »Ich habe es gerade erfahren. Du musst hier weg. Raus aus Frankreich.«

Lisa platzte heraus: »Ich war nie Jüdin. Ich war nie in der Synagoge.«

»Das ist den Nazis egal, und das weißt du. Auch wenn du getauft wärst, wärst du in ihren Augen noch Jüdin. Sie meinen es ernst, Lisa.«

Lisa machte eine wegwerfende Handbewegung. Es konnte

doch nicht sein, dass irgendwelche Fanatiker bestimmten, wer oder was sie zu sein hatte. Dann dachte sie an den völlig verängstigten Jungen aus Berlin, der es bis nach Marseille geschafft und von Zügen berichtete hatte, in die die Nazis Juden sperrten, um dann Gas in die Waggons zu pumpen. Zu solcher Grausamkeit konnte doch niemand fähig sein. Unwillig schüttelte sie den Kopf.

»Lass uns nach Cassis gehen, das gehört nicht zur verbotenen Zone, dein Bruder lebt dort und es ist nicht weit bis Marseille. Fry muss für uns einen Weg raus aus Frankreich finden, wie er es am Anfang versprochen hat, als wir seine Mission übernommen haben.«

Lisa nickte, aber sie fragte sich, was selbst Fry jetzt noch für sie tun konnte. Es sah so aus, als seien alle Wege versperrt.

»Es reicht, wenn Fry uns ein Einreisevisum für irgendein Land beschafft. Den Rest schaffen wir allein.«

★ ★ ★

Wieder ein Abschied. Diesmal von Rosa und von Banyuls, dem Ort, an dem Lisa sich in den letzten Monaten zu Hause gefühlt hatte. Sie tröstete sich mit dem Gedanken, dass das glasklare Licht und die Farben des beginnenden Frühlings in Cassis ähnlich sein würden. Und sie hätte immerhin noch das Mittelmeer vor der Tür.

Die nächsten Wochen über blieben sie in Cassis. Dort half ihnen die Sekretärin des Bürgermeisters. Sie hieß Marie und es war unter den Flüchtlingen bekannt, dass sie versuchte, sie zu unterstützen, wo sie nur konnte. Sie hasste die Deutschen, weil ihr Verlobter in einem Lager für Kriegsgefangene in Deutschland saß.

»Wenn ich ihm schon nicht helfen kann, dann wenigstens euch«, sagte sie.

Marie stellte ihnen ein Papier aus, das sie *carte d'identité* nannte, ausgestellt von einem *service des étrangers*, dem Ausländeramt, das es aber gar nicht gab. Darunter setzte sie eine unleserliche Unterschrift und, das Wichtigste, einen Stempel. Lisa hieß auf dem Papier Lewin, geborene Ekstein, weil der Name Fittko auf den Gestapo-Listen stand.

Mit diesem Papier und ein paar Bluffs würde es ihnen gelingen, bei Polizeikontrollen durchzukommen. Die Gendarmen im Ort kannten sie bald. Wenn Hans und Lisa sie die Straße herunterkommen sahen, bogen sie in eine Seitenstraße ab, damit sie sich nicht begegnen mussten. Die Polizisten machten es stillschweigend ebenso. Lisa lachte über diese Art von Ballett, die sie in den Gassen des Ortes aufführten.

Sie wohnten in einem Zimmer ganz in der Nähe von Hänschen, Eva und Titi. Deren Ausreise stand kurz bevor, sie warteten nur noch auf ihre Visa für Amerika, und Lisa genoss die gemeinsame Zeit, die ihr mit ihrer Familie blieb. Nach den Monaten in Banyuls mit den anstrengenden Wanderungen und der Gefahr, in der sie immer geschwebt hatten, kam Lisa sich manchmal vor wie auf einer Ferienreise. Sie hatten nichts mehr zu tun, sie mussten sich nur noch um sich selbst kümmern, also verbrachten sie ihre Tage am Strand, schwammen oder lagen träge im Sand oder versuchten, unter den Steinen Muscheln und Krebse zum Abendessen zu finden. Aus einer alten Bluse nähte sie sich so etwas wie einen Bikini, über den Hans lachte, den er aber schön an ihr fand. Stundenlang lag sie in der Sonne und wurde braun. Abends spielten sie Schach in einem der Cafés am Hafen und tauschten Neuigkeiten mit anderen Emigranten aus. Dort stand ein Radio und der Wirt erlaubte, dass sie BBC hörten, wenn die Gendarmen nicht in der Nähe waren. An manchen Abenden ging Lisa nicht mit. Sie fühlte sich wie aus der Zeit gefallen, sie wollte nichts von den schlimmen

Nachrichten hören, die sie früher oder später ja doch erreichen würden. Sie blieb lieber bei Titi, las ihr vor und brachte sie ins Bett.

Ab und zu erhielten sie über einen Freund von Hänschen, der illegal zwischen den Zonen pendelte, Nachricht von ihren Eltern aus Paris. Ihre Mutter machte nach wie vor Näharbeiten, ihr Vater übernahm alle möglichen Tätigkeiten und gab Deutschunterricht. Aber es gab nicht viele, die gerade jetzt Deutsch lernen wollten. Lisa hatte die Idee, den Freund zu bitten, ihre Eltern herüberzuschleusen, aber Hans brachte sie davon ab.

»Viel zu gefährlich. Das muss ein Franzose machen. Ich fahre morgen nach Marseille zu Varian Fry, um unsere Ausreise zu organisieren. Er muss uns helfen, wie er es versprochen hat«, sagte Hans. Sie waren auf dem Weg nach Hause, nachdem sie einen Freund, den Kunstkritiker Paul Westheim verabschiedet hatten, der ein Visum für Mexiko hatte. Sie hatten mit einer Flasche Wein gefeiert, und Westheim hatte versprochen, sich in Mexiko für sie einzusetzen.

Lisa widersprach. »Nein, ich fahre. Frauen lassen sie eher durch. Ich nehme mein Strickzeug mit, das hat doch schon oft funktioniert.« Lisa war mittlerweile so routiniert, dass ihr die Zugfahrt kein großes Kopfzerbrechen bereitete. Sie setzte sich mit ihrem Strickzeug ans Fenster und tat so, als würde sie Maschen zählen. Gerade fuhr der Zug an, da hörte sie plötzlich schwere Schritte im Gang. Zwei deutsche Soldaten kamen lärmend und lachend in ihre Richtung und setzten sich ihr gegenüber. Lisa erstarrte. Es war zu spät, um wieder aufzustehen und das Abteil zu wechseln, das wäre aufgefallen. Sie atmete einmal tief durch, dann hatte sie sich wieder im Griff. Sie lehnte sich zurück und setzte ein gleichgültiges Gesicht auf. Das hatte sie in den letzten Jahren so oft getan, dass es ihr gar nicht schwerfiel.

»*Bonjour, Mademoiselle*«, sagte der eine und tippte an seine Mütze.

»*Bonjour, Messieurs*«, gab Lisa zurück. Dann senkte sie den Blick und tat, als müsse sie eine verlorene Masche in ihrem Strickzeug wieder aufnehmen. Dabei beobachtete sie die beiden Deutschen unauffällig. Sie waren jung, höchstens Anfang zwanzig. Viel zu jung, um in einem Krieg zu kämpfen. Und wer wusste schon, ob sie freiwillig hier waren.

»Diese Französinnen sind schon sehr appetitlich«, sagte der eine. »Kiek dir mal die Beene an.« Er berlinerte, und Lisa fühlte sich plötzlich zu ihm hingezogen. Dann sah sie den Wehrmachtadler mit dem Hakenkreuz an seiner Uniform.

Sein Kamerad sprach ein paar Bocken Französisch und machte eine Handbewegung, als hätte er selbst Stricknadeln in den Händen.

»*Pour votre mari?* Für Ihren Mann?«, fragte er mit einem harten Akzent und zwinkerte ihr zu.

Lisa sah ihn mit einem undurchdringlichen Lächeln an. Sie riss an dem Wollfaden, und dabei rollte das Knäuel aus ihrer Tasche auf den Boden. Die beiden Soldaten bückten sich gleichzeitig, um es aufzuheben, aber der Berliner war schneller. Er griff das Knäuel und wickelte es auf, wobei er Lisa immer näher kam, je kürzer der Faden wurde. Mit einem Ruck nahm sie es ihm aus der Hand und legte es zurück in ihre Tasche. Ganz unten, unter dem Futter, steckte die detaillierte Zeichnung des Wegs über die Pyrenäen, die sie Fry übergeben wollte. Vielleicht konnte er sie später noch einmal brauchen.

»*Où allez-vous?* Wohin fahren Sie?«, fragte der eine sichtlich stolz auf seine Französischkenntnisse.

»Marseille«, sagte Lisa knapp, kniff dabei die Augen zusammen und verzog den Mund zu einem schmalen Strich. Sie wusste, wie sie jetzt aussah, sie hatte das vor dem Spiegel geübt:

eine abweisende, ein wenig dümmliche junge Frau, die sich ab und zu mit der Zunge in den Mundwinkel oder von innen in die Wangen fuhr, weil sie so in ihre Handarbeit vertieft war. Verbissen ließ sie die Nadeln klappern und zählte dabei leise jede einzelne Masche ab, die sie in ungelenken Bewegungen abhob.

»Schöne Beene hat se ja, aber die hellste ist die nicht«, sagte der andere ein bisschen enttäuscht.

»Mir würden die Beine schon reichen«, dröhnte der erste, und sie lachten.

»Nee, mir sind die flinken Serviererinnen im *Sept pécheurs* lieber.«

Lisa kannte das Café am Hafen von Marseille. Der Name bedeutete »Die sieben Sünder«.

Die Soldaten gaben es auf, mit ihr zu flirten. Sie war nicht interessant genug.

Lisa atmete erleichtert aus. Sie fuhren gerade durch Aubagne, und sie sah auf die Bahnhofsuhr. In einer Viertelstunde würde der Zug in Marseille einfahren. Bis dahin würde sie eisern stricken und nicht einmal den Blick heben. Doch als sie aus dem Gespräch der beiden so unschuldig aussehenden Soldaten heraushörte, dass sie zur Kundt-Kommission gehörten, die ganz Frankreich nach Deutschen durchkämmte, gefror ihr das Blut. Seit jeher hatte sie Angst vor diesen Leuten. Und sie saß hier den Männern gegenüber, die sie und Hans zu gern in die Finger bekommen würden. Und denen sie ihre Beute vor der Nase weggeschnappt hatte, weil sie sie vor ihnen gerettet hatte. Für eine Sekunde empfand sie so etwas wie Genugtuung. Kurz überlegte sie, ob sie ihre Zurückhaltung aufgeben sollte, um mit ihnen zu reden und eventuell nützliche Details zu erfahren. Dann kehrte die Vorsicht zurück und die Angst, dass sie sie erwischen könnten. Es wäre verdächtig gewesen, wenn sie jetzt auf einmal zugeben würde, dass sie Deutsch verstand. Noch ein verstohlener Blick auf die Uhr des Deutschen: noch fünf Minuten.

Sie war unendlich froh, als der Zug pünktlich in den Bahnhof Saint Charles einfuhr. Die beiden Soldaten standen auf und ließen ihr den Vortritt beim Aussteigen. Mit einem Tippen an die Mütze verabschiedeten sie sich.

Lisa wartete, bis die Menge sie verschluckt hatte, bevor sie in den engen Gassen rund um den Bahnhof verschwand. Dabei hatte sich ihr Gesichtsausdruck komplett verändert. Aus dem verkniffenen, etwas tumben Mädchen war eine selbstbewusste, anmutige Frau geworden, die ihren Rock bei jedem ihrer raschen Schritte um die Beine schwingen ließ.

Ihr fiel auf, dass weniger Leute als sonst auf den Terrassen der Cafés saßen. Und noch weniger Emigranten als früher. Hoffentlich hatten die meisten von ihnen die Stadt inzwischen verlassen können, aber es war wahrscheinlicher, dass sie sich nicht mehr auf die Straße trauten und kein Geld mehr hatten, nicht mal mehr für einen kleinen Roten. Wahrscheinlich versteckten sie sich in schäbigen Hotelzimmern und irgendwelchen Verschlägen und hofften, dass die Gestapo sie nicht finden würde. Die Stimmung in Marseille war gedrückt. Die Flüchtlinge, die noch da waren, hatten zum großen Teil resigniert. Es gab kaum noch Wege in die Freiheit. Das Emergency Rescue Committee gab nur noch selten amerikanische Visa aus. In New York meinte man, genug Flüchtlinge aufgenommen zu haben. Stattdessen sah man überall die grauen Uniformen der Deutschen. Sie stolzierten mit ihren Stiefeln in den Straßen und kauften in den Luxusgeschäften Seidenstrümpfe, Parfüm und teure Weine, die die Franzosen sich nicht mehr leisten konnten. Sie benahmen sich, als gehörte ihnen die Stadt. Am liebsten hätte Lisa vor ihnen ausgespuckt.

Sie ging zu Fry. Er musste ihnen helfen, wie er es versprochen hatte. Egal, wenn er kein Visum für Amerika für Hans und sie bekam, sie würden auch überall anders hingehen. Hauptsache raus aus Frankreich. Und vielleicht konnte er etwas für ihre Eltern tun? In einer Mischung aus Verzagtheit und Hoffnung klopfte sie an seine Tür. Sie erschrak, als sie ihn sah. Er war stark abgemagert, sogar seine Brille rutschte ihm fortwährend von der Nase. Aus dem abenteuerlustigen Mann mit den aufgekrempelten Ärmeln war ein abgekämpfter, verbitterter Mensch geworden.

»Sie wollen, dass ich meine Arbeit abbreche und sofort nach Amerika zurückkomme.« Er lachte bitter. »Immerhin sollte ich nur vier Wochen bleiben, jetzt bin ich schon fast ein Jahr hier.« Er suchte etwas in den Papieren, die vor ihm auf dem Tisch lagen.

»Es tut mir leid, Ihr US-Visum und auch das für Hans ist abgelehnt worden. Sie lehnen derzeit fast alles ab.«

Lisa erschrak. Genau wie sie es befürchtet hatte.

»Keine Sorge, ich werde euch rausbringen.« Jetzt klang er wieder kämpferischer. Ihm gelang sogar ein kleines Lächeln.

Er ist wirklich der richtige Mann für diesen schwierigen Posten, dachte Lisa. Er wird nie aufgeben.

»Ich habe von Visa für Panama gehört. Man muss zwar schwören, dort niemals anzukommen, aber der Konsul bietet sie für achthundert Franc an.«

Als sie das sagte, schreckte Fry auf.

»Woher wissen Sie das? Das war mein Weg für meine Leute.«

Lisa sah ihn durchdringend an. »Sind wir nicht auch Ihre Leute? Und wollen Sie ernsthaft die letzten noch bestehenden Fluchtwege für Ihre Leute beanspruchen? Und die anderen? In Ihrer Haut möchte ich nicht stecken.«

Fry sackte in sich zusammen. Fast tat er Lisa leid. Dieser Mann arbeitete sich für seine Schützlinge ab, aber er konnte immer weniger tun.

»Und wie wäre Kuba?«, fragte er dann. »Da scheint sich ein Weg aufzutun. Geben Sie mir ein paar Tage.« Er setzte sich aufrecht hin und schob die Brille wieder an ihren Platz. »Ich bringe Sie beide raus und wenn es das Letzte ist, was ich hier in Frankreich tue, das verspreche ich. Ich habe übrigens amerikanische Visa für Ihren Bruder. Er fährt in ein paar Tagen mit der *Winnipeg*. Ich habe ihm gerade ein Telegramm geschickt.« Er hatte ein wenig von seiner Selbstsicherheit wiedergewonnen und stand auf. »Kommen Sie übermorgen wieder.« Er zog eine Schublade auf und gab Lisa ein Bündel Geldscheine. »Hier.«

Ihr Zug zurück nach Cassis ging erst in einer Stunde und sie beschloss, zum Alten Hafen hinunterzugehen, der immer noch einer ihrer Lieblingsplätze in Marseille war. Sie nahm den Boulevard d'Athènes und bog dann rechts in die Canebière ein. Schon bald konnte sie die ersten Schiffe sehen. Am Ende der Straße lag ein großes Gebäude, das die Kundt-Kommission als Hauptquartier requiriert hatte. Man hörte, dass die Deutschen hier lange Listen mit den Namen und den Aufenthaltsorten von Nazigegnern anlegten, die sie verhaften wollten. Lisa wechselte auf die andere Straßenseite, und sie konnte beobachten, dass viele Franzosen es ihr gleichtaten. Oder sie spuckten vor dem Haus auf die Straße. Das Trottoir vor dem Eingang war abgesperrt. Hier war die Bombe hochgegangen, die zwei deutsche Offiziere getötet und für die zwanzig Franzosen als Geiseln gestorben waren. Unter ihnen Erna.

KAPITEL 39

Zwei Tage später fuhr sie wieder nach Marseille, diesmal mit Hans. Sie wollten sich bei Fry erkundigen, wie weit er mit den Visa für Kuba gekommen war. Allerdings glaubten sie nicht recht daran, denn ein anderer Emigrant hatte in Cassis erzählt, dass ein Kuba-Visum fünfhundert Dollar Gebühren kostete, plus zweitausend Dollar Sicherheit und dann noch mal fünfhundert Dollar für die Überfahrt. Das war eine Unsumme, und sie waren zu zweit. Dennoch hofften sie, was sollten sie sonst tun?

Sie saßen gerade auf der Terrasse eines Cafés an der Canebière, als die Zeitungsverkäufer die Nachricht ausriefen, Deutschland habe die Sowjetunion überfallen. Sofort setzte ein wilder Tumult unter den Emigranten ein. Alle redeten durcheinander, einige freuten sich, anderen schüttelten fassungslos den Kopf. Über die Tische hinweg, an denen die Angehörigen der verschiedenen politischen Lager streng voneinander getrennt saßen, flogen die Argumente hin und her.

Einige hofften auf ein Ende des Krieges in wenigen Wochen. »Die Russen werden die Wehrmacht besiegen, ihr werdet sehen.«

»Aber erst haben die Russen Hitler gewähren lassen und ihn groß gemacht. Denkt an den Nichtangriffspakt.«

»So ein Blödsinn! Hitler wird bald in Asien stehen!«

»Wir müssen jetzt alle für Russland kämpfen. So wie wir für Spanien gekämpft haben.«

»Wir sollen noch einmal für den Diktator die Waffe in die Hand nehmen? Lieber gehe ich ins KZ.«
»Das ist ja auch gründlich danebengegangen.«
»Was sagen Sie da?«
»Und was ist mit uns Juden? Stalin ist auch Antisemit.«
»Sie wagen es, den Genossen Stalin zu beleidigen?«
Das Geschrei wurde immer lauter, die Ersten fingen an, die Fäuste zu ballen. Stühle wurden nach hinten geschoben, jemand drängelte sich an Lisa vorbei und schubste sie heftig. Sie fühlte einen stechenden Schmerz am Schienbein und schrie auf. Der Weg auf die Straße war von Menschen und Tischen versperrt. Hilflos sah sie sich um. Da fühlte sie plötzlich eine Hand auf ihrer Schulter, die sie mit sich zog.

»Komm weg hier«, sagte Hans und schob sie vor sich auf die Straße hinaus, »bevor die Polizei kommt und diese Verrückten alle verhaftet.« Draußen hakte er sie unter und sie machten sich rasch aus dem Staub.

In Frys Büro kam es zu einer Enttäuschung. »Ich habe die Visa für Sie noch nicht bekommen. Am besten fahren Sie zurück nach Cassis. Ich benachrichtige Sie, sobald sich etwas tut.«

Und so saßen sie wieder in Cassis, wo Marie ihre undefinierbaren Papiere verlängerte. Lisa schwamm viel und lag in der Sonne. Manchmal machte diese Tatenlosigkeit sie rasend und sie sehnte sich nach den Zeiten in Banyuls, wo sie wenigstens nützlich gewesen war, aber Hans gelang es, sie zu beruhigen. Ihr Bruder und Eva mit Titi waren gut in Amerika angekommen und bemühten sich von dort um Einreisevisa für sie. Aber man munkelte auch, dass ehemalige Genossen und Freunde freiwillig nach Deutschland zurückkehrten, weil sie keine andere Möglichkeit mehr sahen.

★ ★ ★

Dann kam ein Telegramm von Fry.

Kuba-Visen für F. erhalten. Höchste Eile. Abreise in fünf Tagen.

Lisa war wie vor den Kopf geschlagen. Wieso jetzt? Nach Monaten des Wartens? Sie hatte beinahe schon nicht mehr damit gerechnet. Aber auf der anderen Seite war in diesen Zeiten alles möglich.

»Kuba ist nicht weit von Amerika. Es wird unser Sprungbrett sein«, sagte Hans. »Lisa, wir kommen hier weg!« Er strahlte sie an und wollte sie umarmen, aber Lisa erstarrte.

»Ich kann nicht weg, solange meine Eltern nicht in Sicherheit sind.«

»Lisa …«

»Ich gehe nicht, bevor ich etwas für meine Eltern getan habe. Und wer weiß denn schon, ob diese Visa echt sind. Ich habe gehört, in Kuba regiert ein rechter Diktator. Wer sonst würde ein Vermögen für Einreisevisa verlangen? Du weißt selbst, wie oft man uns Visa angeboten hat, die das Papier nicht wert waren.«

»Aber dieses ist von Fry.«

»Ich fahre sofort zu ihm. Er soll mir alles persönlich bestätigen.«

In Marseille konnte Varian sie tatsächlich davon überzeugen, dass die Visa echt waren. Er zog den Stecker seines Telefons, bevor er sagte: »Wegen Ihrer Eltern gehen Sie am besten zu Madame Bertrand. Dabei gab er ihr einen Zettel mit einer Adresse.

»Wer ist das?« In Lisa keimte Hoffnung auf, aber Fry hielt sich bedeckt.

»Ich darf nicht mehr sagen. Ich habe schon genug Schwierigkeiten. Ich weiß nur, dass sie Leuten wie Ihren Eltern geholfen hat. Viel Glück. Wir sehen uns dann in fünf Tagen.«

Lisa stand unten auf der Straße vor seinem Büro und starrte auf die Adresse. Sie sah rechts und links die Straße hinunter und wusste nicht, was sie tun sollte. Aber sie musste etwas tun. Sie konnte nicht fahren, ohne ihren Eltern geholfen zu haben. Sie konnte ihre Ausreise aber auch nicht verschieben. Sie setzte sich in Bewegung.

Madame Bertrand war um die dreißig und sie sah kräftig aus. Sie erzählte Lisa, dass sie schon mehrfach Leute durch ein Gebiet geschmuggelt hatte, in dem sie aufgewachsen war und das sie kannte wie ihre Westentasche. Allerdings wurde das immer schwieriger. Die Demarkationslinie wurde immer schärfer bewacht und die Beamten schossen auf alles, was sich bewegte. Ihre Eltern müssten einen Fluss durchwaten, nicht sehr tief, aber immerhin.

Lisa zögerte nicht eine Sekunde. »Holen Sie sie herüber«, sagte sie. »Aber es muss schnell gehen. Ich fahre in fünf Tagen ab.«

»Ich bringe Ihre Eltern sicher her«, versprach er.

Sie gab der Frau ihr letztes Geld, dann konnte Lisa nur noch warten. Am Montagabend fuhr Madame Bertrand nach Paris, spätestens am Mittwoch sollten ihre Eltern eintreffen. Drei Tage später würden Hans und Lisa nach Lissabon fahren.

Die nächsten beiden Tage war Lisa kurz vor einem Nervenzusammenbruch. Sie konnte weder essen noch schlafen, in ihren Gedanken war sie bei ihren Eltern. Sie kam vor Sorge beinahe um. Würde die Frau sie sicher aus Paris herausbringen? Und wenn sie eine Betrügerin war, von denen es so viele gab? Und wenn sie erwischt wurden? Und wenn der Fluss Hochwasser führte, und sie schwimmen müssten? Würde man auf ihre Eltern schießen? Und was, wenn ihre Eltern geschnappt würden? Dann könnte sie unmöglich nach Kuba fahren, dann würde sie hierbleiben müssen, um sie aus dem Gefängnis zu holen. Während sie diese Gedanken in ihren schlaflosen Nächten wälzte, machte sie sich auch Sorgen um ihre eigene Zukunft. Sie fand sich schnell überall zurecht, aber wie würde es in Kuba sein? Und wenn es dort auch Nazis gab?

Sie war erleichtert, als endlich Dienstag war. Viel zu früh stand sie am Bahnhof, um auf den Zug aus Marseille zu warten. Aber ihre Eltern kamen am Dienstag nicht, also ging sie auch am Mittwoch jedes Mal zum Bahnhof, wenn ein Zug eintraf. Auch am Mittwoch waren sie nicht da, und sie war der Verzweiflung nah. Was war passiert? Wo waren ihre Eltern? Was sollte sie tun?

Sie wagte kaum, am Donnerstag auf den ersten Zug zu warten. Die Türen öffneten sich, und da waren ihr Vater und ihre Mutter, zu Tode erschöpft, aber lächelnd.

Lisa kämpfte ihre Tränen nieder, als sie sah, wie erschöpft, abgemagert und verwirrt sie aussahen. Auch ihre Eltern versuchten, sich nichts anmerken zu lassen. Sie lagen sich minutenlang in den Armen. Niemand sagte etwas. Dann brachten Lisa und Hans sie zu ihrem Zuhause und ließen sie erst einmal schlafen. Lisa stand in der geöffneten Tür und betrachtete ihre Eltern. Sie hatte sie gerade erst wiedergefunden, und schon fing sie wieder an, Abschied von ihnen zu nehmen.

Am folgenden Tag machte sie sie mit dem Ort bekannt und stellte sie Freunden und vor allem Marie vor, die versprochen hatte, ihnen zu helfen, wenn sie in Schwierigkeiten geraten sollten. Sie sprach viel mit ihrem Vater, erzählte ihm, wie sie die Pyrenäen überquert hatte und wie sehr ihm seine Ratschläge und Erfahrungen geholfen hatten.

Ihre Mutter besserte ihre ärmliche Kleidung aus, machte einen Rock enger und setzte eine Spitze an eine ausgewaschene Bluse, um den abgeschabten Kragen zu verbergen.

»Du musst doch nett aussehen, wenn du in Kuba ankommst«, sagte sie. Lisa konnte sie nur stumm umarmen.

»Ich weiß, wie schwer es ist, sie hierzulassen, aber du musst es tun«, versuchte Hans sie zu trösten. »Immerhin sind sie jetzt in der freien Zone. Und Marie wird sich um sie kümmern.«

Lisa nickte. Aber es war so schwer! Sie hatte ihre Eltern gerade erst wiedergefunden, die Zeit mit ihnen war so kostbar und knapp.

Am Sonnabend stiegen Hans und sie in den Zug..

»Wir kommen nach«, sagte ihr Vater. »Du kümmerst dich um Visa, und dein Bruder tut dasselbe von New York aus. Wir sehen uns bald wieder.«

Der Satz traf Lisa wie ein Hammerschlag. Als sie sich vor etwas mehr als einem Jahr von ihrer Mutter an einer Bushaltestelle in Paris verabschiedet hatte, hatte sie es nicht über sich gebracht, diese Worte zu sagen.

Jetzt sagte ihr Vater sie und nickte ihr aufmunternd zu. Lisa umarmte erst ihn, dann ihre Mutter. Dann stieg sie in den Zug, blind vor Tränen.

Lisa sah ihren Vater und ihre Mutter auf dem Bahnsteig stehen und winken, bis der Zug um eine Kurve fuhr und sie aus ihrem Blickfeld verschwanden. Alle Kraft war aus ihr gewichen Sie fühlte nichts, keine Angst, keine Trauer, keine Hoffnung.

Sie bleiben noch zwei Tage in Marseille, um letzte Formalitäten zu erledigen. Es gab eine neue Verordnung, nach der Ausreisevisa inzwischen von der Präfektur ausgestellt wurden und nicht mehr von den Vichy-Beamten. Lisa konnte sich vor Lachen kaum halten, als sie davon hörte. Da hatte sie fast zweihundert Leute illegal über die Grenze gebracht, und sie selbst würde ganz legal ausreisen oder zumindest halblegal unter einem falschen Namen. Dann nahmen sie wieder einen Zug. Lisa saß die ganze Zeit über schweigend da. Sie nahm Abschied, wieder einmal. Abschied von Frankreich, das ihr anfangs Unterschlupf und Sicherheit geboten hatte. Der Zug fuhr durch Limoges, und ihre Gedanken wanderten nach Gurs, zu den vielen Frauen, die sie dort getroffen hatte. Einige waren Freundinnen geworden, andere waren schon in Amerika, einige waren tot. Sie sah aus dem Fenster. In der Ferne lagen die schneebedeckten Pyrenäen in all ihrer Schönheit. In ein paar Stunden würden sie dort an der Grenze halten und dann nach Spanien fahren. Sie schloss die Augen. Irgendwann schüttelte Hans sie.

»Lisa. Es wird ernst.«

Sie rieb sich die Augen, wurde nur mühsam wach. Sie mussten aussteigen und sich zur Zollabfertigung begeben, die in einem einfachen Raum untergebracht war. Lisa sah die Zöllner, Franzosen und Spanier gemeinsam, die hinter einem Tisch standen. Sie mussten ihre Taschen leeren und Fragen beantworten. Bevor sie abgefahren waren, hatten sie sich bereiterklärt, geheime Nachrichten für Fry zu schmuggeln, Namenslisten von spanischen Republikanern, die in Frankreich festsaßen. Die Kassiber waren auf Bibelpapier getippt und aufgerollt, dann verkapselt und von unten in ihre Zahnpastatuben und in eine Dose mit Gesichtscreme gesteckt worden. Die französischen Zöllner durchwühlten ihre Koffer. Die Päckchen Camel-Zigaretten verschwanden in ihren Taschen. Lisa war zuerst an der Reihe. Ihr Koffer wurde zu dem Spanier weitergeschoben, der seinerseits in ihren Sachen wühlte und die Zigaretten herausnahm, die der Franzose für ihn übrig gelassen hatte. Lisa warf einen Blick zu Hans hinüber, der neben ihr stand. Genauso hatten sie es sich gedacht. Die Zöllner würden die Zigaretten nehmen und nicht auf die drei Tuben Zahnpasta achten. Aber dann nahm der Spanier die Cremedose in die Hand und öffnete sie. Der süßliche Duft der Creme stieg Lisa in die Nase. Sie sah, wie der Zöllner überlegte, ob er sie einstecken sollte wie die Zigaretten. Das durfte er nicht! Darin waren wichtige Nachrichten. Sie warf einen hilfesuchenden Blick zu Hans, der vor einem weiteren Zöllner ebenfalls seine Taschen geleert hatte.

»Sie nennen mich einen Hitlerfreund?«, rief er plötzlich aus. »Wer hat denn mit Hitler Verträge geschlossen? Wer arbeitet denn mit der Gestapo zusammen?« Er wurde immer lauter. »Sehen Sie, was da in meinem Pass steht? *Réfugié*. Flüchtling. Sehen Sie das?« Er wedelte mit seinen Papieren dicht vor dem Gesicht des Zöllners hin und her. »Wenn hier jemand Freunde sind, dann sind das Hitler und Ihr Maréchal!« Er redete sich immer mehr in Rage. Er konnte gar nicht wieder aufhören zu schimpfen.

Der Beamte, der vor Lisa stand, kam seinem Kollegen zu Hilfe. Gemeinsam versuchten sie Hans zu beruhigen. »Aber Monsieur, so haben wir es doch gar nicht gemeint …«

Lisa nutzte den Tumult. Sie schubste ihre Handtasche mit dem Ellenbogen um, der Inhalt verstreute sich auf dem Tisch. Blitzschnell schob sie die Cremedose mit den anderen Sachen zurück und schob dem Zöllner ihr letztes Päckchen Zigaretten über den Tisch.

Sie sah zu Hans hinüber, so, jetzt konnte er sein Theater beenden, sie hatte die Ablenkung genutzt. Aber Hans ereiferte sich weiter. Die Wut, die sich in den letzten Jahren aufgestaut hatte, übermannte ihn und entlud sich in dieser Suada. Den Beamten war die Situation höchst unangenehm. Einer legte Hans beruhigend den Arm um die Schulter, seine Kollegen mischten sich ein, und am Ende waren alle froh, als Hans sich aus dem Raum auf den Bahnsteig schieben ließ. Dort wartete bereits der Zug nach Madrid. Der Lärm war höllisch, der Qualm brannte ihnen in den Augen. Alle redeten durcheinander, aber niemand verstand mehr, was der andere sagte.

Mit einer Grimasse ließ sich Hans auf den schäbigen Sitz fallen. »Das musste ich noch loswerden«, sagte er.

Lisa holte die Creme aus ihrer Handtasche und verrieb ein wenig davon auf ihren Wangen. Dann suchte sie nach dem letzten Päckchen Zigaretten und inhalierte tief, bevor sie sagte: »Wir sind in Spanien. Wir sind frei.«

KAPITEL 40

Es fühlte sich komisch an, auf der anderen Seite der Grenze zu sein. Sie fuhren durch felsiges Gelände, dann durch eine Ebene. Der Zug hielt oft, an den Bahnhöfen bettelten Kinder um etwas zu essen. Am Abend kamen sie in Madrid an, sie übergaben die Zahnpastatuben und die Creme an einen Kontaktmann, dann fuhr der Zug weiter bis zu der Grenze nach Portugal. Mit ihnen im Zug waren viele Emigranten. Sie waren euphorisch und dann wieder niedergeschlagen, genau wie Lisa. War dies nun ein Sieg oder eine Niederlage? Sie dachte an die vielen, die sie während ihrer Emigration getroffen hatte, an Paulette, wo mochte sie jetzt sein? An Hannah Arendt und Louise Straus-Ernst. Sie dachte an die, die es nicht geschafft hatten, an Frau Jablonsky und an Erna Goldmann. Sie fragte sich, ob es ihr gelingen würde, ihre Eltern aus Frankreich herauszuholen und wie lange Varian Fry noch sein Büro betreiben konnte. Sie dachte an die, die ihr geholfen hatte, Rosa und Bürgermeister Azéma und Marie und die Frau im Zug, aber auch an die anderen, die sie am liebsten im Gefängnis oder tot gesehen hätten. Sie versuchte sich an all diejenigen zu erinnern, denen sie über die Grenze geholfen hatte. Eine lange Reihe von Menschen.

In Lissabon holte sie einer von Frys Mitarbeitern ab. Lisa war so dankbar, ihn zu sehen, dass sie in Tränen ausbrach.

Hans fragte sie, was denn los sei. Lisa konnte es nicht sagen. Sie fühlte sie so machtlos, wie aus der Zeit gefallen, endlich kümmerte sich einmal jemand anders um alles. Der Mann nahm sie mit in eine Konditorei, und Lisa aß Torte, von der ihr tagelang flau im Magen war. Aber an die Seife konnte sie sich gewöhnen. Sie konnte es kaum fassen, dass hier in ihrem Hotelbadezimmer Seife lag, ein großes Stück, das nach Veilchen duftete.

Erst langsam kam sie wieder zu sich und begriff, dass sie in Sicherheit war. Sie trafen Bekannte aus Berlin, die in Spanien gekämpft hatten und auf dem Weg nach Mexiko waren. Der mexikanische Präsident nahm Tausende Spanienkämpfer auf, auch viele verwaiste Kinder. Auch Paul Westheim, mit dem sie in Cassis Abschied gefeiert hatten, war noch in der Stadt. Er zeigte Lisa und Hans die Sehenswürdigkeiten und kleinen Wunder Lissabons. Die Spaziergänge mit ihm taten Lisa gut und beruhigten sie, weil sie so alltäglich waren. Aber es gab auch viele Momente, in denen sie alleine war und nachdachte. Sie war in Ungarn geboren worden, in Wien aufgewachsen, hatte als Kind ein Jahr lang in den Niederlanden gewohnt und dort fast ihre Muttersprache vergessen, war dann nach Berlin gezogen und über Prag, Basel und Amsterdam nach Paris und schließlich nach Südfrankreich gekommen. Und nun fuhr sie auf eine Insel, von der sie so gut wie nichts wusste. Wie würde das Leben auf Kuba sein? Wie lange würde sie bleiben und wo würde es von dort aus hingehen? War sie jetzt eine Heimatlose oder war sie im Gegenteil überall zu Hause? Bedeutete Heimat für sie vielleicht gar keinen Ort, sondern die Gewissheit, Hans an ihrer Seite zu haben und zu wissen, wo sie politisch stand?

Frys Mitarbeiter kam, um zu berichten, dass das Schiff, für das sie gebucht waren, überfüllt war. Aber am nächsten Mittag sollte ein weiteres, die *SS Colonial*, nach Kuba abgehen.

★ ★ ★

Es war ihr letzter Tag in Lissabon, ihr letzter Tag in Europa.

»Ich mache einen Spaziergang«, sagte Lisa gegen Abend zu

Hans. Sie hatten alles gepackt, es gab nichts mehr zu tun. »Ich will noch einmal durch die Straßen gehen.«

Sie ging zum Castelo hinauf, um noch einmal den wundervollen Blick über die Stadt zu haben. Es beruhigte sie, den Linien der Straßen unter sich mit den Augen zu folgen und einzelne Details auszumachen, einen Park, das Hupen eines Autos, Werbetafeln. Oben angekommen, lehnte sie sich an die Mauer. Über ihr wölbte sich das mächtige Dach einer alten Pinie. Sie meinte ihren harzigen Duft riechen zu können. Über dem Meer ging die Sonne unter und tauchte die Häuser der Stadt unter ihr in Pastellfarben und ließ einzelne Fenster golden aufblitzen. Sie kniff die Augen gegen das blendende Licht zusammen. Im Gegenlicht sah sie ein paar Meter weiter die Silhouette eines Mannes, der ebenfalls den Sonnenuntergang betrachtete. Ihr stockte der Atem. Sie wusste sofort: Es war Louis.

Lisa wollte weglaufen, aber sie konnte nicht. Sie blieb einfach stehen und starrte ihn an. Was für ein schöner Mann er war. Lässig stand er da und brachte ihr Herz zum Klopfen und jagte ihr Schauer über den Rücken. Er schien ihren Blick bemerkt zu haben, denn er drehte sich langsam zu ihr um.

»Lisa?«, fragte er. Dann kam er auf sie zu, immer schneller. »Lisa!«

»Louis. Was tust du hier?«, sie hörte, wie ihre Stimme versagte.

»Meine Zeitung hat mich im letzten Moment gebeten, noch zu bleiben und über die Flucht aus Europa zu berichten. Ich habe sofort zugesagt, weil mir der Gedanke gefiel, auf demselben Kontinent zu sein wie du.«

Sie standen jetzt ganz nah voreinander, berührten sich aber nicht. Lisa senkte den Blick. Dann spürte sie seine Hand auf ihrem Arm und roch wieder sein Rasierwasser. Sie wollte sich losmachen und weglaufen, sie wollte bleiben.

»Was tust du hier?«, fragte er.

»Wir haben ein Visum für Kuba. Unser Schiff geht morgen.«

Er sackte ein wenig in sich zusammen, dann stieß er ein bitteres Lachen aus. »Morgen? Das kann nicht sein!«

Lisa machte einen Schritt auf ihn zu, und er sah die roten Schuhe, die er ihr geschenkt hatte.

»Wollen wir ein Stück gehen?« Er hielt ihr den Arm hin, und sie hakte sich bei ihm ein, und es fühlte sich unglaublich gut an, einfach neben ihm zu gehen, im selben Schritt wie er, wie ein Liebespaar, das einen harmlosen Spaziergang machte. Als Lisa daran dachte, bildete sich ein Kloß in ihrem Hals.

»Wie geht es dir?«, fragte er zärtlich. »Was hast du erlebt, seit wir uns getrennt haben?«

»Ich habe Menschen über die Grenze gebracht.«

»Das meine ich nicht. Ich will wissen, wie du dich fühlst. Bist du glücklich?«

»Im Augenblick ja.« Wie konnte das sein, dass sie sich bei Louis so geborgen fühlte, so, als wären sie nie getrennt gewesen? Ihre Haut brannte an der Stelle, wo er sie berührte. Sie fühlte Lust in sich aufsteigen, den Wunsch, ihm körperlich nahe zu sein. Das verwirrte sie so sehr, dass sie ins Stolpern geriet. Louis fing sie auf und hielt sie dann noch fester an sich gedrückt.

Die erste Fledermaus des Abends zog ihre schnellen Kreise um ihre Köpfe hinweg. Dicht über dem Horizont ging der Mond auf und tauchte die Pinien in silbriges Licht.

»Wie zauberhaft«, sagte Lisa.

»Wie zauberhaft«, wiederholte er und sah sie an. »Trinkst du etwas mit mir? Ein letztes Glas im alten Europa?«

Lisa nickte, und sie gingen langsam bis ans Ende des Castelos, wo der Weg wieder hinunter in die Stadt führte.

Louis ging mitten auf dem Fußweg. Ein kleines Detail, das ihr deutlich machte, wie weit ihre Leben voneinander entfernt waren. Sie selbst und Hans gingen immer am Rand des Bürgersteigs, um bei Gefahr schnell weglaufen zu können.

»Ein Penny für deine Gedanken«, sagte Louis, genau wie bei ihrem ersten Treffen.

»Ich denke darüber nach, dass unsere Leben nicht zueinander passen.«

»Wir passen sehr gut zueinander«, entgegnete er.

Lisa seufzte. »Ich meine die Umstände. Wie lange wirst du in Lissabon sein?«

»Ich habe einen Platz auf der *Excalibur*, sie geht nächste Woche. Es gibt nichts mehr zu berichten, weil kaum noch Leute rauskommen. Die Unglücklichen, die noch hier sind, sitzen fest. Wer weiß, was aus ihnen wird.«

»Fährst du nach New York?«

Er nickte. »Kuba ist nur ein paar Meilen von Florida entfernt.«

Als Antwort nahm sie seine Hand. Sie fühlte sich weich und glatt an, und Lisa schluckte bei dem Gedanken, wie zärtlich diese Hände sein konnten. »Ich bin so dankbar, dass ich dich noch einmal sehen darf, bevor ich fahre. Ich habe dich vermisst.« Sie sagte das ohne Nachzudenken, weil es stimmte.

Sie kamen an einem Lokal vorbei, wo bunte Lampions in einem Baum über einer winzigen Terrasse brannten. Sie setzten sich an einen der beiden Tische, und Louis bestellt Rotwein. Von drinnen erklang wehmütiger Gesang.

»Meine Frau«, sagte der Wirt, als er die Gläser brachte.

Die Musik war faszinierend. Die Sängerin kam zu ihnen heraus und sang für sie, es war, als würde sie die Geschichte ihrer unmöglichen Liebe erzählen.

»Du hast mich gefragt, wie ich mich fühle«, sagte Lisa, nachdem sie sich zugeprostet hatten. »Ich bin dankbar, weil morgen ein neues Leben für mich beginnt, nachdem ich hier meine

Aufgaben erfüllt habe. Und im Moment bin ich glücklich, weil ich dich wiedergetroffen habe. Weil wir noch diesen Abend zusammen haben.«

»Ich weiß nicht, ob ich auch glücklich bin. Ich war gerade ein bisschen über dich hinweg, und da stehst du vor mir.«

Lisa beugte sich zu ihm und legte ihre Wange an seine. Es war alles sofort wieder da: die Vertrautheit ihrer Körper, die Leidenschaft, das Gefühl unendlicher Geborgenheit, das sie in seinen Armen fand, die Lust, ihm alles zu sagen, alles mit ihm zu teilen. »Morgen geht mein Schiff. Ich weiß nicht, was mich in Kuba erwartet. Ich habe Freunde dort, Genossen, meine Arbeit geht weiter. So lange, bis Hitler und die Nazis besiegt sind.«

»Wird dein Mann bei dir sein?«

Lisa nickte. Sie nahmen den letzten Schluck und hörten der Fadista zu, die ihr Lied beendete. »Ich muss gehen.«

Sie standen auf und traten auf die Straße hinaus. Louis nahm sie in seine Arme, dann fanden ihre Lippen sich zu einem Abschiedskuss, der so süß und schmerzlich war, dass Lisa Tränen schmeckte. Sie standen für einen langen Moment so, dann löste sich Louis langsam von ihr, hielt nur noch ihre Hand in seiner.

»Auf Wiedersehen, du Liebe meines Lebens«, sagte er. »Ich wünsche dir, dass du glücklich bist.«

»Warum fragst du mich nicht, ob ich mit dir gehe?«

Er lächelte. »Weil du Nein sagen würdest. Ich habe es schon in Marseille in deinen Augen gelesen, noch bevor du selbst es wusstest. Deine Welt ist eine andere als meine. Unsere Welten sind zu verschieden, das weiß ich jetzt. Du musst tun, was du tun musst. Es ist wichtig. Ich werde dich immer lieben, Lisa.«

Er zog sie ein letztes Mal an sich, dann drehte er sich um und ging.

Lisa sah ihm nach, bis er hinter einer Straßenecke verschwand, dann wandte sie sich um und ging in die andere Richtung.

NACHWORT

Ich wollte schon immer einen Roman über das Exil schreiben. Meine Hochachtung und Bewunderung für diese Menschen, die ihr Land verlassen haben, weil sie die politischen Zustände nicht ertrugen, steigt, je mehr ich über sie lese und erfahre. Besonders interessiert mich das Schicksal von Frauen im Exil und im Widerstand. Von Lisa Fittko hörte ich zum ersten Mal Ende der 1980er Jahre, als ich in Paris zur deutschen Emigration in Frankreich forschte.

Atemlos las ich die Autobiografie einer sehr mutigen Frau, die ihre Sicherheit und ihr Leben aufs Spiel gesetzt hat, um andere zu retten. Sie ist eine von vielen Frauen, die im Widerstand gegen Hitler gekämpft haben, von denen aber nicht viel gesprochen wird.

Lisa Fittko, unter diesem Namen ist sie bekannt geworden. Geboren wurde sie 1909 als Lisa Ekstein, sie hatte aber viele Namen, was dem Leben in der Illegalität zuzuschreiben ist. Gleich nach dem Machtantritt der Nationalsozialisten ging sie in den Widerstand und musste Deutschland im Sommer 1933 verlassen. Von September 1940 bis ins Frühjahr 1941 schmuggelten sie und ihr Mann Hans ungefähr zweihundert Menschen, die in Frankreich in der Falle saßen, von Banyuls aus über die Pyrenäen nach Spanien. Der erste, den sie hinüberbrachte, war der Philosoph Walter Benjamin.

Mein Buch endet mit der geglückten Ausreise aus Frankreich nach Kuba. Dort heirateten sie und Hans Fittko im Jahr 1948. Es gibt ein Foto von den beiden aus Havanna, auf dem man eine jugendlich wirkende, strahlende Lisa Fittko neben einem stark gealterten, in sich gekehrten Hans sieht. Als sie 1948 in die USA einreisen durften, war Hans Fittko schon krank. Er starb 1960. Bis zu ihrem Tod 2005 lebte Lisa in Chicago. In den 1980er-Jahren fing sie an, von ihren Erlebnissen während des Krieges zu erzählen. Sie war eine gesuchte Zeitzeugin.

Die Wagemutige ist ein Roman. So weit wie oben beschrieben, hat sich Lisas Leben zugetragen. So hat sie es in ihren beiden autobiographischen Büchern und in einem achtstündigen Interview für die Shoah-Foundation erzählt. Lisa Fittko ist in ihren Texten aber sehr zurückhaltend, wenn es um Persönliches geht. Gefühle, Enttäuschungen, Zweifel werden höchstens angedeutet, was wohl auch ein Zeichen dafür ist, dass sie sich als Person für nicht so bedeutsam hielt. Für mich war es wichtig, auch diesen Teil ihres Lebens zu erzählen. Ich hoffe sehr, dass ich Lisa Fittko kein Unrecht tue, wenn ich mir als Romanautorin die Freiheit genommen habe, die Person von Louis einzuführen. Er steht für alles, was eine junge Frau wie Lisa Fittko auch fühlte, fühlen musste. Ich weiß es nicht mit Bestimmtheit, aber ich kann mir gut vorstellen, dass der Wunsch nach einem ganz normalen Leben in ihr war. An einigen Stellen in ihren Memoiren klingt das an. Louis ist die Verkörperung dieser Sehnsüchte, all dessen, was sie nicht haben durfte. Louis ist Sinnbild ihrer Zweifel. Aber er steht auch für die Unmöglichkeit persönlichen Glücks in Zeiten der Diktatur.

Das galt noch mehr für Frauen, die im Widerstand waren. Lisa Fittko war nur eine von sehr vielen Frauen im Widerstand. Ihre Rolle wird oft vergessen. Viele denken bei dem Wort Widerstand an bewaffnete Aktionen, viele denken an Männer. Und doch hätte es ohne die kleinen Aktionen der Frauen, die

Steinchen in das Räderwerk der Diktatur warfen, keinen Sieg über den Faschismus gegeben. Frauen versteckten Flüchtlinge und Soldaten, sie gaben ihnen zu essen. Sie gaben Nachrichten weiter, nahmen jüdische Kinder als ihre eigenen an, um sie zu retten. Frauen hatten viele kleine Hände, die das Netz des Widerstands zusammenhielten und es flickten, so hat es die Résistance-Kämpferin Madeleine Riffaud beschrieben. Viele haben sich von ihren Kindern getrennt, um sie zu schützen. Oft fing ihr Widerstand mit kleinen Dingen an: wegsehen, eine Nachricht weitergeben. Manchmal kamen andere Motive hinzu, Abenteuerlust oder Neugierde. Weiblicher Widerstand wurde als *laboratoire de l'émancipation*, als Labor der Emanzipation interpretiert. Vielen Frauen ging es nicht um militärische Siege, sondern um Werte wie Gerechtigkeit und Menschlichkeit. Es gibt das Wort des Parteisoldaten. Aber Parteisoldatin? Sind Frauen im Widerstand anders als Männer? Setzen sie andere Prioritäten? Das hatte ich im Sinn, als ich Louis erfunden habe. Er steht für den Konflikt zwischen der Notwendigkeit, sich zu widersetzen und im Exil zu überleben, und dem ganz menschlichen Streben nach Glück, nach Liebe, nach einem ganz normalen Leben. Viele Résistance-Kämpferinnen starben unter der Guillotine oder in den Lagern. Die überlebten, sprachen nur selten über das, was sie geleistet hatten, weil sie es für selbstverständlich hielten, keine große Sache.

Varian Fry war tatsächlich in Deutschland und hat von dort über die Repressionen und Gewalttaten gegen die jüdische Bevölkerung berichtet. Allerdings war er 1935 in Berlin, nicht 1933. Auf den Decknamen »Valerian« bin ich gekommen, weil er so in einer codierten Zeitungsannonce genannt wurde. Dort hieß es, »Valerian Fry ist aus den USA mit einer Ladung Milch in Dosen eingetroffen.« Milch stand dabei für Geld. Am 14. August 1940 kam er in Marseille an. Ab dem Sommer 1941 bekam er zunehmend Schwierigkeiten – sowohl mit den amerikanischen als auch mit den französischen Behörden. Sein Pass wurde eingezogen, er wurde ausgewiesen, blieb aber noch einige Wochen in Sanary, bevor er über Cerbère nach Amerika zurückfuhr. Sein mutiges Engagement war lange Zeit vergessen und wurde erst nach seinem frühen Tod 1967 angemessen gewürdigt.

Gurs steht für viele Lager in Frankreich, es waren keine Vernichtungslager wie die KZs in Polen, aber sie waren die Hölle. Lisa Fittko hat immer darauf bestanden, Gurs ein Konzentrationslager zu nennen. Die Menschen starben dort an Hunger und Krankheiten, vielleicht auch an Verzweiflung, weil sie den Sinn nicht verstanden. Im Sommer 1940 waren dort fast ausschließlich Frauen, sogenannte unerwünschte Ausländerinnen interniert. Viele von ihnen konnten fliehen oder kamen wieder frei. Ab Oktober 1940 wurden hier jedoch die Juden aus Baden, aus Karlsruhe und Pforzheim, eingesperrt. Es waren besonders viele Alte unter ihnen. Ab 1943 wurden sie von Gurs in Zügen nach Drancy bei Paris und dann weiter in die Vernichtungslager in Polen transportiert. Nach 1945 saßen in Gurs deutsche Kriegsgefangene und französische Kollaborateure ein. Dann wurde das Lager geschlossen, ein Wald wurde gepflanzt, der über lange Jahre auch die Erinnerung überwucherte. Anfang der 1980er-Jahre setzten sich ehemalige Internierte dafür ein, dass der Ort eine Gedenkstätte wurde.

Der Weg von Banyuls nach Port Bou, den Lisa Fittko damals genommen hat, ist heute ein Wanderweg und nach Walter Benjamin benannt. Ich bin ihn im Spätsommer 2021 gegangen, die Lichtung mit den sieben Pinien ist noch gut zu erkennen. Für mich war der Weg eine existenzielle Herausforderung, die mich an meine körperlichen Grenzen gebracht hat. Ich mag mir nicht vorstellen, wie die Flüchtlinge ihn vor achtzig Jahren gegangen sind: zum Teil an die siebzig Jahre alt, verzweifelt und hungrig, am Ende ihre Kräfte und unter Todesgefahr.

Louise Straus-Ernst wurde tatsächlich von ihrem Geliebten in Soldatenuniform aus Gurs abgeholt. Sie konnte sich durchschlagen, ging in die italienisch besetzte Zone am Mittelmeer, wo Juden nicht verfolgt wurden. Nachdem Italien sich den Alliierten angeschlossen hatte, wurde die Zone von den Deutschen besetzt, die Gestapo verhaftete alle Juden. Louise Straus-Ernst wurde mit dem letzten Transport nach Auschwitz deportiert und ermordet. Max Ernst, von dem sie geschieden war, konnte sich mit Frys Hilfe nach Amerika retten.

Hannah Arendt war zur selben Zeit in Gurs wie Lisa Fittko. Sie arbeitete im Pariser Exil an ihrem Aufsatz über Rahel Varnhagen. Es ist gut möglich, dass sie in Gurs davon berichtet hat, belegen kann ich es nicht. Ihr gelang, ebenso wie Walter Mehring und Hertha Pauli, mithilfe von Varian Fry die Flucht aus Frankreich.

Rudolf Breitscheid und Rudolf Hilferding wurden verhaftet und im Februar 1941 an die Deutschen ausgeliefert. Hilferding starb nur wenige Tage nach seiner Verhaftung im Pariser Santé-Gefängnis, Breitscheid 1944 bei einem Luftangriff im KZ Buchenwald.

Das *Hotel du Louvre et de la Paix*, in dem Franz Werfel und Alma Mahler-Werfel in Marseille wohnten, ist heute eine Filiale von C&A. Aber das alte Treppenhaus ist noch zu sehen.

Lisa Fittko erwähnt in ihren Memoiren oft eine Paula oder Paulette, ohne einen Nachnamen zu nennen. Ich wollte unbedingt wissen, wer das ist. Es war ein großes Glück, im Exilarchiv in Frankfurt auf ihre Spur zu stoßen. Bei dieser Gelegenheit geht mein herzlicher Dank an Regina Elzner vom Deutschen Exilarchiv in der Deutschen Nationalbibliothek. Paula war Paula Oettinghaus. Sie schloss sich tatsächlich dem bewaffneten Widerstand an. Sie wurde Sekretärin von Pat O'Leary, ein Pseudonym eines Belgiers und Name eines Netzwerkes, das alliierte Soldaten aus Frankreich schleuste. Im September 1942 wurde ein Kurier festgenommen, in dessen Notizbuch sich Paulas Name fand. Sie war in höchster Gefahr, weigerte sich aber dennoch, nach England zu fliehen. O'Leary machte sie mit Champagner betrunken und schaffte sie auf ein Schiff nach England, wo sie für den Geheimdienst arbeitete. Später ging sie nach Kanada. 1978 nahm sie in einem sehr bewegenden Brief wieder Kontakt zu Lisa Fittko auf. Den Anschlag auf das Haus der Kundt-Kommission und ihre Beteiligung daran habe ich erfunden.

Eine weitere Frage, die mich umgetrieben hat, betrifft den geheimen Gang vom Bahnhof Saint Charles in Marseille. Er sollte unterirdisch bis zum *Hotel Terminus* führen und wird in vielen Memoiren erwähnt. Wie konnte das sein, wo doch das Hotel am Fuß der Treppe lag? Die Lösung brachte Henriette Koblinsky vom Tourismusbüro in Marseille, die sich in einer Magisterarbeit mit den Orten des Exils in der Stadt beschäftigt hat. Das *heutige* Hotel liegt am Beginn des Boulevard d'Athènes. In den 1940er-Jahren war es oben auf der Esplanade, direkt neben dem Bahnhofsgebäude. Auch Henriette Koblinsky danke ich sehr herzlich für ihre Hinweise.

Bedanken möchte ich mich auch bei Madeleine Claus aus Banyuls, die Lisa Fittko noch gekannt hat und mir in einem langen Gespräch ihre Begegnung geschildert hat.

Caroline Bernard

LESEPROBE

EINS

Wo lebt sich's besser als im Schoße der Familie?
JEAN-FRANÇOIS MARMONTEL,
FRANZÖSISCHER SCHRIFTSTELLER
(1723–1799)

Juni 1927

Emmi lag schon eine geraume Weile lang wach in ihrem schmalen Bett, hatte den Kopf aus dem Kissen gehoben und lauschte auf die Geräusche im Haus, die zu ihr herauf auf den Dachboden drangen.

Jetzt fiel eine Etage unter ihr mit einem leisen, metallischen Klacken eine Tür ins Schloss, die Tür zwischen dem Schlafgemach der Eltern und der kleinen Kammer des Vaters, in der sich sein Schreibtisch aus schwarzer Eiche befand und der schmale, hohe Schrank aus dem gleichen Holz, worin er seine Jagdgewehre aufbewahrte. Emmi erkannte das am leichten Schrappen des Türblattes über den Dielenboden. In einem alten Haus wie diesem hatte eine jede Tür ihr ureigenes und unverwechselbares Geräusch, wenn man wie Emmi genau hinhorchte. Ein helles Klirren folgte, ganz so, als hätte der Vater eines seiner Gewehre aus dem Schrank genommen und dabei der Kolben gegen das Metall der Halterung geschlagen.

Verwundert lauschend richtete Emmi sich noch etwas mehr in ihrem Bett auf.

Heute war Sonntag. Nicht irgendein Sonntag, sondern der Sonntag, dem die Familie des Schuhmachermeisters Gustav Engel und seiner Ehefrau Dorothea, von allen stets Thea genannt, schon seit Wochen mit gespannter Freude entgegenblickte. Gestern Abend, als die Zeit gekommen war, sich schlafen zu legen, hatte ihre um zwei Jahre jüngere Schwester Anni ihr noch vorhergesagt, dass sie vor lauter Aufregung bestimmt kein Auge zukommen würde und sie deshalb die ganze Nacht mit ihr über das bevorstehende Ereignis am nächsten Tag plaudern müsste. Doch kurz nachdem Annis Blondschopf das Kissen berührt hatte, vernahm Emmi das gleichmäßige tiefe Atmen ihrer Schwester, die allen Ankündigungen zum Trotz sofort eingeschlafen war.

Emmi hingegen hatte eine Ewigkeit nicht in den Schlaf gefunden und dann so wirr geträumt, dass sie weit vorm Morgengrauen mit Schweißperlen auf der Stirn und dröhnendem Herzen erwacht war. Seitdem lag sie da und lauschte auf die frühmorgendlichen Geräusche im Haus. Dass ihr ihr feines Gehör jedoch verraten würde, dass der Vater an diesem ganz besonderen Tag noch frühmorgens zur Jagd ginge, damit hatte sie wahrlich nicht gerechnet und war nun dementsprechend verwundert.

Ob Mutter das wohl recht war? Sie konnte es sich nur schwerlich vorstellen, dass Thea Engel die Jagdpläne ihres Gatten gutheißen würde. Seit Tagen machte sie sich mit den Vorbereitungen für das Fest verrückt. Dabei war ihre größte Sorge, dass sie etwas vergessen haben könnte oder schlichtweg nicht beachtet hatte. Alles sollte perfekt sein, eine rundum gelungene Feier anlässlich des vierzigsten Geburtstags des Schuhmachers Gustav Engel.

Nahezu das ganze Dorf war dazu von ihr eingeladen worden. Lediglich die Gieseckes hatten bisher vergeblich auf eine der schlichten, aber dennoch edlen Karten gehofft, die sie dazu berechtigte, an dem Fest des Jahres, wie man das Ereignis bereits überall im Dorf nannte, teilnehmen zu dürfen. Ein Streit zwischen dem Jubilar Gustav Engel und seinem ehemaligen besten Freund Ernst Giesecke, der bereits einige Jahre zurücklag, hieß es, sei der Grund dafür, dass das Ehepaar Giesecke im Hause Engel nicht erwünscht war. Etwas Unüberwindbares, das zwischen den beiden jungen Familienvätern vorgefallen war, die sich im Ersten Weltkrieg Seite an Seite freiwillig gemeldet hatten, um es den Feinden Deutschlands zu zeigen.

Gustav hatte nur wenig von der Zeit damals erzählt, nur so viel, dass an der Front sehr schnell die Ernüchterung bei ihnen und all den anderen euphorisch in den Krieg ziehenden Männern eingetreten war, als ihnen bewusst wurde, dass sie nichts als Kanonenfutter waren. Beide Männer hatten den Krieg überlebt, beide mit schweren Verletzungen an Leib und Seele. Die körperlichen Wunden waren inzwischen bei den ehemals besten Freunden verheilt, doch das große Seelenleid trug besonders Gustav noch so offensichtlich in sich, dass es manchmal sehr schwer für seine Frau und seine beiden Töchter war, zu ihm durchzudringen. Zu verstehen, warum er in bestimmten Momenten so grob, abweisend und kalt ihnen gegenüber auftrat, wo er doch eigentlich ein liebevoller und warmherziger Ehemann und Vater war und sich so auch benehmen wollte.

Nein, das Leben mit Gustav Engel war nicht immer ganz einfach für seine Familie, aber wohl am schwersten für den Schuhmacher selbst.

Vielleicht ging es ihm heute Morgen wieder einmal nicht so gut, überlegte Emmi. Womöglich hatte er wie sie in der Nacht schlecht geträumt und dann weit vorm Morgengrauen wach in seiner Hälfte des Ehebettes dagelegen. Emmi malte sich weiter aus, dass er schließlich beschlossen hatte, ein bisschen in die Natur zu gehen, auf die Jagd, die er über alles liebte. Dabei ging es dem Schuhmacher nicht in erster Linie um das Erlegen des Wildes, vielmehr genoss er die Ruhe und, so grotesk, wie es sich auch anhören mochte, den Frieden, wenn er auf dem Hochsitz saß, das Gewehr schussbereit, und darauf wartete, dass ein Reh oder vielleicht sogar ein Hirsch aus dem Dickicht des Waldes hinaus auf die Wiesen und Felder trat.

Emmi konnte es sich nur als ein plötzlich gefasster Entschluss des Vaters erklären, denn dass sein frühmorgendlicher Ausgang mit der Mutter abgesprochen war, erschien ihr schier unmöglich, so wie Dorothea Engel immer wieder betont hatte, dass sie für den heutigen Festtag Unterstützung und Mithilfe von ihrem Ehemann und den Töchtern erwartete.

Im nächsten Moment bestätigte sich Emmis Verdacht, dass der Vater kurzweg beschlossen hatte, sich noch vorm Morgengrauen aus dem Haus zu schleichen. Die überraschte Stimme der Mutter erklang. »Gustav? Du hast mir doch versprochen, dass du mir ...«

Weiter kam sie nicht. Gustav Engel schnitt ihr das Wort ab. »Thea, bitte leg dich wieder schlafen. Es ist noch nicht einmal fünf Uhr durch. Vorm Frühstück bin ich wieder zurück.«

Emmi hatte sich inzwischen auf leisen Sohlen aus der kleinen Kammer geschlichen, die sie sich nicht ganz freiwillig mit ihrer Schwester Anni teilte. Eigentlich hatte der Vater die Bodenkammer nur für sie hergerichtet, damit sie in Ruhe lernen und in ihren geliebten Büchern lesen konnte, ohne dabei von Anni, dem stets fröhlichen Wirbelwind der Familie, immer wieder gestört zu werden.

Gustav Engel war sehr stolz auf seine kluge Tochter Emmi. Sie hatte die Aufnahmeprüfung der höheren Töchterschule *Marienlyzeum* ohne Probleme geschafft und war so blitzgescheit und fleißig, dass sie den schulischen Anforderungen mit Leichtigkeit entsprach und er sich sicher war, dass ihr beizeiten das Abitur mit Bravour gelingen würde. Anschließend sollte sie studieren, o ja, das wünschte er sich für seine Älteste von Herzen und brachte deshalb nicht nur Monat für Monat das Schulgeld für die höhere Töchterschule auf, sondern legte jede Reichsmark, die die Familie irgendwie entbehren konnte, dafür zur Seite.

Die lebhafte Anni hingegen war nicht so ehrgeizig. Das Lernen war ihr ein Gräuel, und für die Bücher, die ihrer älteren Schwester Emmi so wichtig waren, hatte sie nichts übrig. Den Anforderungen der Mittelschule war sie nur schwerlich gewachsen und wäre sicherlich auf der Volksschule besser aufgehoben gewesen. Doch Gustav Engel wollte für seine Töchter nur das Beste, und das war seiner Meinung nach eine möglichst gute Schulbildung.

Ansonsten war es für den Schuhmacher wahrlich kein Leichtes, dem Sonnenschein Anni etwas gegen ihren Willen aufzuerlegen oder ihr gar zu verbieten. Anni klimperte mit den langen Wimpern ihrer himmelblauen Augen, zog einen Schmollmund, und schon hatte sie ihren Vatilein um den Finger gewickelt.

So war es auch mit der Dachkammer gewesen, die er ursprünglich nur für Emmi eingerichtet hatte. Doch das hatte Anni nicht gepasst, weil sie nicht allein in der Schwesternschlafkammer sein wollte, und so hatte sie kurzerhand ihre Matratze nach oben geschleppt und direkt neben Emmis Schlafstelle auf den Boden gelegt.

Nun gab es im Haus eine sehr beengte Dachbodenkammer und einen weitaus geräumigeren Raum direkt darunter, die beide von Anni in Beschlag genommen wurden, wie immer es ihr gerade beliebte.

Vorsichtig schlich sich Emmi zu der schmalen Treppe. Sie

hockte sich auf die zweitoberste Stufe, beugte sich mit dem Oberkörper so weit wie möglich nach unten und konnte aus dieser Position einen Blick auf die Eltern erhaschen, die sich auf dem engen Flur mit etwas Abstand gegenüberstanden. Ihr Herz raste. Das junge Mädchen war hin- und hergerissen zwischen der Neugierde und dem Unrecht, das darin bestand, dass sie heimlich die Eltern belauschte. So etwas gehörte sich nicht und entsprach auch eigentlich nicht ihrer Art. Aber jetzt konnte sie einfach nicht widerstehen.

Thea Engels blondes Haar war am Vorabend von ihrer guten Freundin Marie zu kunstvollen Wasserwellen gelegt worden und zum Schutze der festlichen Frisur noch mit einer dünnen Frisierhaube bedeckt. Über ihrem fast bodenlangen, geblümten Nachthemd hatte sie sich ihren blauen Morgenmantel übergezogen, die nackten Füße steckten in den dazu passenden Pantoffeln. Gustav hingegen war schon vollständig für die Jagd angekleidet, hatte das Gewehr bereits geschultert, lediglich der Jägerhut aus dunkelgrünem Filz fehlte noch.

»Du hast fest versprochen, dass du heute nicht zur Jagd gehen würdest«, hielt Thea ihrem Gatten vor. »Es ist noch so viel zu tun, Gustav, ich brauche dich hier im Haus. Die Tische müssen aufgestellt, die Stühle aus dem Schuppen getragen werden, und das Spanferkel muss jemand vom Metzger abholen. Das alles wolltest du doch erledigen, so haben wir es besprochen.«

Gustav Engel atmete geräuschvoll durch. Dabei verursachte seine Nase ein pfeifendes Geräusch. Das geschah häufig, wenn ihm etwas nicht behagte, er sich gestört und allzu sehr bedrängt fühlte. Eine Angewohnheit, so behauptete es jedenfalls seine Frau, die er neben der immer wiederkehrenden Schwermut ebenfalls von seinem knapp zweijährigen Kriegseinsatz zurückbehalten hatte.

»Nun lass mir doch noch wenigstens für zwei, drei Stunden meine Ruhe, Thea«, brummte er unwirsch. »Die ersten Gäste erwarten wir am Nachmittag zu Kaffee und Kuchen, bis dahin ist noch viel Zeit.« Gustav Engel schien einen Moment über seine eigenen Worte nachgedacht zu haben und begann nun langsam den Kopf zu schütteln. »Wenn ich es mir genau überlege, dann bin nicht ich derjenige, der sich diesen ganzen Zirkus überhaupt gewünscht hat. Für mich wären eine Tasse guter Bohnenkaffee und ein feiner Topfkuchen, den wir zusammen mit unseren Töchtern im Hof genießen, mehr als ausreichend gewesen. Du bist diejenige, Thea, die auf diese viel zu große Feier bestanden hat. Ich wollte das nicht. Sicher nicht. Im Dorf rätseln sie schon darüber, wie wir uns das überhaupt leisten können, so eine aufwendige Feier mit Essen und Trinken für viele Gäste. Die Leute kommen noch auf die Idee, dass es uns zu gut gehen könnte, und bringen demnächst ihre Schuhe nach Hildesheim zum Schuhmacher, weil sie uns den angeblichen Reichtum nicht gönnen. Du weißt doch, wie sie sind … die Leute.«

Thea seufzte. »Nein, Gustav, so sind die Leute nicht! Sie freuen sich mit und für uns und kommen alle sehr gerne zu deinem vierzigsten Geburtstag, um diesen Tag mit dir gebührend zu feiern. Es tut mir in der Seele weh, wie grob du manchmal sein kannst, wie schlecht du von den Menschen, unseren Freunden und Nachbarn hier denkst, von denen niemand dir und uns etwas Böses will. Früher warst du nicht so, früher hast du zuerst immer an das Gute in den Menschen geglaubt …«

»Früher«, stieß Gustav Engel verächtlich hervor, begleitet von einer wegwerfenden Handbewegung.

»Mach, was du für richtig hältst, Gustav.« Resigniert zuckte Dorothea mit den schmalen Schultern. Dann wandte sie sich um und ging zurück in die Schlafkammer der Eheleute. Bevor sie die Tür hinter sich ins Schloss zog, rief sie ihrem Mann noch mit bitterer Stimme zu: »Herzlichen Glückwunsch zum Geburtstag. Das mag ein toller Tag werden.«

Emmi hörte, wie ihr Vater leise vor sich hin murmelte, während er die knarrenden Holzstufen ins Erdgeschoss hinabstieg, wo sich außer der Wohnküche und der guten Stube die Schusterwerkstatt und ein daran angrenzender kleiner Verkaufsraum befanden. Es gab zwei Türen, die nach draußen führten. Durch die eine gelangte man vors Haus, musste dafür aber durch die Schusterei gehen. Die andere führte in den Hinterhof. Durch diese Tür, das hörte Emmi am Schrappen des Türblattes beim Aufziehen, verließ der Vater das Haus.

So schnell und dabei so leise wie nur möglich huschte Emmi zurück in die Dachkammer, wo sie über ihre schlafende Schwester auf der Matratze am Boden stieg, um zu der Dachluke zu gelangen. Emmi stellte sich auf die Zehenspitzen, machte sich ganz groß, damit sie hinunter in den Innenhof blicken konnte. Gerade hatte sich der Vater auf sein schwarzes Herrenrad geschwungen und trat nun so entschlossen in die Pedale, dass Emmi sich denken konnte, wie sehr ihn der frühmorgendliche Streit mit der Mutter geärgert hatte.

Eigentlich war er nicht so … so garstig und unfreundlich, so grob und vor allem herzlos. Nur eben manchmal, an diesen bestimmten Tagen, wenn sich unter seine Züge einfach kein noch so kleines Lächeln mischen wollte und es beinah so war, als hätte jemand in seinem Gesicht dunkle Vorhänge zugezogen, und er nicht in der Lage war, sie mit einem Ruck beiseitezuschieben.

»Alles Gute zu deinem Geburtstag, Vati«, flüsterte Emmi und wandte sich schließlich von der Dachluke ab.

Später würde sie ihm natürlich noch richtig gratulieren und auch einen Kuss auf die Wange geben. Und dann würden sie alle miteinander ein ganz wunderbares Geburtstagsfest feiern. Emmi war sich sicher, dass nachher alles wieder gut sein würde.